W0390155

L'Arbre de l'été

*La Tapisserie de Fionavar**

Guy Gavriel Kay

L'Arbre de l'été

*La Tapisserie de Fionavar**

ÉDITIONS FRANCE LOISIRS

Titre original : The Summer Tree.

Traduit de l'anglais par Élisabeth Vonarburg.

Édition du Club France Loisirs,
avec l'autorisation des Éditions Pygmalion/Gérard Watelet.

Éditions France Loisirs
123, boulevard de Grenelle, Paris
www.franceloisirs.com

Le Code de la propriété intellectuelle n'autorisant, aux termes des paragraphes 2 et 3 de l'article L. 122-5, d'une part, que les « copies ou reproductions strictement réservées à l'usage privé du copiste et non destinées à une utilisation collective » et, d'autre part, sous réserve du nom de l'auteur et de la source, que les « analyses et les courtes citations justifiées par le caractère critique, polémique, pédagogique, scientifique ou d'information », toute représentation ou reproduction intégrale ou partielle, faite sans le consentement de l'auteur ou de ses ayants droit ou ayants cause, est illicite (article L. 122-4). Cette représentation ou reproduction, par quelque procédé que ce soit, constituerait donc une contrefaçon sanctionnée par les articles L. 335-2 et suivants du Code de la propriété intellectuelle.

© 1984, McClelland & Stewart Limited
© 1994, Éditions Québec/Amérique inc.
© 1996, Éditions Pygmalion/Gérard Watelet à Paris
pour l'édition française
ISBN : 2-7441-6816-5

L'Arbre de l'Été est dédié
à la mémoire de ma grand-mère,
Tania Pollock Birstein
dont la pierre tombale porte l'inscription
« Belle, aimante et aimée »,
et qui était tout cela.

Dans un labeur d'une étendue impressionnante, des dettes également impressionnantes semblent s'être accumulées. On ne peut toutes les énumérer ici, mais un certain nombre de personnes doivent se voir attribuer la place qui leur revient au début de la Tapisserie.

J'aimerais remercier Sue Reynolds pour l'image qu'elle a su donner de Fionavar, et mon agent John Duff, qui m'a accompagné depuis le début. Alberto Manguel et Barbara Czarnecki m'ont prêté leurs capacités de conseillers littéraires et Daniel Shapiro m'a trouvé une sonate de Brahms pour m'aider à créer une chanson.

Je dois aussi, et avec une reconnaissance encore plus profonde, nommer ici mes parents, mes frères et Laura. Avec tout mon amour.

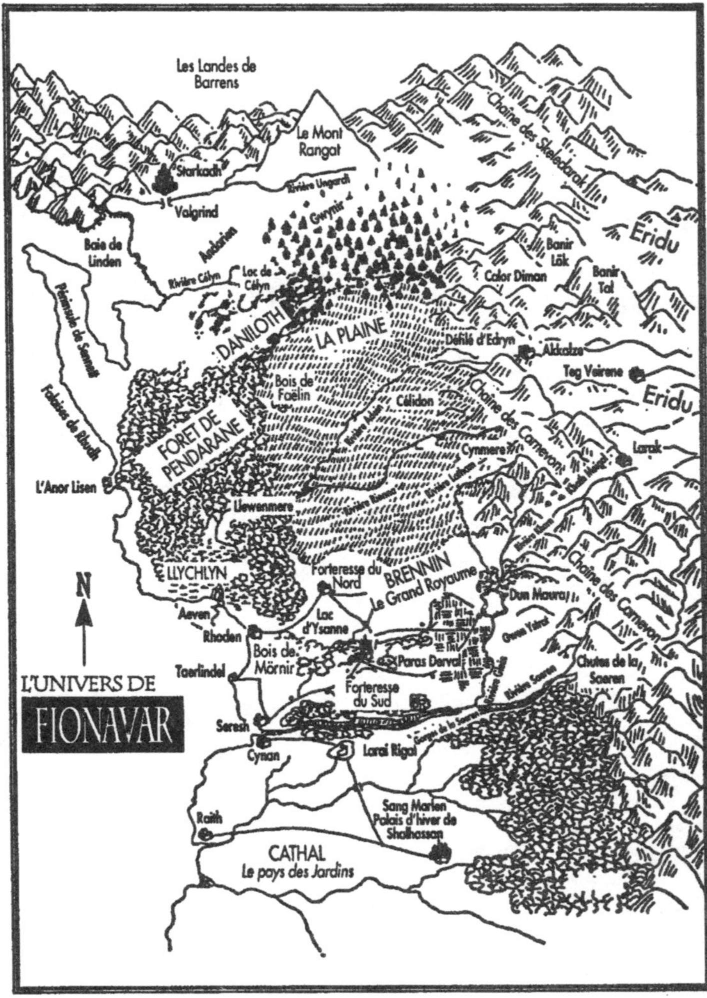

Les Landes de Barrens
Le Mont Rangat
Chaîne des Skeledarak
Starkadh
Valgrind
Andarien
Baie de Linden
Péninsule de Sennett
Rivière Célyn
Lac de Célyn
Eridu
Banir Lök
Banir Tal
Color Diman
DANILOTH
LA PLAINE
Défilé d'Edryn
Akkaize
Teg Veirene
Eridu
Bois de Faëlin
Célidon
Falaises de Rhudh
FORET DE PENDARANE
Chaîne des Carnevon
Cynmere
Larak
L'Anor Lisen
Llewenmere
BRENNIN
Le Grand Royaume
Forteresse du Nord
LLYCHLYN
Dun Maura
N
Aeven
Lac d'Ysanne
Rhoden
Chaîne des Carnevon
Bois de Mörnir
Paras Derval
Chutes de la Saeren
Taerlindel
L'UNIVERS DE
FIONAVAR
Forteresse du Sud
Rivière Saeren
Seresh
Cynan
Larai Rigal
Sang Marlen
Palais d'hiver de Shalhassan
Raith
CATHAL
Le pays des Jardins

Personnages

Les Cinq :

Kimberly Ford
Kevin Laine
Jennifer Lowell
Dave Martyniuk
Paul Schafer

Au Brennin :

Ailell, le très haut roi du Brennin
Le Prince Exilé, fils aîné d'Ailell
Diarmuid, fils cadet et héritier d'Ailell; également gardien des marches du Sud

Gorlaës, le chancelier

Métran, premier mage du Brennin
Denbarra, sa source
Lorèn Mantel d'Argent, un mage
Matt Sören, sa source, autrefois roi des Nains
Teyrnon, un mage
Barak, sa source

JAËLLE, grande prêtresse de la Déesse

YSANNE, prophétesse du Brennin (« la rêveuse »)
TYRTH, son serviteur

COLL, lieutenant de Diarmuid

CARDE
ERRON
TÉGID
DRANCE
ROTHE
AVERRÈN
} Les hommes de la forteresse du Sud, membres de la troupe de Diarmuid

MABON, duc de Rhodèn
NIAVIN, duc de Séresh
CÉRÉDUR, gardien des marches du Nord

RHÉVA
LAËSHA
} Des dames de la cour d'Ailell

LEÏLA
Finn
} Des enfants à Paras Derval

NA-BRENDEL, un seigneur des lios alfar, natif du Daniloth

Au Cathal :

SHALHASSAN, seigneur suprême du Cathal
SHARRA, sa fille et héritière (« la Rose Noire »)

Dévorsh
Bashrai } Des capitaines de la garde

Dans la Plaine :

Ivor, chef de la troisième tribu des Dalreï
Leith, sa femme

Lévon
Cordéliane (« Liane ») } Leurs enfants
Tabor

Géreint, shaman de la troisième tribu

Torc, un Cavalier de la troisième tribu (« le Paria »)

Les puissances :

Le Tisserand à son Métier

Mörnir du Tonnerre
Dana, la Mère
Cernan des Animaux
Ceinwèn à l'Arc, La Chasseresse
Macha et Nemain, les déesses de la guerre
Rakoth Maugrim, le Dévastateur, également nommé Sathain, Celui-qui-Va-masqué
Galadan, le Seigneur-Loup des andains, son lieutenant

Eïlathèn, un esprit des eaux
Flidaïs, un esprit des forêts

Du passé :

IORWETH LE FONDATEUR, premier très haut roi du Brennin

CONARY, le très haut roi de la période du Baël Rangat
COLAN, son fils et successeur (dit « le Bien-Aimé »)
AMAIRGÈN BLANCHEBRANCHE, premier des mages
LISÈN de la Forêt, une déiéna, source et épouse d'Amairgèn
RÉVOR, héros ancestral des Dalreï, premier seigneur de la Plaine

VAILERTH, très haut roi du Brennin pendant une époque de guerre civile
NILSOM, premier mage de Vailerth
AIDEEN, source de Nilsom

GARMISCH, le très haut roi qui a précédé Ailell
RAËDERTH, premier mage de Garmisch chéri d'Ysanne la prophétesse

Prologue

Après la guerre, on l'enchaîna sous la Montagne. Afin d'être prévenu s'il tentait de s'échapper, on façonna par art et par magie les cinq pierres de garde, la dernière création de Ginsérat, et la plus précieuse. L'une des pierres traversa la rivière Særèn pour aller dans le sud, au Cathal, une autre alla en Éridu par-delà les montagnes, une autre encore fut confiée à Révor des Dalreï, dans la Plaine. La quatrième pierre de garde, Colan l'emporta chez lui, Colan, fils de Conary, désormais très haut roi à Paras Derval.

La dernière pierre fut acceptée en partage, mais avec grande amertume, par les survivants brisés des lios alfar. De ceux qui étaient venus guerroyer avec Ra-Termaine, à peine un quart s'en retourna au Pays Obscur après les pourparlers au pied de la Montagne. Ils emportaient la pierre et le corps de leur roi – eux auxquels les Ténèbres portaient la plus grande haine, car leur nom signifiait Lumière.

De ce jour, peu d'humains purent se vanter d'avoir vu les lios, sinon peut-être en ombres fugitives à l'orée d'un bois, lorsque le crépuscule surprenait un fermier ou un charretier sur le chemin de sa demeure. Pendant un certain temps, on dit parmi les gens du peuple que tous les sept ans un messager empruntait des chemins secrets et venait s'entretenir avec le très haut roi à Paras Derval, mais avec le passage des années ces rumeurs s'estompèrent, comme toutes les rumeurs, dans la brume d'une histoire à demi oubliée.

L'ouragan des années emporta des âges et des âges. Partout ailleurs que dans les lieux de savoir, Conary lui-même n'était plus qu'un nom, comme Ra-Termaine. Oubliée aussi, la chevauchée de Révor à travers le Daniloth lors de la nuit au crépuscule écarlate. Devenue chanson pour les nuits d'ivrognes dans les tavernes, elle n'était ni plus vraie ni plus fausse que les autres chansons à boire, et ni plus ni moins encourageante.

Car il y avait d'autres hauts faits à chanter, des héros plus jeunes à regarder parader dans les rues des cités et les corridors des palais, et aux noms de qui lever son verre auprès de la cheminée, dans les tavernes des villages. Des alliances se faisaient et se défaisaient, on déclenchait de nouvelles guerres pour panser d'anciennes blessures, des triomphes éclatants consolaient de défaites passées, les très hauts rois se succédaient, parfois par droit de naissance, parfois par droit d'épée. Et pendant tout ce temps, pendant les petites guerres comme pendant les grandes, sous l'égide des chefs puissants comme des chefs timides, pendant les longues et vertes années de paix, quand les routes étaient sûres et les moissons abondantes, pendant tout ce temps la Montagne sommeillait – car les rituels entourant les pierres de garde étaient préservés alors même que tout le reste se transformait. On surveillait les pierres, on entretenait les feux naals, et jamais les pierres de Ginsérat ne changèrent de couleur, jamais ne résonna la terrible nouvelle qu'elles avaient viré du bleu à l'écarlate.

Et sous la grande montagne, le mont Rangat aux épaules de nuages, dans le nord ravagé par les tempêtes, une silhouette se tordait dans ses chaînes, un être rongé par la haine et poussé au bord de la folie, mais qui savait trop bien que les pierres donneraient l'alarme s'il déployait ses pouvoirs pour se libérer.

Mais il pouvait attendre ; il était hors du temps, inaccessible à la mort. Il pouvait ruminer sa revanche future et ses souvenirs – car il se rappelait tout. Il pouvait tourner et retourner dans son esprit le nom de ses ennemis, tout comme il avait joué de ses mains griffues avec le collier ensanglanté de Ra-Termaine. Mais par-dessus tout, il pouvait attendre. Attendre tandis que les cycles humains tournaient comme la roue des étoiles, tandis que le fardeau des années transformait les constellations elles-mêmes. Viendrait un temps où la surveillance se relâcherait, où l'un des cinq gardiens manquerait à son devoir. Alors, dans le plus sombre secret, il pourrait utiliser sa force pour mander de l'aide, et un jour viendrait où Rakoth Maugrim serait libre à nouveau en Fionavar.

Et sous le soleil et les étoiles du premier des mondes, un millier d'années passèrent...

PREMIÈRE PARTIE

Mantel d'Argent

1

Pendant les brèves périodes de calme qui survinrent par la suite, la question refit surface : pourquoi eux ? Il y avait une réponse facile, qui avait trait à Ysanne au bord de son lac, mais ne répondait pas à la question la plus importante. Kimberly aux cheveux devenus blancs, dirait qu'elle pouvait sentir la lueur obscure d'un dessein lorsqu'elle scrutait ses souvenirs, mais nul n'est besoin d'être prophétesse pour juger après coup de la trame changeante de la Tapisserie, et Kim, de toute façon, était un cas spécial.

Seuls les départements techniques n'avaient pas terminé leur session ; les cours et les sentiers ombragés du campus de l'université de Toronto auraient dû être déserts en ce début de mai, surtout un vendredi soir. Que le plus vaste des espaces libres ne le fût pas justifiait la décision des organisateurs du Second Colloque international sur les Celtes ; en agençant le programme pour accommoder certains conférenciers importants, on avait couru le risque de voir une bonne partie de l'auditoire potentiel disparaître sur les chemins de l'été avant le début du colloque.

À l'entrée brillamment éclairée de Convocation Hall, les agents de sécurité auraient peut-être souhaité qu'il en eût été ainsi, car ils avaient fort à faire. Des étudiants et des universitaires en nombre surprenant, excités comme des amateurs de rock avant un concert, s'étaient rassemblés afin d'entendre l'homme pour lequel on avait justement repoussé la date du colloque. Lorenzo Marcus donnait une conférence et présidait une table ronde ce soir-là, première apparition publique de tous les temps pour ce génie qui menait une vie de reclus ; sous les augustes voûtes de l'auditorium, il n'y avait plus une seule place assise.

Les agents de sécurité confisquaient les magnétophones interdits et faisaient passer les détenteurs de billets avec des expressions allant de la bienveillance à l'hostilité, selon leur tempérament. Captifs des lumières étincelantes et de la foule grouillante, ils ne pouvaient voir la silhouette sombre tapie dans les ombres du porche, juste au-delà du cercle lumineux.

De sa cachette, la créature observa la foule un moment puis se détourna, rapide et silencieuse, pour se glisser le long de l'édifice. Arrivée là où l'obscurité était presque totale, elle jeta un coup d'œil par-dessus son épaule et, avec une agilité qui n'était pas naturelle, se mit en devoir d'escalader la façade de Convocation Hall à la force des poignets. En fort peu de temps, la créature, dépourvue de billet comme de magnétophone, vint s'arrêter près d'une fenêtre presque au sommet de la coupole qui surmontait l'auditorium. À travers les lustres, elle pouvait voir en contrebas l'auditoire et la scène sous les projecteurs. Le murmure électrique de la foule filtrait même à cette hauteur et à travers l'épaisseur du verre. Agrippée à l'ogive de la fenêtre, la créature se permit un mince sourire de plaisir. Si, dans la galerie supérieure, on s'était retourné à ce moment pour admirer les fenêtres du dôme, on l'aurait peut-être vue, silhouette sombre dans la nuit. Mais personne n'avait de raison de lever les yeux et personne ne le fit. À l'extérieur du dôme, la créature se rapprocha de la vitre et s'installa pour attendre. Elle avait de fortes chances de pouvoir tuer plus tard dans la nuit ; cette perspective lui permettait d'attendre plus patiemment et lui procurait à l'avance une certaine satisfaction, car elle avait été créée dans ce but, et la plupart des créatures aiment faire ce que leur dicte leur nature.

Tel un grand arbre, Dave Martyniuk attendait au milieu de la foule des gens qui tournoyaient comme autant de feuilles autour de lui dans le foyer de l'auditorium. Il cherchait son frère et il était de plus en plus mal à l'aise. Voir la silhouette élégante de Kevin Laine entrant avec Paul Schafer et deux femmes ne le réconforta pas. Il se détourna – en cet instant précis, il n'avait guère envie de se faire traiter avec condescendance – quand il se rendit compte que Laine l'avait vu.

« Martyniuk ! Qu'est-ce que tu fais là ?

– Salut, Laine. Mon frère fait partie de la table ronde.

– Vince Martyniuk. Bien sûr, dit Kevin. Un type très intelligent.

– Un par famille », plaisanta Dave avec une certaine aigreur ; il vit le sourire en biais de Paul Schafer.

Kevin Laine se mit à rire : « Au moins. Mais je suis impoli. Tu connais Paul. Voici Jennifer Lowell, et Kim Ford, mon médecin favori. »

« Salut, dit Dave, obligé de faire disparaître son programme pour une ronde de poignées de mains.

– Dave Martyniuk, les amis. Le joueur de centre de notre équipe de basket. Il est en troisième année de droit ici.

– Par ordre d'importance ? » plaisanta Kim Ford en écartant la boucle brune qui lui tombait sur les yeux. Dave essaya de trouver une repartie adéquate quand il se fit un mouvement autour d'eux dans la foule.

« *Dave !* Désolé d'être en retard. ». Vincent arrivait enfin. « Je dois aller dans les coulisses en vitesse. Peut-être que je ne pourrai pas te parler avant demain. Enchanté ! » jeta-t-il à Kim, même s'il ne lui avait pas été présenté. Il s'éloigna en hâte, tenant sa serviette devant lui comme la proue d'un navire pour écarter la foule.

« C'est votre frère ? demanda Kim Ford ; la question était superflue.

– Ouais. » L'aigreur de Dave était de retour ; à quelque distance, Kevin Laine, accosté par des amis, était de toute évidence en train de faire de l'esprit.

S'il retournait à la faculté de droit, il pourrait encore travailler au moins trois heures sur la Preuve avant la fermeture de la bibliothèque.

« Vous êtes seul ? demanda Kim Ford.

– Oui, mais je...

– Pourquoi ne pas venir avec nous, alors ? »

Dave, un peu surpris de sa propre réaction, suivit Kim dans l'auditorium.

« Elle », dit le Nain. Et il désigna en face de lui l'autre côté de l'auditorium où Kimberly Ford entrait avec un homme de haute taille, aux larges épaules. « C'est elle. »

L'homme à la barbe grise qui se tenait près de lui hocha lentement la tête. À demi dissimulés dans les coulisses, ils regardaient la foule qui entrait. « Je pense, oui, dit-il d'un ton préoccupé. Mais il m'en faut cinq, Matt.

– Mais un seul pour le cercle. Elle est venue avec trois autres et il y en a un quatrième avec eux, à présent. Tu as tes cinq.

– J'en ai cinq, dit l'autre. *Mes* cinq, je ne sais pas. Si c'était uniquement pour cette idiotie inventée par Métran à l'occasion du jubilé, cela importerait peu, mais...

– Lorèn, je sais. » La voix du Nain était d'une étonnante douceur. « Mais c'est d'elle qu'on nous a parlé. Mon ami, si je pouvais t'aider, pour tes rêves...

– Tu penses que c'est une sottise ?

– Non, je sais à quoi m'en tenir. »

L'homme se détourna. Son regard acéré se reporta sur les cinq personnes que son compagnon lui avait désignées de l'autre côté de l'auditorium. Il les observa l'une après l'autre avec attention, puis son regard se fixa sur Paul Schafer.

Assis entre Jennifer et Dave, Paul regardait autour de lui dans la salle en écoutant d'une oreille l'introduction fleurie du président qui présentait le principal conférencier de la soirée. C'est alors que le coup de sonde le frappa.

La lumière et le bruit de la salle s'évanouirent pour faire place à une vaste obscurité. Il y avait une forêt, une allée d'arbres murmurants enveloppés d'un linceul de brume. Des étoiles au-dessus des arbres. Sans raison évidente, il savait que la lune allait se lever, et quand elle se leva...

Il était là. L'auditorium avait disparu. Il n'y avait pas de brise dans l'obscurité et pourtant les arbres murmuraient, et c'était davantage qu'un simple son. Paul était totalement englouti par la vision, face aux yeux terrifiants, tourmentés, d'un chien ou d'un loup dissimulé dans quelque coin noir. Puis la vision se fragmenta en un torrent d'images chaotiques, des milliers d'éclats trop rapides pour la mémoire, sauf un : un homme de haute taille dans la pénombre et, sur sa tête, les larges bois recourbés d'un cerf.

Et la vision s'éparpilla, d'un coup, le laissant complètement désorienté. Ses yeux, encore brouillés, balayèrent la salle pour se poser sur un homme de haute taille à la barbe grise debout sur le côté de la scène. Un homme qui dit quelques mots brefs à quelqu'un dans les coulisses, puis s'avança en souriant vers le pupitre au milieu d'un tonnerre d'applaudissements.

« Arrange tout, Matt, avait dit l'homme à la barbe grise. Nous les prendrons si nous pouvons. »

« Il était très bien, Kim, tu avais raison », dit Jennifer Lowell. Debout près de leurs fauteuils, elles attendaient que la foule se soit dispersée. Kim Ford était toute rose d'excitation.

« N'est-ce pas ? demanda-t-elle à la cantonade ; la question était de pure forme. Quel conférencier *fantastique* !

– Ton frère était très bien aussi, à mon avis », dit Paul Schafer à mi-voix à Dave.

Surpris, Dave grogna sans se compromettre, puis se rappela quelque chose : « Toi, ça va ? »

Paul ne réagit pas tout de suite puis fit une petite grimace : « Et toi ? Je vais très bien. J'avais juste besoin d'un jour de repos. La mononucléose est pratiquement terminée. »

À le regarder, Dave n'en était pas très sûr. Mais ce n'était pas ses affaires si Schafer voulait se tuer à jouer au basket. Lui-même avait déjà joué une partie de football avec des côtes cassées. On survit.

Kim s'était remise à parler : « J'aimerais vraiment le rencontrer, vous savez. » Elle regardait avec envie le petit groupe de chasseurs d'autographes qui encerclait Marcus.

« Moi aussi, en fait », dit Paul à mi-voix. Kevin lui adressa un regard interrogateur.

« Dave, poursuivit Kim, votre frère ne pourrait pas nous faire admettre à cette réception ? »

Dave commençait à faire la remarque qui s'imposait quand une profonde voix de basse couvrit la sienne : « Pardonnez-moi cette intrusion. »

Une silhouette d'à peine un mètre vingt était apparue à leurs côtés ; l'homme avait un bandeau sur un œil. « Mon nom, dit-il avec un accent que Dave ne put identifier, est Matt Sören. Je suis le secrétaire du docteur Marcus. Je n'ai pu m'empêcher d'entendre la remarque de cette jeune femme. Puis-je vous confier un secret ? » Il fit une pause. « Le docteur Marcus n'a absolument aucune envie d'aller à la réception officielle. Malgré tout le respect qu'il doit, ajouta-t-il en se tournant vers Dave, à votre frère, qui est un homme fort savant. »

Jennifer vit que Kevin Laine commençait à s'illuminer ; le voilà qui entre en scène, se dit-elle avec un petit sourire intérieur.

Avec un éclat de rire, Kevin prit la conversation en main : « Vous voulez que nous l'enlevions ? »

Le Nain battit des paupières, puis sa poitrine résonna d'un gloussement basso profundo. « Vous êtes rapide, mon jeune ami. Oui, en vérité, je crois qu'il apprécierait beaucoup. »

Kevin jeta un coup d'œil à Paul Schafer.

« Un complot, murmura Jennifer. Pondez-nous un plan, messieurs !

– Facile, dit Kevin après un bref instant de réflexion. Kim est sa nièce. Il veut la voir. La famille avant la vie publique. » Il attendit l'assentiment de Paul.

« Bien, dit Matt Sören. Et très simple. Voulez-vous venir avec moi chercher votre, euh, oncle ?

– Mais bien sûr ! dit Kim en éclatant de rire. Je ne l'ai pas vu depuis des *siècles* ! »

Elle s'éloigna avec le Nain vers la foule qui se pressait autour de Lorenzo Marcus à l'entrée de l'auditorium.

« Eh bien, dit Dave, je crois que je vais y aller.

– Oh, Martyniuk ! explosa Kevin, ne joue donc pas les juristes rabat-joie ! Ce type a une renommée mondiale. C'est une légende. Tu peux étudier la Preuve demain. Écoute, viens à mon bureau demain après-midi et je te ressortirai mes vieilles notes de cours. »

Dave s'immobilisa. Kevin Laine, il ne le savait que trop bien, avait gagné le prix décerné au meilleur travail sur la Preuve deux ans plus tôt, ainsi qu'une ribambelle d'autres prix.

Jennifer, en le regardant hésiter, ressentit une soudaine sympathie ; ce garçon en avait gros sur le cœur et les manières de Kevin n'arrangeaient pas les choses. Certains avaient tellement de mal à dépasser la surface brillante de Kevin pour voir ce qui se trouvait dessous... Contre sa propre volonté, car Jennifer avait son propre système de défense, elle se prit à se rappeler comment était Kevin quand il faisait l'amour, autrefois.

« Hé, les copains, il faut que je vous présente quelqu'un. » La voix de Kim la tira brusquement de ses pensées ; celle-ci avait passé un bras possessif au bras du conférencier, qui la dépassait de sa haute taille et lui souriait d'un air réjoui et bienveillant. « Voici mon oncle Lorenzo. Mon oncle, voici ma co-locataire Jennifer, Kevin et Paul, et lui, c'est Dave. »

Les yeux noirs de Marcus étincelaient : « Je suis plus heureux de vous rencontrer que vous ne pouvez l'imaginer, dit-il. Vous m'avez sauvé d'une soirée particulièrement pénible. Vous joindriez-vous à nous pour boire un verre à notre hôtel ? Nous sommes au Park Plaza, Matt et moi.

– Avec plaisir, monsieur, dit Kevin ; il fit une petite pause. Et nous essaierons de ne pas être pénibles. »

Marcus haussa un sourcil.

Avec une intense frustration, un groupe d'universitaires les regardèrent traverser le foyer tous les sept pour sortir dans la nuit fraîche et sans nuage.

Et une autre paire d'yeux les observait aussi sous les colonnes du porche de Convocation Hall aux ombres profondes. Des yeux qui reflétaient la lumière et qui ne clignaient pas.

C'était un court trajet, une promenade agréable. On traversait la pelouse centrale du campus puis on suivait les méandres obscurs du sentier connu sous le nom de « chemin du Philosophe » qui, entre de petites élévations de terrain, passait derrière la faculté de droit, la faculté de musique et enfin l'édifice massif du Royal Ontario Museum, où les os de dinosaures gardaient leur long silence. C'était un chemin que Paul Schafer avait soigneusement évité pendant la majeure partie de l'année écoulée.

Il ralentit un peu le pas pour laisser quelque distance entre lui et les autres. Devant, dans l'ombre, Kevin, Kim et Lorenzo Marcus élaboraient une fantaisie baroque et improbable sur les liens qui pouvaient unir les clans Ford et Marcus, avec quelques-uns des plus lointains ancêtres russes de Kevin ajoutés au mélange, par alliance. Jennifer, accrochée au bras gauche de Marcus, les encourageait en riant et Dave Martyniuk marchait à grandes enjambées dans l'herbe en bordure du sentier, silencieux, comme s'il ne faisait pas tout à fait partie du groupe. Matt Sören avait fort aimablement ralenti le pas pour rester avec Paul, mais celui-ci, plongé dans ses propres pensées, sentait la conversation et le rire se fondre à l'arrière-plan – sensation qui lui était familière depuis quelque temps. Bientôt, ce fut comme s'il marchait seul.

Ce qui peut expliquer pourquoi, à mi-chemin, il prit conscience de quelque chose qui échappait aux autres. Cette perception le tira brusquement de sa rêverie et il continua à marcher un bref instant dans un silence qui n'était plus le même, avant de se tourner vers le Nain qui cheminait à ses côtés.

« Y a-t-il une raison pour laquelle Marcus et vous seriez suivis ? » murmura-t-il.

Le pas de Matt Sören ne perdit que brièvement sa régularité ; le Nain prit une profonde inspiration.

« Où ? demanda-t-il, également dans un murmure.

– Derrière nous, à gauche. Le flanc de la colline. Y a-t-il une raison ?

– Peut-être. Voulez-vous continuer à marcher, je vous prie ? Et ne dites rien pour l'instant. Ce n'est peut-être rien. » Comme Paul hésitait, le Nain lui agrippa le bras : « Je vous en prie », répéta-t-il. Après un moment, Schafer hocha la tête et accéléra le pas pour rattraper le groupe qui les devançait à présent de plusieurs mètres. L'ambiance était maintenant hilare et fort bruyante. Seul Paul, attentif, entendit dans l'obscurité derrière eux une exclamation soudaine, brusquement interrompue. Il cilla mais demeura impassible.

Matt Sören les rejoignit au moment où ils atteignaient l'extrémité du sentier ombragé et se retrouvaient dans le bruit et les lumières vives de Bloor Street. Devant eux se dressait l'énorme masse de pierre du vieil hôtel Park Plaza. Avant de traverser la rue, le Nain posa une main sur le bras de Schafer : « Merci », dit-il.

« Eh bien », dit Lorenzo Marcus tandis qu'ils s'installaient dans les fauteuils de sa suite au seizième étage, « pourquoi ne pas me parler de vous tous ? Vous-mêmes, répéta-t-il en levant un doigt à l'adresse de Kevin, qui souriait malicieusement.

– Pourquoi ne pas commencer ? poursuivit-il en se tournant vers Kim. Quelle matière étudiez-vous ? »

Kim répondit de bonne grâce : « Eh bien, je finis mon année d'internat à...

– Attends un peu, Kim. »

C'était Paul qui avait parlé. Il ignora le regard d'avertissement que lui jeta le Nain et regarda leur hôte bien en face : « Désolé, docteur Marcus, mais j'ai moi-même quelques questions et je veux des réponses maintenant, ou bien nous rentrons tous chez nous.

– Paul, que diable...

– Non, Kev. Écoutez un peu, tous. » Chacun avait les yeux fixés sur son visage pâle et tendu. « Quelque chose de très étrange est en train de se passer ici. Je veux savoir, dit-il à Marcus, pourquoi vous aviez tellement hâte de nous séparer de la foule. Pourquoi vous avez envoyé votre ami arranger ça. Je veux savoir ce que vous m'avez fait à l'auditorium. Et je veux vraiment savoir pourquoi on nous a suivis en chemin.

– *Suivis* ? » Le choc qui se lisait sur le visage de Lorenzo Marcus n'était pas feint, de toute évidence.

« Oui, dit Paul, et je veux aussi savoir par qui.

– Matt ? » demanda Marcus en un murmure.

Le Nain dévisagea longuement Paul.

Paul lui rendit son regard : « Nos priorités ne peuvent être les mêmes en l'occurrence. »

Au bout d'un moment, Sören hocha la tête et se tourna vers Marcus : « Des amis de chez nous. Il semble que certains désirent savoir exactement ce que vous faites quand vous... voyagez.

– Des amis ? demanda Marcus.

– Je parle de façon générale. Très générale. »

Il y eut un silence. Marcus se renversa dans son fauteuil en caressant sa barbe grise, et ferma les yeux.

« Ce n'est pas ainsi que j'aurais choisi de commencer, dit-il enfin. Mais c'est peut-être mieux, en définitive. » Il se tourna vers Paul : « Je vous dois des excuses. Plus tôt dans la soirée, je vous ai fait subir ce que nous appelons un contact. Ça ne marche pas toujours. Certains ont des défenses ; avec d'autres, comme vous-même apparemment, il peut arriver des choses curieuses. Ce qui s'est passé entre nous m'a également troublé. »

À l'étonnement général, les yeux de Paul, plus bleus que gris dans la lumière de la lampe, n'exprimaient aucune surprise. « J'aimerais discuter de ce que nous avons vu, dit-il, mais d'abord, pourquoi avez-vous fait cela ? »

Le moment crucial était arrivé. Kevin, penché en avant, tous les sens en alerte, vit Lorenzo Marcus prendre une grande inspiration, et l'espace d'un éclair il se vit lui-même au bord d'un abîme.

« Parce que, dit Marcus, vous aviez tout à fait raison, Paul Schafer. Je ne voulais pas simplement échapper à une soirée ennuyeuse. J'ai besoin de vous. De vous cinq.

– Nous ne sommes pas cinq, intervint la voix lourde de Dave. Je n'ai rien à voir avec eux.

– Vous renoncez trop vite à l'amitié, Dave Martyniuk, rétorqua Marcus. Mais, poursuivit-il d'un ton plus doux après le silence soudain, cela importe peu. Pour vous faire comprendre mes raisons, je dois essayer d'expliquer. Et c'est plus difficile qu'autrefois. » Il hésita, porta de nouveau la main à sa barbe.

« Vous n'êtes pas Lorenzo Marcus, n'est-ce pas ? » dit Paul d'une voix très calme.

Dans le silence immobile, l'homme de haute taille se tourna encore une fois vers lui : « Pourquoi dites-vous cela ? »

Paul haussa les épaules : « Ai-je raison ?

– Ce contact était vraiment une erreur. Oui, dit leur hôte, vous avez raison. » Le regard de Dave passait de Paul à Marcus avec une incrédulité hostile. « En fait je suis Marcus, d'une certaine façon – autant que n'importe qui. Il n'y a pas d'autre Marcus. Mais Marcus n'est pas qui je suis.

– Alors, qui êtes-vous ? »

La question venait de Kim. Une voix soudain aussi profonde qu'un enchantement lui répondit :

« Mon nom est Lorèn. On m'appelle Mantel d'Argent. Je suis un mage. Mon ami est Matt Sören, qui fut autrefois roi des Nains. Nous venons de Paras Derval, où règne Ailell, dans un univers qui n'est pas le vôtre. »

Un silence de pierre suivit cette déclaration. Kevin Laine, qui avait poursuivi pendant toutes les nuits de sa vie une image fugitive, sentit une surprenante émotion poindre en son cœur. Il y avait un pouvoir dans la voix du vieil homme et, tout autant que les mots prononcés, ce pouvoir l'atteignait. « Dieu tout-puissant, murmura-t-il, Paul, comment le savais-tu ?

– Un moment ! Vous *croyez* à tout ça ? intervint Dave Martyniuk, hérissé d'agressivité. Je n'ai jamais rien entendu d'aussi délirant de ma vie ! » Il posa son verre et deux enjambées l'amenèrent à mi-chemin de la porte.

« Dave, je vous en prie ! »

Il s'arrêta, se retourna avec lenteur pour faire face à Jennifer Lowell. « Ne partez pas, l'implora-t-elle. Il a dit qu'il avait besoin de nous. »

Ses yeux, il le remarqua pour la première fois, étaient verts. Il secoua la tête : « Qu'est-ce que ça peut bien vous faire ?

– Vous n'avez pas entendu ? répliqua-t-elle. Vous n'avez rien senti ? »

Il n'allait pas dire à ces gens ce qu'il avait ou n'avait pas perçu dans la voix du vieil homme, mais avant de pouvoir le leur déclarer sans ambages, il fut interrompu par Kevin Laine :

« Dave, on peut bien se permettre de l'écouter. S'il y a du danger, si c'est vraiment délirant, on peut toujours se barrer. »

Dave perçut le défi, et le sous-entendu. Mais il ne réagit pas. Sans quitter Jennifer des yeux, il revint sur ses pas et s'assit près d'elle sur le divan. Sans même un regard pour Kevin.

Il y eut un silence, que Jennifer brisa : « Bon, docteur Marcus, ou enfin, le nom que vous préférez, nous allons vous écouter. Mais expliquez-vous, je vous en prie. Parce que maintenant, j'ai peur ».

Nul ne sait si Lorèn Mantel d'Argent eut alors une vision de ce que l'avenir réservait à Jennifer, mais il la regarda avec toute la tendresse dont il était capable, lui dont la nature était secouée par des ouragans mais dont la générosité restait peut-être le trait dominant. Puis il commença son récit.

« Il existe bien des univers, dit-il, dans les nœuds et les boucles du temps. Ils se croisent rarement et, pour la plus grande part, demeurent inconnus les uns des autres. C'est seulement en Fionavar, la création originelle dont toutes les autres sont le reflet imparfait, qu'a été rassemblé et sauvegardé le savoir qui permet de passer d'un univers à l'autre – mais les années n'ont pas épargné l'ancienne sagesse. Nous avons déjà traversé, Matt et moi, mais toujours avec difficulté, car beaucoup de savoir s'est perdu, même en Fionavar.

– Comment ? Comment traverse-t-on ? demanda Kevin.

– Il est plus simple de dire qu'il s'agit de magie, même si c'est bien plus complexe que des sortilèges.

– Votre magie ? poursuivit Kevin.

– Je suis un mage, oui, dit Lorèn. C'était ma traversée. Et il en sera de même pour le retour si vous venez avec moi.

– C'est ridicule ! » explosa de nouveau Martyniuk. Il refusait de regarder Jennifer, à présent. « De la magie. Des traversées. Montrez-moi quelque chose de concret ! Parler ne coûte rien ! Je ne crois pas un mot de tout ceci ! »

Lorèn lui adressa un regard froid. Kim, en le voyant, retint son souffle. Mais le visage sévère se rida soudain d'un sourire ; les yeux, contre toute attente, pétillèrent de malice : « Vous avez raison. Montrer quelque chose est bien plus simple. Regardez, alors. »

Le silence dura environ dix secondes. Du coin de l'œil, Kevin vit que le Nain lui aussi s'était complètement figé. Que va-t-il se passer ? songea-t-il.

Ils virent un château.

Là où s'était tenu Dave Martyniuk l'instant d'avant, des fortifications et des tours apparurent, avec un jardin, une cour centrale, une vaste place carrée au pied des murs et, sur le plus haut rempart, une bannière flottant malgré l'absence de brise ; sur la bannière, Kevin vit un croissant de lune au-dessus d'un arbre aux larges branches.

« Paras Derval, dit Lorèn à voix basse en contemplant son propre artifice d'un air presque nostalgique. Au Brennin, le Grand Royaume de Fionavar. Voyez les drapeaux sur la grand-place devant le palais. Ils se trouvent là pour les festivités à venir, car huit jours après la pleine lune, ce mois-ci, prendra fin la cinquième décennie du règne d'Ailell.

– Et nous ? » La voix de Kimberly bruissait comme du papier de soie. « Quelle est notre place là-dedans ? »

Un sourire amusé adoucit les traits de Lorèn : « Une place peu héroïque, à vrai dire, et pourtant j'espère que vous y trouverez du plaisir. On veut donner beaucoup d'éclat à la célébration de cet anniversaire. Au printemps, il y a eu une longue sécheresse au Brennin ; on a estimé que donner au peuple l'occasion de se réjouir serait de bonne politique. Et sans doute n'a-t-on pas tort. En tout cas, Métran, le premier mage d'Ailell, a décidé que le présent du Conseil des Mages au roi et à son peuple serait d'aller chercher cinq personnes dans un autre univers, une pour chaque décennie du règne, afin qu'elles se joignent à nous pendant la quinzaine du festival. »

Kevin Laine se mit à rire : « Comme des Peaux-Rouges à la cour du roi Jacques ? »

D'un geste presque négligent, Lorèn fit disparaître l'image qui occupait le milieu de la pièce. « Je crains qu'il n'y ait quelque vérité là-dedans. Les idées de Métran... Il est à la tête du Conseil, mais à vrai dire je ne suis pas toujours d'accord avec lui.

– Vous êtes ici, dit Paul.

– Je voulais de toute façon essayer une autre traversée, répliqua aussitôt Lorèn. Il y a longtemps que je ne suis venu dans votre monde en tant que Lorenzo Marcus.

– Ai-je bien compris ? demanda Kim. Vous voulez que nous traversions avec vous, d'une façon ou d'une autre, pour aller dans votre univers, et ensuite vous nous ramènerez ?

– Essentiellement, oui. Vous resterez avec nous pendant deux semaines, peut-être, mais au retour je vous ramènerai dans cette pièce seulement quelques heures après notre départ.

– Eh bien, dit Kevin avec un sourire malin, voilà qui devrait sûrement te convaincre, Martyniuk. Pense donc, Dave, deux semaines de plus pour étudier la Preuve ! »

Dave rougit violemment et tout le monde se mit à rire, ce qui détendit l'atmosphère.

« J'en suis, Lorèn Mantel d'Argent », dit Kevin quand ils se furent tus. Et il devint ainsi le premier. « J'ai toujours voulu porter des peintures de guerre à la cour, ajouta-t-il en réussissant à plaisanter. Quand est-ce qu'on décolle ? »

Lorèn le regardait sans broncher : « Demain. Tôt dans la soirée, si nous désirons bien chronométrer l'affaire. Je ne vous demanderai pas de décider maintenant. Pensez-y le reste de la nuit, et demain. Si vous acceptez de venir avec moi, soyez ici vers la fin de l'après-midi.

– Et vous ? Et si nous ne venons pas ? » Une ride creusait le front de Kim, la ligne verticale qui trahissait toujours sa tension.

Lorèn sembla déconcerté par la question : « En ce cas, j'aurai échoué. Ce ne serait pas la première fois. Ne vous inquiétez pas pour moi... ma nièce. » Son sourire transformait son visage de façon remarquable. « Restons-en là, voulez-vous ? » reprit-il, comme les yeux de Kim exprimaient toujours son souci. « Si vous décidez de venir, soyez là demain. J'attendrai.

– Encore un détail, intervint Paul à nouveau. Désolé de continuer à poser les questions déplaisantes, mais nous ne savons toujours pas ce qui nous a suivis sur le chemin du Philosophe. »

Dave avait oublié. Pas Jennifer. Ils regardèrent tous deux Lorèn. Il finit par répondre, s'adressant à Paul : « Il y a de la magie en Fionavar. Je vous en ai montré un peu, ici même. Il y a aussi des créatures, bienveillantes et maléfiques, qui coexistent avec l'humanité. Votre propre monde était ainsi autrefois, même s'il s'est écarté depuis longtemps de la trame originale. Les légendes dont j'ai parlé ce soir à l'auditorium sont les échos, à peine compris désormais, de matins où l'être humain ne marchait pas seul, où d'autre créatures, amies et ennemies, vivaient dans les forêts et les collines. » Il s'interrompit, puis reprit : « Ce qui nous a suivis était un svart alfar, je pense. N'est-ce pas, Matt ? »

Le Nain hocha la tête en silence.

« Les svarts, reprit Lorèn, sont une race maligne, qui a causé bien des maux en son temps. Il en reste très peu. Celui-ci, plus brave que les autres semble-t-il, est parvenu à nous suivre dans notre traversée, Matt et moi. Ce sont des créatures déplaisantes, et parfois dangereuses, mais d'habitude seulement quand elles sont en groupe. Celui-ci est mort, je crois. » Il regardait de nouveau Matt.

Le Nain, à côté de la porte, hocha de nouveau la tête.

« J'aurais préféré ne pas le savoir », dit Jennifer.

Les yeux du mage, profondément enfoncés dans leurs orbites, redevinrent curieusement tendres quand il la regarda. « Je suis désolé que vous ayez eu peur. Permettez-moi de vous assurer que, si inquiétants puissent-ils sembler, les svarts ne doivent pas vous causer de souci. » Il s'interrompit, la maintenant sous son regard : « Je ne veux pas que vous agissiez contre votre inclination. Je vous ai invités, rien de plus. Peut-être trouverez-vous plus facile de prendre une décision après nous avoir quittés, Matt et moi. »

Il se leva.

Une autre sorte de pouvoir. Un homme habitué à commander, se dit Kevin quelques instants plus tard, quand ils se retrouvèrent tous les cinq de l'autre côté de la porte. Ils empruntèrent le couloir pour se rendre à l'ascenseur.

Matt Sören referma la porte derrière eux.

« C'est grave ? » demanda vivement Lorèn.

Le Nain fit une grimace : « Pas trop. J'ai été négligent.

– Un poignard ? » Le mage aida rapidement son ami à retirer sa veste molletonnée.

« Je voudrais bien. Des dents, en fait. »

Lorèn poussa un juron irrité quand la veste glissa enfin en révélant les gros caillots de sang noir qui tachaient la chemise du Nain à l'épaule gauche. Il se mit à écarter doucement l'étoffe, en continuant à jurer à mi-voix.

« Ce n'est pas si grave, Lorèn. Reste calme. Et reconnais que j'ai été astucieux de retirer ma veste avant de l'attaquer.

– Très. Et c'est heureux, parce que ma propre stupidité me terrifie, ces temps-ci ! Par Conall Cernach, comment ai-je pu laisser un svart alfar traverser avec nous ? » Il quitta la pièce d'un pas rapide pour revenir un moment après avec des serviettes imbibées d'eau chaude.

Le Nain subit les soins en silence. Quand le sang séché eut été nettoyé, les marques de dents devinrent bien visibles, pourpres et très profondes.

Lorèn les examina avec attention. « C'est sérieux, mon ami. Es-tu assez fort pour m'aider à te soigner ? On pourrait attendre à demain, Métran ou Teyrnon pourraient le faire, mais je préférerais ne pas attendre.

– Vas-y. » Matt ferma les yeux.

Le mage s'immobilisa un instant puis plaça avec soin une main au-dessus de la blessure. Il proféra un mot à voix basse, puis un autre. Et sous ses longs doigts l'enflure de l'épaule du Nain commença à diminuer. Mais, quand il eut terminé, le visage de Matt Sören brillait de sueur. De son bras intact, le Nain prit une serviette et s'essuya le front.

« Ça va ? demanda Lorèn.

– Très bien. »

Le mage le parodia avec irritation : « Très bien ! Ça aiderait, sais-tu, si tu ne jouais pas tout le temps les héros silencieux ! Comment suis-je censé savoir quand tu souffres vraiment si tu me donnes toujours la même réponse ? »

Le Nain le fixa de son unique œil noir, et il y avait une trace d'amusement sur son visage : « Tu n'es pas censé le savoir, dit-il. Pas du tout. »

Lorèn fit un geste d'ultime exaspération et quitta de nouveau la pièce pour revenir avec une de ses propres chemises, qu'il se mit à découper en lanières.

« Lorèn, ne t'accuse pas d'avoir laissé le svart traverser. Tu n'y aurais rien pu.

– Ne dis pas de stupidités ! J'aurais dû prendre conscience de sa présence dès qu'il a essayé d'entrer dans le cercle.

– Je suis très rarement stupide, mon ami. » Le ton était aimable. « Tu n'aurais pas pu le savoir parce qu'il portait ceci quand je l'ai tué. » De la poche droite de son pantalon, Sören sortit un objet qu'il tendit à Lorèn. C'était un bracelet d'argent délicatement travaillé, où était sertie une gemme vert émeraude.

« Une pierre velline ! murmura Lorèn Mantel d'Argent, accablé. Oui, le svart m'aurait été caché. Matt, quelqu'un a donné une velline à un svart alfar.

– On dirait bien », acquiesça le Nain.

Le mage se tut. Ses mains rapides et habiles finirent de bander l'épaule de Matt. Quand ce fut terminé, il alla, toujours muet, à la fenêtre. Il l'ouvrit ; la brise nocturne agita le rideau blanc. Lorèn contempla les quelques voitures qui passaient dans la rue en contrebas.

« Ces cinq personnes... dit-il enfin, les yeux toujours fixés sur la rue. Vers quoi vais-je les emmener ? En ai-je le droit ? »

Le Nain ne répondit pas.

Au bout d'un moment, Lorèn reprit, comme pour lui-même : « Il y a tant de choses que je ne leur ai pas dites.

– C'est vrai.

– J'ai eu tort ?

– Peut-être. Mais tu te trompes rarement en la matière. Ysanne aussi. Si tu as le sentiment qu'on a besoin d'eux...

– Mais je ne sais pas pour quoi ! Je ne sais pas *comment*. Ce sont seulement ses rêves, mes prémonitions...

– Alors aie foi en toi-même. En tes prémonitions. Cette jeune fille est bel et bien un hameçon, et l'autre, Paul...

– Lui, c'est autre chose. Je ne sais pas quoi.

– Mais il y a quelque chose. Tu es perturbé depuis bien longtemps, mon ami. Et je ne crois pas que ce soit en vain. »

Le mage se détourna de la fenêtre pour lui lancer un regard : « Je crains que tu n'aies raison. Matt, qui nous aurait fait suivre ?

– Quelqu'un qui veut te voir échouer. Ce qui devrait nous dire quelque chose. »

Lorèn hocha la tête, pensif. « Mais qui, reprit-il en contemplant le bracelet à la pierre verte que le Nain tenait toujours, qui laisserait un tel trésor entre les mains d'un svart alfar ?

– Quelqu'un qui désire ta mort », dit Matt Sören.

2

Les jeunes filles partagèrent un taxi en silence pour retourner dans l'ouest de la ville au duplex qu'elles occupaient près de High Park. En partie parce qu'elle connaissait bien sa co-locataire, Jennifer décida qu'elle ne serait pas la première à parler des événements de la soirée et de ce qu'elles semblaient avoir toutes deux perçu sous les paroles du vieil homme.

Mais elle était aux prises avec ses propres émotions, mêlées et complexes, tandis qu'elles tournaient dans Parkside Drive et qu'elle regardait les ombres noires du parc défiler à leur droite. Quand elles descendirent du taxi, la brise tardive leur sembla d'une fraîcheur inhabituelle pour la saison. Jennifer regarda un moment les arbres qui murmuraient doucement de l'autre côté de la rue.

Une fois chez elles, elles eurent à propos des choix, de l'action et de l'inaction, une conversation qu'elles auraient toutes deux pu prédire.

Dave Martyniuk refusa de partager un taxi avec Kim et fit à pied le kilomètre et demi qui le séparait de son appartement en sous-sol dans Palmerston, à l'ouest de la ville. Il marchait vite, d'un pas d'athlète auquel s'ajoutaient la colère et la tension. « Vous renoncez trop vite à l'amitié », avait dit le vieil homme. Dave eut une grimace irritée, marcha plus vite. Qu'est-ce qu'il en savait, ce type ?

Le téléphone se mit à sonner alors qu'il ouvrait la porte de l'appartement. Il décrocha à la sixième sonnerie.

« Ouais ?

– Tu es content de toi, j'en suis sûr ?

– Bon Dieu, p'pa. Qu'est-ce que c'est, encore ?

– Pas de jurons quand tu me parles. Ça te tuerait, hein, de faire quelque chose pour nous faire plaisir.

– Merde, je ne sais pas de quoi tu veux parler.

– Quel langage ! Quel respect !

– P'pa, je n'ai plus de temps pour ça.

– C'est ça, cache-toi. Tu es allé à la conférence en tant qu'invité de Vincent. Et tu es parti ensuite avec l'homme qu'il voulait rencontrer à tout prix. Et tu n'as même pas *pensé* à inviter ton frère ? »

Dave prit une inspiration prudente avant de répondre ; son réflexe de colère fit place à la vieille tristesse : « P'pa, crois-moi, je t'en prie, ce n'est pas comme ça que ça s'est passé. Marcus est parti avec des gens que je connais, il n'avait pas envie de discuter avec des universitaires comme Vince. J'étais juste avec eux.

– Tu étais juste avec eux, parodia son père avec son lourd accent ukrainien. Menteur. Tu es tellement jaloux de ton frère que tu... »

Dave raccrocha. Et débrancha le téléphone. Il regarda l'appareil avec un chagrin amer et intense, et le regarda encore et encore, cet appareil qui ne sonnait pas.

Ils dirent au revoir aux jeunes filles et regardèrent Martyniuk s'enfoncer dans l'obscurité.

« L'heure de prendre un café, amigo, dit Kevin, jovial. Beaucoup de choses à nous dire, hein ? »

Paul hésita, et la bonne humeur de Kevin vola en éclats.

« Pas ce soir, je pense. J'ai des choses à faire, Kev. »

La peine de Kevin monta à la surface, menaça un instant de se manifester. « OK, dit-il simplement. Bonsoir. Je te verrai peut-être demain. » Il se détourna et traversa Bloor Street en courant, au feu vert, jusqu'à l'endroit où il avait stationné sa voiture. Il rentra chez lui en conduisant un peu trop vite dans les rues tranquilles.

Il était plus d'une heure du matin quand il se gara dans l'entrée. Il pénétra dans la maison le plus silencieusement possible et poussa doucement le verrou.

« Je suis debout, Kevin, ça va.

– Qu'est-ce que tu fais là ! Il est très tard, abba. » Comme toujours avec son père, il utilisait le terme hébreu.

Sol Laine, assis en pyjama et robe de chambre à la table de la cuisine, leva un sourcil interrogateur à l'arrivée de Kevin : « J'ai besoin de la permission de mon fils pour me coucher tard ?

– La permission de qui d'autre ? »

Kevin se laissa tomber sur l'une des chaises.

« Bonne réponse, approuva son père. Aimerais-tu prendre un thé ?

– Bonne idée.

– Comment était la conférence ? demanda Sol tout en s'occupant de la bouilloire.

– Bien. Très bien, en fait. On est allés boire un verre avec le conférencier ensuite. » Kevin envisagea brièvement de raconter à son père ce qui s'était passé, mais renonça aussitôt. Père et fils avaient de longue date l'habitude de se protéger mutuellement, et Kevin savait que Sol serait incapable d'absorber une telle histoire. Il aurait aimé qu'il en fût autrement. Il songea, avec un peu d'amertume, qu'il aurait été bon d'avoir *quelqu'un* à qui en parler.

« Jennifer va bien ? Son amie aussi ? »

L'amertume de Kevin se dissipa sous une vague d'amour pour ce vieil homme qui l'avait élevé seul. Sol n'avait jamais été capable de concilier son orthodoxie religieuse et la relation de son fils avec la catholique Jennifer – et il s'en était beaucoup voulu. Pendant toute leur brève liaison, Sol avait traité Jennifer comme un joyau précieux, et il le faisait encore.

« Elle va bien. Elle te dit bonjour. Kim va bien aussi.

– Mais pas Paul. »

Kevin resta court. « Oh, abba, tu es trop clairvoyant pour moi. Pourquoi dis-tu ça ?

– Parce que s'il allait bien, vous seriez sortis après, comme toujours. Tu serais encore dehors. Je boirais mon thé seul, tout seul. » Le pétillement de ses yeux démentait ses paroles lugubres.

Kevin se mit à rire, s'interrompit quand il entendit la note amère qui menaçait de revenir.

« Non, ça ne va pas. Mais il semble que je sois le seul à poser la question. Je suis en train de lui casser les pieds, je crois bien. Je déteste ça.

– Parfois, dit son père en remplissant les verres à thé dans leurs supports de métal à la russe, c'est ce qu'un ami doit faire.

– Mais les autres n'ont pas l'air de remarquer que quelque chose ne va pas. Ils disent seulement qu'il faut du temps.

– Il faut bel et bien du temps, Kevin. »

Kevin eut un geste d'impatience. « Je sais bien ! Je ne suis pas idiot. Mais je le connais bien aussi. Je le connais très bien, et il... Il y a autre chose, et je ne sais pas quoi. »

Son père resta silencieux un moment. « Ça remonte à quand, maintenant ? demanda-t-il enfin.

– À dix mois, répondit Kevin d'une voix neutre. À l'été dernier.

– Aïe ! » Sol secoua sa tête massive et encore belle : « C'est tellement terrible... »

Kevin se pencha vers lui : « Abba, il est en train de se fermer complètement. À tout le monde. Je ne... J'ai peur de ce qui pourrait arriver. On dirait que je ne peux pas l'atteindre.

– Tu essaies trop ? » demanda Sol avec douceur.

Kevin s'affaissa sur sa chaise. « Peut-être, dit-il, et le vieil homme put voir que cette réponse lui coûtait. Mais ça fait mal, abba. Il est complètement tordu. »

Sol Laine, qui s'était marié sur le tard, avait vu sa femme emportée par le cancer alors que Kevin, leur seul enfant, avait cinq ans. Il contempla son fils, ce beau garçon blond, et son cœur se serra. « Kevin, dit-il, il va te falloir apprendre – et pour toi ce sera dur – que parfois on ne peut rien faire. Parfois, on ne peut tout simplement rien faire. »

Kevin finit de boire son thé. Il posa un baiser sur le front de son père et alla se coucher étreint d'une tristesse nouvelle et d'un désir de vivre plus ardent que jamais.

Il se réveilla une fois dans la nuit, quelques heures avant Kimberly. Il saisit un carnet qu'il gardait près de son lit, y gribouilla une ligne et replongea dans le sommeil. « Nous sommes la somme de nos désirs », avait-il écrit. Mais Kevin était un parolier, non un poète ; il n'utilisa jamais ce vers.

Paul Schafer rentra également à pied cette nuit-là, remontant Avenue Road vers le nord, longeant deux pâtés d'immeubles dans Bernard Street. Il marchait toutefois plus lentement que Dave et l'on n'aurait pu deviner ses pensées ni son humeur à sa démarche. Il avait les mains dans les poches et, deux ou trois fois, dans la semi-obscurité entre deux lampadaires, il leva les yeux vers les nuages échancrés qui passaient sur la lune.

C'est seulement quand il arriva à sa porte que son visage manifesta une émotion – et ce n'était qu'une incertitude fugitive, comme s'il délibérait entre aller dormir et prolonger un peu sa promenade.

Il rentra, cependant, et déverrouilla sa porte au rez-de-chaussée. Après avoir allumé une lampe dans la salle de séjour, il se versa à boire et s'assit, verre à la main, dans un profond fauteuil. Son visage pâle était redevenu impassible sous sa crinière de cheveux sombres. Et de nouveau, quand un mouvement se dessina enfin sur sa bouche et dans ses yeux, ce ne fut que pour manifester une sorte d'incertitude, que la mâchoire serrée fit aussitôt disparaître.

Il se pencha de côté vers la chaîne stéréo, l'alluma, inséra une cassette dans le lecteur. Parce qu'il était très tard, mais aussi pour d'autres raisons, il régla le volume et coiffa les écouteurs. Puis il éteignit l'unique lumière de la pièce.

C'était une cassette qu'il avait enregistrée lui-même un an plus tôt. Immobile dans l'obscurité, il écouta prendre forme les sons de l'été précédent : un récital d'examen au pavillon Edward-Johnson de la faculté de musique, le récital d'une jeune fille nommée Rachel Kincaid. Une fille aux cheveux noirs comme les siens et aux yeux noirs qui ne ressemblaient à ceux d'aucune autre.

Et Paul Schafer, qui croyait fermement qu'il faut endurer n'importe quoi, et qui croyait surtout qu'il le devait lui-même, écouta la musique aussi longtemps qu'il le put, sans parvenir jusqu'au bout. Au début du deuxième mouvement, il frissonna en prenant une grande inspiration et d'un geste brusque fit taire la machine.

Il y avait toujours des choses dont on était incapable, apparemment. Et donc on faisait le reste aussi bien que possible et on trouvait de nouvelles choses à essayer, qu'on se forçait à maîtriser, et on finissait toujours par se rendre compte, au fin fond de son cœur, que le bout du monde n'était jamais assez loin.

Et c'est pourquoi, même s'il savait très bien qu'on ne leur avait pas tout dit, Paul Schafer était heureux, sombrement heureux, de partir le lendemain pour un lieu plus éloigné que le bout du monde. Et la lumière de la lune, tombant sans obstacle par la fenêtre, éclairait assez la pièce pour révéler sur son visage une expression sereine.

Or, en ce lieu au-delà des limites de l'univers, en cette terre de Fionavar qui les attendait comme un amant, comme une amante, comme un rêve, une autre lune plus grosse que la nôtre montait dans le ciel pour illuminer la relève des gardiens auprès de la pierre de garde, dans le palais de Paras Derval.

La prêtresse dont c'était le tour entra avec les nouveaux gardes, prit soin du feu naal devant la pierre et se retira en bâillant dans son lit étroit.

Et la pierre, la pierre de Ginsérat sur son pilier d'obsidienne où figurait, sculpté en haut relief, Conary au pied de la Montagne, la pierre, comme toujours depuis un millier d'années, brillait d'un bleu éclatant et radieux.

3

À l'approche de l'aube, un banc de nuages s'alourdit sur la ville. Kimberly Ford s'agita dans son sommeil, monta presque à la surface de l'éveil puis glissa de nouveau dans un sommeil léger, et dans un songe différent de tous ses autres rêves.

C'était un lieu parsemé de pierres massives, culbutées en tous sens. Le vent soufflait sur de vastes prairies. C'était le crépuscule. Elle connaissait presque cet endroit, le nom en était si proche de ses lèvres que son incapacité à le prononcer lui laissait un goût amer. En soufflant entre les pierres, le vent hululait une plainte glacée. Elle était venue chercher celui dont on avait besoin mais elle savait qu'il n'était pas là. Elle portait à son doigt un anneau serti d'une pierre qui brillait d'un rouge sourd dans le crépuscule; c'était à la fois l'insigne de son pouvoir et son fardeau. Les pierres assemblées exigeaient d'elle une invocation que le vent menaçait de lui arracher des lèvres. Elle savait ce qu'elle était venue dire et son cœur se brisait dans un chagrin plus déchirant que tout ce qu'elle avait éprouvé jusqu'alors, devant le prix que ses paroles feraient payer à l'homme qui répondrait à son invocation. Dans le rêve, elle ouvrait la bouche pour prononcer les mots.

Elle s'éveilla alors et demeura immobile un long moment. Quand elle se leva, ce fut pour s'approcher de la fenêtre, dont elle ouvrit le rideau.

Les nuages se dispersaient. Vénus se levait à l'est, annonciatrice du soleil, étincelant d'une lueur de clair argent, éblouissante comme l'espoir. Dans le rêve de Kim, à son doigt, l'anneau avait brillé aussi : d'un rouge profond et dominateur, comme Mars.

Le Nain sembla se ramasser sur lui-même, les mains croisées sur le ventre. Ils étaient tous là : Kevin avec sa guitare, Dave Martyniuk agrippant d'un air de défi les notes promises sur la Preuve. Lorèn restait invisible dans la chambre. « Il se prépare », avait dit le Nain. Et maintenant, sans préambule, voilà que Matt Sören acceptait d'en dire davantage.

« C'est Ailell qui règne au Brennin, le Grand Royaume. Depuis cinquante ans, comme vous savez. Il est très vieux, très diminué. Métran dirige le Conseil des Mages, et Gorlaës, le chancelier, est le premier des autres conseillers. Vous les rencontrerez tous les deux. Ailell a seulement eu deux fils, très tardivement. Le nom de l'aîné... – Matt hésita – ne doit pas être prononcé. Le cadet s'appelle Diarmuid, il est maintenant le prince héritier. »

Trop de mystères, se dit Kevin Laine. Il se sentait nerveux et se le reprochait avec irritation. Près de lui, Kimberly se concentrait d'un air farouche, le front creusé d'une unique ligne verticale.

« Au sud du Brennin, poursuivait le Nain, la rivière Særèn coule au fond de son ravin, et de l'autre côté de la rivière se trouve le Cathal, le Pays des Jardins. Il y a eu une guerre de mon vivant avec le peuple du roi

Shalhassan. Des patrouilles surveillent la rivière, sur les deux rives. Au nord du Brennin s'étend la Plaine où vivent les Dalreï, les Cavaliers. Leurs tribus suivent les troupeaux d'eltors avec le changement des saisons. Il est peu vraisemblable que vous voyiez des Dalreï. Ils n'aiment ni les murs ni les cités. »

Le froncement de sourcils de Kim s'était accentué, remarqua Kevin.

« Au-delà des montagnes, à l'est, commence une contrée plus sauvage et très belle. On l'appelle l'Éridu aujourd'hui mais elle portait autrefois un autre nom. Elle a donné naissance à un peuple qui fut violent mais qui est maintenant paisible. On ne sait guère ce qui se passe en Éridu, les montagnes forment une barrière difficile à franchir. » La voix de Matt Sören s'enroua : « Parmi les Ériduns vivent les Nains, presque toujours invisibles dans leurs chambres et leurs grandes salles sous les monts Banir Lök et Banir Tal, près du Calor Diman, le lac de Cristal. Un lieu à la beauté sans rivale dans tous les univers. »

Kevin avait encore envie de poser des questions mais il se retint. Il reconnaissait là une souffrance ancienne.

« Au nord-ouest du Brennin se trouve la forêt de Pendarane. Elle s'étend sur des milles vers le nord, entre la Plaine et la Mer. Au-delà de la forêt, c'est le Daniloth, le Pays Obscur. » Le Nain s'interrompit aussi brusquement qu'il avait commencé et se détourna pour préparer ses bagages. Le silence s'éternisa.

« Matt ? interrogea Kimberly ; le Nain se tourna vers elle. Et la montagne au nord de la Plaine, Matt ? »

L'une des mains du Nain eut un geste rapide et convulsif ; il regarda fixement la mince jeune fille aux cheveux bruns.

« Ainsi tu avais raison, mon ami, depuis le début. »

Kevin se retourna. La haute silhouette de Lorèn se tenait dans l'embrasure de la porte de la chambre à coucher ; il était vêtu d'une longue tunique aux nuances argentées, changeantes.

« Qu'avez-vous vu ? » demanda le mage à Kim avec une grande douceur.

Elle aussi s'était retournée pour lui faire face. Ses yeux gris étaient étranges, lointains et troublés. Elle secoua la tête comme pour s'éclaircir les idées. « Rien, en fait. Seulement... je vois bel et bien une montagne.

– Et encore ? insista Lorèn.

– Et... – elle ferma les yeux – Une faim. *À l'intérieur* de la montagne. On dirait... Je ne peux pas expliquer.

– Il est écrit dans nos livres de sagesse, dit Lorèn après un silence, que dans chacun des univers vivent des êtres qui ont des rêves ou des visions – un des sages les appelle souvenirs – de Fionavar, qui est le premier des mondes. Matt, qui a ses propres dons, vous a désignée comme telle hier. » Il s'interrompit ; Kim resta immobile. « On sait, poursuivit Lorèn, que des voyageurs ne peuvent revenir d'une traversée que si une telle personne se trouve au cœur du cercle.

– C'est pour cela que vous aviez besoin de nous, alors, pour Kim ? s'écria Paul Schafer – ses premières paroles depuis leur arrivée.

– Oui, dit le mage avec simplicité.

– Ah zut, essaya de plaisanter Kevin à mi-voix. Et moi qui croyais que c'était à cause de mon charme ! »

Personne ne rit. Kim regardait fixement Lorèn, comme si elle avait cherché des réponses dans les rides de son visage ou les dessins changeants de sa tunique.

Elle demanda enfin : « Et la montagne ? »

Lorèn lui répondit d'une voix presque sans expression : « Il y a mille ans, on y a emprisonné quelqu'un. Au plus profond du Rangat, la montagne que vous avez vue. »

Kim hocha la tête, hésitante : « Quelqu'un de... maléfique ? » Le mot s'était formé avec difficulté sur ses lèvres.

Elle aurait aussi bien pu être seule avec lui dans la pièce.

« Oui, dit Lorèn.

– Il y a mille ans de cela ? »

Il acquiesça d'un signe de tête. En cet instant où ils les égarait, où il les dupait, alors que tout risquait de s'effondrer, son regard était plus tranquille et plein de compassion que jamais.

D'une main, Kim tiraillait l'une de ses mèches brunes. Elle soupira : « Très bien, dit-elle. Très bien, alors. Comment vais-je vous aider à traverser ? »

Dave se débattait encore pour absorber toutes ces données quand tout se mit à aller trop vite. Il se retrouva dans un cercle qui entourait Kim et le mage, tenant par la main d'un côté Jennifer et de l'autre Matt. Le Nain semblait plongé dans une intense concentration ; il était solidement en appui sur ses jambes bien écartées. Puis Lorèn se mit à parler dans une langue inconnue de Dave, d'une voix sans cesse plus forte et résonnante.

Il fut interrompu par Paul Schafer.

« Lorèn... Cette créature sous la montagne, est-elle morte ? »

Le mage contempla un instant la mince silhouette de celui qui avait posé la question qu'il redoutait le plus. « Vous aussi ? murmura-t-il. Non, répondit-il sans mentir. Non, il n'est pas mort. »

Et il se remit à parler dans la langue étrangère.

Dave ne voulait pas paraître effrayé, ce qui était en grande partie la raison de sa présence ; il devait lutter aussi à présent contre la panique bien réelle qui montait en lui. Paul avait hoché la tête une fois après la réponse de Lorèn, et c'était tout. Les paroles du mage étaient devenues une incantation complexe à la tonalité montante. Une aura de pouvoir se mit à trembler de façon visible dans la pièce. Un bourdonnement très bas commença de résonner.

« Hé ! s'exclama soudain Dave, il faut me promettre que je pourrai revenir ! »

Personne ne répondit. Les yeux de Matt Sören étaient maintenant clos. Il tenait fermement le poignet de Dave.

« Non ! s'écria de nouveau Dave. Non, il faut me promettre ! » Et sur ces paroles, il se libéra violemment des mains de Jennifer et du Nain.

Kimberly Ford poussa un cri strident.

Et à ce moment la pièce commença à se dissoudre autour d'eux. Kevin, pétrifié, incrédule, vit alors Kim tendre une main frénétique pour accrocher le bras de Dave, et l'autre pour prendre la main libre de Jen, alors même qu'elle hurlait à pleine gorge.

Puis ce fut le froid de la traversée et les ténèbres de l'espace qui sépare les univers, et Kevin ne vit plus rien. En esprit, toutefois – pendant une seconde ou une éternité –, il eut l'impression d'entendre un rire sarcastique. Il y avait dans sa bouche comme un goût de cendres et de chagrin. Dave, pensa-t-il, oh, Martyniuk, qu'as-tu fait ?

DEUXIÈME PARTIE

La Chanson de Rachel

4

C'était la nuit à l'autre extrémité de la traversée, dans une petite salle mal éclairée, quelque part dans les hauteurs. Il y avait deux chaises, des bancs et une cheminée sans feu ; un tapis aux dessins compliqués sur le plancher de pierre. Sur l'un des murs était tendue une tapisserie mais, malgré la lumière tremblotante des torches, la pièce était trop sombre pour qu'on pût distinguer de quoi il s'agissait. Les fenêtres étaient ouvertes.

« Eh bien, Mantel d'Argent, vous voilà de retour », dit une voix nasillarde et sans chaleur. Kevin jeta un rapide coup d'œil vers l'embrasure de la porte et vit un homme barbu qui s'appuyait de façon désinvolte sur une lance.

Lorèn l'ignora : « Matt ? dit-il avec brusquerie. Ça va ? » Le Nain, visiblement secoué par la traversée, réussit à hocher la tête sans rien dire ; il s'était affaissé sur l'une des lourdes chaises, il y avait des gouttes de sueur sur son front. Kevin se détourna pour s'enquérir des autres. Tous semblaient bien portants, un peu abrutis mais bien portants, sauf...

Sauf que Dave Martyniuk n'était pas là.

« Oh, mon Dieu, commença-t-il. Lorèn... »

Il fut interrompu par un regard implorant du mage. Paul Schafer, qui se tenait près de lui, le vit aussi ; il se dirigea posément vers les deux femmes, leur parla tout bas puis hocha la tête une fois à l'adresse de Lorèn.

Le mage se tourna alors enfin vers le garde, toujours appuyé de façon indolente sur son arme.

« Est-ce la veille du jubilé ? demanda Lorèn.

– Eh oui, répliqua l'homme. Mais un grand mage ne devrait-il pas le savoir sans avoir besoin de poser la question ? »

Kevin vit les yeux de Lorèn étinceler brièvement dans la lueur des torches. « Va, dit-il. Va dire au roi que je suis de retour.

– Il est tard. Le roi dort.

– Il voudra être mis au courant. Va, maintenant. »

Le garde se mit en mouvement avec une lenteur délibérée, pleine d'insolence. Mais alors qu'il se détournait, il y eut un bruit sourd et soudain : un poignard tremblait dans le bois de l'embrasure, à quelques centimètres de sa tête.

« Je te connais, Vart », dit une voix profonde tandis que l'homme se retournait brusquement, livide même dans la lueur des torches. « Je t'ai à l'œil. Tu feras ce qu'on t'a dit, et avec diligence, et tu parleras avec déférence à tes supérieurs – ou mon prochain poignard ne se plantera pas dans du bois. » Matt Sören était de nouveau debout, et une aura menaçante, presque palpable, se hérissait autour de lui.

Il y eut un silence tendu. Puis : « Pardonnez-moi, seigneur mage. L'heure tardive... ma fatigue... Bienvenue, seigneur. J'obéis à vos ordres. »

Le garde leva sa lance en un salut rituel puis fit de nouveau demi-tour, d'une façon martiale à présent, et quitta la pièce. Matt alla retirer son poignard de l'embrasure et resta là aux aguets.

« Alors, dit Kevin, où est-il ? »

Lorèn s'était laissé tomber sur la chaise abandonnée par le Nain. « Je n'en sais trop rien. Pardonnez-moi, mais je ne sais vraiment pas.

– Mais vous devez le savoir ! s'écria Jennifer.

– Il s'est jeté en arrière au moment même où je fermais le cercle. J'étais trop profondément sous l'emprise du pouvoir – je n'ai pu en sortir pour voir sa trajectoire. Je ne sais même pas s'il est venu avec nous.

– Moi, je le sais, dit Kim avec simplicité. Il est venu. Je l'avais du début à la fin. Je le tenais. »

Lorèn se leva brusquement : « Vous ? Bien tramé ! Cela veut dire qu'il a traversé – il est quelque part en Fionavar. Et s'il en est ainsi, on le trouvera. Nos amis vont le chercher sans délai.

– Vos amis ? demanda Kevin. Pas ce saligaud à la porte, j'espère ? »

Lorèn secoua la tête : « Pas lui, non. Il appartient à Gorlaës – mais je dois vous demander encore quelque chose. » Il hésita. « Il y a des factions à la cour, des antagonismes, car Ailell est vieux à présent. Gorlaës aimerait que je parte, pour diverses raisons, et à défaut de cela, il prendrait grand plaisir à me discréditer auprès du roi.

– Donc, si Dave n'est pas là... murmura Kevin.

– Exactement. Je crois que seul Métran sait que j'allais chercher cinq personnes – je ne lui en ai jamais promis cinq, de toute façon. On retrouvera Dave, je vous le promets. Puis-je vous demander de tenir sa présence secrète pour l'instant ? »

Jennifer Lowell s'était approchée de la fenêtre ouverte pendant qu'ils parlaient. C'était une nuit chaude et très sèche. En contrebas, à gauche, elle distinguait les lumières d'une ville, presque directement adjacente aux fortifications de ce qu'elle présumait être Paras Derval. Devant elle s'étendaient des champs et au-delà s'élevaient en rangs serrés les arbres d'une épaisse forêt. Pas un souffle d'air. Elle jeta un coup d'œil vers le ciel, pleine d'appréhension, et fut éperdument soulagée de voir qu'elle reconnaissait les étoiles. Car même si sa main délicate ne tremblait pas sur le rebord de la fenêtre et si ses calmes yeux verts ne révélaient guère ses sentiments, la disparition de Dave l'avait beaucoup secouée, comme ce poignard si soudainement lancé par Matt.

Dans toute sa vie de décisions soigneusement réfléchies, sa seule action impulsive avait été d'entreprendre une relation amoureuse avec Kevin Laine, deux ans plus tôt. Et maintenant, contre toute vraisemblance, elle se retrouvait dans un lieu où seul le fait de voir au-dessus de sa tête les étoiles du Triangle estival lui conférait un sentiment, bien faible, de sécurité. Elle secoua la tête et, non sans humour, s'adressa un petit sourire.

Paul Schafer était en train de parler, en réponse au mage : « Il semble, dit-il à mi-voix – ils parlaient tous à voix basse –, que si vous nous avez amenés ici, nous faisons d'ores et déjà partie de votre faction, ou c'est ainsi qu'on nous verra, en tout cas. Je ne dirai rien. »

Kevin hochait la tête, Kim aussi. Jennifer se détourna de la fenêtre : « Je ne dirai rien non plus, assura-t-elle, mais je vous en prie, dépêchez-vous de retrouver Dave parce que j'aurai vraiment peur si vous n'y parvenez pas.

– De la compagnie ! grogna Matt depuis la porte.

– Ailell ? Déjà ? Impossible », dit Lorèn.

Matt écouta encore un moment : « Non... pas le roi, je pense... » et son visage barbu et basané se tordit dans une manière de sourire : « Écoute toi-même », fit le Nain.

Un instant plus tard, Kevin entendit à son tour : dans le corridor, quelqu'un approchait en chantant d'une voix mal affermie, quelqu'un qui avait beaucoup bu.

Ceux qui avec Révor allèrent cette nuit-là
Accomplirent un exploit qui toujours durera
Le Tisserand fit d'une plus brillante étoffe
Ceux qui chevauchèrent à travers le Daniloth

« Espèce de gros bouffon ! grogna une autre voix, nettement plus assurée. Tais-toi, tu vas le faire déshériter pour t'avoir amené ici. » On put entendre le rire sardonique d'une troisième personne, tandis que les pas progressaient de façon hésitante dans le corridor.

« Le chant, déclara le troubadour offensé, est un don fait aux humains par les dieux immortels.

– Pas ton chant à toi, Tégid », dit son critique d'un ton mordant.

Kim vit Lorèn réprimer un sourire. Kevin gloussait.

« Rustre de chantier naval, répliqua le nommé Tégid, sans discrétion. Tu trahis ton ignorance. Ceux qui étaient présents n'oublieront jamais ma performance, ce soir-là, dans la Grande Salle, à Séresh. Je les faisais pleurer, je les faisais...

– J'y étais, espèce de clown ! J'étais assis à côté de toi. Et il y a encore des taches sur mon pourpoint vert, de quand ils ont commencé à te lancer des fruits.

– Des poltrons ! Que peut-on attendre de Séresh ? Mais la bagarre, ensuite, le beau combat dans la salle ! Même blessé, j'ai rallié notre...

– Blessé ? » L'hilarité et l'exaspération se disputaient la voix de l'autre interlocuteur. « Une tomate dans l'œil, ce n'est vraiment pas...

– Arrête, Coll. » La voix du troisième homme s'éleva pour la première fois. Dans la pièce, Lorèn et Matt échangèrent un regard. « Il y a un garde juste devant, poursuivait la voix légère mais pleine d'autorité. Je vais m'en occuper. Attends un peu puis emmène Tégid dans la dernière pièce à gauche. Et oblige-le à se tenir tranquille ou, par le sang de Lisèn, je serai réellement déshérité. »

Matt s'avança vivement dans le corridor : « Bonne soirée, prince. » Il salua du poignard ; un éclair bleu étincela dans la lumière. « Il n'y a plus de garde ici à présent. Il est allé chercher votre père. Mantel d'Argent vient de revenir avec quatre personnes qu'il a fait traverser. Vous feriez mieux d'emmener Tégid au plus vite dans un endroit sûr.

– Sören, tu es de retour ? Bienvenue au palais, dit le prince en s'avançant. Coll, emmène-le, vite.

– Vite ? protesta Tégid. Le grand Tégid se déplace à sa propre vitesse. Il ne daigne pas se dissimuler à la vue des subalternes et des vassaux. Il leur fait front avec l'acier nu de Rhodèn et la prodigieuse armure de sa colère. Il...

– Tégid, dit le prince d'une voix extrêmement douce, va maintenant, et vite, ou je te ferai défenestrer et jeter dans la cour. Ce sera prodigieux, vu ta taille. »

Il y eut un petit silence. « Oui, seigneur », répondit enfin Tégid, avec une surprenante humilité. Alors qu'ils passaient devant la porte, Kim eut un bref aperçu d'un homme extrêmement gras et d'un individu musclé mais qui paraissait petit à côté, puis une troisième silhouette s'encadra dans l'entrée, à contre-jour devant la torche plantée dans le mur du couloir. Diarmuid, eut-elle le temps de se rappeler. On l'appelle Diarmuid. Le fils cadet.

Et puis elle ne put que le contempler.

Toute sa vie, Diarmuid dan Ailell avait eu cet effet sur autrui. Appuyé au mur d'une main couverte de bagues, il se laissa aller nonchalamment contre l'embrasure et accepta le salut de Lorèn tout en les examinant l'un après l'autre. Kim, au bout d'un moment, fut à même d'isoler quelques-unes de ses qualités : la silhouette fine et gracieuse, les pommettes hautes dans le visage presque trop raffiné, la bouche large et expressive, pour l'instant languide et amusée, les mains, les bijoux, les yeux... les yeux très bleus du prince héritier du Grand Royaume, à l'expression cynique et moqueuse. Il était difficile de deviner son âge ; à peu près le même que le mien, estima Kimberly.

« Merci, Mantel d'Argent, dit le prince. Un retour à point, et un avertissement de même.

– C'est folie de défier votre père pour Tégid, commença Lorèn. C'est une raison bien trop triviale... »

Diarmuid se mit à rire : « Des conseils, encore ? Déjà ? La traversée ne t'a changé en rien, Lorèn. Il y a des raisons, des raisons..., murmura-t-il sans préciser.

– J'en doute, répliqua le mage. Rien d'autre que la perversité et le vin de la forteresse du Sud.

– Deux bonnes raisons, acquiesça Diarmuid avec un sourire rapide. Qui avez-vous ramené pour que Métran puisse en faire parade demain ? » continua-t-il sur un tout autre ton.

Lorèn, apparemment habitué aux formalités, fit avec gravité les présentations. Kevin, nommé le premier, s'inclina avec cérémonie. Paul en fit autant, sans quitter le prince des yeux. Kim inclina simplement la tête. Et Jennifer...

« Une pêche ! s'exclama Diarmuid dan Ailell. Mantel d'Argent, tu m'as amené une pêche à grignoter. » Il s'avança alors, dans l'éclat soudain jeté par les torches sur les joyaux qui ornaient ses poignets et son cou, et, prenant la main de Jennifer, il s'inclina profondément en y déposant un baiser.

Jennifer Lowell, que ni son caractère ni son milieu d'origine n'avaient prédisposée à supporter ce genre de comportement sans réagir, ne ménagea pas le prince :

« Êtes-vous toujours aussi grossier ? » demanda-t-elle quand il se redressa. Et il n'y avait aucune chaleur dans sa voix et ses yeux verts.

Cela n'arrêta qu'un instant Diarmuid : « Presque toujours, répondit-il, aimable. J'ai cependant quelques qualités pour me racheter, bien que je n'arrive jamais à me rappeler lesquelles. Je parie, poursuivit-il, changeant soudain d'humeur, que Lorèn est en train de secouer la tête derrière mon dos, avec une tragique désapprobation. » Ce qui se trouvait être vrai. « Eh bien, dans ce cas, poursuivit-il en se retournant vers le mage aux sourcils froncés, je suppose que je suis censé présenter des excuses, maintenant ? »

Il eut un sourire malicieux devant l'acquiescement muet de Lorèn et se tourna de nouveau vers Jennifer : « Je suis désolé, ma mie. Le vin, une longue chevauchée cet après-midi. Vous êtes d'une beauté tout à fait extravagante et vous avez certainement eu à faire à pire que moi. Soyez magnanime. » C'était joliment tourné. Jennifer, quelque peu surprise, se trouva seulement capable de hocher la tête. Sa réaction réussit à provoquer un autre sourire d'une sublime ironie. Elle rougit, irritée de nouveau.

Lorèn intervint d'un ton tranchant : « Votre conduite est détestable, Diarmuid, et vous le savez.

– Suffit ! répliqua brusquement le prince. Ne me pousse pas à bout, Lorèn ! » Les deux hommes échangèrent un regard plein de tension.

Quand Diarmuid reprit la parole, ce fut toutefois d'un ton plus doux : « J'ai présenté des excuses, Lorèn, rends-moi justice. »

Au bout d'un moment, le mage hocha la tête : « C'est juste, admit-il. Nous n'avons pas le temps de nous quereller, de toute façon. J'ai besoin de votre aide. Il s'est produit deux choses. Un svart nous a attaqués dans l'univers d'où j'ai ramené ces gens. Il nous a suivis, Matt et moi, et il portait une pierre velline.

– Et l'autre chose ? »

Diarmuid était devenu instantanément attentif en dépit de son ivresse.

« Il y avait une cinquième personne avec nous, un autre homme. Nous l'avons perdu. Il se trouve en Fionavar mais j'ignore où. J'ai besoin qu'on le retrouve et je préférerais que Gorlaës ne sache rien de lui.

– Bien entendu. Comment sais-tu qu'il est ici, cet homme ?

– Kimberly était notre hameçon. Elle assure qu'elle l'avait. »

Diarmuid tourna vers Kim un regard appréciateur. Elle rejeta ses cheveux en arrière et soutint ce regard, avec une expression non dépourvue d'hostilité. Le prince se détourna sans réagir, alla à la fenêtre et regarda dehors en silence. Un croissant de lune venait de se lever – bien trop grosse, la lune, mais Jennifer, qui regardait dehors aussi, ne le remarqua pas.

« À propos, il n'a pas plu pendant votre absence, dit Diarmuid. Mais parlons d'autre chose. Matt, poursuivit-il d'une voix nette, Coll se trouve dans la dernière pièce à gauche. Assure-toi que Tégid dort, puis transmets mes instructions à Coll. Donne-lui une description de ce cinquième. Dis-lui que j'irai lui parler plus tard. »

Sans un mot, Matt se glissa hors de la pièce.

« Pas de pluie du tout ? demanda Lorèn à mi-voix.

– Aucune.

– Et les moissons ? »

Diarmuid leva un sourcil sans se donner la peine de répondre. Le visage de Lorèn prit une expression de lassitude soucieuse. « Et le roi ? » demanda-t-il comme à regret.

Cette fois, Diarmuid ne répondit pas tout de suite. « Il ne se porte pas bien. Il perd de temps en temps la tête. Il était en train de parler à ma mère dans la Grande Salle, hier soir au souper. Impressionnant, n'est-ce pas, cinq ans après sa mort ? »

Lorèn secoua la tête : « Il y a déjà un moment qu'il s'égare, mais jamais encore en public. A-t-on... des nouvelles de votre frère ?

– Non. » Cette réponse-là vint très vite. Un silence contraint s'ensuivit. Son nom ne doit pas être prononcé, se rappela Kevin et, en observant le prince, il resta songeur.

« Il y a eu une assemblée, ajouta Diarmuid. Il y a sept nuits de cela, à la pleine lune. Une assemblée secrète. Elles ont invoqué la Déesse sous le nom de Dana, et avec du sang.

– Ah non ! » Le mage fit un geste violent. « Elles vont trop loin. Qui a convoqué cette assemblée ? »

Un coin de la large bouche de Diarmuid se souleva : « Elle-même en personne, bien entendu, dit-il.

– Jaëlle ?

– Jaëlle. »

Lorèn se mit à marcher de long en large. « Elle va semer le trouble, j'en suis certain !

– De toute évidence. Elle en a bien l'intention. Et mon père est trop vieux pour s'en occuper. Tu imagines Ailell dans l'Arbre de l'Été ? » Il y avait une intonation nouvelle dans sa voix désinvolte – une amertume profonde et intense.

« C'est impensable, Diarmuid. » Le mage parlait soudain avec douceur. Il s'immobilisa devant le prince : « Le pouvoir de l'Arbre, quel qu'il soit, ce n'est pas mon domaine. Ni celui de Jaëlle, même si elle le nierait sans doute. Tu connais ma position là-dessus. La magie du sang, à mon avis, prend beaucoup et donne peu.

– Et nous restons là, gronda Diarmuid, laissant soudain transparaître une tension irritée. Nous restons là pendant que le blé brûle au soleil dans les champs du Brennin tout entier ! Belle attitude pour une Maison qui a des prétentions à la royauté !

– Seigneur prince – l'usage délibéré du titre était un avertissement –, les caprices de la saison n'ont rien d'ordinaire, est-il besoin de vous le rappeler ? Une puissance inconnue est à l'œuvre, et les invocations nocturnes de Jaëlle elle-même ne pourront rétablir l'équilibre, tant que nous n'aurons pas découvert de quoi il retourne. »

Diarmuid se laissa aller sur l'un des sièges, contemplant sans la voir la tapisserie qui faisait face à la fenêtre. Les torches murales étaient presque éteintes, la pièce était tissée d'ombres plus douces et plus denses. Appuyée au rebord de la fenêtre, Jennifer songea qu'elle pouvait presque voir les fils de la tension qui s'entrecroisaient dans l'espace enténébré. Que fais-je ici, se demanda-t-elle – question qui reviendrait souvent. Un mouvement de l'autre côté de la pièce attira son attention et, se retournant, elle vit Paul Schafer qui la regardait. Il lui adressa un petit sourire inattendu, rassurant. Lui non plus, je ne le comprends pas, se dit-elle avec une certaine détresse.

Diarmuid était de nouveau debout, apparemment incapable de rester tranquille un moment. « Lorèn, dit-il, tu sais que le roi ne viendra pas ce soir. As-tu... ?

– Il faut qu'il vienne ! Je ne laisserai pas Gorlaës...

– On vient », dit brusquement Paul. Sans bruit, il s'était retrouvé au poste de guet de Matt, près de la porte. « Cinq hommes, trois armés d'épées.

– Diarmuid...

– Je sais. Vous ne m'avez pas vu. Je ne serai pas loin. » Et l'héritier du trône du Brennin sauta par la fenêtre dans un bruissement d'étoffe et un éclair de cheveux blonds illuminés par la lune, trouvant d'une main presque nonchalante une prise sur le mur extérieur. Pour l'amour du ciel, pensa Kevin.

C'est tout ce qu'il eut le temps de se dire. Vart, le garde mal embouché, apparut dans l'embrasure de la porte. Quand il constata que Matt était invisible, il eut un petit sourire.

« Le seigneur chancelier », annonça-t-il.

Kevin ne savait trop à quoi il s'attendait, mais certes pas à ce qu'il vit. Gorlaës, le chancelier, était un homme de haute taille et de forte carrure, barbu, brun, d'âge moyen, qui montra ses dents blanches dans un large sourire en entrant d'un pas énergique :

« Heureux retour, Mantel d'Argent ! Et bien tramé, en vérité. Vous revenez juste à temps – comme toujours. » Et il se mit à rire.

Lorèn, constata Kevin, ne riait pas.

Un autre homme entra, flanqué d'un écuyer armé – c'était un très vieil homme courbé par l'âge. Le roi ? pensa Kevin, un moment désorienté. Mais ce n'était pas le roi.

« Bonsoir, Métran, dit Lorèn avec déférence à l'homme aux cheveux blancs. Comment vous portez-vous ?

– Bien, très très très bien », dit Métran d'une voix essoufflée. Il se mit à tousser. « On manque de lumière, ici. Je veux voir », ajouta-t-il, bougon. Il leva un bras tremblant et soudain, au mur, les six torches s'enflammèrent, illuminant la pièce. Pourquoi Lorèn ne l'a-t-il pas fait ? se demanda Kim.

« C'est mieux, beaucoup mieux », dit Métran, qui s'avança d'un pas traînant et se laissa tomber sur l'une des chaises. Son écuyer restait tout près, attentif. L'autre soldat, constata Kim, s'était placé à l'entrée avec Vart. Paul avait rejoint Jennifer près de la fenêtre.

« Où est le roi ? demanda Lorèn. J'ai envoyé Vart l'avertir de mon arrivée.

– Et il en a été avisé », répliqua Gorlaës avec aisance. Vart, dans l'embrasure de la porte, ricana tout bas. « Ailell m'a ordonné de vous souhaiter la bienvenue, ainsi qu'à vos... – il s'interrompit pour jeter un coup d'œil à la ronde – ... quatre compagnons.

– Quatre ? Seulement quatre ? » l'interrompit Métran, à peine audible à travers un accès de toux.

Gorlaës ne lui accorda qu'un bref coup d'œil et reprit : « À vos quatre compagnons. Le roi m'a demandé de les prendre en charge pour la nuit en ma qualité de chancelier. Il a eu une dure journée et il préférerait les recevoir selon les règles dans la matinée. Il est très tard. Je suis certain que vous comprenez. » Le sourire était agréable, et même modeste. « Si vous pouviez maintenant avoir la bonté de me présenter à nos visiteurs, mes hommes leur montreront leurs appartements... et vous, mon ami, vous pourrez aller prendre un repos bien mérité.

– Je vous remercie, Gorlaës, sourit Lorèn – mais il y avait dans sa voix comme le mince tranchant d'une lame tirée de son fourreau. Cependant, compte tenu des circonstances, je me considère responsable du bien-être de mes compagnons de traversée. Je m'occuperai d'eux jusqu'à ce que le roi puisse nous recevoir.

– Mantel d'Argent, insinuez-vous que leur bien-être puisse trouver meilleur garant que le chancelier du royaume ? »

Ils sont pareils, se dit Kevin, avec une crispation involontaire de tous ses muscles. Le même mordant. Aucun des deux hommes n'avait bougé mais il lui semblait qu'il y avait deux épées nues sous la lumière des torches.

« Pas du tout, Gorlaës, dit le mage. Il s'agit simplement de mon honneur.

– Vous êtes las, mon ami. Laissez-moi cette tâche ennuyeuse.

– Il n'y a pas d'ennui à s'occuper de ses amis.

– Lorèn, permettez-moi d'insister...

– *Non.* »

Il y eut un silence glacé.

« Savez-vous que vous ne me laissez guère le choix ? dit Gorlaës, et sa voix n'était plus qu'un murmure. Puis, bien fort : " Je dois obéir aux ordres de mon roi. Vart, Lagoth... " » Les deux soldats postés à la porte s'avancèrent.

Et furent projetés face contre terre, lâchant dans un bruit de ferraille leurs épées à moitié dégainées.

Derrière leurs corps étendus se tenaient Matt Sören, très calme, avec l'homme fort et adroit appelé Coll. En les voyant là, Kevin Laine, dont l'imagination enfantine avait été nourrie de telles images, connut un instant de pure jouissance.

C'est à ce moment que, de la fenêtre, une silhouette d'une souplesse animale, étincelante de joyaux, sauta avec aisance dans la pièce, atterrissant avec légèreté près de Jennifer – elle sentit une main vagabonde dans ses cheveux, puis le prince prit la parole.

« Qui fait tant de bruit à pareille heure ? Un soldat ne peut-il dormir une nuit dans le palais de son père sans... Mais c'est Gorlaës ! Et Métran ! Et voilà Lorèn ! De retour, Mantel d'Argent, et avec nos visiteurs, à ce que je vois. De retour juste à temps. » Sa voix insolente remplissait la pièce. « Gorlaës, envoyez vite un garde, mon père voudra leur souhaiter la bienvenue sans tarder.

– Le roi est indisposé, seigneur prince, répliqua le chancelier avec raideur. Il m'a envoyé...

– Il ne peut pas venir ? Alors je dois faire moi-même les honneurs de la maison. Mantel d'Argent, voudriez-vous... ? »

Et Lorèn les présenta donc de nouveau, avec circonspection. « *Une pêche* ! » s'écria encore une fois Diarmuid dan Ailell, en s'inclinant sans hâte pour baiser la main de Jennifer. Malgré elle, elle éclata de rire. Il laissa le baiser s'attarder.

Mais quand il se redressa, ses paroles se firent plus cérémonieuses et il leva les bras en un large geste d'accueil. « Je vous souhaite maintenant la bienvenue », commença-t-il, et Kevin, en se tournant instinctivement vers Gorlaës, vit son attitude affable se brouiller, un instant, sous l'effet de la fureur. « ... la bienvenue, continua Diarmuid d'une voix dépourvue de tout sarcasme, comme amis et invités de mon père et de moi-même. La demeure d'Ailell est la vôtre, votre honneur est le nôtre. Qui vous offense nous offense, et commet une trahison envers la Couronne de Chêne du très haut roi. Soyez les bienvenus à Paras Derval. Je veillerai personnellement à votre confort cette nuit. »

À ces derniers mots, toutefois, sa voix s'altéra un peu ; ses yeux vifs et amusés adressèrent à Jennifer un regard malicieux.

Elle rougit de nouveau, mais il s'était déjà détourné. « Gorlaës, dit-il avec douceur, vos serviteurs semblent avoir perdu conscience. J'arrive tout juste de la forteresse du Sud mais on m'a déjà signalé qu'ils boivent vraiment trop. Je sais que le festival est en cours, mais tout de même... ? » Son intonation était pleine d'un reproche si aimable que Kevin dut lutter pour rester impassible. « Coll, reprit Diarmuid, fais préparer quatre chambres dans l'aile nord, je te prie, et sans tarder.

– Non, intervint Jennifer. Kim et moi partagerons une chambre. N'en préparez que trois. » Elle évita résolument de regarder du côté du prince. Kimberly, qui observait ce dernier, estima que ses sourcils se haussaient bien plus haut que ne le justifiait la situation.

« Nous partagerons, nous aussi », dit calmement Paul Schafer. Et le cœur de Kevin se mit à battre plus vite. Oh, abba, pensa-t-il, peut-être tout cela va-t-il l'aider. Peut-être.

« J'ai trop chaud. Pourquoi fait-il si chaud partout ? » demanda Métran, premier mage du roi, sans s'adresser à personne en particulier.

L'aile nord du palais, en face de la ville, donnait sur un jardin clos de murs. Quand ils furent enfin seuls dans leur chambre, Kevin ouvrit les portes-fenêtres et sortit sur un large balcon de pierre. Le croissant de lune luisait haut dans le ciel, assez brillant pour illuminer les buissons et les quelques fleurs en contrebas.

« Pas terrible, comme jardin, commenta-t-il quand Paul vint le rejoindre.

– Il n'y a pas eu de pluie, Diarmuid l'a dit.

– C'est vrai. »

Il y eut un silence. Une légère brise était enfin venue rafraîchir la nuit.

« Tu as remarqué la lune ? » demanda Paul en s'accoudant à la balustrade.

Kevin hocha la tête. « Plus grosse, tu veux dire ? Oui. Je me demande quel effet ça a.

– De plus fortes marées, probablement.

– Je suppose. Et davantage de loups-garous. »

Schafer lui adressa un regard ironique : « Ça ne m'étonnerait pas. Dis-moi, que penses-tu de ce qui s'est passé tout à l'heure ?

– Eh bien, Lorèn et Diarmuid semblent du même côté.

– Ça en a l'air. Matt n'est pas trop sûr du prince.

– En fait, je n'en suis pas surpris.

– Vraiment. Et Gorlaës ? Il a été bien prompt à appeler les Marines. Il obéissait seulement à des ordres, ou bien...

– Oh non, Paul. J'ai vu son expression quand Diarmuid nous a déclarés amis et invités. Pas content du tout, mon vieux.

– Vraiment ? Eh bien, ça simplifie les choses, au moins. J'aimerais en savoir davantage sur cette Jaëlle, tout de même. Et sur le frère de Diarmuid, aussi.

– L'innommé ? psalmodia Kevin d'un ton lugubre. Celui qui n'a pas de nom ? »

Schafer renifla : « Petit rigolo. Oui, lui.

– On finira bien par débrouiller tout cela. On l'a déjà fait souvent, non ?

– Je sais, dit Paul Schafer ; après une petite pause, il eut un de ses rares sourires.

– Oh, Roméo, Roméo, où es-tu, Roméo ? » s'écria une voix plaintive à leur gauche. Ils jetèrent un coup d'œil. Kim Ford, dans une attitude languissante pleine de conviction, se tendait théâtralement vers eux depuis le balcon voisin. C'était un saut d'au moins trois mètres.

« J'arrive », répondit aussitôt Kevin. Il se précipita à l'extrémité de leur propre balcon.

« Oh, vole jusqu'à moi ! » roucoula Kimberly. Jennifer, derrière elle, se mit à rire presque à regret.

« J'arrive, j'arrive ! répétait Kevin, en faisant d'ostentatoires exercices d'assouplissement. Ça va, toutes les deux, là-bas ? demanda-t-il au milieu d'une flexion. On ne vous a pas encore enlevées ?

– Impossible, se lamenta Kim. Personne d'assez viril pour sauter jusqu'à notre balcon. »

Kevin se mit à rire : « Je devrais faire drôlement vite si je voulais arriver avant le prince.

– Je ne sais pas, dit Jennifer, s'il est quelqu'un de plus rapide que ce type. »

Paul Schafer, en entendant les plaisanteries et les rires des deux jeunes femmes, se retira à l'autre extrémité du balcon. Il savait très bien que cette frivolité n'était qu'une façon de se libérer de la tension, mais lui-même n'était plus capable d'agir ainsi. Il posa ses mains fines et sans bagues sur la balustrade et contempla le jardin dénudé en contrebas. Il resta là à regarder autour de lui sans vraiment voir : son paysage intérieur réclamait son dû.

Eût-il scruté avec soin les ténèbres qu'il n'aurait sans doute pas distingué la créature sombre qui était accroupie derrière un groupe de buissons rabougris et qui le surveillait. Elle ressentait un violent désir de tuer, et le mouvement de Paul l'avait amené à portée des dards empoisonnés qu'elle transportait. Il aurait pu mourir en cet instant.

Mais la peur l'emporta sur la soif de sang. On avait ordonné à la créature d'observer et de faire son rapport, pas de tuer.

Et Paul ne mourut pas, épié, inconscient de l'être, et au bout d'un moment il prit une grande inspiration et leva les yeux, mettant fin à sa contemplation aveugle des ombres en contrebas.

Pour voir ce qu'aucun des autres ne vit.

Perché sur le mur de pierre du jardin se tenait un énorme chien gris, ou un loup, et l'animal le fixait à travers l'espace baigné de lune qui les séparait. Ses yeux n'étaient pas ceux d'un chien ni d'un loup ; ils exprimaient un chagrin profond et ancien, au-delà de tout ce que Paul pouvait comprendre ou éprouver. Du haut de la muraille, la créature le regardait droit dans les yeux, comme aucun animal ne saurait le faire. Et elle l'appelait. L'effet d'attraction était indéniable, impérieux, terrifiant. Énorme dans l'obscurité de la nuit, l'animal était tendu vers lui ; ses yeux, d'une clarté surnaturelle, transperçaient les siens. Paul toucha cet esprit étranger, puis, d'une torsion mentale, s'en détacha ; il y avait là un puits de tristesse si profond qu'il eut peur d'être englouti. Quelle qu'elle fût, la créature qui se tenait sur cette muraille avait souffert et souffrait encore une perte qui traversait les univers. Il se sentait minuscule à côté d'elle, accablé.

Et elle l'appelait. Saisi de sueurs froides en cette nuit d'été, Paul Schafer savait que cette bête appartenait à la vision chaotique que le contact mental de Lorèn lui avait imposée.

Avec un effort brutal, physique, il se libéra ; en tournant la tête, il eut l'impression que son cœur se tordait.

« Kev, haleta-t-il avec effort, d'une voix qui résonnait de façon étrange dans sa tête.

– Oui ? »

La réaction de son ami avait été immédiate.

« Là-bas. Sur le mur. Tu vois quelque chose ? » Paul montrait l'endroit du doigt, mais sans regarder.

« Quoi ? Il n'y a rien. Qu'est-ce que tu as vu ?

– Je n'en sais trop rien. » Il respirait profondément. « Quelque chose. Peut-être un chien.

– Et alors ?

– Et il me cherche », dit Paul Schafer.

Kevin, stupéfait, resta silencieux. Ils demeurèrent un moment ainsi, les yeux dans les yeux, mais sans rien partager. Puis Paul se détourna et rentra dans la chambre. Kevin s'attarda un moment, pour rassurer les autres, puis rentra aussi. Paul avait choisi le plus petit des deux lits qu'on leur avait procurés en hâte ; il était étendu sur le dos, les mains croisées derrière la tête.

Sans dire un mot, Kevin se déshabilla et se coucha. Un mince rayon de lune tombait en biais dans un coin éloigné de la pièce, et sa lumière n'éclairait ni l'un ni l'autre des deux jeunes gens.

5

Pendant toute la nuit, ils s'étaient rassemblés. Les hommes à l'aspect sévère de Rhodèn, où Ailell lui-même était né, ceux de Séresh aux hautes murailles, le long des rives de la Særèn, qui riaient facilement, des mariniers de Taërlindel et des soldats de la solide forteresse du Nord – mais en petit nombre, car c'était le fief du prince exilé. Ils venaient aussi des villages, des fermes desséchées et poussiéreuses, de tout le royaume. Depuis des jours, ils arrivaient par petits groupes à Paras Derval, s'entassant dans les auberges et les hostelleries, débordant dans des camps improvisés entre les dernières rues de la ville et les murailles du palais. Certains étaient venus à pied des terres autrefois riches des bords de la rivière Glein ; appuyés sur les bâtons sculptés typiques du sud-est, ils avaient traversé les terres à grains désolées et calcinées pour rejoindre le flot des voyageurs qui soulevaient la poussière sur la route du Leinan. Depuis les pâturages et les fermes laitières du nord-est, d'autres étaient venus montés sur des chevaux qui étaient le legs de leur commerce hivernal avec les Dalreï, sur les rives de la Latham ; et si leurs montures étaient d'une maigreur pénible à voir, chacune portait cependant le tapis de selle somptueusement tissé que chaque cavalier du Brennin fabriquait avec amour avant de posséder un cheval : création destinée à obtenir du Tisserand le don de vitesse. D'autres encore venaient d'au-delà du Leinan, fermiers austères et basanés de Gwen Ystrat dans leur larges chariots à six roues. Aucune de leurs femmes ne les accompagnait, toutefois, car leur contrée était très proche de Dun Maura dans la province de la Mère.

Mais de partout ailleurs étaient venus les femmes et les enfants, en multitudes bruyantes et joyeuses. Malgré la sécheresse et les privations, le peuple du Brennin s'assemblait pour rendre hommage à son roi et peut-être pour oublier un moment ses malheurs.

Au matin, la foule se pressait par groupes compacts sur la place devant l'enceinte du palais. En levant les yeux, chacun pouvait voir le grand balcon tendu de bannières et de rubans aux couleurs gaies, et, plus merveilleuse que tout le reste, la grande tapisserie représentant Iorweth dans la Forêt, qu'on sortait en ce jour seulement, afin que tout le peuple du Brennin pût voir son roi sous les symboles conjoints de Mörnir et du Tisserand, dans les murs de Paras Derval.

Mais tout n'était pas dédié aux nobles choses sacrées. À la périphérie de la foule se promenaient des jongleurs et des bouffons, et des artistes qui exécutaient des numéros étincelants avec des couteaux, des épées et des écharpes aux couleurs vives. Les cyngaëls chantaient leurs vers paillards à de petits groupes d'auditeurs qui s'esclaffaient, improvisant pour quelque menue monnaie des satires sur ceux que leurs patrons d'un moment leur désignaient : plus d'une revanche se prenait ainsi par l'intermédiaire des paroles coupantes et claires des cyngaëls – exonérés de tout châtiment depuis l'époque de Colan, car leur seule loi était celle de leur propre assemblée. À travers le brouhaha, des vendeurs ambulants transportaient leurs marchandises pittoresques ou dressaient des étals temporaires où exposer leurs créations au soleil. Et soudain, le bruit, qui n'avait jamais été moins qu'un rugissement continu, devint un concert tonitruant, car les hauts personnages de la cour avaient fait leur apparition sur le grand balcon.

Le bruit de la foule frappa Kevin de plein fouet. L'absence de lunettes de soleil suscitait en lui un chagrin aussi profond qu'universel. Complètement privé de ses moyens par sa gueule de bois, pâle au point d'être verdâtre, il jeta un coup d'œil à Diarmuid et maudit en silence l'élégance de celui-ci. Il se tourna vers Kim – mouvement qui le soumit aux tourments de l'enfer – et reçut un ironique sourire de commisération qui versa un baume sur son âme tout en versant du sel sur son amour-propre blessé.

Il faisait déjà chaud. Le soleil brillait d'un éclat douloureux dans le ciel sans nuage, tout comme les couleurs portées par les seigneurs et les dames de la cour d'Ailell. Le très haut roi lui-même, à qui les quatre visiteurs n'avaient pas encore été présentés, se trouvait plus loin sur le balcon, masqué par ses courtisans. Kevin ferma les yeux en souhaitant pouvoir se réfugier à l'ombre au lieu de rester au premier rang pour être bien visible... Des Indiens peaux-rouges, en vérité ! Des Indiens aux yeux rouges, en tout cas. C'était plus supportable en les fermant, ces yeux. La voix emphatique de Gorlaës, qui discourait sur les brillants accomplissements du règne d'Ailell, recula peu à peu à l'arrière-plan. Quelle sorte de vin diabolique fabriquent-ils donc dans cet univers, se demanda Kevin, trop épuisé pour être dûment offensé.

On avait frappé à leur porte une heure après leur coucher. Ni l'un ni l'autre n'était assoupi.

« Attention », dit Paul, dressé sur un coude. Kevin se leva et tira sur les cordons de son pyjama avant d'aller à la porte.

« Oui ? dit-il sans toucher le verrou. Qui est là ?

– De joyeux noctambules, répondit une voix déjà familière. Ouvrez. Je ne peux pas laisser Tégid dans le corridor. »

En riant, Kevin regarda par-dessus son épaule ; Paul était déjà levé et à moitié habillé. Kevin ouvrit la porte et Diarmuid entra en hâte, brandissant deux fiasques de vin, dont l'une était déjà débouchée. Derrière lui, également avec des bouteilles, entrèrent Coll et le grotesque Tégid, suivis par deux autres hommes qui apportaient tout un choix d'habits.

« Pour demain », expliqua le prince devant l'expression perplexe avec laquelle Kevin accueillit les deux derniers arrivants. J'ai promis que je prendrais soin de vous. Il lui lança l'une des fiasques et sourit.

« Très aimable à vous », répliqua Kevin en attrapant au vol la fiasque de cuir. Il la souleva comme il l'avait appris des années plus tôt en Espagne, afin d'en faire jaillir un filet de vin qu'il s'envoya dans la gorge. Il la lança ensuite à Paul, qui but sans un mot.

« Ah ! s'exclama Tégid en s'installant à son aise sur un banc. Je suis aussi sec que le cœur de Jaëlle. Au roi ! s'écria-t-il en levant sa propre fiasque. Et à son glorieux héritier, le prince Diarmuid, et à nos nobles et distingués invités, et à... » Le reste de son discours se perdit dans le glouglou du vin qui lui coulait généreusement dans la bouche. Quand le flot fut tari, Tégid refit surface avec un rot et jeta un coup d'œil à la ronde. « Je me sens extrêmement assoiffé cette nuit, dit-il ; l'explication était superflue.

– Si vous avez envie de vous amuser, n'êtes-vous pas dans la mauvaise chambre ? » demanda Paul au prince, nonchalant.

Diarmuid eut un sourire chagrin : « Ne vous imaginez pas que vous étiez mon premier choix, murmura-t-il. Vos charmantes compagnes ont accepté leurs robes pour demain. mais rien d'autre, hélas. La petite, Kim... – il secoua la tête – ... a la langue vraiment acérée.

– Mes condoléances, dit Kevin, ravi. J'en ai plusieurs fois été la victime.

– Eh bien, dit Diarmuid dan Ailell, buvons et plaignons-nous de concert. »

Le prince donna le ton et se mit à leur prodiguer ce qu'il appelait « de l'information essentielle » : une description des diverses dames de la cour qu'ils rencontreraient sans doute, description d'une obscénité pleine d'esprit qui reflétait une connaissance fort intime des caractères aussi bien publics que privés de ces dames.

Tégid et Coll restèrent ; les deux autres hommes se retirèrent au bout d'un certain temps pour être remplacés par une autre paire munie de nouvelles fiasques. Ces deux-là finirent également par s'en aller. Mais ceux qui leur succédèrent ne souriaient pas.

« Qu'y a-t-il, Carde ? » demanda Coll à l'un d'eux, qui avait les cheveux blonds.

Le nommé Carde se racla la gorge. Le bruit attira l'attention de Diarmuid, affalé au fond d'un fauteuil près de la fenêtre.

Carde parla à voix très basse : « Quelque chose d'étrange vient d'arriver. Seigneur, j'ai cru bon de vous mettre tout de suite au courant. Il y a un svart alfar mort dans le jardin sous cette fenêtre. »

À travers le brouillard d'ivresse qui s'appesantissait sur lui, Kevin vit Diarmuid se lever d'un bond.

« Bien tramé, dit le prince. Lequel d'entre vous l'a tué ? »

La voix de Carde devint un murmure : « Justement, seigneur. Erron l'a trouvé mort. Sa gorge a été... arrachée, seigneur. Erron pense... il pense que c'est un loup qui a fait ça, mais... avec tout le respect que je vous dois, seigneur, je ne tiens pas à rencontrer ce qui a tué cette créature. »

Dans le silence qui suivit, Kevin jeta un coup d'œil à Paul. Assis sur son lit, Schafer semblait plus mince et plus frêle que jamais. Son expression était indéchiffrable.

Diarmuid brisa le silence : « Il était sous cette fenêtre-ci, dis-tu ? »

Carde hocha la tête, mais le prince s'était détourné et, ouvrant les portes à la volée, il était déjà sur le balcon et sautait par-dessus la balustrade. Paul Schafer était derrière lui. Ce qui voulait dire que Kevin devait y aller aussi. Avec Coll à ses côtés et Carde juste sur ses talons, il se rendit au bout du balcon, enjamba la balustrade, resta suspendu le temps d'un vertige et tomba de trois mètres dans le jardin ; les deux autres le suivirent. Seul Tégid resta dans la chambre, sa masse énorme excluant toute descente.

Diarmuid et Paul avaient rejoint trois hommes près de buissons rabougris. Ils s'écartèrent pour laisser passer le prince. Kevin, respirant à fond pour dissiper son ivresse, s'approcha de Paul et regarda par terre.

Quand ses yeux s'ajustèrent à l'obscurité, il le regretta. Le svart alfar avait presque été décapité ; les coups de griffe avaient réduit sa tête en lambeaux. L'un des bras avait été arraché, l'épaule ne restant attachée au corps que par un morceau de cartilage, et de profondes griffures lacéraient le torse de la créature à la peau vert sombre, dépourvue de poils. Même dans l'ombre, Kevin pouvait voir le sang épais qui maculait le sol desséché. Tout en respirant avec précaution, presque dégrisé par le choc, il refoula une nausée. Pendant un long moment, personne ne dit mot : la violence que trahissait cette créature démembrée imposait son propre silence.

Diarmuid finit par se redresser et recula de quelques pas. « Carde, dit-il d'un ton bref, je veux qu'on double dorénavant la garde de nos invités. Demain, je veux un rapport expliquant pourquoi aucun d'entre vous n'a aperçu cette créature. Et pourquoi vous n'avez pas non plus vu ce qui l'a tuée. Si je poste des gardes, c'est pour qu'ils servent à quelque chose.

– À vos ordres, seigneur. » Carde, très secoué, s'éloigna avec les autres gardes.

Coll était toujours accroupi près du cadavre du svart. Il jeta un coup d'œil par-dessus son épaule : « Diar, dit-il, ce n'était pas un loup ordinaire.

– Je sais, dit le prince. Si toutefois c'était un loup. »

Kevin, en pivotant, regarda de nouveau Paul. Schafer leur tournait le dos. Il contemplait le mur d'enceinte du jardin.

Tous quatre retournèrent enfin au balcon. En s'agrippant aux anfractuosités du mur et à la main que leur tendait Tégid, ils se retrouvèrent bientôt dans la chambre. Diarmuid, Tégid et Coll s'en allèrent peu après. Le prince laissa à ses hôtes deux fiasques de vin, et il leur fit une proposition. Ils acceptèrent tout.

Kevin finit par boire à lui seul presque tout le reste du vin, surtout parce que Paul, pour changer, n'avait pas envie de discuter.

« C'est à nous ! » lui souffla Kim en lui donnant un coup de coude. C'était bien le cas, apparemment. Ils s'avancèrent tous les quatre en réponse au geste ample de Gorlaës et, comme on les en avait instruits, agitèrent la main en réponse aux bruyantes acclamations de la foule.

Kimberly, une main levée et soutenant Kevin de l'autre, se rendit soudain compte que c'était la scène conjurée pour eux par Lorèn au Park Plaza deux nuits plus tôt. Instinctivement, elle regarda par-dessus son épaule. Et vit les plis paresseux de la bannière au-dessus de leurs têtes : le croissant de lune et le chêne.

Kevin, plein de gratitude pour le bras secourable, réussit à agiter un peu la main, avec un sourire figé, tout en songeant que la foule tumultueuse en contrebas était bien confiante : vus depuis cette altitude, ils auraient aussi bien pu être n'importe quels membres de la cour. S'impressionnant lui-même de pouvoir penser avec quelque clarté, il se dit que l'essentiel des relations publiques se porterait sans doute sur la noblesse. Autour d'eux, on savait qu'ils venaient d'un autre univers – et quelqu'un en semblait extrêmement mécontent.

Il avait mal à la tête à en mourir, et un champignon indéterminé semblait avoir établi résidence dans sa bouche. Tu as intérêt à te remettre vite, se dit-il, tu vas rencontrer un roi. Et une longue chevauchée l'attendait le lendemain, avec Dieu sait quoi à son terme.

Car la proposition finale de Diarmuid avait été tout à fait inattendue. « Nous allons vers le sud demain matin, avait-il dit à l'aube. De l'autre côté de la rivière. Une sorte de raid, mais un raid secret. Personne ne doit être au courant. Si vous vous pensez capables de nous accompagner, peut-être trouverez-vous l'aventure intéressante. Pas entièrement sans danger, mais je crois que nous pourrons veiller sur vous. » Ce qui les avait convaincus, Paul et lui, c'était le sourire accompagnant cette dernière phrase – et c'était sans doute, avait réalisé Kevin, ce que ce sacré manipulateur de prince avait eu à l'esprit dès le début.

La grande salle d'apparat de Paras Derval avait été conçue par Tomaz Lal, dont Ginsérat avait été le disciple, lui qui avait plus tard créé les pierres de garde et bien d'autres objets de puissance et de beauté, aux temps anciens.

Douze immenses piliers soutenaient la voûte élevée du plafond. Enchâssées très haut dans les murs se trouvaient les fenêtres de Délévan – des vitraux représentant la fondation du royaume par Iorweth et les premières guerres avec l'Éridu et le Cathal. Le dernier vitrail du mur ouest, au-dessus du trône à baldaquin du Brennin, montrait Conary lui-même, le jeune Colan à ses côtés, le vent dans leurs cheveux clairs tandis qu'ils chevauchaient à travers la Plaine pour se rendre au dernier combat contre Rakoth Maugrim. Au coucher du soleil, ce vitrail flamboyait d'un tel éclat que les visages du roi et de son fils blond comme l'or semblaient s'illuminer de l'intérieur, exprimant la majesté – et pourtant le vitrail avait été créé près d'un millénaire auparavant. Tels étaient l'art de Délévan et l'habileté de Tomaz Lal.

Tout en s'avançant entre les énormes piliers, sur les dalles ornées de mosaïques, Kimberly, pour la première fois, eut conscience de l'effroi respectueux que ce lieu lui inspirait. Les piliers, les vitraux, les tapisseries omniprésentes, le plancher précieux, les costumes sertis de gemmes des seigneurs et des dames, et même la splendeur soyeuse de sa propre robe couleur de lavande... Elle prit une profonde et circonspecte inspiration et s'efforça de regarder droit devant elle.

Et ainsi, alors que Lorèn les conduisait tous les quatre vers l'extrémité ouest de la salle, sous le dernier grand vitrail, elle vit une estrade surélevée, de marbre et d'obsidienne, où se dressait un lourd trône de chêne sculpté. Sur ce trône était assis un homme qu'elle avait seulement entraperçu à travers la foule du balcon, un peu plus tôt.

La tragédie d'Ailell dan Art, c'étaient les sommets d'où il était tombé. Cet homme hagard à la fine barbe blanche et au regard aveuglé par la cataracte n'évoquait guère le guerrier géant aux yeux de ciel qui s'était emparé du Trône de Chêne cinquante ans auparavant. Décharné, émacié, Ailell semblait s'être étiré et aminci avec les années, et ses yeux plissés, alors qu'il les regardait s'avancer vers lui, n'exprimaient pas la bienvenue.

Au côté du roi se tenait Gorlaës. Le chancelier aux larges épaules était vêtu de brun ; il ne portait aucun autre ornement que le sceau de son office pendu à son cou. De l'autre côté du trône, en bourgogne et blanc, se tenait Diarmuid, l'héritier du roi du Brennin. Qui adressa un clin d'œil à Kimberly lorsque le regard de celle-ci s'attarda sur lui. Elle se détourna brusquement pour voir Métran, le premier mage, qui s'avançait avec une lenteur poussive, accompagné de son écuyer plein de sollicitude, pour prendre place devant eux avec Lorèn.

Comme Paul fixait sur le roi un regard intense, Kim se retourna elle-même vers le trône et, après une pause, elle entendit prononcer son nom pour la présentation. Elle fit un pas en avant et s'inclina, ayant décidé plus tôt qu'en aucune circonstance elle ne se lancerait dans une entreprise aussi hasardeuse qu'une révérence. Les trois autres s'avancèrent à leur tour. Jennifer fit bel et bien une révérence, très profonde, dans un bruissement de soie verte, pour se relever ensuite avec grâce tandis qu'un murmure d'approbation parcourait la salle.

« Soyez les bienvenus au Brennin », dit le très haut roi en s'adossant à son trône. « Que le fil de vos jours parmi nous soit éclatant. » Ses paroles étaient aimables mais sa voix basse et sèche marquait peu de plaisir. « Merci, Métran, Lorèn, dit encore le roi, de la même voix. Merci, Teyrnon », ajouta-t-il en inclinant la tête en direction d'un troisième homme à demi dissimulé par Lorèn.

Métran s'inclina trop bas en réponse et faillit tomber. Son écuyer l'aida à se relever. Quelqu'un ricana dans la salle.

Lorèn parlait à présent : « Nous vous sommes reconnaissants de votre bonté, seigneur. Nos amis ont déjà rencontré votre fils et le chancelier. Le prince a été assez bon pour faire d'eux les amis et invités de votre maison la nuit dernière. » À la dernière phrase, il avait mesuré sa voix pour qu'elle porte loin.

Les yeux du roi se posèrent longuement sur ceux de Lorèn, et Kim, qui les observait, changea d'avis. Ailell était peut-être vieux mais il n'était assurément pas sénile – son expression amusée marquait bien trop de cynisme.

« Oui, dit le roi, je sais qu'il l'a fait. Et je déclare que j'approuve son geste. Dis-moi, Lorèn, poursuivit-il d'un ton différent, sais-tu si l'un de tes amis joue au ta'baël ? »

Lorèn secoua la tête en guise d'excuse : « À la vérité, seigneur, je n'ai pas songé à le leur demander. Le même jeu existe dans leur univers, on l'appelle " échecs ", mais...

– Moi, je joue », dit Paul.

Il y eut un bref silence. Paul et le roi se regardèrent. Quand Ailell parla, sa voix était très douce : « J'espère, dit-il, que vous jouerez avec moi pendant votre séjour. »

Schafer inclina la tête en réponse. Le roi se renversa de nouveau sur son trône ; ce que voyant, Lorèn s'apprêta à escorter les quatre visiteurs hors de la salle.

« Halte-là, Mantel d'Argent ! »

La voix était impérieuse et glacée, elle les pénétra comme une lame. Kim se tourna vivement vers sa gauche, où elle avait remarqué un petit groupe de femmes en robes grises. Le groupe s'ouvrit et une femme s'avança vers le trône.

Elle était tout de blanc vêtue, très grande, avec des cheveux roux retenus sur son front par un mince cercle d'argent. Ses yeux étaient verts et très froids. Il y avait dans son attitude, alors qu'elle s'avançait vers eux à grands pas, une rage profonde et à peine retenue, et comme elle s'approchait, Kimberly prit conscience de sa beauté. Malgré ces cheveux qui brillaient comme une flamme dans une nuit étoilée, ce n'était pas une beauté qui réchauffait le cœur mais qui coupait telle une lame. Il n'y avait point de douceur en elle, pas une ombre de tendresse, et pourtant elle était belle, comme le vol de la flèche qui va tuer.

Lorèn, interrompu dans son mouvement pour se retirer, se tourna à son approche – et son expression était également dénuée de chaleur.

« N'avez-vous pas oublié quelque chose ? dit la femme en blanc d'une voix à la douceur de plume, où serpentait toutefois une menace.

– Une présentation ? Je l'aurais faite en temps utile, répliqua Lorèn avec légèreté. Si vous êtes si pressée, je peux...

– En temps utile ! Pressée ! Par Mâcha et Nemain, on devrait vous maudire pour votre insolence ! » La femme aux cheveux roux était rigide de fureur ; son regard brûlant transperçait le mage.

Qui subit ce regard sans broncher. Jusqu'à ce qu'intervienne une autre voix aux intonations riches et exagérément raffinées : « Je crains bien que vous n'ayez raison, prêtresse. Notre voyageur oublie parfois l'ordre des préséances. Nos invités auraient dû vous être présentés aujourd'hui. Je crains que...

– Sot ! interrompit la prêtresse d'un ton mordant. Vous êtes un sot, Gorlaës. Aujourd'hui ? On aurait dû me consulter avant même qu'il ne fasse ce voyage. Comment *osez*-vous, Métran ? Comment osez-vous entreprendre une traversée sans la permission de la Mère ? L'équilibre des univers est entre ses mains et donc entre les miennes. On touche la racine de la terre au péril de son âme si on n'implore pas son consentement ! »

Métran recula devant cette colère. La crainte le disputait à la confusion sur son visage. Lorèn, cependant, leva une main et pointa sur la femme qui lui faisait face un long doigt qui ne tremblait pas : « Nulle part, dit-il, et une colère intense débordait à présent de sa voix, nulle part il n'est écrit que ce rituel doive avoir lieu ! Et, par tous les dieux, vous le savez fort bien. Vous allez trop loin, Jaëlle – et soyez-en prévenue, on ne le permettra pas. L'équilibre ne dépend pas de vous, et vos interventions sous la lune peuvent le détruire. »

Les yeux de la prêtresse cillèrent, et Kim se rappela tout à coup l'allusion faite par Diarmuid à une assemblée secrète, la nuit précédente.

Ce fut la voix nonchalante du prince qui se glissa dans le lourd silence : « Jaëlle, dit-il depuis sa place près du trône de son père, même si vos paroles ont quelque prix, ce n'est certes pas le moment de les prononcer. Si ravissante soyez-vous, vous êtes en train de gâcher une fête avec vos arguties. Et une autre invitée attend sa bienvenue, semble-t-il. »

Il descendit de l'estrade d'un pas léger, passa près d'eux et s'en alla vers le fond de la salle où, vit Kim en se retournant, venait d'entrer une autre femme, aux cheveux blanchis par l'âge celle-là, appuyée sur un bâton noueux devant les grandes portes de la salle d'Ailell.

« Soyez la bienvenue, Ysanne, dit le prince sur un ton de profonde courtoisie. Il y a longtemps que vous n'avez fait à notre cour la grâce de votre présence. »

Mais Kim, en entendant le nom de la femme, en voyant la frêle silhouette immobile, sentit quelque chose la toucher, comme un doigt posé sur son cœur.

Une vague murmurante avait commencé à se propager parmi les courtisans assemblés, et ceux qui se trouvaient entre les piliers reculaient avec crainte. Mais le murmure n'était à présent qu'un bruit lointain pour Kim, car tous ses sens s'étaient concentrés sur la silhouette desséchée au visage sillonné de rides qui avançait à pas mesurés vers le trône, au bras du jeune prince.

« Ysanne, vous ne devriez pas être ici. » Ailell – geste surprenant – s'était levé pour parler ; il était évident que, même courbé par les années, c'était l'homme le plus grand de la salle.

« C'est vrai », acquiesça la vieille femme avec calme en s'arrêtant devant lui. Sa voix était aussi douce que celle de Jaëlle était dure. La prêtresse aux cheveux roux la fixait d'un regard âpre et méprisant.

« Pourquoi, alors ? demanda Ailell dans un murmure.

– Cinquante années sur le trône, cela mérite qu'on se déplace pour rendre hommage, répliqua Ysanne. Y en a-t-il un ici, à part Métran et peut-être Lorèn, qui se rappelle comme moi le jour de votre couronnement ? Je suis venue vous souhaiter bon tissage, Ailell. Et je suis venue pour deux autres raisons.

– Qui sont ? demanda Lorèn, cette fois.

– Pour voir vos voyageurs », répondit Ysanne, qui se tourna vers Paul Schafer.

Sa réaction fut brutale et soudaine. Il se protégea les yeux de la main en s'écriant : « Non ! Pas de contact ! »

Ysanne haussa les sourcils et jeta un coup d'œil à Lorèn, puis se retourna vers Paul : « Je vois, dit-elle. Ne craignez rien, je n'utilise jamais le contact, je n'en ai nul besoin. » Le murmure s'éleva d'un cran dans la salle, car on avait entendu leurs paroles.

Paul baissa lentement le bras. Il croisa le regard de la vieille femme, calme à présent, la tête haute ; curieusement, ce fut Ysanne qui baissa les yeux la première.

Et c'est alors, alors, qu'elle se détourna, regardant au-delà de Jennifer et de Kevin, ignorant la silhouette rigide de Jaëlle, et vit pour la première fois Kimberly. Leurs yeux également gris se rencontrèrent, devant le trône sculpté, sous les immenses vitraux de Délévan.

« Ah ! » s'écria la vieille femme en prenant une soudaine inspiration. Puis, dans le plus secret des murmures, elle ajouta après un moment : « Je vous ai attendue si longtemps, ma très chère. »

Et seule Kimberly avait pu voir le spasme d'effroi qui avait défait le visage d'Ysanne avant ces paroles prononcées à voix basse, comme une bénédiction.

« Comment ? réussit-elle à dire. Que voulez-vous dire ? »

Ysanne sourit : « Je suis une prophétesse. La rêveuse du rêve. » Et sans comprendre comment, Kim sut ce que cela signifiait et sentit des larmes soudaines et brillantes lui monter aux yeux.

« Venez me voir chez moi, murmura la prophétesse. Lorèn vous dira comment. » Elle se détourna alors et fit une profonde révérence à l'homme de haute taille qui était roi du Brennin. « Que votre route soit douce, Ailell. L'autre raison de ma visite, c'est que je désire vous dire adieu. Je ne reviendrai pas ; nous ne nous rencontrerons plus de ce côté-ci de la Nuit. » Elle reprit après une brève pause : « Je vous ai aimé. Souvenez-vous-en.

– Ysanne... » s'écria le roi.

Mais elle s'était détournée. Appuyée sur son bâton, elle traversa toute la longueur de la salle, seule cette fois, entre les deux rangées de courtisans aux costumes éclatants, muets de stupeur, et elle franchit les doubles portes pour s'éloigner dans la lumière du soleil.

Cette nuit-là, très tard, Paul Schafer fut convoqué à une partie de ta'baël avec le roi du Brennin.

Il fut escorté par un garde qu'il ne connaissait pas et, tout en marchant derrière lui dans les corridors obscurs, Paul était intérieurement reconnaissant à Coll, dont il savait la présence silencieuse sur ses talons.

C'était un long parcours, mais ils virent peu de gens encore debout. Une femme qui peignait ses cheveux dans une embrasure de porte lui sourit au passage et un groupe de gardes les dépassa dans un cliquetis de fourreaux d'épées. En longeant des chambres, Paul entendit des murmures de conversations tardives et, en une occasion, il y eut un léger cri de femme après une inspiration brusque – un son ressemblant beaucoup à un cri dont il se souvenait.

Les deux hommes et leur escorte invisible arrivèrent enfin à une double porte de bois épais. Paul resta impassible quand les portes s'ouvrirent après que le garde y eut frappé, et il fut introduit dans une vaste pièce richement meublée, au centre de laquelle se trouvaient deux profonds fauteuils et une table portant un jeu de ta'baël.

« Bienvenue ! » C'était le chancelier Gorlaës qui s'avançait pour étreindre le bras de Paul en guise de salut. « C'est aimable à vous d'être venu.

– Oui, c'est aimable, dit la voix moins sonore du roi, alors qu'il sortait d'un coin d'ombre. Je vous suis reconnaissant de faire plaisir à un vieil homme insomniaque. La journée a été pénible pour moi. Bonne nuit, Gorlaës.

– Seigneur, dit vivement le chancelier, je serais heureux de rester et...

– Inutile. Allez dormir. Tarn s'occupera de nous. » Le roi hocha la tête à l'adresse du jeune page qui avait ouvert la porte à Paul. Gorlaës parut vouloir encore protester, mais se retint : « Bonne nuit, donc, seigneur. Et encore une fois, mes vœux les meilleurs et les plus sincères en ce jour bien tramé. »

Il s'avança, plia un genou et baisa la main tendue d'Ailell. Puis il quitta la pièce, laissant Paul seul avec le roi et son page.

« Du vin près de la table, Tarn. Nous nous servirons nous-mêmes. Va te coucher. Je te réveillerai quand je me retirerai. Venez, maintenant, mon jeune étranger », dit Ailell en s'asseyant avec précaution dans son fauteuil.

Paul, en silence, s'avança et prit l'autre siège. Tarn remplit avec dextérité les deux verres posés près du damier marqueté puis se retira par une porte intérieure dans la chambre du roi. Les fenêtres de la pièce étaient ouvertes et les lourds rideaux avaient été écartés pour laisser entrer l'éventuelle brise nocturne. Dans un arbre, quelque part à l'extérieur, un oiseau chantait. On aurait dit un rossignol.

Les pièces magnifiquement sculptées brillaient à la lueur des bougies mais le visage du roi du Brennin était dissimulé à contre-jour alors qu'il s'adossait dans son fauteuil. « C'est le même jeu que le vôtre, d'après Lorèn, dit-il à mi-voix. Mais nous donnons d'autres noms aux pièces. Je prends toujours les noirs. Prenez les blancs et commencez. »

Paul aimait l'attaque aux échecs, surtout s'il jouait le premier avec les blancs. Des gambits et des sacrifices se succédaient dans sa stratégie et combinaient un assaut en ouragan sur le roi adverse. Le fait que son adversaire était cette nuit-là bel et bien un roi n'y changea rien, car son code de conduite, bien que compliqué, était immuable. Il se mit en devoir de démolir les pièces noires d'Ailell tout comme il l'aurait fait avec n'importe qui d'autre. Et cette nuit-là, alors qu'il était vulnérable et avait la mort dans l'âme, il y avait dans son jeu plus de passion encore qu'à l'accoutumée, car il essayait d'échapper à son tourment dans la clarté froide du damier noir et blanc. Aussi forçait-il le jeu sans relâche ; les pièces blanches tournoyaient en une attaque vertigineuse.

Pour rencontrer une défense complexe, souple, subtile. Ailell, s'il n'était plus ce qu'il avait été, si son esprit et son autorité semblaient vaciller, restait un homme aux ressources formidables, Paul le comprit après dix tours de jeu. Avec une patiente lenteur, le roi organisa sa défense, renforça ses positions avec précaution ; l'attaque tous azimuts de Paul commença à s'épuiser et à être inexorablement repoussée. Après presque deux heures de jeu, Paul renversa son roi blanc en signe de reddition.

Les deux hommes s'adossèrent dans leurs fauteuils et échangèrent leur premier regard depuis le début de la partie. Et ils se sourirent, sans savoir ni l'un ni l'autre – comment l'auraient-ils su – à quel point chacun d'eux souriait rarement. En cet instant de partage, pourtant, alors que Paul levait son gobelet pour saluer le roi, ils se rapprochèrent l'un de l'autre en traversant les gouffres jumeaux des univers et des années pour établir un lien qui leur permettrait peut-être de se comprendre.

Ce rapprochement n'eut jamais lieu mais quelque chose d'autre naquit cette nuit-là et les fruits de cette partie silencieuse de ta'baël devaient changer l'équilibre et l'agencement de tous les univers.

Ailell parla le premier, d'une voix enrouée : « Personne, dit-il, ne m'a jamais fait don d'une telle partie. Je ne perds jamais au ta'baël. J'ai presque perdu cette nuit. »

Paul sourit, encore une fois : « Presque. Peut-être perdriez-vous la partie suivante, mais je n'en suis pas si sûr. Vous jouez d'une façon splendide, seigneur. »

Ailell secoua la tête « Non, je joue d'une façon prudente. La beauté du jeu était de votre côté, mais parfois le piétinement de la prudence finit par venir à bout d'une brillante stratégie. Quand vous avez sacrifié le second cavalier... » Ailell laissa un geste de la main conclure sa phrase. « Je suppose que seuls les jeunes peuvent agir ainsi. C'était il y a si longtemps pour moi ; j'ai oublié, semble-t-il. » Il leva son propre gobelet et but.

Paul remplit de nouveau les gobelets avant de répondre. Il se sentait vidé, comme simplifié. Dehors, l'oiseau avait cessé de chanter depuis longtemps. « Je crois, dit-il, que c'est davantage une question de style que d'âge. Je n'ai guère de patience, c'est pourquoi je joue ainsi.

– Au ta'baël, vous voulez dire ?

– Pour d'autres choses aussi », répondit Paul après une hésitation.

Contre toute attente, Ailell approuva d'un signe de tête : « J'étais ainsi autrefois, même s'il vous est difficile de le croire. » Son visage avait une expression critique. « J'ai pris ce trône par la force en des temps chaotiques, et au début je l'ai gardé par l'épée. Si nous devons constituer une dynastie, elle commence avec moi et se poursuivra avec... Diarmuid, je suppose. »

Paul resta silencieux ; au bout d'un moment le roi reprit : « C'est le pouvoir qui enseigne la patience – garder le pouvoir, je veux dire. Et on apprend le prix qu'il faut payer – ce que j'ignorais totalement lorsque j'avais votre âge, quand je pensais qu'une épée et un esprit vif pouvaient venir à bout de n'importe quoi. Je n'avais pas idée du prix qu'on doit payer pour le pouvoir. »

Ailell se pencha sur le damier et prit une des pièces. « Tenez, la reine au ta'baël, par exemple. La pièce la plus puissante de tout le jeu, et pourtant on doit la protéger quand un garde ou un cavalier la menacent, car si elle est prise, la partie risque fort d'être perdue. Mais le roi, dit Ailell dan Art, au ta'baël, on ne peut sacrifier le roi. »

Paul ne pouvait déchiffrer l'expression de ce visage creusé et pourtant encore beau, mais il entendait une intonation nouvelle dans cette voix ; quelque chose bougeait, changeait, quelque part au fond du roi.

Ailell sembla prendre conscience de son inconfort. Il esquissa un sourire : « Je ne suis pas d'agréable compagnie la nuit. Surtout cette nuit. Trop de choses me reviennent. J'ai trop de souvenirs.

– J'en ai trop moi aussi », dit Paul impulsivement – pour se haïr à l'instant même.

Mais l'expression d'Ailell était amicale, et même pleine de compassion : « C'est ce que je pensais, dit-il. Je ne sais pourquoi, mais c'est ce que je pensais. »

Paul baissa la tête pour boire ; le gobelet était profond et il but longtemps. « Seigneur, dit-il enfin pour briser le silence et changer de sujet avec n'importe quelle remarque, pourquoi la prêtresse a-t-elle dit que Lorèn aurait dû lui demander son consentement avant de nous amener ici ? Qu'est-ce que...

– Elle se trompait en cela, et je le lui ferai dire. Non que Jaëlle soit capable d'écouter. » Ailell eut une expression chagrine. « Elle aime semer le trouble, susciter des tensions qu'elle pourrait exploiter. Jaëlle est d'une inimaginable ambition et elle aspire à un retour à l'ancienne voie de la Déesse, qui gouvernait par l'intermédiaire de sa grande prêtresse, autrefois, avant qu'Iorweth n'arrive d'au-delà de l'océan. Il y a bien des ambitieux à ma cour, c'est souvent le cas autour d'un roi vieillissant, mais l'ambition de Jaëlle est plus profonde que toutes les autres. »

Paul hocha la tête : « Votre fils a dit quelque chose de semblable la nuit dernière.

– Quoi ? Diarmuid ? » Ailell eut un rire qui ressemblait à celui du prince. « Je suis surpris qu'il ait été assez sobre pour avoir une pensée aussi claire. »

Une ébauche de sourire frémit sur la lèvre de Paul : « En fait, il n'était pas sobre, mais il semble quand même avoir des pensées assez claires. »

Le roi écarta le sujet d'un revers de main : « Il est parfois tout à fait charmant. » Après une pause, il tira sur sa barbe et demanda : « Pardonnez-moi, mais de quoi étions-nous en train de parler ?

– De Jaëlle, répondit Paul. De ce qu'elle a dit ce matin.

– Oui, oui, bien sûr. Il fut un temps où ses paroles auraient été vraies, mais il y a bien longtemps de cela. Au temps où l'on ne pouvait avoir accès à la magie sauvage que par les profondeurs de la terre, et seulement par le sang, le pouvoir nécessaire à une traversée aurait dû être tiré du cœur même de la terre, qui a toujours été le domaine de la Mère. En ce temps-là, il aurait été vrai qu'une telle dépense d'avarlith, la racine de la terre, n'aurait pu être envisagée qu'avec l'intercession de la grande prêtresse auprès de la Déesse. Mais maintenant, depuis de longues années, depuis qu'Amairgèn a appris le savoir du ciel et fondé le Conseil des Mages, c'est seulement la source du mage qui subit la perte d'énergie subséquente à l'exercice de la magie, et l'avarlith reste intacte.

– Je ne comprends pas. Quelle perte d'énergie ?

– Je vais trop vite pour vous. J'ai du mal à me rappeler que vous venez d'un autre univers. Écoutez-moi bien. Si un mage se servait de sa magie pour allumer un feu dans cette cheminée, il aurait besoin d'énergie pour le faire. Autrefois, toute notre magie appartenait à la Déesse et cette énergie était captée directement à la racine de la terre. Étant captée et utilisée en Fionavar, elle finissait par revenir à la terre et ne diminuait jamais. Mais lors d'une traversée, l'énergie est utilisée dans un autre univers...

– Et ainsi vous la perdez.

– Exactement. Ou du moins c'était ainsi. Mais depuis qu'Amairgèn a libéré les mages de la Mère, l'énergie est captée seulement de la source, et il la reconstitue en lui peu à peu.

– Il ?

– Ou elle, bien sûr.

– Mais... vous voulez dire que chaque mage a... ?

– Oui, bien entendu. Chaque mage est lié à une source, ainsi Lorèn avec Matt, ou Métran avec Denbarra. C'est l'ancrage, une loi du savoir céleste. Le mage ne peut outrepasser les capacités de sa source, et ce lien mutuel dure toute la vie. Quoi que fasse un mage, c'est quelqu'un d'autre qui en paie le prix. »

Tout devenait si clair, tout d'un coup. Paul se rappelait le tremblement de Matt Sören à la fin de la traversée. Il se rappelait le vif souci de Lorèn à l'égard du Nain et, vision plus claire encore, les torches presque éteintes de la pièce où ils étaient arrivés, ces torches que le frêle Métran avait ranimées avec tant d'aisance, alors que Lorèn s'en était abstenu pour laisser sa source récupérer. Paul sentit son esprit, si longtemps occupé de lui-même, se tourner vers l'extérieur, avec raideur, comme des muscles trop longtemps oisifs.

« Comment ? Comment sont-ils liés l'un à l'autre ?

– Le mage et sa source ? Il y a de nombreuses règles, et ils doivent subir un long apprentissage. Après quoi, s'ils le désirent toujours, ils peuvent s'unir par le rituel, mais on ne le fait pas à la légère. Il n'y en a plus que trois en Fionavar. Denbarra est le neveu de Métran, Teyrnon a pour source Barak, son meilleur ami d'enfance. Il y a eu des appariements étranges. Lisèn de la Forêt était la source d'Amairgèn Blanchebranche, le premier de tous les mages.

– Pourquoi est-ce étrange ?

– Ah... – le très haut roi sourit, avec une légère nostalgie – c'est une bien longue histoire. Peut-être en entendrez-vous chanter des passages dans la Grande Salle.

– Très bien. Mais Lorèn et Matt ? Comment se sont-ils... ?

– C'est curieux aussi, dit Ailell. À la fin de son apprentissage, Lorèn nous a demandé, à moi et au Conseil, la permission de voyager pendant quelque temps. Il est resté absent trois ans. À son retour, il avait son mantel d'argent et il était lié au roi des Nains, ce qui n'était jamais arrivé. Aucun Nain... »

Le roi s'interrompit brusquement. Et dans le soudain silence, ils entendirent tous deux un bruit presque inaudible ; on frappait sur le mur faisant face à la fenêtre ouverte. Au moment où Paul adressa au roi un regard interrogateur, le bruit se répéta.

Le visage d'Ailell avait pris une expression étrangement douce. « Oh, Mörnir, souffla-t-il. Ils ont vraiment envoyé quelqu'un. » Il regarda Paul, hésita, puis sembla prendre une décision. « Restez avec moi, jeune Paul, Pwyll, restez et ne dites mot, car vous êtes sur le point de voir ce que peu d'hommes ont jamais vu. »

Et, allant au mur, le roi appuya la paume de sa main, avec soin, en un point où la pierre était légèrement plus sombre. « *Levar shanna* », murmura-t-il, et il fit un pas en arrière tandis que la vague découpe d'une porte se dessinait peu à peu dans le mur lisse. Un instant plus tard la démarcation était bien visible, puis la porte coulissa en silence et une mince silhouette s'avança d'un pas léger dans la pièce, vêtue d'une cape ; un capuchon voilait son visage. L'arrivant resta ainsi dissimulé un moment, constatant la présence de Paul, observant le hochement de tête d'Ailell qui la légitimait, puis d'un geste souple il se débarrassa de la cape et du capuchon pour s'incliner profondément devant le roi.

« Je suis porteur de bons vœux, très haut seigneur, et d'un présent pour marquer l'anniversaire de votre couronnement. Et j'apporte du Daniloth des nouvelles que vous devez entendre. Je suis Brendel, de la marche de Kestrel. »

C'est ainsi que Paul Schafer vit pour la première fois un lios alfar. Et devant la silhouette diaphane aux cheveux argentés qui se tenait devant lui, telle une flamme vive, il se sentit lourd et maladroit, comme si une autre dimension de la grâce s'était soudain manifestée.

« Soyez le bienvenu, Na-Brendel de Kestrel, murmura Ailell. Voici Paul Schafer, que nous nommerions Pwyll en Fionavar, je pense. C'est l'un des quatre voyageurs venus avec Mantel d'Argent d'un autre univers pour se mêler au tissu de nos festivités.

– Je sais, dit Brendel. Il y a deux jours que je suis à Paras Derval, j'attendais de pouvoir vous rencontrer seul. J'ai vu celui-ci, et les autres, dont la dame aux cheveux d'or. Elle seule a rendu mon attente tolérable, très haut seigneur. Sinon j'aurais depuis longtemps déjà quitté vos murs, sans avoir offert le présent que j'apportais. » Une étincelle de rire dansait dans ses yeux, qui semblaient mordorés à la lueur des bougies.

« Merci alors d'avoir attendu, dit Ailell. Et dites-moi à présent, comment va Ra-Lathèn ? »

Le visage de Brendel se figea brusquement, son rire s'éteignit. « Ah, s'exclama-t-il à mi-voix, vous m'obligez bien tôt à vous annoncer mes nouvelles, très haut seigneur. Lathèn Tisseur de Brume a entendu son chant cet automne. Il est parti par-delà l'océan, emmenant avec lui Laièn Fils de Lance, le dernier survivant du Baël Rangat. Il n'en reste aucun désormais, mais bien peu avaient survécu de toute façon. » Les yeux du lios alfar s'étaient obscurcis, violets maintenant dans l'ombre. Après une pause, il reprit : « Tenniel règne à présent sur le Daniloth. Ce sont ses vœux que je vous apporte.

– Lathèn est parti aussi, maintenant ? dit le roi, très bas. Et Laièn ? Vous êtes porteur de bien sombres nouvelles, Na-Brendel.

– Et j'en ai de plus sombres encore, répliqua le lios. Cet hiver, une rumeur est parvenue au Daniloth ; on a vu des svarts alfar en mouvement dans le nord. Ra-Tenniel a posté des guetteurs et, le mois dernier, nous avons appris que la rumeur était véridique. Un groupe de svarts se dirigeait vers le sud, vers la lisière de la forêt de Pendarane, et il y avait des loups avec eux. Nous leur avons livré bataille, très haut roi. Pour la première fois depuis le Baël Rangat, les lios alfar sont partis au combat. Nous les avons repoussés et la plupart ont été tués – car il nous reste encore un peu de notre valeur d'antan – mais six de mes frères et sœurs sont tombés. Six de nos bien-aimés n'entendront jamais leur chant. La mort est revenue parmi nous. »

Ailell s'était affaissé dans son fauteuil aux paroles du lios alfar. « Des svarts aux abords de la forêt de Pendarane, gémit-il comme pour lui seul. Oh, Mörnir, quelle si grande faute ai-je commise que ceci doive arriver en mon vieil âge ? » Et il paraissait vieux en effet, secouant sa tête tremblante ; ses mains tremblaient aussi sur les accoudoirs sculptés du fauteuil. Paul échangea un regard avec le lios à la silhouette lumineuse. Mais si son propre cœur se tordait de pitié pour le vieux roi, il ne vit aucune trace de cette pitié dans les yeux du visiteur, gris à présent.

« J'ai un présent pour vous, très haut seigneur, dit enfin Brendel. Ra-Tenniel aimerait vous faire savoir qu'il est d'une autre trempe que le Tisseur de Brume. La bataille dont je vous ai parlé devrait vous le confirmer. Il ne se terrera pas en Daniloth ; dorénavant vous nous verrez plus souvent que tous les sept ans. En gage authentique d'alliance, et pour les fils entrelacés de nos destinées, le seigneur des lios alfar vous envoie ceci. »

Jamais Paul n'avait rien vu d'aussi magnifique que l'objet tendu par Brendel. Le délicat sceptre de cristal qui passait de la main du lios à celle de l'humain semblait capter et métamorphoser chaque nuance de la lumière. L'orangé des torches murales, le vacillement rouge des bougies et même les diamants bleu et blanc des étoiles à travers la fenêtre ouverte semblaient s'entrelacer sans cesse à l'intérieur du sceptre, en un mouvement aussi complexe que celui d'un métier à tisser.

« Un cristal de convocation, murmura le roi en contemplant le présent. Un trésor, en vérité. Il n'y en a pas eu entre nos murs depuis quatre cents ans.

– Et à qui la faute ? dit Brendel d'une voix froide.

– Voilà qui est injuste, mon ami », répliqua Ailell, un peu coupant à son tour. Les paroles du lios semblaient avoir allumé en lui une étincelle de fierté. « Quand le roi Vailerth a détruit le cristal, c'était un geste fou au milieu d'une folie plus grande encore, et le Brennin a payé le prix du sang pour cette folie, avec une guerre civile. » La voix du roi était ferme à nouveau. « Dites à Ra-Tenniel que j'accepte son présent. S'il doit s'en servir pour nous convoquer, nous répondrons à son appel. Dites-le à votre seigneur. Demain, je m'entretiendrai avec mon Conseil des autres nouvelles que vous m'avez apportées. On surveillera la forêt de Pendarane, je vous le promets.

– J'ai le sentiment profond qu'il faudra plus que de la surveillance, très haut seigneur, répliqua Brendel d'une voix plus douce. Une puissance s'agite en Fionavar. »

Ailell inclina la tête avec lenteur : « C'est ce que Lorèn m'a dit il y a quelque temps déjà. » Il hésita, et poursuivit presque malgré lui : « Dites-moi, Na-Brendel, qu'en est-il de la pierre de garde en Daniloth ?

– Elle n'a pas changé depuis le jour où Ginsérat l'a créée ! déclara Brendel, farouche. Les lios alfar n'oublient pas. Prenez soin de la vôtre, très haut seigneur !

– Il n'y avait point là d'insulte, mon ami, dit Ailell. Mais vous savez que tous les gardiens doivent faire brûler le feu naal. Et sachez ceci aussi bien : le peuple de Conary et de Colan, et de Ginsérat lui-même, n'oublie pas non plus le Baël Rangat. Notre pierre est aussi bleue que jamais et, si les dieux sont bienveillants, elle le sera toujours. »

Il y eut un silence ; les yeux de Brendel étincelaient maintenant d'une lumineuse intensité. « Venez, dit soudain Ailell en se levant ; il les dominait de toute sa stature. Venez et je vous montrerai ! »

Il tourna les talons et se dirigea à grands pas vers sa chambre, ouvrit la porte et entra. Paul, qui l'avait suivi aussitôt, entr'aperçut le grand lit à baldaquin du roi et la silhouette de Tarn, le page, endormi sur une natte dans un coin de la pièce. Ailell ne ralentit pas, cependant ; Paul et le lios alfar se hâtèrent pour rester à sa hauteur tandis que le roi ouvrait une autre porte et s'engouffrait dans un bref corridor, à l'extrémité duquel se trouvait un lourd portail. Il s'arrêta alors, le souffle rapide.

« Nous nous trouvons au-dessus de la salle de la Pierre », dit-il en articulant avec peine. Il appuya sur un loquet au centre du portail et fit coulisser un petit panneau de bois sur un guichet qui leur permettait de voir la salle en contrebas.

« C'est Colan lui-même qui a fait installer ceci, dit le roi, lorsqu'il est revenu du Rangat avec la pierre. On dit que, pendant le reste de sa vie, il se levait souvent la nuit et parcourait ce corridor pour aller contempler la pierre de Ginsérat et satisfaire son cœur de la certitude qu'elle était toujours la même. Ces derniers temps, je me suis surpris à en faire autant. Regardez, Na-Brendel de Kestrel. Regardez la pierre de garde du Grand Royaume. »

Sans un mot, le lios s'avança et regarda par l'ouverture. Il resta là un long moment et se retira enfin, toujours silencieux.

« Et vous, jeune Pwyll, regardez aussi, et voyez si la lumière bleue du serment qui nous lie brille toujours dans la pierre. » Ailell lui désignait le guichet ; Paul contourna Brendel pour regarder à son tour.

C'était une petite salle, aux murs et au plancher sans ornement ni meuble d'aucune sorte. Au centre exact de la salle se dressait un socle ou un pilier tronqué, plus haut qu'un homme, et devant lui un autel sur lequel brûlait une flamme blanche et pure. Les faces du pilier étaient sculptées d'images d'hommes à l'allure royale, et dans le creux aménagé à son sommet reposait une pierre, de la même taille qu'une boule de cristal. Et Paul vit que la pierre brillait de sa propre lumière intérieure, et cette lumière était bleue.

De retour dans la pièce qu'ils avaient quittée, Paul trouva un troisième gobelet sur une table près de la fenêtre et servit du vin pour trois. Brendel prit sa coupe mais se mit aussitôt à arpenter la pièce d'un pas nerveux. Ailell s'était de nouveau assis dans son fauteuil devant le damier. Paul, qui les regardait depuis la fenêtre, vit le lios alfar cesser de tourner en rond pour se camper devant le roi.

« Nous avons foi dans les pierres de garde, très haut seigneur, parce que nous le devons, commença-t-il à voix basse, presque avec douceur. Mais d'autres forces servent les Ténèbres, vous le savez, et certaines sont très puissantes. Leur seigneur est peut-être toujours emprisonné sous le Rangat, mais un mal que nous ne pouvons ignorer parcourt aujourd'hui le pays. Ne l'avez-vous pas vu dans la sécheresse qui vous afflige, très haut seigneur ? Comment pouvez-vous ne pas le voir ? Il pleut au Cathal et dans la Plaine. Au Brennin seul a failli la moisson. Seul...

– *Silence !* » La voix d'Ailell résonna forte et claire. « Vous ne savez pas de quoi vous parlez. N'essayez pas de vous introduire dans nos affaires ! » Le roi se pencha en avant sur son siège en jetant un regard furieux sur la silhouette déliée du lios alfar. Deux taches rouges marquaient son visage au-dessus de sa barbe mince.

Na-Brendel se tut. Il n'était pas très grand mais en cet instant il parut se déployer tout en contemplant le très haut roi. Quand il parla enfin, ce fut sans orgueil ni amertume. « Je ne voulais pas vous irriter, dit-il. En ce jour moins qu'en tout autre. J'ai pourtant le profond sentiment que les événements à venir ne pourront être l'affaire d'un seul peuple. C'est là le sens du présent de Ra-Tenniel. Je suis heureux que vous l'ayez accepté. Je transmettrai votre message à mon seigneur. »

Il s'inclina profondément, se détourna et se dirigea vers l'ouverture béante dans le mur, tout en remettant sa cape et son capuchon. La porte se ferma en coulissant derrière lui, silencieuse, et rien dans la pièce n'indiqua plus que Brendel avait pu s'y trouver, sinon le sceptre de cristal scintillant qu'Ailell tournait et retournait entre ses mains tremblantes de vieillard.

De sa place près de la fenêtre, Paul entendit alors s'élever le chant d'un autre oiseau. L'aube devait approcher, mais ils se trouvaient dans l'aile ouest du palais et le ciel était encore sombre. Il se demanda si le très haut roi avait complètement oublié sa présence. Mais Ailell finit par pousser un soupir las et, déposant le sceptre près du damier, il se leva avec lenteur et rejoignit Paul, qui regardait par la fenêtre. De leur poste d'observation, Paul distinguait la pente du terrain qui s'abaissait vers l'ouest et, dans le lointain, les arbres d'une forêt, d'un noir plus sombre que le noir de la nuit.

« Laissez-moi, ami Pwyll, dit enfin Ailell, non sans bonté. Je suis las à présent, et je serai mieux seul. Je suis las, répéta-t-il, et vieux. Si vraiment une puissance des Ténèbres parcourt le pays, je ne peux rien y faire cette nuit, à moins de mourir. Et en vérité, je ne désire pas mourir, que ce soit dans l'Arbre ou d'une autre façon. Si c'est une faiblesse de ma part, qu'il en soit ainsi. » Ses yeux étaient distants et tristes pendant qu'il contemplait la forêt lointaine.

Paul s'éclaircit la gorge avec maladresse. « Je ne crois pas que désirer vivre soit une faiblesse. » Le trop long silence avait rendu sa voix enrouée ; en lui s'éveillait une émotion difficile à admettre.

Ailell sourit à ces paroles, mais des lèvres seulement, et continua à contempler l'obscurité. « Pour un roi, c'en est peut-être une, Pwyll. Le prix à payer, vous vous rappelez ? » Il poursuivit sur un ton différent : « Quelques grâces m'ont été accordées. Vous avez entendu Ysanne dans la Grande Salle ce matin.

Elle a dit qu'elle m'a aimé. Je l'ignorais. Je ne crois pas, dit le roi d'un ton rêveur en se tournant enfin vers Paul, que je confierai cela à Marrièn, la reine. »

Paul sortit de la pièce après s'être incliné avec tout le respect dont il était capable. Sa gorge était curieusement serrée. Marrièn, la reine. Il secoua la tête et s'avança d'un pas hésitant dans le corridor. Une grande ombre se détacha du mur proche.

« Connaissez-vous le chemin ? demanda Coll.

– Pas vraiment, non, répondit Paul. Je crois bien que non. »

Ils parcoururent les corridors du palais où leurs pas éveillaient des échos. Au-delà des murs, à l'est, l'aube se levait au-dessus de la Gwen Ystrat. Mais il faisait encore sombre dans le palais.

Devant sa propre porte, Paul se tourna vers l'homme de Diarmuid. « Coll, demanda-t-il, qu'est-ce que l'Arbre ? »

Le grand gaillard se figea sur place. Au bout d'un moment, sa main alla frotter la large arête de son nez cassé. Ils s'étaient immobilisés. Un vaste silence enveloppait Paras Derval. Un instant, Paul se dit qu'il n'obtiendrait pas de réponse, mais Coll parla alors à voix basse.

« L'Arbre de l'Été ? dit-il. Il se trouve dans la forêt à l'ouest de la cité. C'est un arbre sacré, dédié à Mörnir du Tonnerre.

– Pourquoi est-il important ?

– Parce que, dit Coll d'une voix plus basse encore, c'est là que le Dieu mandait le très haut roi autrefois, quand le pays était dans le besoin.

– Le mandait pour quoi ?

– Pour être attaché dans l'Arbre de l'Été et y mourir, dit Coll d'un ton bref. J'en ai déjà trop dit. Votre ami se trouve avec dame Rhéva cette nuit, je pense. Je reviendrai vous réveiller un peu plus tard, nous avons une longue chevauchée en perspective, aujourd'hui. » Et il pivota sur ses talons pour s'éloigner.

« Coll ! »

Le grand gaillard se retourna avec lenteur.

« Est-ce toujours le roi qui va dans l'Arbre ? »

Le large visage de Coll, brûlé par le soleil, était creusé d'appréhension. Quand il répondit, il parut le faire avec réticence : « Des princes du sang y sont déjà allés à sa place, dit-on.

– Voilà qui explique les paroles de Diarmuid hier soir. Coll, je ne veux vraiment pas vous causer des ennuis, mais si je devais deviner ce qui s'est passé ici, je dirais qu'Ailell a été mandé à cause de cette sécheresse, ou encore qu'il y a une sécheresse parce qu'il n'a pas répondu à l'appel, que tout cela le terrifie, et que Lorèn le soutient parce qu'il se méfie de ce qui se passe dans l'Arbre de l'Été. »

Au bout d'un moment, Coll hocha la tête avec raideur, et Schafer reprit :

« Et je continuerais en supposant, mais c'est vraiment une supposition, que le frère de Diarmuid voulait y aller à la place du roi et qu'Ailell le lui a interdit – et c'est pour cela qu'il est parti et que Diarmuid est l'héritier. Serait-ce une supposition valide ? »

Coll s'était rapproché ; ses honnêtes yeux bruns cherchèrent ceux de Paul, puis il secoua la tête avec une expression d'effroi respectueux.

« Votre perspicacité me confond. Ce serait une supposition très valide. Le très haut roi doit consentir à être remplacé et, quand il a refusé, le prince l'a maudit, ce qui constitue une trahison, et il a été exilé. C'est la mort désormais pour quiconque prononce son nom. »

Dans le silence qui suivit, Paul eut l'impression que la nuit tout entière s'appesantissait sur Coll et lui.

« Je n'ai aucun pouvoir, ajouta Coll de sa voix grave, mais si j'en avais, je le maudirais au nom de tous les dieux et de toutes les déesses.

– Qui ? souffla Paul.

– Mais le prince, bien sûr, dit Coll. Le prince en exil. Le frère de Diarmuid, Aileron. »

6

Au-delà des portes du palais et des murailles de la cité, les ravages de la sécheresse devenaient évidents. On pouvait mesurer les conséquences de l'été aride à l'épaisse poussière de la route, à l'herbe rare et brune qui pelait comme de la peinture sur les collines et les tertres, aux arbres rabougris et aux puits vides des villages. En cette cinquantième année du règne d'Ailell, la souffrance du Grand Royaume était telle que de mémoire d'humain on n'en avait jamais connu de semblable.

Pour Kevin et Paul qui ce matin-là chevauchaient en direction du sud avec Diarmuid et sept de ses hommes, la situation se révélait surtout dans les visages amers et tirés des fermiers qu'ils dépassaient sur la route. La chaleur du soleil faisait déjà trembler des mirages autour d'eux ; le ciel était vide de nuages.

Cependant, Diarmuid imposait une vive allure ; Kevin, qui n'était pas un cavalier aguerri et n'avait pas fermé l'œil de la nuit, fut extrêmement heureux quand ils s'arrêtèrent dans la cour d'une auberge, au quatrième village rencontré.

Ils mangèrent en hâte de la viande froide très épicée, du pain et du fromage, avec des pintes de bière brune pour chasser la poussière de la route qui leur encrassait la gorge. Kevin, tout en mangeant avec voracité, vit Diarmuid dire quelques mots à Carde, qui alla trouver discrètement l'aubergiste et se retira dans une autre pièce avec lui. Le prince, qui avait remarqué le coup d'œil de Kevin, s'approcha de la longue table de bois où celui-ci était assis avec Paul et l'homme maigre et basané qui s'appelait Erron.

« Nous essayons de retrouver votre ami, leur dit Diarmuid. C'est l'une des raisons de notre randonnée. Lorèn est allé vers le nord pour en faire autant, et j'ai envoyé un message sur la côte.

– Qui se trouve avec les femmes ? » demanda vivement Paul Schafer.

Diarmuid eut un sourire : « Ayez confiance, je sais bel et bien ce que je fais. Il y a des gardes, et Matt est resté au palais.

– Lorèn est parti sans lui ? demanda Paul avec brusquerie. Comment... ? »

Diarmuid eut une expression encore plus amusée : « Même sans magie, notre ami est capable de se débrouiller. Il a une épée et il sait s'en servir. Vous vous faites bien du souci, dites-moi.

– Cela vous surprend-il ? interrompit Kevin. Nous ignorons où nous sommes, nous ne connaissons pas vos lois, Dave est perdu Dieu sait où – et nous ne savons même pas où nous allons avec vous en ce moment.

– Je peux répondre aisément à cette dernière question, dit Diarmuid. Nous allons traverser la rivière pour aller au Cathal, si possible. De nuit, et sans bruit, car il y a de fort bonnes chances de se faire tuer si on se fait repérer.

– Je vois, dit Kevin en avalant sa salive. Et nous est-il permis de savoir pourquoi nous allons encourir cette déplaisante éventualité ? »

Pour la première fois de la matinée, le sourire éclatant de Diarmuid s'épanouit : « Bien sûr, dit-il, aimable. Vous allez m'aider à séduire une dame. Dis-moi, Carde, murmura-t-il en se détournant, quelles nouvelles ? »

Il n'y en avait point. Le prince vida sa chope et s'élança vers la porte. Les autres se hâtèrent de le suivre. Quelques villageois sortirent de l'auberge pour les regarder s'éloigner.

« Mörnir vous garde, jeune prince, s'écria impulsivement l'un des fermiers. Et, au nom de l'Arbre de l'Été, qu'il emporte le vieil homme et vous laisse être notre roi ! »

Aux premiers mots, Diarmuid avait aimablement levé la main, mais à la dernière phrase du paysan il fit faire une violente volte-face à son cheval. Il y eut un silence pénible. Le prince avait une expression glacée. Personne ne bougeait. Kevin entendit un bruyant claquement d'ailes : un lourd vol de corbeaux tournait au-dessus de leurs têtes, obscurcissant un instant le soleil.

Quand la voix de Diarmuid s'éleva, le ton était officiel et impérieux : « Tes paroles constituent une trahison », dit le fils d'Ailell, et, avec un petit signe de tête vers sa gauche, il ajouta seulement : « *Coll.* »

Le fermier ne vit peut-être même pas la flèche qui le tua. Diarmuid quant à lui ne la vit pas : les sabots de son cheval martelaient déjà la route et il ne jeta pas un regard en arrière tandis que Coll rangeait son arc. Quand la stupeur fut passée et que les hurlements commencèrent à s'élever, ils avaient tous les dix pris le tournant de la route qui les emportait vers le sud.

Les mains de Kevin tremblaient sous le choc et la fureur; il galopait, incapable d'échapper à l'image de l'homme mort et aux cris qui résonnaient encore dans sa tête. Coll, près de lui, semblait impassible, imperturbable. Mais il évitait soigneusement de croiser le regard de Paul Schafer, qui le regardait fixement tout en chevauchant, et devant qui il avait lui-même prononcé des paroles de trahison, la nuit précédente.

Au début du printemps de 1949, le Dr John Ford, de Toronto, avait quitté son poste d'interne à l'hôpital St.

Thomas de Londres pour un congé d'une quinzaine de jours. À la fin d'une longue journée de randonnée, seul, à pied dans le Lake District au nord de Keswick, il descendit le flanc d'une colline et s'avança avec lassitude vers une ferme nichée dans l'ombre.

Il y avait une jeune fille dans la cour, qui tirait de l'eau du puits. Le soleil qui se couchait mettait une lumière oblique dans ses cheveux noirs. Quand elle se retourna au son de ses pas, il vit que ses yeux étaient gris. Elle sourit avec timidité quand, le chapeau à la main, il demanda à boire ; et avant même qu'elle ait fini de tirer de l'eau pour lui, John Ford était tombé amoureux, simplement, de façon irrévocable, ce qui était sa nature en tout.

Deirdre Cowan, qui avait dix-huit ans ce printemps-là, s'était fait dire longtemps auparavant par sa grand-mère qu'elle aimerait et épouserait un homme venu d'au-delà des mers. Parce que sa grand-mère avait la réputation d'être douée de seconde vue, Deirdre n'avait jamais douté de ses paroles. Et cet homme, séduisant et timide, avait des yeux qui l'appelaient.

Ford passa cette nuit-là dans la maison du père de Deirdre, et en l'instant le plus silencieux de l'obscurité qui précède l'aube, la jeune fille quitta son lit. Elle ne fut pas surprise de trouver sa grand-mère dans le corridor près de la porte de sa chambre, ni de voir la vieille femme faire un geste de bénédiction qui remontait à des temps très anciens. Elle se rendit dans la chambre de Ford, avec ses yeux gris envoûtants et la douceur confiante de son corps.

Ils se marièrent cet automne-là et John Ford emmena sa femme chez lui avec les premières neiges de l'hiver. Vingt-cinq printemps après leur rencontre, c'était leur fille, accompagnée d'un Nain, qui s'avançait vers les rives d'un lac situé dans un autre univers, pour y rencontrer sa propre destinée.

Le chemin qui menait au lac auprès duquel vivait Ysanne serpentait vers le nord-ouest à travers un vallon flanqué de collines basses – paysage qui aurait été ravissant en temps normal. Mais Kim et Matt traversaient une contrée brûlée et stérile ; la soif de la terre était comme une blessure aiguë en Kim, se lovant en replis d'angoisse. Son visage lui faisait mal, sous sa peau les os tendus à se rompre semblaient vouloir se désarticuler. Bouger était de plus en plus douloureux et, chaque fois que ses yeux se posaient quelque part, ils fuyaient pour ne plus voir.

« La terre est en train de mourir », dit-elle.

Matt fixa sur elle son œil unique : « Vous le sentez ? »

Elle hocha la tête d'un mouvement raide : « Je ne comprends pas. »

Le Nain était sombre : « Le don n'est pas toute lumière. Je ne vous envie pas.

– M'envier quoi, Matt ? » Le front de Kim se creusa : « Qu'est-ce que j'ai ?

– Le pouvoir, dit le Nain à voix basse. La mémoire. En vérité, je n'en sais trop rien. Si la souffrance du pays vous touche si profondément...

– C'est plus facile au palais. Il y a comme un blocage qui m'empêche de percevoir tout ceci.

– Nous pouvons y retourner. »

Un instant, avec une intensité presque cuisante, Kim souhaita revenir sur ses pas – jusque chez elle. Pas simplement à Paras Derval, mais chez elle. Où l'herbe ravagée et les tiges mortes des fleurs ne la brûlaient pas ainsi. Mais elle se rappela alors les yeux de la prophétesse quand ils avaient rencontré les siens et elle entendit de nouveau la voix pulsant dans ses veines : « Je vous ai attendue. »

« Continuons, dit-elle. Est-ce encore loin ?

– Après ce tournant. Nous verrons bientôt le lac. Mais attendez, laissez-moi vous donner... j'aurais dû y penser plus tôt. » Le Nain lui tendit un bracelet d'argent ciselé, dans lequel était sertie une escarboucle verte.

« Qu'est-ce que c'est ?

– Une pierre velline. C'est un bien très précieux, il en reste peu, le secret de leur création est mort avec Ginsérat. La pierre est un bouclier contre la magie. Passez le bracelet. »

Avec un regard étonné, Kimberly enfila le bracelet à son poignet, et aussitôt la souffrance disparut, la douleur, l'angoisse, la brûlure, tout avait disparu. Elle en avait toujours conscience mais elles étaient lointaines, car la velline la protégeait, elle pouvait la sentir telle une gardienne. Elle poussa une exclamation stupéfaite.

Mais son soulagement ne se reflétait pas sur le visage du Nain. « Ah, dit sombrement Matt Sören. Ainsi j'avais raison. Des fils noirs passent sur le Métier. Le Tisserand veuille que Lorèn revienne bientôt.

– Pourquoi ? demanda Kim. Qu'est-ce que cela veut dire ?

– Si la velline vous protège de la souffrance du pays, c'est que cette souffrance n'est pas d'origine naturelle. Et s'il est une puissance assez forte pour affliger ainsi le Grand Royaume, alors j'ai peur. Je commence à m'interroger sur les vieilles histoires qu'on raconte à propos de l'Arbre de Mörnir et du pacte passé par le Fondateur avec le Dieu. Et si ce n'est pas cela, alors, je n'ose même penser à ce que cela pourrait être. Venez, conclut le Nain, il est grand temps que je vous amène à Ysanne. »

Et d'un pas plus vif il lui fit contourner l'éperon rocheux d'une colline, et elle vit alors le lac, bleu comme une pierre précieuse dans un collier de collines basses. Étrangement, il y avait encore de la verdure autour du lac, avec les couleurs de maintes fleurs éparpillées.

Kim s'arrêta net : « Oh, Matt ! »

Le Nain resta silencieux tandis qu'elle contemplait les eaux en contrebas, transportée. « Le lac est beau, c'est vrai, dit-il enfin, mais si vous aviez déjà vu le Calor Diman entre les montagnes, vous garderiez quelques louanges pour les réserver à la Reine des Eaux. »

Kim, en entendant la voix transformée du Nain, le regarda un instant puis, prenant une inspiration délibérée, ferma les yeux et ne dit rien pendant un long moment. Quand elle parla, ce fut avec une voix aux modulations étranges.

« Entre les montagnes, dit-elle enfin. Très haut, oui. L'été, la neige fondante ruisselle jusqu'au lac. L'air est léger, cristallin. Des aigles tournoient dans le ciel. La lumière du soleil transforme le lac en un miroir de feu doré. Boire de cette eau, c'est goûter la lumière même qui s'y reflète, la lumière du soleil, de la lune ou des étoiles. Et sous la pleine lune, le Calor Diman est terrible car la vision ne s'efface jamais, ne cesse jamais de vous attirer. Une marée du cœur. Seul le véritable roi des Nains peut subir cette veillée nocturne sans sombrer dans la folie, et il le doit pour obtenir la Couronne de Diamant. Il doit épouser la Reine des Eaux, rester étendu sur ses rives quand la lune est pleine. Il est alors uni, jusqu'à la fin de ses jours, comme le roi doit l'être, au Calor Diman. »

Et Kimberly ouvrit les yeux pour regarder l'ancien roi des Nains bien en face : « Pourquoi, Matt ? demanda-t-elle, et sa voix était de nouveau la sienne. Pourquoi êtes-vous parti ? »

Il ne répondit pas mais soutint son regard sans broncher. Et se détourna enfin, toujours en silence, pour la conduire le long du sentier tortueux qui menait au lac d'Ysanne. Elle les attendait là-bas, la rêveuse du rêve, avec ses yeux qui savaient, et sa compassion, et autre chose qui n'avait pas de nom.

Kevin Laine n'avait jamais été capable de bien dissimuler ses émotions ; l'exécution sommaire, accomplie de façon si routinière, l'avait profondément troublé. Il n'avait pas dit mot de la journée, pendant toute la difficile chevauchée ; le crépuscule le trouva toujours pâle de colère rentrée. Dans l'obscurité qui s'appesantissait, la compagnie traversa une région plus boisée, qui descendait en pente douce vers le sud. La route longea un épais taillis et révéla, à un peu moins d'un kilomètre, les tours d'une petite forteresse.

Diarmuid immobilisa sa monture. Il paraissait encore frais et dispos malgré une journée entière à cheval ; Kevin, auxquels ses os et ses muscles douloureux adressaient des reproches féroces, posa sur le prince un regard plein de froideur.

Qu'on ignora, cependant. « Rothe, dit Diarmuid à un cavalier massif à la barbe brune, vas-y. Parle à Averrèn, et à nul autre. Je ne suis pas là. Coll vous emmène en reconnaissance. Pas de détails. Il ne demandera rien, de toute façon. Essaie de savoir, discrètement, si un étranger a été aperçu dans la région, puis rejoins-nous au sommet de la colline de Daël. »

Rothe fit faire volte-face à son cheval et galopa en direction de la tour.

« C'est la forteresse du Sud, murmura Carde à l'adresse de Kevin et de Paul. Notre poste de guet dans la région. Pas très important – mais il n'y a pas grand risque que quelqu'un traverse la rivière, une petite forteresse suffit. La grosse garnison se trouve en aval, à l'ouest, près de la mer. Le Cathal nous a envahis deux fois de ce côté, et il y a un château fort à Séresh pour assurer la surveillance.

– Pourquoi ne peuvent-ils traverser la rivière ? » demanda Paul ; Kevin gardait le silence qu'il s'était imposé.

Le sourire de Carde était dépourvu de joie dans l'obscurité croissante : « Vous le verrez bien assez tôt, quand nous descendrons pour essayer. »

Diarmuid avait jeté une cape sur ses épaules et il attendit que les portes de la forteresse se fussent ouvertes à l'appel de Rothe. Il mena alors ses compagnons à l'ouest de la route, le long d'un sentier étroit qui obliquait vers le sud à travers la forêt.

Ils chevauchèrent pendant environ une heure, en silence, même si l'ordre n'en avait pas été donné. Ces hommes, comprit Kevin, étaient des soldats extrêmement bien entraînés, en dépit de leurs vêtements et de leur parler moins raffinés que ceux des élégants rencontrés au palais.

Un mince croissant de lune apparut derrière eux comme ils sortaient du couvert. Diarmuid s'arrêta au sommet d'une pente, main levée pour demander le silence. Au bout d'un moment, Kevin entendit aussi : le bruit de l'eau, profonde et tumultueuse.

Sous la lune à son déclin et les étoiles qui apparaissaient peu à peu, il mit pied à terre avec les autres. Au sud, à une faible distance, il pouvait voir la pente devenir abrupte et se terminer en précipice. Mais il ne pouvait rien voir de l'autre côté, comme si le bout du monde s'était trouvé juste devant eux.

« Il y a une faille », dit une voix légère contre son oreille. Kevin se raidit mais Diarmuid continua avec nonchalance : « Le Cathal se trouve sensiblement plus bas que nous, vous verrez quand nous avancerons. » Et le prince ajouta d'un ton toujours léger : « Tout jugement hâtif est une erreur. Cet homme devait mourir – sinon, on dirait en cet instant même au palais que j'encourage les paroles séditieuses. Et il y en a qui aimeraient répandre cette rumeur. La vie de cet homme était déjà forfaite quand il a pris la parole, et la flèche lui a accordé une mort plus clémente qu'entre les mains de Gorlaës. Nous allons attendre Rothe ici. J'ai dit à Carde de vous masser tous les deux. Vous n'arriverez pas à traverser avec des muscles tout raidis. »

Il s'éloigna et s'assit par terre, adossé à un tronc d'arbre. Au bout d'un moment, Kevin, qui n'était ni mesquin ni stupide, se permit un sourire.

Les mains de Carde étaient puissantes et le liniment utilisé tout à fait extraordinaire. Quand Rothe les eut rejoints, Kevin se sentait prêt à continuer. Il faisait très noir à présent ; Diarmuid rejeta sa cape en se levant brusquement. Ils se rassemblèrent autour de lui à l'orée de la forêt et une vague muette de tension se propagea dans la compagnie. Kevin la sentit et chercha Paul des yeux ; Schafer le regardait déjà. Ils échangèrent un sourire nerveux puis écoutèrent avec attention les paroles concises de Diarmuid, prononcées à voix basse. Les mots tournoyèrent dans la nuit presque immobile, furent reçus et compris. Le silence se fit de nouveau. Et voilà qu'ils étaient en mouvement, neuf d'entre eux, le dixième restant en arrière pour garder les chevaux. Ils descendirent vers la rivière qu'ils devaient traverser pour se rendre dans une contrée où ils risquaient d'être tués à vue.

Courant d'un pas léger au côté de Coll, Kevin sentit soudain une violente exaltation envahir son cœur. Et elle s'attarda, s'intensifia, jusqu'au moment où ils s'accroupirent, rampèrent, puis, au bord du précipice, regardèrent en contrebas.

La Særèn est la plus puissante rivière à l'ouest des montagnes. Elle cascade avec majesté des pics acérés d'Éridu et poursuit sa course en rugissant dans les basses terres de l'ouest. Elle y ralentirait en dessinant des méandres si un cataclysme n'avait déchiré la contrée des millénaires auparavant, alors que le monde était jeune, un tremblement de terre qui avait ouvert comme une blessure profonde jusque dans le ciel : la gorge de la Særèn. La rivière tonnait tout au fond du précipice, séparant le Brennin, qui avait été surélevé par la furie de la terre, du Cathal, qui étendait ses basses terres fertiles au sud. Et la grande Særèn ne ralentissait ni ne serpentait dans sa course ; un été de sécheresse au nord ne pouvait étancher sa force. Elle écumait et bouillonnait soixante mètres en contrebas, scintillante sous la lumière de la lune, sublime, terrifiante. Et avant d'arriver à l'eau, il allait falloir descendre dans l'obscurité une paroi si abrupte qu'on avait peine à l'imaginer.

« Si vous tombez, avait dit Diarmuid sans sourire, essayez de ne pas crier. Vous pourriez révéler la présence des autres. »

Kevin pouvait maintenant voir l'autre côté du précipice et, le long de la paroi sud, très loin sous leur poste d'observation, les feux de camp et les garnisons du Cathal, les postes de garde qui protégeaient du nord la famille royale et les jardins.

Kevin jura d'une voix mal assurée. « Incroyable. De quoi ont-ils peur ? Personne ne peut traverser ça.

– C'est un plongeon qui dure longtemps, acquiesça Coll à sa droite. Mais le prince prétend qu'on l'a bel et bien traversée il y des centaines d'années, une seule fois, et c'est pourquoi nous allons essayer aujourd'hui.

– Juste pour le plaisir, hein ? murmura Kevin, encore incrédule. C'est quoi, le problème ? Vous en avez assez de jouer au jacquet ?

– Au quoi ?

– Laissez tomber... »

Et en vérité, ils eurent peu d'occasions de parler ensuite, car Diarmuid, plus loin à leur droite, donna un ordre à voix basse ; Erron, mince et souple, se dirigea avec célérité vers un gros arbre noueux que Kevin n'avait pas remarqué. Il attacha une corde avec soin autour du tronc. Puis il en fit tomber le reste dans le précipice en le laissant filer entre ses mains. Quand le dernier tour de corde se défit dans les ténèbres, il cracha délibérément dans ses paumes et jeta un coup d'œil à Diarmuid. Le prince inclina la tête. Erron agrippa fermement la corde, fit un pas en avant et disparut du rebord de la falaise.

Comme hypnotisés, ils regardaient tous la corde tendue. Coll alla vérifier le nœud sur le tronc de l'arbre. Kevin, à mesure que passaient les longues minutes, prit conscience de ses mains humides de transpiration et les essuya à la dérobée sur son haut-de-chausses. Puis il vit Paul Schafer qui le regardait par-dessus la corde. Il faisait sombre, il ne pouvait distinguer clairement son visage, mais quelque chose de distant dans l'expression de Paul, quelque chose d'étrange, fit naître en lui une soudaine appréhension. Des souvenirs impitoyables envahirent sa mémoire, le souvenir auquel il ne pourrait jamais tout à fait échapper : la nuit où Rachel Kincaid était morte.

Il se rappelait Rachel elle-même, avec sa tendresse à lui, car il avait été difficile de ne pas aimer cette jeune fille aux cheveux noirs, à la grâce timide de vierge préraphaélite, qui s'enflammait pour deux raisons seulement : le son d'un violoncelle sous son archet et la présence de Paul Schafer. Kevin avait vu, en retenant son souffle, l'expression de ses yeux noirs quand Paul entrait dans la pièce ; il avait observé aussi le lent épanouissement de la confiance et du besoin en Paul, son ami si plein de fierté. Jusqu'au jour où tout cela avait été anéanti ; il s'était retrouvé avec Paul dans la salle des urgences de l'hôpital St. Michael, des larmes d'impuissance aux yeux, quand le verdict fatal était arrivé. Le visage de Paul Schafer avait été un masque aride ; Paul avait alors prononcé les seules paroles qu'il prononcerait jamais à propos de la mort de Rachel : « Ç'aurait dû être moi. » Et il était sorti, seul, de la pièce aux lumières trop vives.

Mais à présent, dans les ténèbres d'un autre univers, une autre voix parlait à Kevin : « Il est arrivé en bas. C'est à vous, ami Kevin », dit Diarmuid. En effet, la corde dansait : Erron signalait son arrivée en bas.

En mouvement avant de pouvoir penser, Kevin s'approcha de la corde, cracha dans ses mains comme Erron, assura sa prise avec soin et se laissa glisser par-dessus le rebord pour la descente solitaire.

En se servant de ses pieds bottés pour se soutenir et contrôler la descente, il plongea une main après l'autre dans le grondement de plus en plus puissant qui dominait la gorge de la Særèn. La falaise n'était pas lisse, la corde risquait de se rompre sur une arête de rocher, mais il n'y pouvait pas grand-chose, pas plus qu'il ne pouvait empêcher ses mains de brûler quand elles glissaient sur la corde, lui écorchant les paumes. Il regarda une seule fois vers le bas, et la vitesse des eaux lui donna le vertige. Il fit de nouveau face à la paroi et respira à fond, se forçant à se calmer. Puis il reprit sa descente, la main, le pied, la corde, le pied encore sur une aspérité de la pierre, vers la rivière qui l'attendait. Cela devint un processus presque mécanique, chercher une crevasse du pied, se donner de l'élan contre la falaise avec la corde qui filait entre les paumes. Il bloqua toute sensation de douleur ou de fatigue, oublia ses muscles malmenés qui protestaient de nouveau, oublia même où il était. L'univers était réduit à une corde et à une paroi de roc. Depuis toujours, semblait-il.

Il avait si bien tout oublié que, lorsque Erron lui toucha la cheville, son cœur bondit de terreur. L'autre l'aida à se poser sur la mince langue de terre, à trois mètres à peine de l'eau rugissante qui les aspergeait d'écume. Le bruit était omniprésent, rendant toute conversation impossible.

Erron secoua trois fois la corde et, au bout d'un moment, elle se mit à osciller et à s'agiter de nouveau sous le poids d'un autre corps qui descendait. Paul, se dit Kevin, épuisé, ce doit être Paul. Et une autre pensée l'envahit, dure et claire à travers l'épuisement : *Ça lui est égal de tomber*. Il en prit conscience avec toute la force d'une vérité soudain révélée, leva les yeux et se mit à scruter frénétiquement la paroi. Mais la lune n'en éclairait que la face sud, et la descente de Schafer était invisible. Seule l'agitation nonchalante, presque moqueuse, de l'extrémité de la corde, témoignait de la présence de quelqu'un au-dessus d'eux.

Et c'est alors, absurdement, et trop tard, que Kevin songea à la santé affaiblie de Paul. Il se rappelait l'avoir conduit en hâte à l'hôpital à peine deux semaines plus tôt, après un match de basket qu'il n'aurait pas dû disputer; à ce souvenir, son cœur se tordit dans sa poitrine. Incapable de continuer à regarder au-dessus de lui, il se tourna plutôt vers la corde qui tressautait à ses côtés. Tant que cette danse indolente se poursuivait, Paul n'était pas en difficulté; ce mouvement signifiait la vie, la continuation de la vie. Kevin se concentra farouchement sur la corde qui ondulait avec lenteur contre la paroi noire. Il ne priait pas mais il pensait à son père, ce qui revenait presque au même.

Il regardait encore fixement la corde quand Erron lui toucha enfin le bras en pointant le doigt. Alors, levant les yeux, Kevin vit la mince silhouette familière qui s'apprêtait à les rejoindre, et il respira. Paul Schafer atterrit quelques instants plus tard, non sans adresse, mais il haletait. Ses yeux rencontrèrent un instant ceux de Kevin, puis se détournèrent. Il secoua lui-même la corde par trois fois avant de s'éloigner sur la langue de terre pour se laisser tomber contre la paroi rocheuse, les yeux clos.

Un peu plus tard, ils étaient neuf sur la rive, éclaboussés d'écume. Les yeux de Diarmuid brillaient dans la lumière reflétée par l'eau; sauvage, comme ensorcelé, il semblait un esprit de la nuit en liberté. Il fit signe à Coll d'entreprendre la seconde étape du voyage.

Le colosse avait fait la descente avec un sac sur le dos ; il en sortit un autre rouleau de corde. Il prit son arc et, tirant une flèche de son carquois, il fixa le bout de la corde à un anneau de fer qui se trouvait au talon de la flèche. Il s'avança ensuite au bord de l'eau et se mit à scruter la rive opposée. Kevin n'avait pas idée de ce qu'il cherchait. De leur côté, quelques buissons et un ou deux petits arbres au tronc épais avaient réussi à planter leurs racines dans un rien de terre, mais la rive du Cathal était plus sablonneuse et rien ne semblait pousser le long de la rivière. Coll leva cependant son grand arc, flèche encochée. Il prit une calme inspiration et banda son arc, la main ramenée au-delà de l'oreille d'un geste souple, même si les muscles de son bras ondulaient sous l'effort. Il tira, et la flèche siffla en fendant l'air, dessinant une parabole aérienne et entraînant la corde derrière elle, très haut, par-delà la Særèn... *pour se ficher profondément dans la paroi rocheuse sur l'autre rive.*

Carde se hâta de tendre la corde, dont il avait tenu l'extrémité libre. Puis Coll se livra à quelques mesures, coupa une partie de ce qui restait et, après avoir attaché cette extrémité à une autre flèche, tira celle-ci à bout portant dans le roc, derrière eux. La flèche s'enfouit dans la pierre.

Kevin, totalement incrédule, se tourna vers Diarmuid, d'innombrables questions dans les yeux. Le prince s'approcha de lui et lui cria dans l'oreille, par-dessus le tonnerre des eaux : « Les flèches de Lorèn. Il est utile d'avoir un mage pour ami – quoique, s'il apprend comment j'ai utilisé son présent, il me jettera aux loups ! » Et le prince se mit à rire en voyant le chemin argenté de la corde qui enjambait la Særèn sous la lune. En le contemplant, Kevin se sentit à son tour séduit par cet homme qui menait leur expédition. Il se mit à rire lui-même, soudain libéré de ses réticences et de ses appréhensions. Il se sentit saisi d'un sentiment de liberté, de profond accord avec la nuit, avec leur équipée, en regardant Erron sauter, attraper la corde et commencer à avancer en se balançant d'une main sur l'autre au-dessus de la rivière.

La vague qui frappa l'homme aux cheveux noirs fut inattendue, jaillissant subitement d'un rocher en plan incliné, près de la rive. Elle le frappa de plein fouet alors qu'il changeait de main, et le repoussa de côté avec violence. D'un mouvement désespéré, il se plia en deux pour se retenir d'une seule main mais la vague suivante le frappa sans merci, il fut arraché à la corde et tomba dans les flots bouillonnants de la Særèn.

Kevin Laine courait déjà avant la seconde vague, de toutes ses forces, en suivant le courant ; sans prendre le temps de calculer ou de jeter un coup d'œil en arrière, il sauta sur une branche tendue au-dessus de l'eau par un des arbres noueux enracinés dans la rive. Étiré de tout son long, les bras en pleine extension, il réussit à peine à s'y accrocher. Pas le temps de réfléchir. D'un mouvement de contorsionniste, affreusement douloureux, il se tordit pour s'accrocher par les genoux à la branche et se laissa pendre tête en bas au-dessus du torrent.

Alors seulement se permit-il un coup d'œil, à demi aveuglé par l'écume : le flot précipitait Erron vers lui comme un bouchon. De nouveau, pas le temps de penser. Kevin tendit les bras, le goût de sa propre mort sur les lèvres. Erron, d'un geste convulsif, leva une main, et ils s'agrippèrent mutuellement par le poignet.

Le choc fut brutal. Kevin en aurait été arraché de la branche comme une feuille si quelqu'un d'autre ne s'était trouvé là. Quelqu'un qui lui tenait les jambes contre la branche dans une étreinte de fer, une étreinte qui ne se desserrerait pas.

« Je te tiens ! hurla Paul Schafer. Soulève-le si tu peux. »

Et en entendant sa voix, bloqué par l'étau de ses mains, Kevin sentit la force renaître en lui. Les deux mains autour du poignet d'Erron, il l'arracha à la rivière.

Il y eut d'autres mains alors, qui vinrent chercher Erron et l'aidèrent en hâte à regagner la rive. Kevin s'abandonna et laissa Paul le tirer vers lui. À califourchon sur la branche, ils se firent face, hors d'haleine.

« Espèce d'andouille ! s'écria Paul, la poitrine haletante, tu m'as fait une peur de tous les diables ! »

Kevin cligna des yeux, et puis c'en fut trop, vraiment trop ; il explosa : « La ferme ! Moi, je t'ai fait peur, à toi ? Qu'est-ce que tu crois que tu me fais depuis la mort de Rachel ? »

Paul resta muet de stupeur, complètement pris au dépourvu. Tremblant d'émotion, encore sous l'effet de l'adrénaline, Kevin parla de nouveau d'une voix rauque : « Sérieux, Paul. Pendant que j'attendais, en bas... je ne croyais pas que tu y arriverais. Et, Paul, j'avais l'impression que ça t'était égal. »

Ils se parlaient de tout près, pour pouvoir s'entendre. Les pupilles de Schafer s'étaient agrandies, dévorant presque tout l'iris de ses yeux. Dans la lumière de la lune reflétée par l'eau, il était si pâle qu'il en paraissait presque inhumain.

« Ce n'est pas tout à fait le cas, répliqua-t-il enfin.

– Mais ce n'est pas tout à fait faux. Pas assez faux. Oh, Paul, il faut plier un peu. Si tu ne peux parler, ne peux-tu pleurer, au moins ? Elle mérite tes larmes. Ne peux-tu pleurer pour elle ? »

À ces mots, Paul Schafer se mit à rire. Ce rire glaça Kevin jusqu'au fond du cœur, tant il était sauvage. « Je ne peux pas, dit Paul. C'est tout le problème, Kev. Je ne peux pas, vraiment pas.

– Alors, tu casseras, dit Kevin d'une voix enrouée.

– Peut-être, répliqua Schafer, presque inaudible. Je fais tout mon possible pour qu'il n'en soit rien, crois-moi. Kev, je sais que tu te fais du souci pour moi. C'est important pour moi, très. Si... si je décide vraiment de partir, je... te dirai au revoir. Je te promets que tu le sauras.

– Oh, pour l'amour du ciel ! C'est censé me rassurer ?

– Mais venez donc ! » beugla Coll depuis la rive ; Kevin, surpris, se rendit compte qu'il les appelait depuis un moment. « Cette branche peut casser d'une minute à l'autre ! »

Ils revinrent donc à la rive et eurent la surprise de se trouver pris dans des étreintes d'ours par les hommes de Diarmuid ; l'accolade musculeuse de Coll lui-même manqua casser le dos de Kevin.

Le prince s'approcha d'eux avec une expression très grave : « Vous avez sauvé la vie d'un homme auquel je tiens, dit-il. Je suis votre obligé à tous deux. C'était irresponsable de ma part de vous inviter à venir, et injuste. Mais je suis maintenant heureux de l'avoir fait.

– Bien, dit succinctement Kevin. Je n'aime guère avoir l'impression d'être un bagage superflu. Et maintenant... – il haussa la voix pour se faire entendre de tous, refoulant la question à laquelle il n'avait pas de réponse, à laquelle il n'avait pas le droit de répondre lui-même – ... traversons ce ruisseau. Je veux voir les fameux jardins. »

Puis, les épaules bien droites, la tête bien haute, il passa près du prince et ramena ses compagnons à la corde qui traversait la rivière, avec dans le cœur un chagrin de pierre.

Alors, un par un, en se balançant d'une main sur l'autre, ils traversèrent enfin. Et sur l'autre rive, là où le sable cédait la place au roc, au Cathal, Diarmuid trouva ce qu'il leur avait promis : les prises usées par le temps, creusées dans le roc cinq cents ans plus tôt par Alorre, prince du Brennin, qui avait été le premier et le dernier à traverser la Særèn pour se rendre au Pays des Jardins.

Dissimulés par l'obscurité et le bruit de la rivière, ils escaladèrent la paroi et furent accueillis au sommet par l'herbe verte, le parfum de la mousse et des cyclamens. Les gardes étaient peu nombreux et distraits, faciles à éviter. Ils atteignirent un bois à un ou deux kilomètres de la rivière et s'y abritèrent tandis qu'une pluie légère commençait à tomber.

Sous ses pieds, Kimberly sentait la riche texture de la terre et la douceur des fleurs sauvages. Elle se trouvait avec Ysanne dans la forêt qui longeait la rive nord du lac. Les feuilles des grands arbres, épargnées pour quelque raison par la sécheresse, filtraient la lumière du soleil en une fraîcheur verdoyante où les deux femmes s'avançaient, à la recherche d'une fleur.

Matt était retourné au palais. « Elle restera avec moi cette nuit, avait dit la prophétesse. Rien ne peut lui arriver au bord du lac. Tu lui as donné la velline, ce qui était plus sage encore que tu n'en as idée, Matt Sören. J'ai mes propres pouvoirs, et Tyrth est ici avec nous.

– Tyrth ? demanda le Nain.

– Mon serviteur. Il la ramènera quand il en sera temps. Fais-moi confiance et va en paix. Tu as bien fait de l'amener ici. Nous avons beaucoup de choses à nous dire, elle et moi. »

Le Nain était donc parti. Mais, de la conversation promise, rien n'avait eu lieu depuis son départ. Aux premières questions avides de Kim, la prophétesse aux cheveux blancs avait seulement offert un doux sourire accompagné d'une admonestation : « Patience, mon enfant. Il y a des choses à faire avant d'expliquer. Et d'abord, nous avons besoin d'une fleur. Venez avez moi et voyons si nous pouvons trouver un bannion pour ce soir. »

Et Kim se retrouva donc en train de marcher à travers l'ombre et la lumière sous les arbres, tandis que les questions cascadaient dans son esprit. Bleu-vert, la fleur, avait dit Ysanne, avec une tache écarlate au cœur, comme une goutte de sang.

Précédant Kim de peu, la prophétesse se déplaçait d'un pied léger et sûr malgré les racines et les branches mortes. Elle semblait plus jeune dans la forêt qu'à la cour d'Ailell, et ne s'appuyait pas sur un bâton. Son aisance suscita une autre question, cette fois à haute voix :

« Ressentez-vous la sécheresse comme moi ? »

Ysanne s'arrêta alors et regarda Kim un moment, les yeux brillants dans son visage couvert de rides. Mais elle se détourna de nouveau et continua de marcher, scrutant le sol de chaque côté du sentier sinueux. Quand elle répondit enfin, elle prit Kim par surprise :

« Pas de la même façon. Cela me fatigue, je me sens oppressée. Mais il n'y a pas de véritable souffrance physique, comme pour vous. Je peux... Là ! » Et, se précipitant sur le bord du sentier, elle s'agenouilla.

La tache écarlate, au cœur de la fleur, se détachait bel et bien comme une tache de sang sur les pétales couleur de mer du bannion.

« Je savais que j'en trouverais un aujourd'hui, dit Ysanne d'une voix qui s'enrouait. Cela fait des années, tant et tant d'années. » Elle déracina la fleur avec soin et se redressa. « Venez, mon enfant, nous allons rapporter ceci chez moi. Et j'essaierai de vous apprendre ce que vous devez savoir. »

« Pourquoi avez-vous dit que vous m'attendiez ? »

Elles étaient assises dans la pièce principale de la chaumière d'Ysanne, dans des fauteuils près de la cheminée. L'après-midi tirait à sa fin. Par la fenêtre, Kim apercevait la silhouette du serviteur, Tyrth, qui réparait la clôture derrière la maison. Quelques poulets grattaient la terre et picoraient dans la cour ; une chèvre était attachée à un piquet dans un coin. Aux murs de la pièce des étagères portaient, dans des bocaux étiquetés, des plantes et des herbes d'une stupéfiante diversité, aux noms que Kim, souvent, ne connaissait pas. Il y avait peu de meubles : les deux fauteuils, une grande table, un petit lit bien fait dans une alcôve au fond de la pièce.

Ysanne but à petites gorgées avant de répondre. C'était quelque chose qui goûtait la camomille.

« J'ai rêvé de vous, dit la prophétesse. Maintes fois. C'est ainsi que je vois ce que je prophétise. Mes visions sont devenues ces derniers temps de plus en plus rares et obscures. Mais vous étiez bien claire, vous, les cheveux, les yeux. J'ai vu votre visage.

– Mais pourquoi ? Que suis-je, pour que vous ayez rêvé de moi ?

– Vous connaissez déjà la réponse. À cause de la traversée. À cause de la souffrance de la terre, qui est la vôtre, mon enfant. Vous êtes une prophétesse comme moi, et bien plus, je pense, que je ne l'ai jamais été. »

Soudain glacée dans la chaleur sèche de l'été, Kim se détourna.

« Mais, dit-elle d'une toute petite voix, je ne *sais* rien.

– C'est pourquoi je dois vous apprendre ce que moi je sais. C'est pour cela que vous êtes ici. »

Un silence chargé de multiples significations tomba dans la pièce. Les deux femmes, la vieille, la jeune plus jeune que le nombre de ses années, se fixèrent de leurs identiques yeux gris, sous leurs cheveux blancs et leurs cheveux bruns ; le lac souffla sur elles une légère brise, comme une caresse.

« Dame Ysanne ? »

La voix rompit le silence. Kim se tourna pour voir Tyrth à la fenêtre. D'épais cheveux noirs et une barbe fournie encadraient des yeux si sombres qu'ils en étaient presque noirs. Ce n'était pas un homme très grand mais ses bras appuyés au rebord de la fenêtre étaient solidement musclés et sa peau intensément brunie par son travail au soleil.

Ysanne se tourna sans surprise vers lui : « Tyrth, oui, je voulais t'appeler. Peux-tu installer un autre lit pour moi ? Nous avons une invitée ce soir. Voici Kimberly, qui a traversé avec Lorèn il y a deux nuits. »

Le regard de Tyrth croisa celui de Kim un instant seulement, puis une main maladroite écarta les lourdes boucles qui retombaient sur le front carré. « J'installerai un vrai lit, alors. Mais entre-temps, j'ai vu quelque chose dont vous devriez être informée.

– Les loups ? » demanda Ysanne, paisible. Tyrth, après un moment de stupeur, hocha la tête. « Je les ai vus l'autre nuit, poursuivit la prophétesse. Dans mon sommeil. Nous n'y pouvons pas grand-chose. J'ai prévenu Lorèn au palais, hier.

– Je n'aime pas ça, marmotta Tyrth. Il n'y a jamais eu de loups si loin au sud de mon vivant. Et des gros loups, aussi. Ils ne devraient pas être aussi gros. » Et, tournant la tête, il cracha dans la poussière de la cour avant de porter de nouveau la main à son front et de s'éloigner de la fenêtre. Kim vit qu'il boitait, en ménageant son pied gauche.

Ysanne suivit son regard : « Un os brisé, dit-elle, et mal remis, il y a des années. Il marchera ainsi toute sa vie. Mais je suis bien fortunée de l'avoir – personne n'accepterait de servir une sorcière. » Elle sourit. « Vos leçons commenceront cette nuit, Je pense.

– Comment ? »

Ysanne hocha la tête vers le bannion posé sur la table. « On commence avec la fleur, dit-elle. Ce fut ainsi pour moi, il y a très longtemps. »

La lune à son déclin se levait tard et l'obscurité était profonde quand les deux femmes se dirigèrent vers le bord du lac. La brise était fraîche et délicate ; l'eau embrassait la rive avec douceur, comme une amante. Au-dessus de leurs têtes, les étoiles de l'été dessinaient leur filigrane dans le ciel.

L'expression d'Ysanne était devenue austère, lointaine. En la regardant, Kim se sentit emplie d'une tension prémonitoire. L'axe de sa vie se mouvait, et elle ne savait ni comment ni quelle direction il allait prendre ; pourtant, d'une façon ou d'une autre, toute sa vie l'avait amenée à ce rivage.

Ysanne se redressa et s'avança sur un rocher plat suspendu au-dessus du lac. D'un geste presque brusque, elle fit signe à Kim de s'asseoir près d'elle sur la pierre. On entendait seulement le vent qui bruissait dans les arbres et le clapotement paisible de l'eau contre les rochers. Puis Ysanne tendit les bras en un geste d'impérieuse invocation et parla d'une voix qui résonna sur le lac comme une cloche.

« Entends-moi, Eïlathèn ! s'écria-t-elle. Entends-moi et réponds à mon appel car j'ai besoin de toi une dernière fois, mais c'est la plus importante. *Eïlathèn damaë ! Sien rabanna, den viroth bannion damaë !* » Or, tandis qu'elle prononçait ces mots, la fleur prit feu dans sa main, d'une flamme bleu-vert et écarlate, comme ses couleurs ; Ysanne la jeta dans le lac où elle tomba en tournoyant.

Kim sentit mourir le vent. Près d'elle, Ysanne semblait faite de marbre, tant elle était immobile. La nuit même semblait concentrée dans cette immobilité. Aucun bruit, aucun mouvement ; Kim sentait le battement furieux de son cœur. La surface du lac était d'un calme de verre sous la lune, mais ce n'était pas le calme de la tranquillité. C'était un calme ramassé sur lui-même, aux aguets. Sous la pulsation même de son sang, Kim percevait une vibration, tel un diapason au son trop aigu pour être capté par des oreilles humaines.

Et soudain un mouvement explosa au centre du lac. Une silhouette tourbillonnante, qui tournait trop vite pour être distincte, se dressa à la surface des eaux, et

Kim vit qu'elle brillait d'un éclat bleu-vert sous la lune.

Incrédule, elle la regarda s'avancer vers elles. En chemin, le tourbillon ralentit ; quand la silhouette s'arrêta enfin, suspendue dans les airs devant Ysanne, Kim vit que c'était un homme de haute taille.

De longs cheveux vert de mer se lovaient sur ses épaules ; ses yeux étaient froids et clairs comme des échardes de glace. Son corps nu était mince et souple, scintillant, comme s'il avait été couvert d'écailles, et la lumière de la lune brillait ici et là sur sa peau. Et à sa main, brûlant dans l'obscurité comme une blessure, il y avait un anneau, écarlate comme le cœur de la fleur qui l'avait invoqué.

« *Qui m'appelle des profondeurs contre ma volonté ?* »

La voix était froide, aussi froide que les eaux nocturnes au début du printemps, et il y courait une menace.

« Eïlathèn, c'est la rêveuse. J'ai grand besoin de toi. Oublie ta colère et entends-moi. Il y a longtemps que nous nous sommes vus ici, toi et moi.

– Longtemps pour toi, Ysanne. Tu es devenue vieille. Tu seras bientôt la pâture des vers. » La voix laissait transparaître un plaisir aigu. « Mais moi je ne vieillis pas dans les salles vertes de mon palais et le temps ne passe pas pour moi, sinon quand le feu du bannion trouble les profondeurs. » Et Eïlathèn tendit la main où brûlait l'anneau écarlate.

« Je n'enverrais pas sans raison le feu dans les profondeurs, et c'est ce soir que cesse ta tâche de gardien. Satisfais ma dernière requête et tu seras libre de moi. »

Un léger souffle de vent; les arbres soupiraient de nouveau.

« Tu en fais le serment ? » Eïlathèn se rapprocha de la rive. Il semblait plus grand, penché sur la prophétesse, l'eau cascadant sur ses épaules et ses cuisses, ses longs cheveux humides tirés de chaque côté de son visage.

« J'en fais le serment, répliqua Ysanne. Je t'ai enchaîné contre mon propre gré. La magie sauvage doit être libre. C'est seulement la gravité de mon besoin qui t'a lié au feu de la fleur. J'en fais le serment, cette nuit, tu es libre.

– Et la tâche à accomplir ? » La voix d'Eïlathèn était encore plus froide, plus inhumaine. Il scintillait devant elles d'une puissance verte et obscure.

« Ceci », dit Ysanne, et elle désigna Kimberly.

Le regard d'Eïlathèn entra en elle comme une lame de glace. Sans savoir comment, Kim vit, perçut, connut les profondeurs insondables d'où Ysanne avait tiré cette créature – les corridors creusés dans le corail et les algues entrelacées, le silence parfait de sa demeure lointaine. Elle soutint son regard du mieux qu'elle put, le soutint jusqu'à ce qu'Eïlathèn lui-même détournât les yeux.

« Je sais, à présent, dit-il à la prophétesse. À présent, je comprends. » Et un fil de ce qui aurait pu être du respect se glissa dans sa voix.

« Mais pas elle, dit Ysanne. File pour elle, Eïlathèn. File la Tapisserie, afin qu'elle apprenne ce qu'elle est et ce qui fut, et libère-toi de ton fardeau. »

Eïlathèn étincelait très haut au-dessus de leurs têtes. Sa voix fut comme un éparpillement de glace : « Et c'est la dernière tâche ?

– C'est la dernière », répondit Ysanne.

Il n'entendit pas la tristesse qui vibrait dans sa voix. La tristesse lui était étrangère, elle n'appartenait ni à son univers ni à sa nature. Il sourit à ces paroles et rejeta ses cheveux en arrière, goûtant, savourant déjà le plongeon dans les profondeurs vertes de la liberté.

« Regardez, alors ! s'écria-t-il. Regardez et apprenez – et voyez Eïlathèn pour la dernière fois ! »

Et, les bras croisés sur sa poitrine, de sorte que l'anneau à son doigt brûlait comme un cœur en flammes, il se mit à tournoyer de nouveau sur lui-même. Et pourtant, ses yeux ne quittaient pas ceux de Kim qui le regardait, alors même qu'il tournoyait avec tant de rapidité que l'eau du lac écumait sous lui ; et ces yeux de glace – si froids ! – et la douleur éclatante de l'anneau écarlate étaient tout ce dont elle avait désormais conscience.

Et il fut en elle, plus profondément qu'aucun amant, et plus complètement, et Kimberly reçut don de la Tapisserie.

Elle vit la création des univers, Fionavar tout d'abord, puis la multitude des autres – le sien, brève vision – au cours des temps. Elle vit les dieux, et sut leurs noms, et elle toucha mais ne put retenir, car nul mortel ne le peut, le dessein et le dessin du Tisserand à son Métier.

Et tandis qu'elle était emportée loin de cette éclatante vision, elle se trouva soudain face à la plus ancienne créature des Ténèbres dans sa forteresse de Starkadh. Sous son regard elle se sentit flétrir, elle sentit le fil qui s'effilochait sur le Métier. Elle connut le mal pour ce qu'il était. Les charbons ardents de ses yeux la brûlaient, les griffes de ses mains semblaient déchirer sa chair ; et elle fut contrainte en son cœur de sonder les profondeurs immenses de sa haine, et elle sut que c'était Rakoth le Dévastateur, Rakoth Maugrim, lui que craignaient les dieux eux-mêmes, lui qui désirait déchirer la Tapisserie et étendre son ombre malfaisante sur tous les temps à venir. Et, se détournant épouvantée devant l'étendue de sa puissance, elle dut endurer une éternité de désespoir.

Ysanne, pâle comme la cendre, impuissante, entendit Kim pousser un cri, le cri qui pleurait la ruine de son innocence, et la prophétesse fondit en larmes au bord de son lac. Mais Eïlathèn, lui, continuait à tournoyer, plus vif que l'espérance ou la désespérance, plus froid que la nuit ; la pierre de l'anneau étincelait sur son cœur tandis qu'il tourbillonnait tel un vent déchaîné vers la liberté autrefois perdue.

Kimberly n'avait plus conscience du temps ni de l'espace, elle avait oublié le lac, le rocher, la prophétesse, le génie, la pierre de l'anneau, elle était emprisonnée comme par un sortilège dans les images que lui imposaient les yeux d'Eïlathèn. Elle vit Iorweth le Fondateur arriver de par-delà l'océan, le vit saluer les lios alfar près de la péninsule de Sennett, et son cœur fut saisi par la beauté des lios dans cette vision, comme par celle des hommes de haute taille que le Dieu avait mandés pour fonder le Grand Royaume. Et elle apprit alors pourquoi les rois du Brennin, tous les très hauts rois depuis Iorweth jusqu'à Ailell, étaient nommés Fils de Mörnir, car Eïlathèn lui montra l'Arbre de l'Été dans le Bois Sacré sous les étoiles.

Elle vit ensuite les Dalreï, dans un tourbillon qui l'emporta vers le nord-ouest. Dans la Plaine, elle les regarda poursuivre le splendide eltor, avec leurs longs cheveux noués dans leur dos. Les Nains affairés sous le Banir Lök et le Banir Tal, elle les vit aussi, et les hommes lointains de la sauvage Éridu au-delà de leurs montagnes.

Les yeux d'Eïlathèn l'emportèrent alors au sud, par-delà la Særèn, et elle vit les jardins du Cathal et la splendeur inégalée des seigneurs d'au-delà de la rivière. Elle toucha le cœur de la forêt de Pendarane et, dans une éclatante vision douce-amère, elle vit Lisèn de la Forêt rencontrer Amairgèn Blanchebranche dans la clairière et se lier à lui, première source du premier mage. Et elle la vit mourir dans la mer au pied de la tour, la plus belle enfant de tous les mondes emportés dans leur danse.

Alors qu'elle pleurait encore cette perte, Eïlathèn l'emmena assister à la guerre – la Grande Guerre contre Rakoth. Elle vit Conary, et sut qui il était, et son fils Colan le Bien-Aimé. Elle vit les rangs éclatants et farouches des lios et la silhouette lumineuse de Ra-Termaine, le plus grand seigneur des lios alfar – et elle vit cette armée de lumière réduite en pièces par les loups et les svarts alfar et, plus terrible encore, par des créatures plus anciennes que les cauchemars, déchaînées par Rakoth Maugrim. Et elle regarda Conary et Colan, arrivés trop tard, coupés de leur armée, acculés à leur tour dans la péninsule de Sennett ; et tandis qu'un soleil rouge se couchait, Conary allait mourir, elle le savait, et son cœur explosa de joie dans sa poitrine quand elle vit les rangs obliques des Dalreï surgir en chantant du Daniloth, surgir des brumes en chevauchant derrière Révor au coucher du soleil. Elle ne savait pas qu'elle pleurait mais Ysanne le savait, tandis que les Cavaliers et les guerriers du Brennin et du Cathal, terribles dans leur furie et leur chagrin, repoussaient les armées des Ténèbres vers le nord-est à travers l'Andarièn ; jusqu'à Starkadh, où le Lion d'Éridu se joignit à eux et où le sang et la fumée se dissipèrent enfin pour montrer Rakoth à genoux, vaincu, contraint à se rendre.

Puis elle le vit enchaîner et reconnut la Montagne pour ce qu'elle était devenue, une prison, et elle regarda Ginsérat créer les pierres de garde. Plus vite, les images volaient à présent ; aux yeux d'Ysanne le tourbillon d'Eïlathèn était devenu un maelström de puissance, et elle sut qu'elle allait le perdre ; elle goûtait la joie de sa libération, alors même qu'elle ressentait profondément le chagrin de cette perte.

Plus vite, il tourbillonnait, et plus vite encore ; l'eau était blanche d'écume sous ses pieds et la prophétesse regardait tandis que celle qui se tenait près d'elle et n'était désormais plus une enfant apprenait ce que c'était que de rêver la vérité. D'être la rêveuse du rêve.

Puis vint un moment où Eïlathèn ralentit et s'arrêta.

Kimberly gisait sur la pierre, exsangue, totalement inconsciente. L'esprit des eaux et la prophétesse se contemplèrent longuement sans parler.

Enfin Eïlathèn fit entendre sa voix, claire et froide sous la lune : « Tout est accompli. Elle sait ce qu'elle peut savoir. Il y a en elle une grande puissance mais j'ignore si elle peut en porter le fardeau. Elle est jeune.

– Plus maintenant », murmura Ysanne. Il lui était soudain difficile de parler.

« Peut-être pas. Mais peu m'importe. J'ai tissé pour toi, rêveuse. Libère-moi du feu. » Il était tout proche, ses yeux de cristal et de glace illuminés d'un feu inhumain.

La prophétesse hocha la tête : « J'ai bien promis. Il était plus que temps. Tu sais pourquoi j'avais besoin de toi ? » Il y avait dans sa question une note implorante.

« Je ne pardonne pas.

– Mais tu sais pourquoi ? »

Un autre long silence. « Oui », dit enfin Eïlathèn, et si l'on avait bien écouté sa voix, on aurait pu imaginer qu'une certaine douceur s'y était glissée. « Je sais pourquoi tu m'as enchaîné. »

Ysanne pleurait de nouveau, les larmes brillaient sur ses rides. Mais son dos était droit, sa tête haute ; quand son ordre résonna, il était bien clair : « Alors sois libre de moi, libre de ta tâche de gardien. Sois libre du feu de la fleur, maintenant et à jamais. *Laith derendel, sed bannion. Echorth !* »

Et sur ce dernier mot, un son jaillit d'Eïlathèn, un son aigu et perçant au-delà de la joie ou de la délivrance, presque au-delà de toute perception, et l'anneau à la pierre écarlate glissa de son doigt pour tomber sur le rocher aux pieds de la prophétesse.

Elle s'agenouilla pour le ramasser et, quand elle se releva, vit à travers ses larmes qu'il était déjà retourné en tourbillonnant sur le lac.

« Eïlathèn, s'écria-t-elle, pardonne-moi si tu le peux. Adieu ! »

En réponse, le mouvement d'Eïlathèn devint simplement plus rapide, plus vertigineux encore, sauvage, chaotique ; il atteignit enfin le centre du lac, et plongea.

Mais pour qui écoutait, désirait entendre, priait pour entendre, il était possible d'imaginer qu'on entendait, juste avant cette disparition, le nom d'Ysanne lancé en adieu d'une voix froide et libre à jamais.

La prophétesse tomba à genoux, souleva Kim et la berça dans son giron comme on berce une enfant.

La jeune fille dans les bras, elle contempla le lac désert de ses yeux presque aveuglés par les larmes et ne vit pas l'homme aux cheveux noirs, à la barbe noire, quitter le couvert du rocher qui l'avait dissimulé, derrière elles. Il avait observé assez longtemps pour voir Ysanne prendre l'anneau dont Eïlathèn avait été le gardien et le glisser avec précaution à la main droite de Kimberly, au doigt de laquelle il s'ajustait avec autant d'exactitude que la prophétesse l'avait rêvé.

Après avoir vu cela, l'homme attentif se détourna et s'éloigna sans avoir été repéré. Il n'y avait plus trace de claudication dans ses grandes enjambées.

Elle avait dix-sept ans ce printemps-là et n'avait pas encore l'habitude d'entendre les hommes vanter sa beauté. Enfant, elle avait été jolie, mais l'adolescence lui avait donné de longues jambes, le goût des escapades et une tendance aux genoux couronnés et aux bleus, à la suite des jeux vigoureux auxquels elle se livrait dans les jardins de Laraï Rigal – activités tout à fait inappropriées pour une princesse du royaume. Et plus encore lorsque son frère Marlèn fut tué à la chasse et qu'elle devint l'héritière du Trône d'Ivoire au cours d'une cérémonie qu'elle se rappelait à peine car elle avait été saisie de vertige devant la rapidité des événements et la mort de son frère. Son genou lui faisait mal – elle était tombée le jour précédent – et l'expression de son père lui avait fait peur. Il n'y avait plus eu de chutes après cela car il n'y avait plus eu de jeux dans les jardins ni sur le lac du palais d'été. Elle avait appris à se conformer aux mœurs et à l'étiquette d'une cour décadente et, en temps utile, à traiter non sans amabilité les soupirants qui se mettaient à lui rendre visite en si grand nombre. Et elle était devenue très belle, en vérité, la Rose Noire du Cathal, et son nom était Sharra, fille de Shalhassan.

Elle était restée fière, comme tous ceux de sa lignée, et volontaire, qualité rare dans la société dissolue du Cathal, bien qu'elle ne fût pas surprenante chez la fille d'un tel père. En elle tremblait aussi une flamme secrète de rébellion contre les exigences de son statut et des rituels qui entravaient ses jours et ses nuits.

Aujourd'hui encore, ce feu brûlait en elle, dans l'enceinte bien-aimée de Laraï Rigal où ses souvenirs d'enfance l'enveloppaient, ravivés par les parfums de la calath et de la myrrhe, de l'elphinel et de l'aulne. Ces souvenirs l'enflammaient d'un désir plus intense que ne lui en inspiraient tous les hommes qui s'étaient agenouillés devant le trône de son père pour demander sa main en prononçant la formule rituelle : « Le soleil se lève dans les yeux de votre fille. » Elle était bien jeune encore malgré toute sa fierté.

Et c'étaient sans doute toutes ces raisons, et surtout la dernière, qui expliquèrent sa conduite lorsque les lettres commencèrent à apparaître dans sa chambre – comment elles y arrivaient, elle l'ignorait –, mais elle en garda le secret. En grand secret, de même, elle garda pour elle ses soupçons sur l'identité de leur expéditeur, espoir brillant comme une liéna dans les jardins, la nuit.

Elles parlaient de désir, ces lettres, lui parlaient de sa beauté en des termes enflammés comme elle n'en avait jamais entendu. Une soif d'absolu transparaissait dans ces lignes qui la chantaient, et la même soif s'éveilla en elle, prisonnière qu'elle était d'un lieu sur lequel elle régnerait un jour ; il s'y ajoutait d'autres soifs bien à elle ; souvent, c'était la nostalgie familière pour la simplicité des matins d'autrefois auxquels avait succédé cette vie si étrangère – mais parfois, quand elle était seule la nuit, c'était une autre sorte de soif.

Les lettres, cependant, n'étaient pas signées ; d'une écriture raffinée, d'une calligraphie élégante, elles trahissaient un aristocrate mais ne portaient jamais de signature. Sauf la dernière, qui lui parvint alors que le printemps répandait sur Laraï Rigal une profusion de calaths et d'anémones. Et le nom que Sharra put lire enfin donna forme et certitude à ce qu'elle avait deviné depuis longtemps et gardé dans son cœur comme un talisman. *Je sais quelque chose que vous ignorez*, ce refrain lui avait fait supporter d'un cœur léger, et même bienveillant, les matinées dans la salle de réception et les promenades de l'après-midi avec tel ou tel soupirant, étroitement surveillées, le long des allées sinueuses et des ponts arqués des jardins. C'était seulement la nuit, une fois ses dames de compagnie enfin renvoyées, une fois ses cheveux noirs libérés et brossés, qu'elle pouvait tirer cette dernière lettre de sa cachette et la relire à la lueur d'une bougie :

Lumière éclatante,

Trop longtemps. Même les étoiles me parlent maintenant de vous, et le vent de la nuit connaît votre nom. Il me faut venir à vous. La mort est une obscurité à laquelle je n'aspire pas mais, si je dois traverser ses provinces pour effleurer la fleur de votre corps, alors, qu'il en soit ainsi. Promettez-moi seulement que, si les soldats du Cathal devaient mettre fin à mes jours, ce sera votre main qui me fermera les yeux, et peut-être – c'est trop demander, je sais bien – vos lèvres qui effleureront mes lèvres froides pour me dire adieu.

Un lyrèn pousse près de la muraille nord de Laraï Rigal. Dix nuits après la pleine lune, il devrait rester assez de lumière dans le ciel pour nous permettre de nous retrouver au lever de la lune.

Je serai là. Vous tenez ma vie bien insignifiante entre vos mains.

Diarmuid dan Ailell

Il était très tard. Plus tôt dans la soirée, il avait plu ; le parfum de l'elphinel montait vers la fenêtre de Sharra mais les nuages s'étaient à présent dissipés et le mince croissant de lune luisait dans la chambre. Sa lumière caressait le visage de la princesse et parsemait de reflets la lourde cascade de sa chevelure.

La lune avait été pleine neuf jours auparavant.

Ce qui signifiait qu'il avait dû traverser la Særèn et se cachait quelque part dans l'obscurité ; et demain...

Sharra, fille de Shalhassan, poussa un long soupir dans le lit où elle gisait seule, et replaça la lettre dans sa cachette. Cette nuit-là, quand le sommeil vint enfin la chercher alors qu'elle se retournait sans cesse sur sa couche, cheveux éparpillés sur l'oreiller, elle ne rêva pas de son enfance ni de ses jeux d'enfants.

Vénassar de Gath était si jeune et si timide qu'il éveillait en elle un sentiment protecteur. En se promenant avec lui le lendemain matin dans l'Allée Circulaire, elle soutint presque à elle seule la conversation. Vêtu d'un pourpoint et de collants jaunes, la face longue, visiblement plein d'appréhension, il l'écoutait avec une attention désespérée, penché vers elle d'alarmante façon tandis qu'elle lui disait le nom des fleurs et des arbres qu'ils rencontraient, et lui racontait l'histoire de T'Varèn et de l'aménagement de Laraï Rigal. La voix de Sharra, assez retenue pour exclure les chaperons qui gardaient soigneusement leurs distances devant et derrière eux, à dix pas, ne laissait nullement transparaître le nombre de fois où la princesse s'était déjà livrée à cet interminable rituel.

Ils passèrent à pas lents près du cèdre d'où elle était tombée le jour où son frère était mort, avant qu'elle ne fût nommée héritière du trône. Puis, au tournant du sentier, sur le septième pont qui enjambait l'une des cascades, elle aperçut le lyrèn géant qui étendait ses branches près de la muraille nord.

Vénassar de Gath, tout empêtré de son corps dégingandé, se livra ensuite à une série de toussotements, de reniflements et de commentaires dans un vain effort pour ranimer la conversation défunte. À ses côtés, la princesse était plongée dans une immobilité si profonde que sa beauté semblait s'être refermée sur elle-même telle une fleur, toujours éblouissante mais inaccessible. Mon père, songea-t-il avec désespoir, va m'écorcher vif.

Prenant enfin pitié de lui, Sharra posa avec délicatesse une main sur son bras et ils traversèrent le neuvième pont, complétant ainsi le Cercle, et remontant vers le pavillon où Shalhassan était étendu sur des coussins, environné des parures parfumées de sa cour. Le geste de Sharra réduisit Vénassar à l'état d'automate pétrifié malgré le regard avide qu'il suscita chez Bragon, son père, assis près de Shalhassan sous les éventails balancés par les serviteurs.

Sharra eut un frisson devant le regard insistant que Bragon posait sur elle et le sourire qui s'accentuait sous sa moustache noire. Ce n'était pas le sourire d'un éventuel beau-père ; il y avait un appétit vorace dans ce regard et, sous sa robe de soie, elle sentit tout son corps se rétracter.

Son propre père ne lui sourit pas. Il ne souriait jamais.

Elle se prosterna avec respect devant lui et s'installa à l'ombre, où on lui apporta un verre de m'raë glacé et un plateau de glaces parfumées. Quand Bragon se retira, elle s'assura qu'il avait bien noté la froideur de ses yeux, mais sourit à Vénassar en lui tendant une main qu'il oublia presque de porter à son front. Que le père sache bien, pensa-t-elle, et sans erreur possible, pourquoi ils ne reviendront pas à Laraï Rigal. Et elle laissa presque transparaître sa colère.

Ce qu'elle voulait, se dit-elle avec amertume tout en souriant, c'était grimper de nouveau dans son cèdre, plus loin que la branche qui avait cédé sous elle, et une fois au sommet, se métamorphoser en faucon qui survolerait, solitaire, l'éclat du lac et la gloire des jardins.

« Une brute, et le fils est un imbécile sans cœur », dit Shalhassan en se penchant vers elle de façon que seuls les esclaves, qui ne comptaient pas, pussent l'entendre.

« Ils le sont tous, dit la fille du roi, les uns autant que les autres. »

La lune à son déclin s'était levée tard. De sa fenêtre, Sharra pouvait la voir jaillir d'une des baies du lac, à l'est. Mais elle s'attarda quand même dans sa chambre. Il ne serait pas convenable d'arriver à l'heure dite ; cet homme devrait apprendre qu'une princesse du Cathal ne se précipite pas à un rendez-vous comme une servante de Rhodèn ou de quelque autre lieu nordique.

Et pourtant, sous la peau délicate de son poignet, son pouls battait bien trop vite. « Ma vie bien insignifiante entre vos mains », avait-il écrit. C'était la stricte vérité. Elle pouvait le faire capturer et garrotter pour son insolence. Cela pourrait même donner lieu à une guerre.

Ce qui, se dit-elle, serait irresponsable. La fille de Shalhassan saluerait cet homme avec la courtoisie due à son rang dans le secret que sa passion méritait. Il avait parcouru un long chemin et traversé de grands périls pour la voir. Des jardins du Cathal il retournerait vers le nord accompagné de paroles gracieuses. Mais rien de plus. Une présomption telle que la sienne avait un prix, et cela, Diarmuid du Brennin l'apprendrait. Et, pensa-t-elle, il ne serait pas mauvais qu'il lui apprît comment il avait traversé la Særèn. Ce n'était pas un mince détail pour le pays sur lequel elle régnerait un jour.

Elle avait maintenant maîtrisé son souffle, la course de son pouls était plus lente. Dans son esprit, le faucon solitaire revint au sol, comme porté par le vent. Ce fut l'héritière du Cathal, bien formée à son devoir et à ses obligations, qui descendit dans les branches accueillantes de l'arbre qui poussait sous son balcon, en prenant bien soin de sa robe.

Les liénæ dansaient dans l'obscurité, lumineuses. Autour d'elle s'entrelaçaient les parfums nocturnes des fleurs, profonds et troublants. Elle s'avança sous la lumière des étoiles et le mince croissant de lune, sûre de son chemin, car les jardins entourés de murailles, malgré leur étendue, étaient sa demeure la plus ancienne et elle en connaissait les sentiers par cœur. Une telle promenade nocturne était cependant un plaisir évanoui depuis longtemps ; elle se ferait sévèrement réprimander si on la surprenait. Et ses serviteurs auraient droit au fouet.

Peu importait. Elle ne se ferait pas surprendre. La garde du palais patrouillait à l'extérieur des murailles avec ses lanternes. Les jardins étaient un autre monde. Là où elle marchait, la seule lumière était celle de la lune et des étoiles, et celle aussi, planant dans l'ombre, des fugitives liénæ. Elle entendait les stridulations discrètes des insectes et le clapotis des cascades aux rochers sculptés. Un souffle de vent agitait les feuilles et, quelque part dans ces jardins, attendait un homme qui lui avait écrit ce que lèvres et mains pouvaient inventer.

Son pas se ralentit un peu à cette pensée, alors qu'elle traversait le quatrième pont, le pont Ravelle, et percevait le bruit léger de l'eau apprivoisée sur les pierres colorées. Personne ne savait où elle se trouvait, elle en prenait soudain conscience. Et elle ignorait tout de l'homme qui l'attendait dans l'obscurité, sinon ce qu'en disait la rumeur, laquelle n'avait rien de rassurant.

Mais elle ne manquait pas de courage, même si elle était peut-être imprudente et malavisée. Vêtue d'azur et d'or, un pendentif de lapis-lazuli niché entre les seins, Sharra traversa le pont, dépassa le tournant du sentier et aperçut le lyrèn.

Il n'y avait personne.

Elle n'avait pas douté un instant que le prince serait là à l'attendre – ce qui, compte tenu des dangers qui avaient parsemé son chemin, était absurde. Un amoureux romantique pouvait sans doute soudoyer l'une de ses servantes pour qu'elle lui fît parvenir ses lettres, et il pouvait promettre un impossible rendez-vous, mais un prince du Brennin, de surcroît héritier du trône depuis l'exil de son frère, ne jouerait pas follement sa vie sur un coup de dés pour une femme qu'il n'avait jamais vue.

Chagrinée, et irritée de l'être, elle fit les derniers pas et s'arrêta sous les branches dorées du lyrèn. Ses longs doigts, lisses enfin après des années de mauvais traitements, se tendirent pour caresser l'écorce du tronc.

« Si ce n'était de votre robe, vous pourriez me rejoindre là-haut, mais je suppose qu'une princesse ne sait pas grimper aux arbres, de toute façon. Dois-je descendre ? »

La voix provenait des feuillages juste au-dessus de Sharra. Elle retint son impulsion et refusa de lever la tête.

« J'ai escaladé tous les arbres que l'on peut escalader dans ces jardins, dit-elle d'une voix égale malgré les battements accélérés de son cœur. Y compris celui-ci. Et souvent en robe. Mais je n'en ai pas envie maintenant. Si vous êtes Diarmuid du Brennin, descendez.

– Et si je ne le suis pas ? » L'intonation, pour un amant follement épris, était bien trop moqueuse, songea-t-elle ; elle ne répondit pas. Il n'attendit pas non plus sa réponse. Il y eut un bruissement de feuilles, puis un choc sourd près d'elle sur le sol.

Et deux mains enveloppèrent l'une des siennes, et l'homme la porta non à son front mais à ses lèvres. Geste acceptable, mais il aurait dû s'agenouiller. Ce qui n'était pas acceptable, c'était qu'il retournât cette main pour en embrasser la paume et le poignet.

Elle lui arracha sa main, horriblement consciente du battement de son cœur. Elle ne l'avait pas encore vu clairement.

Comme s'il avait lu sa pensée, il fit un pas qui le sortit de l'ombre et le conduisit là où la lune pouvait faire briller ses cheveux en désordre. Et il mit un genou en terre, alors – laissant la lumière tomber comme une bénédiction sur son visage.

Et elle le vit, enfin. Les yeux, écartés, profonds, étaient très bleus sous des cils très longs, presque des cils de femme. La bouche était large aussi, trop, mais sans mollesse aucune, pas plus que le menton lisse.

Il sourit, mais sans moquerie. Et elle se rendit compte que, d'où il se tenait agenouillé, elle aussi se trouvait dans la lumière, bien visible.

« Eh bien..., commença-t-elle.

– Les imbéciles, fit Diarmuid dan Ailell. Ils m'ont tous dit que vous étiez belle. De cent façons différentes.

– Et ? » Elle se raidit, prête à le fouetter de sa colère.

« Et, par les yeux de Lisèn, vous êtes belle. Mais personne ne m'a jamais dit que vous étiez également pleine de ressources. J'aurais dû y penser. L'héritière de Shalhassan ne peut que posséder quelque finesse. »

Elle était totalement prise au dépourvu. Nul ne lui avait jamais rien dit de tel. Désarçonnée, elle se rappela fugitivement tous les Vénassar qu'elle avait toujours manipulés sans effort.

« Pardonnez-moi, dit l'homme, se redressant pour se tenir près d'elle, très près d'elle. Je ne savais pas. Je m'attendais à avoir affaire à une adolescente – et vous ne l'êtes pas, pas en ce qui importe. Voulez-vous marcher un peu et me montrer vos jardins ? »

Et c'est ainsi qu'elle se retrouva en train de parcourir avec lui la boucle nord de l'Allée Circulaire, et quand il lui prit le bras, elle se dit qu'il aurait semblé ridicule et enfantin de protester. Une question lui vint cependant, tandis qu'ils avançaient à travers l'obscurité parfumée, dans un halo de liénæ rassemblées autour d'eux.

« Si vous pensiez que j'étais si sotte, pourquoi m'avez-vous écrit comme vous l'avez fait ? » demanda-t-elle, et elle sentit son cœur s'apaiser ; le silence du prince lui rendait un semblant de contrôle sur la situation. Ce ne sera pas si facile, mon ami, se dit-elle.

« Je suis quelque peu désemparé devant votre beauté, répondit Diarmuid dan Ailell, fort calme. J'ai entendu parler de vous il y a quelque temps déjà. Vous êtes bien davantage que ce qu'on m'en a dit. »

Une réponse assez habile, pour un homme du nord. Même Galienth à la langue de miel aurait pu approuver. Mais c'était une réponse qu'elle n'avait aucune difficulté à décoder. Aussi, même s'il était séduisant et troublant dans l'ombre près d'elle, et que ses doigts caressaient imperceptiblement son bras, effleurant même en une occasion l'un de ses seins, Sharra se sentait désormais en sécurité. Si elle éprouva un léger regret, si le vol du faucon imaginaire le ramena une fois de plus vers la terre, elle n'y prêta aucune attention.

« T'Varèn a dessiné Laraï Rigal au temps de mon arrière-grand-père, Thallason, que vous avez quelque raison de vous rappeler dans le nord. Les jardins couvrent plusieurs lieues et sont entièrement entourés de murailles, y compris le lac, qui... » Et elle poursuivit sa leçon comme elle l'avait fait avec tous les Vénassar, même si c'était la nuit et que l'homme à ses côtés avait une main posée sur son bras ; ce n'était pas vraiment si différent après tout. Je l'embrasserai peut-être, se dit-elle. Sur la joue, en guise d'adieu.

Ils avaient pris l'allée Traversière au pont Faille et commençaient à revenir vers le nord. La lune s'était bien dégagée des arbres à présent et luisait haut dans le ciel parsemé de nuages étirés par le vent. La brise du lac était agréable et point trop fraîche. Sharra continuait à parler, toujours avec aisance, mais de plus en plus consciente du silence de son compagnon. De son silence et de sa main sur son bras, qui s'était resserrée et avait effleuré son sein une fois encore lorsqu'ils passèrent devant l'une des cascades.

« Il y a un pont pour chacune des neuf provinces, et les fleurs dans chaque partie du...

– Assez ! » jeta Diarmuid avec rudesse. Elle se pétrifia, interrompue en pleine phrase. Il s'arrêta sur le sentier pour se tourner vers elle. Il y avait derrière son dos un buisson de calath ; elle s'y cachait lors de ses jeux d'enfant.

Il avait relâché son bras en parlant. Après un long regard froid, il se détourna et se remit à marcher. Elle se hâta de le rejoindre.

Quand il lui adressa la parole, ce fut en regardant droit devant lui, d'une voix basse, intense : « Vous parlez à peine comme un être humain. Si vous voulez jouer les gracieuses princesses avec les petits seigneurs qui minaudent pour vous faire la cour, ce n'est pas mon affaire, mais...

– Les seigneurs du Cathal ne sont pas de petits seigneurs, messire ! Ils...

– Ne nous insultez pas tous les deux, je vous prie ! Ce souffre-douleur émasculé, cet après-midi ! Son père ! Je prendrais un plaisir extrême à tuer Bragon. Ils sont pis que petits, tous autant qu'ils sont. Et si vous me traitez comme vous les traitez, vous nous rabaissez tous deux de façon intolérable. »

Ils étaient revenus au lyrèn. Quelque part en elle, un oiseau s'agitait. D'un mouvement sans pitié, elle le contint, comme elle le devait.

« Seigneur prince, je suis étonnée, vraiment. Vous ne pouvez guère vous attendre à autre chose qu'une conversation polie en cette occasion, notre première...

– Mais si, je m'y attends ! Je m'attends à voir et à entendre la femme que vous êtes. Celle qui a été une petite fille qui a grimpé à tous les arbres de ce jardin. La princesse qui joue son rôle m'ennuie à mourir, et me blesse. Et déprécie cette nuit.

– Et qu'est donc cette nuit ? demanda-t-elle – en se mordant les lèvres sitôt les mots prononcés.

– Notre nuit », dit-il.

Et ses bras étaient autour de sa taille dans l'ombre du lyrèn, et sa bouche sur la sienne. Sa tête masquait la lune mais Sharra avait fermé les yeux de toute façon. Et quand la large bouche posée sur la sienne se mit à bouger, et que sa langue...

« Non ! » Elle s'arracha à lui, tomba presque. Ils se firent face, séparés par quelques pas. Le cœur de Sharra battait follement, chose ailée qu'elle devait à tout prix maîtriser. Elle était Sharra, fille de...

« Rose Noire », dit-il d'une voix troublée. Il fit un pas vers elle.

« Non ! » Elle avait levé les mains pour l'arrêter.

Diarmuid s'immobilisa. Il dut voir qu'elle tremblait. « De quoi avez-vous peur ? » demanda-t-il.

Elle respirait avec peine, consciente de ses seins, du vent qui caressait tout son corps, de la proximité de cet homme, d'une chaleur obscure au centre d'elle-même, là où...

« Comment avez-vous traversé la rivière ? » laissa-t-elle échapper.

Elle s'attendait à d'autres moqueries. Ç'aurait été de quelque secours. Mais le regard du prince était calme, et l'homme lui-même absolument immobile.

« Je me suis servi des flèches d'un mage et d'une corde, dit-il. J'ai traversé à la force des poignets au-dessus de l'eau, et ensuite j'ai escaladé une échelle creusée dans le roc il y a plusieurs centaines d'années. Je vous fais don de cette information, c'est entre vous et moi. Vous ne le direz à personne ? »

Elle était princesse du Cathal. « Je ne promets rien de tel, je ne le puis. Je ne vous trahirai d'aucune façon, mais des secrets qui mettent mon peuple en danger...

– Et qu'ai-je fait, pensez-vous, en vous le confiant ? Ne suis-je pas l'héritier d'un trône, tout comme vous ? »

Elle secoua la tête. En elle, une voix frénétique lui disait de s'enfuir, mais elle reprit plutôt la parole, avec toute la circonspection possible : « Vous ne pensez certes pas, seigneur prince, gagner une fille de Shalhassan en venant simplement ici et...

– Sharra ! » s'écria-t-il, prononçant son nom pour la première fois, et ce nom résonna dans l'air de la nuit comme une cloche chagrine. « Écoutez-vous parler ! Ce n'est pas simplement... »

Un bruit les interrompit alors.

Le cliquetis des armures, la garde du palais qui s'approchait de l'autre côté du mur.

« Qu'est-ce que c'était ? » s'exclama une voix rocailleuse, et Sharra reconnut Dévorsh, un capitaine de la Garde. Un murmure lui répondit. Puis : « Non, j'ai entendu des voix. Vous deux, allez voir dans le jardin. Prenez les chiens ! »

Le bruit des hommes d'armes qui s'éloignaient écorcha le silence nocturne.

Sans qu'elle sût comment, Sharra se retrouva avec le prince sous l'arbre. Elle posa une main sur son bras : « S'ils vous trouvent, ils vous tueront, vous feriez mieux de partir. »

Contre toute logique, le regard qu'il abaissait sur elle était parfaitement calme. « S'ils me trouvent, ils me tuent, dit Diarmuid. S'ils en sont capables. Peut-être me fermerez-vous les yeux, comme je vous l'ai demandé. » Son expression changea alors, sa voix devint rauque : « Mais je ne vous quitterai pas volontiers, même si tout le Cathal vient réclamer mon sang. »

Et par les dieux, par les dieux, par tous les dieux, sa bouche était si douce sur la sienne, ses mains aveugles si sûres le long de son corps. Ses doigts s'affairaient à délacer son corsage et, douce Déesse, ses mains à elles s'étaient rejointes derrière la tête de cet homme, elle l'attirait vers elle, sa langue cherchait la sienne avec une avidité longtemps déniée. Ses seins soudain nus se tendaient vers lui, et il y avait comme une douleur en elle, une brûlure, quelque chose de sauvage se libérait tandis qu'il l'allongeait dans l'herbe haute et que ses doigts la touchaient, ici, ici, et là, et que ses vêtements avaient disparu, et les siens aussi. Et puis son corps sur elle devint toute la nuit, et les jardins, et tous les mondes, et elle vit en esprit le faucon aux ailes largement déployées, silhouette en plein vol devant la face de la lune.

« Sharra ! »

D'où ils se trouvaient, à l'extérieur des murs, ils entendirent le cri qui s'élevait des jardins. « Qu'est-ce que c'était ? s'exclama l'un d'eux. J'ai entendu des voix. Vous deux, allez voir dans le jardin. Prenez les chiens ! »

Deux hommes se hâtèrent d'obéir à cet ordre en courant vers la poterne ouest.

Mais seulement pour quelques enjambées cliquetantes. Kevin et Coll cessèrent ensuite de courir et revinrent sans faire de bruit sur leurs pas, dans le creux où les autres se dissimulaient. Erron, dont la voix déguisée avait aboyé les ordres, s'y trouvait déjà. Les soldats du Cathal étaient en cet instant à dix minutes de marche de chaque côté du petit groupe. Le plan et son minutage étaient l'œuvre de Diarmuid, qui les avait mis au point alors qu'ils observaient et écoutaient la patrouille, plus tôt dans la soirée.

Ils n'avaient plus rien à faire qu'à l'attendre, à présent. Ils s'installèrent sans bruit dans l'ombre. Quelques-uns firent un somme, profitant de l'occasion car ils repartiraient en hâte pour le nord dès le retour du prince. Ils ne parlaient pas. Trop excité pour se reposer, Kevin resta étendu sur le dos à suivre des yeux la course lente de la lune. Il entendit à plusieurs reprises les gardes se croiser dans leur parcours le long des murailles. Ils attendirent. La lune atteignit son zénith et commença à glisser vers l'ouest, se découpant sur les étoiles de l'été.

Carde fut le premier à voir le prince, silhouette vêtue de noir aux cheveux lumineux, au sommet de la muraille. Carde vérifia rapidement où se trouvaient les patrouilles à droite et à gauche, mais le minutage était parfait une fois de plus et, en se redressant brièvement pour être vu, il fit signe que tout allait bien.

En le voyant, Diarmuid sauta, fit un roulé-boulé et courut les rejoindre sans faire de bruit, plié en deux. Quand il se laissa tomber dans le creux, Kevin vit qu'il avait une fleur à la main. Les cheveux en désordre, le pourpoint flottant à demi déboutonné, le prince avait les yeux brillants d'excitation joyeuse.

« C'est fait ! dit-il en levant la fleur en guise de salut. J'ai cueilli la plus belle rose du jardin de Shalhassan. »

7

« On le retrouvera, je le promets. » C'était ce qu'il avait dit. Une promesse irréfléchie qui ne lui ressemblait pas, mais il l'avait faite.

Aussi, à peu près au moment où Paul et Kevin entamaient leur chevauchée vers le sud avec Diarmuid, Lorèn Mantel d'Argent galopait vers le nord-est, seul, en quête de Dave Martyniuk.

Le mage était rarement seul – ainsi, il était dépouillé de ses pouvoirs – mais il fallait que Matt demeurât au palais, où sa présence était plus nécessaire que jamais depuis qu'on avait appris la mort du svart alfar dans le jardin. Ce n'était pas le moment de s'absenter mais Lorèn n'avait guère eu le choix, et ceux à qui il pouvait se fier n'étaient guère nombreux non plus.

Il chevauchait donc vers le nord, infléchissant peu à peu sa course vers l'est à travers les terres à grains, dans la sécheresse crépitante de cet été funeste. Il voyagea toute une journée et une autre encore ; il se hâtait car il était poussé par un violent sentiment d'urgence. Il s'arrêtait seulement pour poser des questions discrètes dans les cours de ferme et les villes à moitié désertes qu'il traversait, et pour constater une fois de plus, avec désespoir, les effets terribles de la famine sur ceux à qui il parlait.

Mais de Dave, point de nouvelles. Personne n'avait vu l'étranger de haute taille aux cheveux noirs, personne n'en avait entendu parler. Aussi, au début du troisième jour, Lorèn se mit-il tôt en selle après avoir passé la nuit dans un bosquet à l'ouest du lac Leinan. À l'est, il pouvait voir le soleil triompher des collines au-delà du lac et il savait que plus loin encore c'était Dun Maura. Même en plein jour, sous un grand ciel bleu, il y avait pour le mage une ombre appesantie sur ce lieu.

Il ne régnait guère de sympathie entre les Mormæ de Gwen Ystrat et les mages qui s'étaient libérés avec Amairgèn de la domination de la Mère. La magie du sang, se dit Lorèn en secouant la tête et en songeant à Dun Maura, aux rites de Liadon célébrés chaque année avant la venue de Conary, qui les avait interdits ; aux fleurs répandues par les vierges chantant la mort et le retour de Liadon au printemps : *Rahod hedaï Liadon.* Dans chaque univers il en était ainsi, le mage le savait mais son âme même se rebellait contre cette puissance obscure. Il détourna sombrement son cheval de la contrée des prêtresses et poursuivit son chemin vers le nord au bord de la Latham dans son long parcours vers la Plaine.

Il demanderait l'aide des Daireï, comme il l'avait déjà fait si souvent. Si Dave Martyniuk errait quelque part dans les vastes espaces de la Plaine, seuls les Cavaliers pouvaient le retrouver. Il chevaucha donc vers le nord, haute silhouette grise et barbue d'un homme qui n'était plus tout jeune, seul sur son cheval dans la vaste étendue des terres plates ; le sol recuit résonnait sous lui comme un tambour.

Bien que ce fût l'été, il espérait trouver une tribu de Cavaliers au sud de la Plaine, car s'il pouvait contacter ne fût-ce qu'une seule tribu, la nouvelle atteindrait Célidon, et une fois son message arrivé au centre de la Plaine, bientôt tous les Daireï seraient au courant, et les Daireï étaient de ceux en qui il avait foi.

C'était toutefois une longue chevauchée et il n'y avait plus désormais dans ces vastes pâturages de villages où il aurait pu se restaurer et se reposer. Et il galopait donc seul ainsi, au crépuscule ; la troisième journée tirait à sa fin. Son ombre s'étendait longuement sur le sol près de lui et la rivière était devenue une présence muette et miroitante à l'est, quand soudain le sentiment d'urgence qui l'accompagnait depuis Paras Derval explosa en terreur dans sa poitrine.

Il tira sur les rênes avec une telle violence que son cheval se cabra, puis il maintint l'animal dans une immobilité de pierre. Il resta ainsi un moment, le visage soudain figé d'effroi. Puis Lorèn Mantel d'Argent poussa un cri dans la nuit qui gagnait rapidement, fit faire une brusque volte-face à son cheval et s'élança dans l'obscurité, tout droit, tout droit sur le chemin de Paras Derval, où quelque chose d'effroyable allait avoir lieu.

Martelant furieusement la route sous les étoiles, il concentra son esprit et projeta un avertissement désespéré vers le sud, à travers les espaces déserts qui l'en séparaient. Mais il était trop loin, bien trop loin, et privé de ses pouvoirs. Il pressa son cheval, filant comme le vent dans la nuit, mais il savait, alors même qu'il galopait ainsi, qu'il arriverait trop tard.

Jennifer n'était pas très contente. Non seulement Dave avait-il disparu, mais Kevin et Paul s'étaient lancés le matin même dans quelque folle équipée avec Diarmuid et voilà que Kim était partie aussi, guidée par Matt, pour se rendre à la demeure de la vieille femme que les courtisans dans la Grande Salle avaient traitée de sorcière le jour précédent.

Jennifer était donc laissée à elle-même dans une vaste pièce de l'aile ouest du palais, la plus fraîche, assise dans l'embrasure d'une fenêtre, entourée d'une troupe de dames de la cour dont le principal désir dans la vie semblait être de lui soutirer tout ce qu'elle savait de Kevin Laine et de Paul Schafer, avec une insistance particulière et explicite sur leurs goûts érotiques.

Tout en éludant les questions de son mieux, elle avait peine à dissimuler son irritation croissante. À l'autre extrémité de la pièce, un musicien jouait d'un instrument à cordes sous une tapisserie illustrant une scène de bataille. Un dragon survolait la mêlée ; Jennifer espérait avec ferveur que c'était là seulement une confrontation mythique.

Les dames lui avaient toutes été brièvement présentées mais deux noms seulement s'étaient gravés dans sa mémoire. Laësha était la très jeune suivante aux yeux bruns qui semblait lui avoir été assignée; par bonheur, elle parlait peu. L'autre était dame Rhéva, une femme d'une beauté frappante, aux cheveux sombres, qui de toute évidence jouissait d'un statut supérieur et qui avait aussitôt inspiré à Jennifer une antipathie naturelle.

Cette antipathie ne diminua en rien lorsqu'il devint clair – Rhéva veillant à ce que ce fût clair – qu'elle avait passé la nuit précédente avec Kevin. Il s'agissait évidemment là d'une victoire dans une lutte perpétuelle pour savoir qui serait la plus forte, et Rhéva ne se faisait pas faute de l'exploiter à fond. C'était extrêmement agaçant, et Jennifer, abandonnée à elle-même, ne se sentait pas d'humeur à se laisser agacer.

Aussi, quand une autre dame rejeta ses cheveux en arrière d'un geste boudeur et demanda à Jennifer si elle avait une idée de la raison pour laquelle Paul Schafer s'était montré si indifférent à ses charmes – « Peut-être préfère-t-il passer ses nuits avec des garçons ? » insinua-t-elle avec une pointe de malice –, Jennifer éclata d'un rire bref et tout à fait dépourvu d'humour.

« Il y a, je pense, des raisons plus évidentes, répliqua-t-elle, consciente de se faire une ennemie. Paul a des goûts plutôt exigeants, voilà tout. »

Il y eut un bref silence. Quelqu'un gloussa. Puis :

« Suggérez-vous, par hasard, que ce n'est pas le cas de Kevin ? » C'était Rhéva qui avait parlé; sa voix était devenue très douce.

Jennifer pouvait se tirer d'affaire; ce qu'elle ne pouvait pas, c'était supporter tout cela plus longtemps.

Elle quitta brusquement son siège dans l'embrasure et, regardant de haut les autres femmes, elle sourit :

« Non, dit-elle judicieusement. Connaissant Kevin, je ne dirais pas cela. Mais ce qui est difficile, c'est de l'avoir deux fois. »

Et, passant au milieu de ces dames, elle quitta la pièce.

Marchant d'un pas rapide dans le corridor, elle prit résolument note d'informer Kevin Laine que s'il mettait encore une fois dans son lit une certaine dame de la cour, elle ne lui adresserait plus jamais la parole de toute sa vie.

À la porte de sa chambre, elle entendit qu'on l'appelait : Laësha arrivait d'un pas pressé, sa longue robe balayant les dalles. Jennifer la dévisagea d'un œil hostile, mais l'autre riait, tout essoufflée.

« Oh, ma foi, haleta-t-elle, une main sur le bras de Jennifer, c'était splendide ! Toutes les chattes crachent de fureur dans la pièce ! On n'a pas traité Rhéva ainsi depuis des années. »

Jennifer secoua la tête avec regret : « Je présume qu'elles ne seront pas très amicales pendant le reste de mon séjour.

– Elles ne l'auraient pas été de toute façon. Vous êtes beaucoup trop belle. Et de surcroît vous êtes nouvelle, ce qui garantit qu'elles vous haïssent du simple fait que vous existez. Et quand Diarmuid a fait savoir hier que vous lui étiez réservée, elles...

– Il a *quoi* ? » explosa Jennifer.

Laësha l'observa d'un œil prudent : « Eh bien, il est le prince, et donc...

– Je me moque de ce qu'il est ! Je n'ai aucune intention de le laisser me toucher. Pour qui nous prennent-ils ? »

L'expression de Laësha s'était un peu modifiée : « Vous êtes sincère ? demanda-t-elle d'une voix hésitante. Vous ne voulez pas de lui ?

– Pas du tout, dit Jennifer. Je devrais ?

– Moi, je voudrais bien », dit Laësha avec simplicité, et elle rougit jusqu'à la racine de ses cheveux bruns.

Il y eut un silence embarrassé. Mesurant ses paroles, Jennifer y mit fin : « Je suis ici pour deux semaines seulement. Je ne le détournerai pas de vous ni d'aucune autre. En ce moment, j'ai surtout besoin d'une amie. »

Les yeux de Laësha se dilatèrent ; elle prit une brève inspiration.

« Pourquoi pensez-vous que je vous ai suivie ? »

Cette fois, elles échangèrent un sourire.

« Dites-moi, lui demanda Jennifer au bout d'un moment. Y a-t-il une raison qui nous oblige à rester ici ? Je ne suis pas encore sortie du palais. Pouvons-nous aller visiter la ville ?

– Bien sûr, dit Laësha. Bien sûr que nous le pouvons. Il n'y a pas eu de guerre depuis des années. »

Malgré la chaleur, il faisait meilleur hors du palais. Une fois vêtue comme Laësha, Jennifer prit conscience que personne ne remarquait qu'elle était étrangère. Se sentant libérée par cet incognito, elle se mit à se promener, insouciante, avec sa nouvelle amie. Mais au bout d'un court moment elle se rendit compte qu'un homme les suivait dans les rues poussiéreuses et tortueuses de la ville ; Laësha l'avait remarqué aussi.

« C'est un homme de Diarmuid », lui murmura-t-elle.

C'était ennuyeux ; mais avant de partir, au matin, Kevin avait parlé à Jennifer du svart alfar mort dans le jardin, et elle avait décidé que pour une fois elle ne s'opposerait pas à ce que quelqu'un veillât sur elle. Son père, songea-t-elle avec ironie, trouverait cela fort divertissant.

Les deux femmes suivaient une rue où des marteaux de forgerons résonnaient sur des enclumes. Au-dessus de leurs têtes, les balcons des maisons à deux étages se penchaient sur la chaussée étroite, masquant le soleil par intervalles. Laësha prit à gauche à un carrefour et leur fit longer une aire libre où bruits et odeurs de nourriture signalaient la présence d'un marché. Ralentissant le pas pour jeter un coup d'œil, Jennifer constata que même en cette période de festivités, il ne semblait pas y avoir grand-chose à vendre. Laësha, qui avait suivi son regard, hocha légèrement la tête et enfila une allée étroite pour s'immobiliser enfin devant la porte d'une boutique, par où l'on pouvait distinguer des balles et des rouleaux de tissus. Laësha, semblait-il, désirait une nouvelle paire de gants.

Une fois son amie à l'intérieur de la boutique, Jennifer fit encore quelques pas, attirée par des rires d'enfants. Elle atteignit l'extrémité de l'allée pavée et vit qu'elle donnait sur une vaste place au centre occupé par de l'herbe, plus jaune que verte. Sur l'herbe, une vingtaine d'enfants jouaient en s'accompagnant d'une comptine. Avec un léger sourire, Jennifer s'arrêta pour les observer.

Les enfants étaient rassemblés en un cercle approximatif autour d'une fille mince et frêle. La plupart d'entre eux riaient, mais elle ne riait pas. Elle fit subitement un geste ; un garçon se détacha du cercle, tenant un morceau de tissu et, avec une gravité égale à la sienne, le lui attacha sur les yeux. Cela fait, il rejoignit le cercle. Il hocha la tête, et les enfants se prirent par la main pour se mettre à tourner en rond autour de la silhouette immobile et aveugle, dans un silence étrange après leurs rires. Ils se mouvaient avec une dignité grave. Quelques autres adultes s'étaient arrêtés pour les regarder.

Puis, sans avertissement, la fille au bandeau leva un bras et pointa la main vers le cercle en mouvement ; sa voix haute et claire résonna sur la place :

Lorsque le feu vagabond
Frappe la pierre au cœur
Le suivras-tu ?

Au dernier mot, la ronde s'arrêta.

Le doigt de la fille était pointé droit sur un garçon trapu qui sans hésitation aucune lâcha les mains qu'il tenait et entra dans le cercle. La ronde se reconstitua et recommença, toujours en silence.

« Je ne me lasse jamais de regarder ceci », dit une voix calme juste derrière Jennifer.

Elle se retourna d'un mouvement vif. Pour faire face à des yeux verts et glacés, encadrés par les longs cheveux roux de la grande prêtresse, Jaëlle. Derrière celle-ci se trouvait un groupe de ses acolytes vêtues de gris, et, du coin de l'œil, Jennifer vit que l'homme de Diarmuid se rapprochait d'elles avec une expression inquiète.

Jennifer salua la nouvelle venue d'un signe de tête puis se retourna pour regarder les enfants. Jaëlle fit un pas en avant pour être à sa hauteur, balayant de sa robe blanche les pavés de la rue.

« La ta'kiéna est aussi ancienne que tous nos rituels, murmura-t-elle à l'oreille de Jennifer. Regardez comme les gens les observent. »

Et de fait, même si le visage des enfants était d'une sérénité presque surnaturelle, les adultes assemblés autour de la place et dans les arcades marchandes semblaient à la fois émerveillés et pleins d'appréhension. Et il y en avait de plus en plus. De nouveau, au centre du cercle, la fille leva le bras.

Lorsque le feu vagabond
Frappe la pierre au cœur
Le suivras-tu ?
Quitteras-tu ta demeure ?

Et de nouveau la ronde s'arrêta au dernier mot. Cette fois, le doigt tendu désignait un autre garçon, plus âgé, plus dégingandé que le premier. Après une pause très brève, presque ironique, il se détacha lui aussi des mains qu'il tenait et s'avança près de l'autre élu. Un murmure s'éleva parmi les spectateurs, mais les enfants, qui n'y prêtaient apparemment pas attention, avaient repris leur ronde.

Troublée, Jennifer se tourna vers le profil impassible de la prêtresse. « Qu'est-ce que c'est ? Que font-ils ? »

Jaëlle eut un mince sourire : « C'est une danse de prophétie. Quand ils sont appelés, leur destin se révèle.

– Mais qu'est-ce que...

– Regardez ! »

La fille au bandeau, bien droite, avait de nouveau entonné son chant :

Lorsque le feu vagabond
Frappe la pierre au cœur
Le suivras-tu ?
Quitteras-tu ta demeure ?
Quitteras-tu ta vie ?

Cette fois, quand la voix et la ronde s'arrêtèrent de concert, une protestation sourde parcourut la foule des spectateurs. Car c'était l'une des filles les plus jeunes qui était l'élue. Rejetant en arrière ses cheveux couleur de miel avec un sourire plein d'entrain, elle alla rejoindre les deux garçons à l'intérieur du cercle. Le plus grand lui passa un bras autour des épaules.

Jennifer se tourna vers Jaëlle : « Qu'est-ce que cela signifie ? Quelle sorte de prophétie... ? » Elle laissa sa question inachevée.

La prêtresse restait silencieuse à ses côtés. Ses traits n'exprimaient aucune bonté, son regard aucune compassion tandis qu'elle regardait les enfants se remettre en mouvement. « Vous demandez ce que cela signifie, dit-elle enfin. Pas grand-chose en ces temps de mollesse, alors que la ta'kiéna n'est qu'un jeu parmi d'autres. Aujourd'hui, ce dernier vers veut seulement dire que cette fillette ne mènera pas la même vie que ses parents. » Son expression était indéchiffrable mais son ironie frappa Jennifer.

« Que signifiait-il autrefois ? » demanda-t-elle.

Cette fois, Jaëlle se tourna vers elle : « Les enfants exécutent la danse depuis des temps immémoriaux. En des temps plus durs, être appelé signifiait la mort, bien entendu. Ce qui serait bien dommage. C'est une enfant ravissante, n'est-ce pas ? »

Il y avait dans sa voix un amusement malin. « Regardez bien, poursuivit Jaëlle. Le dernier vers est celui que tout le monde craint, même aujourd'hui. »

De tous côtés, en effet, les spectateurs s'étaient tus, soudain figés dans une attente tendue. Dans le silence, Jennifer put entendre des rires en provenance du marché, à plusieurs rues de là – mais le marché semblait encore plus lointain.

Au milieu de la ronde qui tournait sur l'herbe, la fille au bandeau leva le bras et chanta pour la dernière fois :

Lorsque le feu vagabond
Frappe la pierre au cœur
Le suivras-tu ?
Quitteras-tu ta demeure ?
Quitteras-tu ta vie ?
Prendras-tu... la Route la plus longue ?

La ronde s'arrêta.

Le cœur battant inexplicablement à tout rompre, Jennifer vit que le doigt mince désignait sans erreur le garçon qui avait attaché le bandeau. Relevant la tête comme s'il entendait quelque lointaine musique, le garçon s'avança. La fille retira son bandeau. Ils se regardèrent un long moment puis le garçon se détourna et, touchant les autres élus au passage comme pour une bénédiction, il s'éloigna seul de la place.

Jaëlle, qui le regardait, avait pour la première fois l'air troublé. En jetant un coup d'œil à son visage pour une fois sans masque, Jennifer prit conscience avec un sursaut de son extrême jeunesse. Prête à parler, elle fut interrompue par un bruit de pleurs et, tournant la tête, elle vit une femme à la porte d'une boutique, dans l'allée derrière elles. Les larmes ruisselaient sur son visage.

Jaëlle avait suivi le regard de Jennifer. « Sa mère », dit la prêtresse à mi-voix.

Avec un sentiment de totale impuissance, Jennifer eut envie, instinctivement, de réconforter cette femme ; leurs yeux se rencontrèrent et, sur le visage de l'autre, Jennifer discerna, avec un serrement de cœur douloureux de subite compréhension, la quintessence d'innombrables nuits d'insomnie maternelle. Un message sembla passer un instant entre elles, comme si elles s'étaient reconnues, puis la mère du garçon choisi pour la Route la plus longue se détourna et rentra dans sa boutique.

Jennifer, se débattant avec ces sentiments inattendus, demanda enfin à Jaëlle : « Pourquoi a-t-elle tant de peine ? »

La prêtresse aussi avait quelque peu perdu de son énergie. « C'est difficile à expliquer, dit-elle, et je ne le comprends pas encore, mais ils ont exécuté la danse deux fois déjà cet été, à ce qu'on m'a dit, et les deux fois Finn a été choisi pour la Route. Cette fois-ci, c'est la troisième, et on nous enseigne en Gwen Ystrat que trois fois, c'est une destinée. »

L'expression de Jennifer fit sourire la prêtresse. « Venez. Nous pourrons en discuter au temple. » Son intonation, sans être exactement amicale, s'était cependant adoucie.

Sur le point d'accepter, Jennifer fut arrêtée par une toux derrière elle.

Elle se retourna. L'homme de Diarmuid s'était approché d'elles, le visage creusé d'une intense inquiétude. « Dame, fit-il, extrêmement embarrassé, pardonnez-moi, mais puis-je vous parler un instant en privé ?

– Tu as peur de moi, Drance ? » La voix de Jaëlle était redevenue tranchante comme une lame. La prêtresse se mit à rire : « Ou devrais-je dire que ton maître a peur de moi ? Ton maître qui n'est pas là. »

Le robuste soldat rougit mais tint bon : « J'ai l'ordre de veiller sur elle », dit-il, laconique.

Jennifer les contempla tour à tour. Une hostilité électrique trembla soudain dans l'air. Elle ne comprenait pas, elle se sentait désorientée.

« Eh bien, lança-t-elle à Drance, à l'aveuglette, je ne veux pas vous causer des ennuis – pourquoi ne pas venir avec nous ? »

Jaëlle rejeta la tête en arrière et se remit à rire en voyant le recul terrifié du soldat. « Mais oui, Drance, dit-elle, pétillante de malice, pourquoi ne viens-tu pas en effet au temple de la Mère avec nous ?

– Dame, balbutia Drance en jetant un regard implorant à Jennifer. Je vous en prie, je n'ose pas... mais je dois vous garder. Vous ne devez pas y aller.

– Ah ! railla Jaëlle avec un haussement de sourcil. Il semble que les hommes ici vous disent déjà ce que vous pouvez ou ne pouvez pas faire. Pardonnez-moi de vous avoir invitée. Je pensais avoir affaire à une visiteuse libre de ses mouvements. »

La manœuvre n'échappa pas à Jennifer ; elle se rappelait aussi les paroles de Kevin le matin même : « Il y a du danger ici, avait-il dit d'un ton posé. Fie-toi aux hommes de Diarmuid, et à Matt, bien sûr. Paul croit qu'il faut faire attention à la prêtresse. Ne va nulle part sans être accompagnée. »

Dans la pénombre de l'aube, au palais, ces paroles avaient paru tout à fait sensées, mais à présent, dans la lumière éclatante de l'après-midi, tout cela était un peu difficile à digérer. Qui donc était Kevin, se frayant un chemin parmi les dames de la cour et détalant ensuite au galop avec le prince, pour lui ordonner de rester là comme une petite fille bien obéissante ? Et maintenant cet homme de Diarmuid...

Elle allait parler quand elle se rappela autre chose. Elle se tourna vers Jaëlle : « Il semble qu'on s'inquiète vraiment de notre sécurité, ici. J'aimerais me placer sous votre protection pendant ma visite du temple. M'accepterez-vous d'avance comme amie et invitée ? »

Jaëlle eut un bref froncement de sourcils, mais un lent sourire le remplaça, et dans ses yeux passa une expression de triomphe.

« Bien entendu, dit-elle, affable. Bien entendu. » Elle éleva la voix pour faire résonner ses paroles dans toute la rue ; des gens se retournèrent pour les regarder. Elle ouvrit largement les bras, mains tendues, et déclara d'un ton solennel : « Au nom de la Gwen Ystrat et des Mormæ de la Mère, je fais de vous l'invitée de la Déesse. Vous êtes la bienvenue dans nos sanctuaires et votre bien-être sera ma propre responsabilité. »

Jennifer jeta un regard interrogateur à Drance. Son expression n'était pas rassurante ; il semblait encore plus consterné qu'avant, si possible. Jennifer ne savait si elle avait eu tort ou raison, elle n'était même pas sûre de bien savoir ce qu'elle avait fait, mais elle en avait assez d'être en plein milieu de la rue avec tous ces gens qui la regardaient.

« Merci, dit-elle à Jaëlle. Dans ce cas, J'irai avec vous. Si vous voulez », ajouta-t-elle en se tournant vers Drance, et vers Laësha qui venait juste d'arriver à pas pressés, ses gants neufs à la main et le regard inquiet, « vous pouvez tous les deux m'attendre dehors.

– Venez, alors », dit Jaëlle avec un sourire.

Le temple était un édifice sans étage et même le dôme central semblait trop proche du sol ; Jennifer se rendit compte après avoir passé la porte voûtée que la majeure partie du bâtiment était souterraine.

Le temple de la Déesse Mère se trouvait à l'est de la ville sur la colline du palais. Un chemin étroit et tortueux montait vers une poterne des murailles qui entouraient les jardins du palais ; des arbres bordaient ce chemin ; ils semblaient en train de mourir.

Une fois à l'intérieur du sanctuaire, les acolytes vêtues de gris s'effacèrent dans l'ombre ; Jaëlle conduisit Jennifer plus avant sous une autre arche pour arriver à la salle qui se trouvait sous le dôme. À l'autre extrémité de cette salle souterraine, Jennifer vit un grand autel de pierre noire ; derrière lui, sur un bloc de bois sculpté, reposait une hache à double tranchant dont chacune des lames était aiguisée en forme de lune, croissante et décroissante.

Il n'y avait rien d'autre.

Sans savoir pourquoi, Jennifer se sentit soudain la bouche sèche. Elle contempla la hache et ses lames cruellement aiguisées, en luttant contre un frisson.

« Ne résistez pas, dit Jaëlle, d'une voix qui résonnait en échos dans la salle déserte. C'est votre pouvoir. Notre pouvoir. Ainsi en fut-il et ainsi en sera-t-il de nouveau. De notre vivant, si elle nous en juge digne. »

Jennifer la regarda fixement. La grande prêtresse aux cheveux de flamme, en son sanctuaire, était d'une beauté plus frappante encore. Ses yeux étincelaient d'une passion d'autant plus troublante qu'elle était plus froide. Elle parlait de pouvoir et d'orgueil, cette passion. Rien de tendre en elle, rien qui évoquât la jeunesse. En jetant un coup d'œil aux longs doigts de Jaëlle, Jennifer se demanda s'ils avaient jamais saisi cette hache, l'avaient jamais abattue sur l'autel, sur...

C'est alors qu'elle comprit qu'elle se trouvait en un lieu de sacrifice.

Jaëlle se détourna en prenant son temps. « Je voulais que vous voyiez ceci, dit-elle. Venez, maintenant. Il fait frais dans mes appartements, nous pourrons y boire et y parler. » Elle ajusta le col de sa robe d'une main gracieuse et montra le chemin. Alors qu'elles sortaient, une brise sembla se couler à travers la salle, et Jennifer eut l'impression de voir la hache osciller légèrement sur son billot.

« Ainsi, commença la prêtresse alors qu'elles s'adossaient aux coussins posés sur le sol dans sa chambre, vos soi-disant compagnons vous ont abandonnée pour poursuivre leurs propres plaisirs. » Ce n'était pas une question.

Jennifer battit des paupières. « Voilà qui est injuste, dit-elle, en se demandant comment l'autre le savait. On pourrait aussi bien dire que je les ai abandonnés pour venir ici. » Elle essaya de sourire.

« On le pourrait, acquiesça Jaëlle d'un ton aimable, mais ce ne serait pas la vérité. Les deux hommes sont partis à l'aube avec le jeune prince, et votre amie s'est précipitée chez la vieille sorcière du lac. » Au milieu de la phrase, sa voix étaient devenue corrosive ; Jennifer comprit soudain qu'on l'attaquait.

Elle contre-attaqua, pour reprendre pied : « Kim est avec la prophétesse, en effet. Pourquoi l'appelez-vous sorcière ? »

Jaëlle n'était plus aussi aimable : « Je n'ai pas coutume de m'expliquer, dit-elle.

– Moi non plus, rétorqua aussitôt Jennifer. Cela risque de limiter quelque peu notre conversation. » Elle se laissa aller contre les coussins en observant l'autre femme.

La réplique de Jaëlle, quand elle vint enfin, était durcie par l'émotion : « Elle est coupable de trahison.

– Eh bien, ce n'est pas la même chose qu'être une sorcière, vous savez, remarqua Jennifer, consciente d'être en train d'argumenter à la manière de Kevin. Trahison envers le roi, vous voulez dire ? Je n'aurais pas imaginé que cela vous importait, et hier... »

Le rire amer de Jaëlle l'interrompit : « Non, pas envers ce vieux fou ! » Elle prit une inspiration. « La femme que vous appelez Ysanne était la plus jeune à être jamais appelée parmi les rangs des Mormæ de la Déesse en Gwen Ystrat. Elle est partie. Elle a trahi son serment en partant. Elle a trahi son pouvoir.

– Vous voulez dire qu'elle vous a trahie, vous personnellement, rectifia Jennifer, toujours sur la défensive.

– Ne soyez pas sotte, je n'étais même pas née !

– Non ? Vous en semblez bien irritée, pourtant. Pourquoi est-elle partie ?

– Pour aucune raison légitime. Aucune raison n'aurait été légitime. »

Tous les indices étaient là. « Elle est partie pour un homme, alors, je suppose », dit Jennifer.

Le silence qui suivit lui servit de réponse. Jaëlle reprit enfin la parole, d'une voix amère et froide :

« Elle s'est vendue pour un corps cette nuit-là. Puisse la vieille sorcière périr bientôt et se perdre à jamais. »

Jennifer avala sa salive. D'un échange où l'on comptait des points, on était soudain passé à tout autre chose. « Vous ne pardonnez pas aisément, n'est-ce pas ? parvint-elle à dire.

– Je ne pardonne pas du tout, répliqua aussitôt Jaëlle. Vous feriez bien de vous en souvenir. Pourquoi Lorèn est-il parti pour le nord ce matin ?

– Je l'ignore, balbutia Jennifer, choquée par la menace qui s'exprimait sans fard.

– Vraiment ? C'est tout de même étrange, non ? Amener des invités au palais et s'en aller seul ensuite. En laissant Matt, ce qui est *très* étrange. Je me demande ce qu'il allait chercher ? Combien d'entre vous ont réellement traversé ? »

C'était trop soudain, trop habile. Jennifer, le cœur battant à tout rompre, eut conscience d'avoir rougi.

« Vous semblez avoir trop chaud, fit Jaëlle, toute sollicitude. Prenez un peu de vin. » Elle lui en versa d'une carafe d'argent au long col. « Vraiment, poursuivit-elle, cela ne ressemble pas du tout à Lorèn d'abandonner aussi soudainement des invités.

– Je ne saurais dire, répliqua Jennifer. Nous sommes quatre. Aucun de nous ne le connaît très bien. Ce vin est excellent.

– Il vient de Morvran. Je suis heureuse qu'il vous plaise. J'aurais pu jurer que Métran lui avait demandé de ramener cinq personnes. »

Ainsi Lorèn se trompait ; quelqu'un savait bel et bien. Quelqu'un savait beaucoup de choses, en vérité.

« Qui est Métran ? demanda Jennifer avec mauvaise foi. Le vieil homme auquel vous avez tellement fait peur hier ? »

Jaëlle, prise à contre-pied, se laissa aller à son tour contre ses coussins. Dans le silence, Jennifer but son vin à petites gorgées, satisfaite de voir que sa main ne tremblait pas.

« Vous lui faites confiance, n'est-ce pas ? reprit la prêtresse, amère. Il vous a prévenue contre moi. Ils l'ont tous fait. Mantel d'Argent joue pour le pouvoir, comme tous les autres, mais vous avez pris le parti des hommes, semble-t-il. Dites-moi, lequel d'entre eux est votre amant ? Ou alors, Diarmuid a-t-il déjà trouvé le chemin de votre lit ? »

C'était plus qu'assez.

Jennifer bondit sur ses pieds en renversant son verre de vin ; elle n'y prêta aucune attention. « Est-ce ainsi que vous traitez une invitée ? s'écria-t-elle. Je suis venue ici de bonne foi – de quel droit me tenez-vous un tel langage ? Je ne prends le parti de *personne* dans vos stupides jeux de pouvoir. Je ne suis ici que pour quelques jours – croyez-vous que je me soucie du vainqueur dans vos petites bagarres ? Je vais vous dire une chose, cependant, poursuivit-elle, le souffle court. Le contrôle masculin ne me remplit pas spécialement de joie dans mon propre univers, mais je n'ai jamais de ma vie rencontré quelqu'un d'aussi tordu que vous en ce domaine. Si Ysanne est tombée amoureuse – eh bien, je doute que vous puissiez même *deviner* ce qu'on ressent dans un tel cas ! »

Livide, pétrifiée, Jaëlle toujours assise la regardait, puis elle se leva à son tour. « Vous avez peut-être raison, admit-elle à mi-voix. Mais quelque chose me dit que vous n'en avez aucune idée non plus. Nous avons donc quelque chose en commun, n'est-ce pas ? »

Peu de temps après, de retour dans sa chambre au palais, Jennifer ferma la porte au nez de Laësha et de Drance, et pleura un long moment sur les paroles de Jaëlle.

La journée se traînait, accablante de chaleur. Un vent sec, irritant, se leva du nord et se coula dans le Grand Royaume, agitant la poussière dans les rues de Paras Derval tel un fantôme inquiet. Le soleil descendait à l'ouest en brillant d'un éclat écarlate. Au crépuscule seulement y eut-il quelque répit, quand le vent tourna à l'ouest et que les premières étoiles clignotèrent au-dessus du Brennin.

Très tard cette nuit-là, au nord-ouest de la capitale, la brise plissa les eaux du lac d'où monta un murmure discret. Sur un grand rocher, près de la rive, sous la dentelle des étoiles, une vieille femme agenouillée berçait le corps frêle d'une femme plus jeune qui portait à son doigt un anneau dont la pierre écarlate jetait de vagues reflets.

Au bout d'un long moment, Ysanne se leva et appela Tyrth. Il arriva en boitant de la chaumière, souleva la jeune femme inconsciente et alla la déposer sur le lit qu'il avait installé l'après-midi.

Elle resta inconsciente tout le reste de la nuit et toute la journée suivante. Ysanne ne dormit pas mais veilla sur elle pendant les heures obscures et pendant les heures trop lumineuses du lendemain. Le visage de la vieille prophétesse avait revêtu une expression qu'un seul homme, mort depuis longtemps, aurait pu reconnaître.

Kimberly s'éveilla au coucher du soleil. Loin dans le sud, au même moment, Kevin et Paul prenaient position avec les hommes de Diarmuid au pied des murailles de Laraï Rigal.

Un moment, Kim sembla complètement perdue, puis la prophétesse vit le flot brutal du savoir monter dans ses yeux gris. Kim releva la tête et regarda la vieille femme. Dehors, on entendait Tyrth qui enfermait les bêtes pour la nuit. La chatte était étalée sur le rebord de la fenêtre dans les derniers rayons du soleil.

« Vous revoilà. Soyez la bienvenue », dit Ysanne.

Kim sourit, non sans effort. « Je suis allée si loin. » Elle secoua la tête, émerveillée, puis sa bouche se durcit au retour d'un autre souvenir : « Eïlathèn est parti ?

– Oui.

– Je l'ai vu plonger. J'ai vu où il allait, très loin dans les profondeurs vertes. C'est très beau, là-bas.

– Je sais », dit la prophétesse.

Kim prit encore une inspiration avant de parler. « Était-ce difficile pour vous de regarder ? »

À ces mots, pour la première fois, Ysanne détourna les yeux. Puis : « Oui, avoua-t-elle. Oui, c'était difficile. De se rappeler. »

La main de Kim se détacha de la couverture pour se poser sur celle de la vieille femme. Quand Ysanne parla de nouveau, ce fut d'une voix très basse. « Raëderth était premier mage avant qu'Ailell ne devienne roi. Il est venu un jour à Morvran, sur les rives du lac Leinan... Vous savez où se trouve la Gwen Ystrat ?

– Oui, dit Kimberly. J'ai vu Dun Maura.

– Il est venu au temple au bord du lac et il y est resté une nuit – un acte de bravoure car on n'aime guère les mages en ce lieu depuis le temps d'Amairgèn. Mais Raëderth était un homme brave.

« C'est là qu'il m'a vue, poursuivit Ysanne. J'avais dix-sept ans et je venais d'être choisie pour me joindre aux Mormæ – le cercle intime – et personne d'aussi jeune n'avait jamais été choisi auparavant. Mais Raëderth m'a vue cette nuit-là et m'a révélé que j'avais une autre destinée.

– Comme vous l'avez fait pour moi ?

– Comme je l'ai fait pour vous. Il savait que j'étais une prophétesse et il m'a enlevée à la Mère en transformant mon destin – ou en le trouvant pour moi.

– Et vous l'aimiez ?

– Oui, dit Ysanne avec simplicité. Dès le premier instant. Et il me manque encore, même si les années se sont enfuies. Il m'a amenée ici au milieu de l'été, il y a plus de cinquante ans de cela, il a convoqué Eïlathèn à l'aide du feu de la fleur, et l'esprit des eaux a filé pour moi comme il l'a fait pour vous la nuit dernière.

– Et Raëderth ? demanda Kim après un silence.

– Il est mort trois ans plus tard tué par une flèche sur l'ordre de Garmisch, le très haut roi, dit Ysanne sans ambages. À la mort de Raëderth, le duc Ailell prit les armes à Rhodèn et entreprit une guerre qui finit par briser le joug de Garmisch et des Garantæ, pour l'amener lui-même sur le trône. »

Kimberly hocha de nouveau la tête : « J'ai vu cela aussi. Je l'ai vu tuer le roi devant la grande porte du palais. Il était grand et brave, Ailell.

– Et sage. Un roi sage, toujours. Il a épousé Marrièn, de la lignée des Garantæ, et nommé le cousin de celle-ci, Métran, premier mage à la place de Raëderth, ce qui m'a fort irritée à l'époque, et je le lui ai dit. Mais Ailell essayait de rassembler un royaume divisé et il y est parvenu. Il méritait plus d'amour qu'il ne lui en est échu.

– Il a eu le vôtre.

– Bien tard, remarqua Ysanne. Et avec réticence. Et seulement en tant que roi. J'ai pourtant essayé de l'aider à porter son fardeau ; lui, en retour, s'est arrangé pour qu'on me laisse en paix ici.

– Une longue solitude, murmura Kim.

– Nous avons chacun nos tâches », dit la prophétesse. Il y eut un silence. Dans la grange derrière la chaumière, une vache laissa échapper un meuglement plaintif. Kim entendit le claquement de la barrière qu'on fermait et les pas inégaux de Tyrth qui traversait la cour. Son regard croisa celui d'Ysanne et elle esquissa un sourire.

« Vous m'avez menti, hier », dit-elle.

Ysanne hocha la tête. « Oui. Une fois. Ce n'était pas à moi de faire cette révélation.

– Je sais, dit Kim. Vous avez tout porté sur vos seules épaules. Mais je suis là, maintenant. Voulez-vous que je partage votre fardeau ? » Son sourire s'affirma. « Il semble que je sois un calice. De quel pouvoir pouvez-vous me remplir ? »

Une larme brilla dans les yeux de la vieille femme, qui l'essuya en secouant la tête. « Ce que je peux enseigner n'a pas grand-chose à voir avec le pouvoir. C'est dans vos rêves que vous devez désormais avancer, comme toutes les prophétesses. Et pour vous, il y a aussi la pierre. »

Kim jeta un coup d'œil à sa main droite ; l'anneau ne brillait plus comme lorsque Eïlathèn l'avait porté. Il ressemblait à un œil méchant, profond et sombre, couleur de sang séché.

« J'ai rêvé de cet anneau, fit-elle. Un rêve terrifiant, la nuit d'avant la traversée. Qu'est-ce que c'est, Ysanne ?

– On l'a nommé Baëlrath il y a très longtemps, la Pierre de la Guerre. Il procède de la magie sauvage. Ce n'est pas un objet créé par les humains et il ne peut être contrôlé comme les créations de Ginsérat ou d'Amairgèn, ou même celles des prêtresses. Il a été perdu pendant très longtemps, à plusieurs reprises. On ne le retrouve jamais sans raison, du moins c'est ce que disent les histoires anciennes. »

L'obscurité était tombée pendant qu'elles parlaient. « Pourquoi me l'avoir donné ? demanda Kim d'une petite voix.

– Parce que je l'ai rêvé aussi à votre doigt. »

Une réponse qu'elle connaissait d'avance, sans savoir comment. L'anneau pulsait, maléfique, hostile, et elle en fut effrayée.

« Qu'est-ce que je faisais ?

– Vous ressuscitiez des morts », répliqua Ysanne, qui se leva pour allumer les bougies.

Kim ferma les yeux. Les images du rêve l'attendaient : les hautes pierres éparpillées, la vaste prairie déployée dans les ténèbres, l'anneau brûlant à son doigt comme une flamme... et le vent qui se levait sur l'herbe, sifflant entre les pierres...

« Oh, mon Dieu, s'écria-t-elle. Qu'est-ce que c'est réellement, Ysanne ? »

La prophétesse revint s'asseoir près du lit et observa gravement la jeune fille qui luttait contre sa lourde destinée.

« Je n'en suis pas sûre, dit-elle. Aussi dois-je être prudente, mais quelque chose est en train de se dessiner ici. Vous comprenez, c'est dans votre univers qu'il est mort la première fois.

– Qui est mort ? murmura Kimberly.

– Le Guerrier. Celui qui meurt toujours et n'a pas droit au repos. C'est son destin. »

Kim serra les poings : « Pourquoi ?

– Au tout début de ses jours, il a commis une faute très grave, et pour cette raison n'a pas droit à la paix. On le raconte, on le chante et on l'écrit dans chacun des univers où il a combattu.

– Combattu ? » Son cœur battait à grands coups.

« Bien sûr, répliqua Ysanne, quoique toujours avec douceur. C'est le Guerrier. Celui qui ne peut être invoqué qu'en cas d'extrême besoin, seulement par magie, et seulement par son nom. » La voix d'Ysanne ressemblait à un vent parcourant la pièce.

« Et son nom ?

– Son nom secret, nul ne le connaît, nul ne sait même où l'on pourrait le découvrir, mais il y en a un autre qu'on lui donne toujours.

– Et c'est ? » Mais elle savait, à présent. Et il y avait une étoile à la fenêtre.

Ysanne prononça le nom du Guerrier.

Il avait probablement tort de s'attarder, mais les ordres n'avaient pas été explicites, et il n'était pas enclin à se laisser troubler pour si peu. Pour eux tous, c'était enivrant de parcourir les grands espaces loin de chez eux, en se servant d'arts oubliés pour se dissimuler et observer les allées et venues du festival sur les routes autour de Paras Derval. Et même si, le jour, la terre calcinée les remplissait de désarroi, la nuit, ils chantaient d'antiques chansons sous le ciel sans nuage et scintillant d'étoiles.

Lui-même avait une raison supplémentaire d'attendre, même s'il savait qu'il ne pourrait prolonger indéfiniment le délai. Encore un jour, s'était-il promis, et il se sentit submergé d'une folle satisfaction quand les deux femmes apparurent avec l'homme au sommet de la crête qui surmontait les fourrés.

Le calme de Matt était rassurant. Kim était entre bonnes mains, et même s'il ignorait où était allée la troupe de Diarmuid – et préférait l'ignorer, ajouta-t-il avec une grimace –, le prince serait de retour la nuit même. Lorèn, confirma-t-il, était bel et bien parti à la recherche de Dave. Pour la première fois depuis sa rencontre avec la grande prêtresse deux jours plus tôt, Jennifer se détendit un peu.

Plus troublée qu'elle ne voulait l'admettre par l'étrangeté de tout ce qui lui arrivait, elle avait passé la veille au calme avec Laësha. Dans la chambre de Jennifer, les deux nouvelles amies s'étaient échangé l'histoire de leur vie. Pour quelque raison, s'était dit Jennifer, il était plus facile d'aborder Fionavar ainsi qu'en sortant dans la chaleur pour affronter des choses inquiétantes comme les enfants et leur chanson sur la place, la hache qui oscillait dans le temple ou l'hostilité froide de Jaëlle.

Après le banquet, cette nuit-là, il y avait eu un bal. Elle s'était attendue à éprouver quelque difficulté avec ses cavaliers mais, malgré elle, elle avait fini par s'amuser de la politesse prudente, presque craintive, de ceux qui avaient dansé avec elle. Les femmes choisies par le prince Diarmuid étaient très clairement inaccessibles à autrui. Elle s'était retirée tôt pour aller se coucher.

Et s'était fait réveiller par Matt Sören qui frappait à sa porte. Le Nain lui consacra sa matinée, guide attentif à travers les étendues du palais. Dans ses habits grossiers, avec la hache qui se balançait à son côté, il était une figure d'une rudesse inaccoutumée dans les corridors et les salles du château. Il lui montra des pièces où des tableaux étaient accrochés aux murs, où les planchers étaient incrustés de mosaïques. Il y avait partout des tapisseries. Jennifer commençait à comprendre qu'elles avaient ici un sens profond. Ils montèrent dans la plus haute tour, où les gardes saluèrent Matt avec une déférence inattendue et d'où elle contempla le Grand Royaume qui cuisait dans la rigueur de l'été. Puis Matt la ramena dans la Grande Salle, vide à cette heure, où elle admira tout à loisir les vitraux de Délévan.

Tout en faisant le tour de la salle, Jennifer mit Matt au courant de sa rencontre avec Jaëlle deux jours plus tôt. Le Nain cilla quand elle lui expliqua comment elle avait été déclarée amie et invitée, et qu'elle lui rapporta les questions de Jaëlle à propos de Lorèn. Mais une fois de plus il la rassura :

« Elle est pleine de malice, Jaëlle, pleine d'une malice intense et acharnée. Mais il n'y a pas de mal en elle ; seulement de l'ambition.

– Elle hait Ysanne. Elle hait Diarmuid.

– Ysanne, c'est normal. Diarmuid... suscite des sentiments violents chez la plupart des gens. » Le Nain eut son semblant de sourire, lèvres tordues. « Elle cherche à savoir tout ce qui est tenu secret. Elle soupçonne peut-être que nous avions un cinquième voyageur mais, même si elle en était certaine, elle ne le dirait jamais à Gorlaës – lui, il faut vraiment s'en méfier.

– Nous l'avons à peine vu.

– Il passe presque tout son temps avec Ailell. C'est pourquoi il est à craindre. Ce fut un sombre jour pour le Brennin, ajouta Matt Sören, quand l'aîné des princes a été exilé. »

Jennifer essaya de deviner : « Le roi s'est tourné vers Gorlaës ? »

Le Nain lui lança un regard perçant : « Vous avez l'esprit vif, dit-il. C'est exactement ce qui est arrivé.

– Et Diarmuid, alors ?

– Oui, et Diarmuid ? » répéta Matt, avec une exaspération si inattendue que Jennifer se mit à rire ; au bout d'un moment, le Nain rit aussi, un rire caverneux qui résonna dans sa poitrine.

Jennifer sourit ; il y avait en Matt Sören une force solide, un bon sens bien enraciné. Elle avait atteint l'âge adulte en accordant pleine confiance à peu de gens, à peu d'hommes en particulier, mais, comprit-elle en cet instant, le Nain était désormais au nombre des exceptions. D'une façon curieuse, elle fut contente d'elle-même.

« Matt, reprit-elle, frappée par une idée soudaine, Lorèn est parti sans vous. Vous êtes resté à cause de nous ?

– Seulement pour avoir l'œil à tout. ». Désignant d'un geste le bandeau qui couvrait son œil droit, il accentua la plaisanterie.

Elle sourit mais le regarda ensuite un long moment, un regard grave dans ses yeux verts : « Comment est-ce arrivé ?

– La dernière guerre avec le Cathal, dit-il simplement. Il y a trente ans.

– Vous êtes ici depuis si longtemps ?

– Plus longtemps. Il y a plus de quarante ans que Lorèn est mage.

– Et alors ? » Elle ne voyait pas le rapport.

Il le lui expliqua. L'atmosphère était particulièrement détendue entre eux ce matin-là, et la beauté de Jennifer avait déjà rendu loquace plus d'un homme taciturne.

Elle l'écouta, apprenant comme Paul trois nuits plus tôt l'histoire d'Amairgèn, sa découverte du savoir du ciel et le lien secret qui unissait pour la vie mage et source, union plus totale que n'en connaissait aucun des autres univers.

Quand Matt eut terminé, Jennifer se leva et fit quelques pas, essayant d'assimiler ce qu'elle venait d'apprendre. C'était plus qu'un mariage, cela impliquait l'essence même de l'être. Le mage, d'après ce que venait de dire Matt, n'était rien sans sa source sinon un dépôt de savoir totalement dépourvu de pouvoir. Et la source...

« Vous avez renoncé à toute indépendance ! s'écria-t-elle en se tournant vers le Nain et en lui adressant ces paroles presque avec défi.

– Non, pas à toute, répliqua-t-il avec douceur. On y renonce toujours en partie lorsqu'on partage sa vie avec autrui. Le lien est plus profond, c'est tout, et il y a des compensations.

– Vous étiez roi, pourtant. Vous avez renoncé...

– C'était avant, l'interrompit Matt. Avant ma rencontre avec Lorèn. Je... je préfère ne pas en parler. »

Elle se sentit soudain embarrassée : « Pardonnez-moi, murmura-t-elle, j'étais indiscrète. »

Le Nain grimaça mais elle savait maintenant que c'était sa façon de sourire : « Pas vraiment, dit-il. Et peu importe. C'est une blessure très ancienne.

– C'est tellement étrange, expliqua-t-elle. Je n'arrive même pas à comprendre ce que cela signifie.

– Je sais. Même ici, on ne comprend pas vraiment qui nous sommes, nous six. Ni la Loi qui régit le Conseil des Mages. On nous craint, on nous respecte, mais on nous aime bien rarement.

– Quelle Loi ? »

Il hésita alors, puis se leva. « Marchons un peu, dit-il. Je vais vous raconter une histoire. Mais je vous préviens, vous seriez mieux servie par un cyngaël car je suis un bien piètre tisseur d'histoires.

– Je prendrai le risque », affirma Jennifer en souriant.

Tandis qu'ils arpentaient le périmètre de la salle, il commença : « Il y a quatre cents ans, le très haut roi devint fou. Il s'appelait Vailerth et c'était le seul fils de Lernath, le dernier roi du Brennin à mourir dans l'Arbre de l'Été. »

Elle avait aussi des questions à ce propos, mais se retint.

« Vailerth était un enfant très brillant, poursuivit Matt, ou du moins c'est ce que racontent les chroniques de l'époque, mais quelque chose se pervertit en lui, semble-t-il, après la mort de son père et sa propre accession au trône. Une fleur noire s'ouvrit dans son esprit, comme disent les Nains lorsqu'une telle chose arrive.

« Le premier mage de Vailerth était un homme appelé Nilsom, dont la source était une femme. Son nom était Aideen, et elle avait aimé Nilsom toute sa vie, selon les chroniques. »

Matt fit quelques pas en silence. Jennifer avait le sentiment qu'il regrettait d'avoir commencé l'histoire, mais au bout d'un moment il reprit : « Il était rare qu'un mage ait pour source une femme, surtout parce qu'en Gwen Ystrat, où résident les prêtresses de Dana, on maudirait toute femme qui s'y risquerait. Cela a toujours été rare. Ce l'est davantage encore depuis Aideen. »

Jennifer lui jeta un coup d'œil mais le visage du Nain était tout à fait impassible.

« Bien des sombres malheurs arrivèrent à cause de la folie de Vailerth. Des rumeurs de guerre civile finirent par courir dans le pays, car le roi avait commencé à enlever des enfants, garçons et filles, pour les amener au palais la nuit. On ne les revoyait plus jamais, et ce que le très haut roi leur faisait, selon la rumeur, était horrible. Or dans cette entreprise, comme dans tous ses autres crimes, Nilsom était aux côtés du roi ; selon quelques-uns, c'était lui qui le poussait à les commettre. Leur fil dans la Tapisserie était noir, et Nilsom, Aideen à ses côtés, possédait un pouvoir si grand que nul n'osait ouvertement s'opposer à eux. Je pense, quant à moi, ajouta le Nain en regardant Jennifer pour la première fois, qu'il était fou lui-même, mais d'une folie plus réfléchie, plus dangereuse. Mais c'était il y a longtemps, et les chroniques sont lacunaires car nombre de nos livres les plus précieux ont été détruits pendant la guerre. Il y eut bel et bien une guerre, en fin de compte, car un jour Vailerth et Nilsom dépassèrent les bornes : ils se proposaient d'aller dans le Bois Sacré pour abattre l'Arbre de l'Été.

« Tout le Brennin se souleva alors, sauf l'armée rassemblée par Vailerth. Mais c'était une armée loyale et puissante, et Nilsom était très puissant aussi, plus que les cinq autres mages du Brennin réunis. Et à la veille de la guerre, il n'y avait plus qu'un seul mage car on trouva les quatre autres morts avec leurs sources.

« La guerre civile ravagea alors le Grand Royaume. Seule la Gwen Ystrat resta à l'écart. Mais les ducs de Rhodèn et de Séresh, les gardiens des marches du nord et du sud, les fermiers, les citadins, les mariniers de Taërlindel, tous entrèrent en guerre contre Vailerth et Nilsom.

« Ce n'était pas assez. Le pouvoir de Nilsom, abreuvé par la force et l'amour d'Aideen, était plus grand, dit-on, que celui de tout autre mage depuis Amairgèn. Il apporta mort et dévastation à ceux qui s'opposaient à eux, et les champs furent arrosés de sang tandis que le frère massacrait le frère et que Vailerth riait à Paras Derval. »

Matt s'interrompit encore et, quand il recommença à parler, ce fut d'un ton curieusement neutre. « La dernière bataille eut lieu dans les collines, juste à l'ouest d'ici, entre le palais et le Bois Sacré. Vailerth, dit-on, grimpa au sommet de la plus haute tour du palais pour voir Nilsom mener son armée à la victoire finale, après quoi seuls des morts les sépareraient de l'Arbre.

« Mais quand le soleil se leva au matin, Aideen alla trouver son mage, qu'elle aimait, et elle lui dit qu'elle n'épuiserait plus ses forces pour l'aider dans sa cause. Et ce disant, elle tira un poignard, fit couler le sang de ses veines et mourut.

– Oh non, fit Jennifer. Oh, Matt ! »

Il semblait ne pas l'avoir entendue. « L'histoire tire à sa fin, dit-il, toujours d'une voix dépourvue d'expression. Comme Nilsom avait perdu son pouvoir, l'armée de Vailerth fut écrasée. Ils jetèrent leurs épées et leurs lances, et implorèrent la paix. Nilsom s'y refusa et il fut tué en fin de compte par le dernier mage du Brennin. Vailerth se jeta du haut de sa tour et mourut. Aideen fut ensevelie avec honneur près du bois de Mörnir, et le duc Lagos de Séresh fut couronné roi dans la salle où nous nous trouvons. »

Ils étaient revenus à leur point de départ, auprès des bancs qui se trouvaient sous le dernier vitrail, tout près du trône. Au-dessus de leur tête, les cheveux dorés de Colan étincelaient dans le soleil qui entrait à flots par les fenêtres.

« Il me reste à vous raconter, dit Matt Sören en la regardant maintenant bien en face, comment, lorsque le Conseil des Mages se rassemble au solstice d'hiver, Nilsom est un nom dont nous maudissons rituellement la mémoire.

– J'imagine, dit Jennifer avec conviction.

– C'est aussi le cas, ajouta le Nain d'une voix plus basse, pour le nom d'Aideen.

– Quoi ? »

Le regard du Nain ne se détournait pas : « Elle a trahi son mage, expliqua-t-il. Selon les lois de notre Ordre, il n'est pas de crime plus grave. Aucun. Peu en importe la raison. Chaque année, Lorèn et moi maudissons sa mémoire au solstice d'hiver, et nous le faisons sincèrement. Et chaque année, murmura-t-il tout bas, tout doucement, à la fonte des neiges, au printemps, nous allons poser sur sa tombe la première fleur sauvage. »

Jennifer se détourna de ce regard calme. Elle se sentait prête à pleurer. Elle était trop loin de chez elle, tout était si difficile, si étrange. Pourquoi une telle femme devait-elle être maudite ? C'était trop dur. Ce dont elle avait besoin, elle en prit conscience, c'était d'exercice, un cinquante mètres en piscine pour se clarifier les idées, ou bien, mieux encore...

« Oh, Matt, dit-elle, j'ai besoin de bouger, de *faire* quelque chose. Y a-t-il des chevaux que nous puissions monter ? »

Et, contre toute attente, cette question-là fit perdre contenance au Nain. Il rougit. « Il y a des chevaux, bien entendu, répondit-il avec embarras, mais je crains de ne pouvoir me joindre à vous – les Nains ne montent pas pour leur plaisir. Mais pourquoi ne pas y aller avec Laësha et Drance ?

– Très bien, dit Jennifer, mais elle s'attarda un peu, soudain réticente à le quitter.

– Je suis navré de vous avoir troublée, dit-il. C'est une dure histoire. »

Jennifer secoua la tête : « Plus pour vous, assurément, que pour moi. Merci de l'avoir partagée avec moi. Merci beaucoup. » Et, se penchant vivement, elle l'embrassa sur la joue et sortit en courant de la salle pour retrouver Laësha, laissant un Nain habituellement flegmatique dans une remarquable agitation.

Et c'est ainsi qu'il advint, trois heures plus tard, que les deux femmes et l'homme de Diarmuid arrivèrent au galop au sommet de la crête à l'est de la ville, où ils immobilisèrent leurs chevaux, incrédules, en voyant un petit groupe de silhouettes diaphanes gravir la pente vers eux, d'un pas si léger que l'herbe ne semblait pas marquée à leur passage.

« Bienvenue ! » dit leur chef en s'arrêtant devant eux. Il s'inclina, ses longs cheveux d'argent scintillant dans la lumière. « Cette heure est bien tramée. » Sa voix était comme une musique résonnant sous une haute voûte. Il s'adressa directement à Jennifer. Elle se rendit compte que des larmes brillaient sur le visage transfiguré de Drance, ce soldat pourtant prosaïque.

« Daigneriez-vous nous accompagner parmi les arbres et célébrer avec nous ce soir ? » demanda la silhouette aux cheveux d'argent. « Vous êtes plus que bienvenue. Mon nom est Brendel, de la marche de Kestrel, au Daniloth. Nous sommes des lios alfar. »

Le retour au Brennin fut presque facile, comme si un vent complice les avait poussés dans le dos. Erron, souple et agile, fut de nouveau le premier à escalader la falaise ; il enfonça des pointes de fer dans le roc pour ceux qui le suivaient.

Ils revinrent à leurs chevaux, les montèrent et prirent le galop vers le nord sur les routes poussiéreuses du Grand Royaume. L'ambiance était exhubérante, chaotique. En attaquant avec les autres le refrain paillard d'une chanson entonnée par Coll, Kevin ne pouvait se rappeler avoir été plus heureux ; après l'incident de la rivière, la compagnie semblait les avoir complètement acceptés, Paul et lui, et parce qu'il respectait ces hommes, c'était important pour lui. Erron était en train de devenir un ami, ainsi que Carde qui chantait à tue-tête à sa gauche. Paul, à sa droite, ne chantait pas, mais il ne semblait pas malheureux, et de toute façon il avait une voix épouvantable.

Juste après midi, ils arrivèrent à l'auberge où ils s'étaient arrêtés auparavant. Diarmuid décida de faire halte pour un repas et une bière rapide, qui se changea, compte tenu de l'ambiance générale, en plusieurs bières bues tout à loisir. Coll, remarqua Kevin, avait disparu.

La pause prolongée signifiait qu'ils allaient manquer le banquet dans la Grande Salle ce soir-là. Diarmuid ne semblait guère s'en soucier.

« Nous irons au Sanglier Noir ce soir, mes amis, annonça-t-il, resplendissant et jovial, au haut bout de la table. Je ne me sens pas en veine de manières courtisanes. Ce soir, je célèbre avec vous, et que les bonnes manières restent où elles sont. Ce soir, nous prenons du bon temps. Boirez-vous avec moi à la Rose Noire du Cathal ? »

Kevin applaudit et but avec les autres.

Kimberly avait encore rêvé. Le même rêve, au début : les pierres, l'anneau, le vent – et dans son cœur le même chagrin. Et encore une fois elle s'était éveillée alors que les paroles toutes-puissantes se formaient sur ses lèvres.

Mais cette fois, elle s'était rendormie pour trouver un autre rêve qui l'attendait comme au fond d'un étang.

Elle était dans la chambre du roi Ailell. Elle le voyait se retourner sans repos dans son lit et voyait le jeune page qui dormait sur sa natte. Alors même qu'elle l'observait, Ailell s'éveillait dans l'obscurité de sa chambre. Il restait un long moment immobile, le souffle inégal, puis se levait avec effort, comme à l'encontre de sa propre volonté. Il allumait une bougie et l'apportait vers la porte intérieure, qu'il franchissait. Invisible, désincarnée, elle suivait le roi dans un couloir à la lueur de sa bougie vacillante et elle s'immobilisait avec lui devant un portail où un panneau coulissant dissimulait un guichet.

Alors qu'Ailell appliquait son œil à l'ouverture, elle regardait avec lui, voyait ce qu'il voyait ; avec le très haut roi, elle apercevait le feu blanc du naal et le profond éclat bleu de la pierre de Ginsérat sur son pilier.

Après un long moment, Ailell se retirait et, dans son rêve, Kim se voyait approcher elle-même de l'ouverture pour regarder encore, se dressant sur la pointe des pieds pour voir de ses propres yeux la salle de la pierre.

Et en y plongeant son propre regard, elle n'y voyait aucune pierre ; la salle était plongée dans les ténèbres.

Faisant volte-face, terrifiée, elle voyait le très haut roi qui retournait à sa chambre. Et dans l'ombre de la porte, quelqu'un l'attendait, quelqu'un que Kim reconnaissait.

Le visage de Paul Schafer était de pierre ; debout devant Ailell, il tenait dans sa main tendue une pièce du jeu d'échecs. En s'approchant d'eux, Kim voyait que c'était le roi blanc et qu'il était brisé. Une musique les environnait, qu'elle n'arrivait pas à reconnaître, et pourtant elle savait qu'elle la connaissait. Ailell prononçait des paroles qu'elle ne parvenait pas à entendre à cause de la musique, et Paul répondait, et elle voulait désespérément entendre, mais la musique... Et puis le roi levait sa bougie et recommençait à parler, et elle ne parvenait pas, ne parvenait pas, ne parvenait pas à entendre.

Et puis le hurlement d'un chien faisait tout exploser, annihilait tout, un hurlement si puissant qu'il emplissait l'univers.

Alors Kim s'éveilla dans le matin ensoleillé ; un arôme de friture montait du feu de cuisine.

« Bonjour, dit Ysanne. Venez manger, avant que Malka n'ait tout volé. J'ai quelque chose à vous montrer. »

Coll les rejoignit sur la route au nord de la ville. Paul Schafer rapprocha son cheval de l'étalon rouan du colosse.

« Une idylle discrète ? » demanda-t-il.

Dans la face au nez cassé, le regard était plein de réserve. « Pas exactement. Mais il voulait faire quelque chose.

– C'est-à-dire ?

– L'homme devait mourir, mais sa femme et ses enfants pouvaient recevoir de l'aide.

– Et vous leur avez donné de l'argent. C'est pour ça qu'il s'est attardé à la taverne ? Pour vous en donner le temps ? Ce n'était pas simplement parce qu'il avait envie de boire, n'est-ce pas ? »

Coll approuva d'un signe de tête : « Il a souvent envie de boire, dit-il avec ironie, mais il agit rarement sans raison. Dites-moi, poursuivit-il comme Paul se taisait, pensez-vous qu'il a mal agi ? »

L'expression de Paul était indéchiffrable.

« Gorlaës aurait fait pendre cet homme, insista Coll, et l'aurait fait écarteler. La famille aurait été dépossédée de ses terres. Maintenant, le fils aîné va aller à la forteresse du Sud et deviendra l'un des nôtres. Pensez-vous vraiment qu'il a mal agi ?

– Non, répondit Schafer avec lenteur. J'étais seulement en train de penser qu'avec la famine ambiante, la trahison de ce fermier était peut-être sa meilleure façon d'aider sa famille. Avez-vous une famille, Coll ? »

À ces mots, le lieutenant de Diarmuid, qui n'en avait pas et qui en était encore à essayer d'apprécier cet étrange visiteur, ne trouva rien à répondre. Ils continuèrent à chevaucher vers le nord dans la chaleur de l'après-midi ; de chaque côté de la route les champs étaient desséchés et recuits, les collines lointaines tremblaient comme des mirages et l'espérance de pluie était elle-même un mirage.

La trappe sous la table avait été invisible jusqu'à ce qu'Ysanne agenouillée eût posé la main sur le sol et prononcé un mot magique. L'escalier comptait dix marches ; de chaque côté, les murs de pierre grossièrement taillés étaient humides au toucher. Il y avait des supports aux murs, mais pas de torches, car du pied de l'escalier montait une pâle lueur. Perplexe, Kim descendit derrière la prophétesse et la chatte Malka.

La salle était petite, plus un caveau qu'une salle. Un autre lit, un bureau, une chaise, un tapis sur le sol de pierre ; quelques parchemins et des livres sur le bureau, très anciens à en juger par leur aspect. Et une dernière chose : contre le mur du fond s'appuyait une armoire aux portes vitrées et, à l'intérieur, telle une étoile captive, brillait la source de lumière.

Il y avait une admiration respectueuse dans la voix de la prophétesse quand elle rompit le silence : « Chaque fois que je le vois..., murmura Ysanne. C'est le Bandeau de Lisèn, poursuivit-elle en s'avançant. Il fut créé pour elle par les lios alfar, au temps où la forêt de Pendarane n'était pas encore un lieu de terreur. Elle le ceignit quand ils eurent bâti l'Anor pour elle, et se posta dans la tour au bord de la mer, avec cette lumière d'étoile au front, pour montrer le chemin à Amairgèn à son retour de Cader Sédat.

– Et il n'est jamais revenu. » La voix de Kim était un murmure mais elle résonna durement à ses oreilles. « Eïlathèn m'a montré, je l'ai vue mourir. » Le Bandeau était fait de l'or le plus fin mais la lumière qui y était emprisonnée était plus douce que celle de la lune.

« Elle est morte, et la forêt de Pendarane ne pardonne pas. C'est l'une des plus profondes afflictions de ce monde. Tant de choses ont changé... même la lumière du bandeau. Elle était plus éclatante autrefois, quand il fut créé – couleur d'espoir, dit-on. Et puis Lisèn est morte, la Forêt a changé, le monde a changé et la lumière a pris la couleur du deuil. C'est ce que je connais de plus beau au monde. La Lumière ennemie des Ténèbres. »

Kim contempla la femme aux cheveux blancs à ses côtés : « Pourquoi est-il ici ? Pourquoi caché sous terre ?

– Raëderth me l'a apporté l'année d'avant sa mort. Où est-il allé le chercher, je ne sais – car le Bandeau a disparu quand Lisèn s'est jetée de la tour. A disparu pendant de nombreuses années, et Raëderth ne m'a jamais raconté sa quête. Elle l'a vieilli, cependant. Quelque chose lui est arrivé en chemin, dont il n'a jamais pu parler. Il m'a demandé de garder le Bandeau ici, avec les deux autres objets magiques, jusqu'à ce que soit rêvée leur véritable place. “ Qui portera ce Bandeau après Lisèn, m'a-t-il dit, de tous les enfants de la terre et des étoiles suivra la route la plus obscure. ” Et il n'a rien dit d'autre. Le Bandeau attend ici, il attend le rêve. »

Kimberly frissonna, car quelque chose de nouveau en elle, une musique dans son sang, lui disait que les paroles du mage défunt étaient une véritable prophétie. Elle se sentait comme alourdie par un fardeau. C'était trop. Elle se détourna avec effort du Bandeau. « Quels sont les deux autres objets ?

– Le Baëlrath, bien sûr. La pierre que vous portez au doigt. »

Kim y jeta un coup d'œil ; la Pierre de la Guerre était devenue plus brillante alors qu'elles parlaient, son éclat terni de sang noir avait fait place à une pulsation lumineuse.

« Je pense que le Bandeau lui parle, poursuivit Ysanne. Il brille toujours ainsi dans cette pièce. Je le gardais ici avec l'autre jusqu'à la nuit où j'ai rêvé de vous. Dès lors, j'ai su que son heure était venue et j'ai craint que son pouvoir mis en éveil n'appelle des forces que je ne pourrais contenir. Aussi ai-je invoqué Eïlathèn à nouveau et l'ai-je contraint à garder la pierre, par le cœur écarlate du bannion.

– Quand était-ce ?

– Il y a vingt-cinq ans maintenant. Un peu plus.

– Mais... je n'étais même pas née !

– Je sais, mon enfant. J'ai d'abord vu vos parents en rêve, le jour de leur rencontre. Et vous ensuite, avec le Baëlrath au doigt. Notre don de prophétesse consiste à parcourir les boucles de la trame du temps et à en rapporter les secrets. Ce n'est pas un pouvoir facile à porter et vous savez déjà qu'il ne peut toujours être contrôlé. »

Des deux mains, Kim repoussa ses cheveux bruns. L'angoisse plissait son front, ses yeux gris étaient ceux d'un être traqué. « Je sais, dit-elle. J'essaie de m'en accommoder. Mais je ne peux... je ne comprends pas pourquoi vous me montrez la Lumière de Lisèn.

– Ce n'est pas vrai, répliqua la prophétesse. Si vous prenez le temps d'y penser, vous comprendrez. Je vous montre le Bandeau parce qu'il vous appartiendra peut-être de rêver qui devra le porter. »

Il y eut un silence. Puis : « Ysanne, je ne suis pas d'ici.

– Il existe un pont entre nos univers. Mon enfant, je vous dis ce que vous savez déjà.

– Mais justement ! Je commence seulement à comprendre ce que je suis. J'ai vu ce qu'a tissé Eïlathèn. Mais je ne suis *pas* de ce monde, je ne l'ai pas dans le sang, je n'en connais pas les racines comme vous, comme toutes les prophétesses ont dû les connaître. Comment... comment pourrais-je jamais avoir la prétention de dire qui doit porter le Bandeau de Lisèn ? Je suis une étrangère, Ysanne ! »

Elle avait du mal à respirer. La vieille femme la dévisagea longuement, puis sourit : « Vous en êtes une, soit. Vous venez d'arriver. Vous éprouvez un sentiment d'insuffisance et vous avez raison, mais soyez tranquille. Ce n'est qu'une question de temps. » Sa voix, comme son regard, étaient emplis de douceur tandis qu'elle mentait ainsi pour la deuxième fois, et le dissimulait.

« De temps ! s'écria Kim. Ne comprenez-vous pas ? Je ne suis ici que pour deux semaines. Dès qu'on aura retrouvé Dave, nous retournerons chez nous.

– Peut-être. Mais il y a tout de même un pont, et j'ai bel et bien rêvé du Baëlrath à votre doigt. Et mon cœur me dit – celui d'une vieille femme, ce n'est pas une vision de prophétesse – que votre monde aussi a peut-être besoin d'une rêveuse, avant que l'avenir ne soit pleinement tissé sur le Métier. »

Kimberly ouvrit la bouche et la referma, muette. Parce que c'en était vraiment trop : trop de révélations, trop à la fois, et trop difficiles à assimiler.

« Je suis navrée », parvint-elle à articuler, puis, faisant volte-face, elle grimpa quatre à quatre les marches de pierre et sortit de la chaumière pour retrouver le soleil et le ciel bleu. Et les arbres, aussi, et le sentier qu'elle pouvait dévaler jusqu'au bord du lac. Seule, car personne ne la poursuivait, elle pouvait rester là à jeter des cailloux dans l'eau, en sachant que c'étaient des cailloux, de simples cailloux, et qu'aucun génie vert aux cheveux ruisselants ne se dresserait sur le lac pour lui répondre et métamorphoser de nouveau son existence.

Dans la salle d'où elle s'était enfuie, la lumière brillait, immuable. Puissance, espoir et deuil habitaient le rayonnement dont Ysanne était environnée ; assise au bureau, elle caressait la chatte blottie sur ses genoux, les yeux perdus au loin, aveugles.

« Ah, Malka, murmura-t-elle enfin. Je voudrais être plus sage. À quoi bon vivre si longtemps si l'on n'a pas atteint la sagesse ? »

La chatte dressa les oreilles mais préféra continuer à lécher sa patte plutôt que de s'appliquer à résoudre une question aussi épineuse.

La prophétesse se leva enfin, déposa Malka offensée sur le sol et se dirigea à pas lents vers l'armoire où brillait le Bandeau. Elle ouvrit la porte vitrée et, à tâtons, prit un objet à demi dissimulé sur une étagère du bas, puis resta immobile un long moment, les yeux fixés sur ce que tenait sa main.

Le troisième objet magique : celui que Kimberly, qui lançait des cailloux dans le lac, n'avait pas vu.

« Ah, Malka », dit encore la prophétesse, et elle tira le poignard de son fourreau. Un son courut dans la pièce, comme la résonance d'une corde de harpe.

Un millier d'années auparavant, dans les jours qui avaient suivi le Baël Rangat, alors que tous les peuples libérés de Fionavar s'étaient rassemblés au pied de la Montagne pour voir les pierres de Ginsérat, les Nains du Banir Lök avaient façonné un présent de leur cru pour le nouveau roi du Brennin.

Ils l'avaient fait de thiérèn, le plus rare de tous les métaux, qu'on trouvait uniquement à la racine de leurs montagnes jumelles et qui était pour eux le don le plus précieux de la terre : l'argent veiné de bleu d'Éridu.

Et pour Colan le Bien-Aimé, ils avaient conçu et façonné une lame, avec des runes gravées sur son fourreau pour l'ensorceler; l'ancienne et obscure magie tissée dans leurs cavernes avait créé un poignard semblable à nul autre dans tous les univers, et ils l'avaient appelé Lökdal.

Le fils de Conary s'inclina très bas lorsqu'ils le lui donnèrent; il écouta en silence, avec une sagesse au-dessus de son âge, tandis que Seithr, le roi des Nains, lui apprenait les pouvoirs de la lame. Puis il s'inclina de nouveau, plus bas encore, quand Seithr se tut.

« Je vous remercie, dit Colan, et ses yeux étincelaient. À double tranchant le poignard, à double tranchant le présent. Puisse Mörnir nous donner la clairvoyance d'en user à bon escient. » Et il passa Lökdal à sa ceinture et l'emporta avec lui dans le sud.

Il avait ensuite confié cette lame aux mages, avec la magie qui y était emprisonnée, bénédiction ou malédiction; deux fois seulement en un millier d'années la lame de Colan avait tué. Elle était passée de premier mage en premier mage, jusqu'à la nuit où Raëderth était mort. Au cœur de cette nuit, la femme qui l'avait aimé avait eu un rêve qui l'avait ébranlée jusqu'au tréfonds de l'âme. Se levant dans l'obscurité, elle était allée jusqu'à la cachette où Raëderth conservait la lame, elle l'avait emportée et l'avait cachée à tous ceux qui avaient succédé au mage. Lorèn Mantel d'Argent lui-même, à qui elle confiait tout, ignorait qu'Ysanne avait Lökdal en sa possession.

« Qui frappe sans amour avec cette lame périra à coup sûr, avait dit Seithr des Nains. C'est la première règle. »

Et puis, à voix basse, de sorte que seul Colan l'avait entendu, il avait révélé la seconde.

Dans sa salle secrète, Ysanne la prophétesse, la rêveuse du rêve, tournait et retournait entre ses mains la lame à l'éclat ondoyant ; il en émanait une lumière pareille à une flamme bleue.

Sur la rive du lac se tenait une jeune femme, la puissance en son cœur, la puissance sous ses pieds, et elle lançait un à un des cailloux dans l'eau.

Il faisait plus frais dans la forêt où les emmenèrent les lios alfar. On leur offrit une nourriture d'une merveilleuse délicatesse : des fruits étranges, un pain nourrissant, et un vin qui réjouissait l'esprit et donnait des couleurs plus vives au soleil couchant. Et pendant tout ce temps, il y avait la musique : l'un des lios jouait d'un instrument à vent au son aigu tandis que d'autres chantaient, entrelaçant leurs voix dans la pénombre grandissante des arbres, alors qu'on allumait les torches à l'orée de la clairière.

Laësha et Drance, pour qui c'était là un rêve d'enfance réalisé, semblaient plus enchantés encore que Jennifer ; aussi, quand Brendel les invita à passer la nuit dans la forêt pour voir danser les lios sous les étoiles, fut-ce avec une joie émerveillée qu'ils acceptèrent.

Brendel envoya un messager à Paras Derval pour avertir discrètement le roi. Saisis d'une agréable langueur, ils regardèrent le messager franchir la crête de la colline, cheveux étincelants dans la lumière du soleil couchant, puis retournèrent au vin et aux chants de la clairière.

Tandis que les ombres s'allongeaient, une note d'ancienne tristesse parut se faufiler dans les chants des lios alfar. Des myriades de lucioles se mouvaient comme autant d'yeux brillants au-delà des torches ; on les appelait liénæ, dit Brendel à Jennifer. Elle but à petites gorgées le vin qu'il lui servait et se laissa emporter par la musique dans une tristesse profonde et douce.

Sur la crête de la colline, à l'ouest du bois, Tandem de Kestrel, le messager, mit son cheval au petit trot pour se diriger vers les murailles de la ville et du palais, à une lieue de là.

Il n'était pas tout à fait à mi-chemin quand il mourut.

Il tomba sans bruit de son cheval, la gorge et le dos percés de quatre dards. Au bout d'un moment, les svarts sortirent du creux qui longeait le chemin et regardèrent, impassibles, les loups encercler à pas feutrés le corps du lios. Quand sa mort fut certaine, eux aussi s'approchèrent pour entourer le cavalier abattu. Même dans la mort un nimbe de gloire émanait encore de lui, mais quand ils en eurent terminé, quand les bruits d'arrachement sanglant eurent cessé et que seules les étoiles jetèrent sur lui leur regard paisible, il ne restait plus rien de plaisant à voir de Tandem des lios alfar.

Eux que les Ténèbres haïssent le plus, car leur nom signifie Lumière.

Et c'est à cet instant que, au nord-est, un autre cavalier solitaire arrêta soudain son cheval. Un moment, il resta immobile, puis, avec une terrible malédiction, la peur serrée comme un poing dans son cœur, Lorèn Mantel d'Argent fit faire volte-face à sa monture et se précipita dans un tonnerre de sabots sur le chemin du retour.

À Paras Derval, le roi n'assista pas au banquet, pas plus que les quatre visiteurs, ce qui ne causa pas peu de rumeurs. Ailell resta dans ses appartements et joua au ta'baël avec le chancelier Gorlaës. Il gagna aisément, à son habitude, et sans grand plaisir, ce dont il était également coutumier. Ils jouèrent très tard dans la nuit ; Tarn, le page, s'était endormi quand ils furent interrompus.

Lorsqu'ils franchirent la porte ouverte du Sanglier Noir, le bruit et la fumée leur firent l'effet d'un mur; c'était le parfait assommoir.

Cependant, une voix se fit entendre à l'une des tables, un beuglement prodigieux qui résonna au-dessus du tohu-bohu.

« Diarmuid ! » rugit Tégid, bondissant sur ses pieds. Kevin fit la grimace en encaissant le volume sonore ainsi produit. « Par le chêne et la lune, c'est bien lui ! » hurla Tégid ; les bruits de la taverne se changèrent temporairement en cris de salutation.

Diarmuid, dans son haut-de-chausses de couleur fauve et son pourpoint bleu, resta dans l'encadrement de la porte avec un sourire sardonique pendant que les autres se dispersaient dans la fumée dense. Tégid se fraya un chemin vers lui en titubant et s'arrêta vacillant devant son prince.

Pour lui jeter en plein visage le contenu d'une chope de bière.

« Misérable prince, hurla-t-il. Je vais t'arracher le cœur ! J'enverrai ton foie en Gwen Ystrat ! Comment oses-tu t'esquiver et laisser le grand Tégid parmi les femmes et les bébés pleurnicheurs ? »

Kevin, près du prince, en un éclair d'imagination hystérique, se représenta Tégid essayant de traverser la Særèn suspendu à la corde. Diarmuid, dégoulinant, tendit la main vers la table la plus proche, saisit un pot d'argent et le jeta à toute volée sur Tégid.

Quelqu'un poussa un cri car le prince suivit son projectile, qui rebondit sur l'épaule du gros homme, et, après un bref élan, sa tête baissée rencontra avec efficacité sa cible, l'estomac massif de Tégid.

Celui-ci recula en chancelant et son visage prit l'espace d'un instant une teinte verdâtre. Mais il récupéra aussitôt, s'agrippa à la table la plus proche et d'un seul puissant effort l'arracha de ses tréteaux, répandant chopes et couverts et envoyant promener leurs usagers tandis que des malédictions vociférantes explosaient autour de lui. En tournoyant pour se donner plus de force, il fit décrire au panneau un large cercle meurtrier qui menaçait de priver Ailell d'héritier si jamais il touchait sa cible.

Diarmuid l'évita en plongeant d'un geste élégant. Kevin fit de même, avec moins de grâce. Étalé par terre, il entendit le panneau de bois siffler au-dessus de leurs têtes et, à l'extrémité de son arc, frapper à l'épaule un homme en pourpoint rouge, le catapultant contre un autre client près de lui. S'ensuivit une remarquable démonstration de la théorie des dominos. Le vacarme était horrifique.

Quelqu'un décida de renverser son bol de soupe sur le crâne dégarni du gentilhomme au pourpoint rouge. Quelqu'un d'autre considéra ce geste comme une excuse plus que suffisante pour assommer le déverseur de soupe par-derrière à l'aide d'un banc. L'aubergiste commença prudemment à retirer les bouteilles du comptoir. Une servante, dans un tourbillon de jupons, se glissa sous une table. Kevin aperçut Carde qui plongeait pour la rejoindre.

Entre-temps, Diarmuid s'était relevé d'un bond pour frapper de nouveau Tégid d'un coup de tête avant que cette montagne d'homme n'ait pu amorcer un autre tour de table ; la première fois, il avait fauché de façon fort efficace un vaste cercle autour d'eux.

Mais cette fois, Tégid tint bon ; avec un beuglement joyeux, il laissa tomber le panneau sur une tête qui se trouvait là, et enveloppa Diarmuid dans une étreinte d'ours.

« Je te tiens, maintenant ! » mugit-il, écarlate de plaisir. Le visage de Diarmuid commençait lui aussi à virer à l'écarlate à mesure que son adversaire resserrait sa prise apte à pulvériser les os. Kevin vit le prince libérer ses bras pour une contre-attaque.

Il ne doutait pas que Diarmuid pouvait se tirer d'affaire, mais Tégid serrait pour de bon ; Kevin se rendit compte que le prince allait faire usage d'un coup bas pour rompre l'étreinte de l'autre. Diarmuid bougea le genou pour mieux faire levier et Kevin sut aussitôt ce qui allait s'ensuivre. Avec un cri vain, il se précipita pour intervenir.

Et se pétrifia sur place quand la gorge de Tégid laissa échapper un terrible hurlement scandalisé. Toujours hurlant, le gros homme laissa tomber le prince sur le plancher recouvert de sable, tel un jouet abandonné.

Une odeur de chair brûlée s'éleva.

D'un saut spectaculaire, Tégid renversa une autre table, récupéra un pichet débordant de bière et se mit en devoir d'en déverser le contenu sur son postérieur.

Son mouvement, tel un lever de rideau, révéla Paul Schafer qui se trouvait derrière lui, tenant d'un air d'excuse un tisonnier qu'il avait tiré du feu de cuisine.

Il y eut un bref silence, hommage admiratif et respectueux pour la force des hurlements d'opéra de Tégid, puis Diarmuid, toujours au plancher, se mit à rire par saccades, un rire aigu, hystérique, qui signala la reprise du tohu-bohu général. Pleurant de rire, presque incapable de se tenir debout, Kevin se fraya un chemin, Erron titubant à ses côtés, pour étreindre Schafer qui arborait son sourire en biais.

Il fallut un certain temps pour rétablir l'ordre, surtout parce que nul ne s'y appliquait particulièrement. L'homme au pourpoint rouge semblait avoir de nombreux amis, tout comme, apparemment, le déverseur de soupe. Kevin, qui ne connaissait ni l'un ni l'autre, lança un banc dans la mêlée, à tout hasard, puis se retira vers le comptoir avec Erron. Deux servantes les y rejoignirent, et la bousculade facilita grandement les présentations.

En montant l'escalier, la main dans la main de Marna, la plus grande des deux, Kevin eut une ultime vision de la salle de la taverne, une masse houleuse d'hommes apparaissant et disparaissant dans un brouillard de fumée. Diarmuid, debout sur le comptoir, balançait sur la tête des combattants tout ce qui lui tombait sous la main. Il ne semblait favoriser aucun des deux partis. Kevin chercha Paul, ne le vit pas ; puis une porte s'ouvrit et se referma derrière lui. Dans l'obscurité soudaine, une femme se retrouva dans ses bras, sa bouche tendue vers la sienne, et son âme amorça la longue spirale familière vers les profondeurs du désir.

Beaucoup plus tard, alors qu'il n'en était pas encore revenu, il entendit Marna demander dans un murmure timide : « Est-ce toujours ainsi ? »

Il ne pourrait parler avant un bon moment encore, aussi lui caressa-t-il les cheveux, brièvement, avec effort, et referma les yeux. Car il en était *toujours* ainsi. L'acte d'amour était pour lui une tentative convulsive, aveugle, pour s'emparer des ténèbres où il s'engloutissait. Chaque fois. Il y perdait son nom même, la forme et le mouvement de ses os ; et chaque fois, il se demandait après s'il y aurait une nuit où il irait si loin qu'il ne pourrait revenir.

Mais ce ne serait pas cette nuit. Il fut bientôt capable de sourire à la femme puis de la remercier avec gentillesse, et non sans sincérité, car sa douceur était profonde et il avait eu grand besoin de se désaltérer à une telle source. Marna se glissa dans ses bras et posa sa tête sur son épaule, contre ses cheveux blonds ; aspirant profondément son parfum, Kevin se laissa emporter par l'épuisement de deux nuits sans sommeil.

Il ne dormit toutefois qu'une heure et se sentit vulnérable et désorienté quand il fut éveillé par la présence d'une troisième personne dans la pièce. C'était une autre fille, non pas celle d'Erron mais une inconnue qui pleurait, les cheveux en désordre sur les épaules.

« Que se passe-t-il, Tiène ? demanda Marna d'une voix ensommeillée.

– Il m'a envoyée vous chercher, dit la brune Tiène en reniflant et en regardant Kevin.

– Qui ça ? grogna Kevin, essayant de reprendre ses esprits. Diarmuid ?

– Oh, non. L'autre étranger. Pwyll. »

Il lui fallut un moment pour comprendre.

« *Paul* ! Qu'est-ce que... que s'est-il passé ? »

De toute évidence, il parlait d'un ton trop brusque pour une fille aux nerfs déjà fragiles. Tiène, en lui jetant un regard de reproche, les yeux écarquillés, s'assit sur le lit et se remit à pleurer. Il lui secoua le bras :

« Parle ! Qu'est-il arrivé ?

– Il est parti, murmura Tiène d'une voix presque inaudible. Il est monté avec moi mais il est parti. »

Kevin secoua la tête en essayant désespérément de se concentrer.

« Quoi ? Il n'a pas... été capable de... ? »

Tiène renifla, essuya les larmes qui roulaient sur ses joues. « Vous voulez dire d'être avec moi ? Si, bien sûr, mais il n'y a pris aucun plaisir, je le voyais bien. Il le faisait pour moi... et pas moi, je ne lui ai rien donné, et, et...

– Alors quoi, pour l'amour du ciel ?

– Alors j'ai pleuré, dit Tiène, comme si c'était une évidence. Et quand j'ai pleuré, il est parti. Et il m'a envoyé vous chercher, seigneur. »

Elle s'était enfoncée dans le lit, car Marna lui avait fait place. Elle avait de grands yeux de faon ; sa robe s'était défaite, et Kevin apercevait l'amorce d'un sein à la courbe voluptueuse. Puis il sentit la main légère de Marna sur sa cuisse, sous le drap. Il y eut une soudaine pulsation dans sa tête. Il prit une grande inspiration.

Et se jeta en hâte hors du lit. Tout en maudissant son érection, il sauta dans son haut-de-chausses et enfila le pourpoint aux amples manches que Diarmuid lui avait donné. Sans se soucier de le boutonner, il quitta la pièce.

Il faisait noir sur le palier. Il chercha la rampe et contempla en contrebas la salle dévastée du Sanglier Noir. Les torches à moitié éteintes jetaient des ombres vacillantes sur les corps endormis affalés parmi les tables et les bancs renversés, ou contre les murs. Quelques hommes parlaient à voix basse dans un coin ; une femme eut un petit rire soudain contre le mur le plus proche, et se calma aussitôt.

Puis il entendit autre chose. Les cordes d'une guitare.

Sa guitare.

Guidé par le son, il tourna la tête et aperçut Diarmuid dans l'embrasure d'une fenêtre, la guitare entre les bras. Coll et Carde étaient assis sur le plancher.

Il descendit l'escalier pour les rejoindre et ses yeux s'adaptèrent à la pénombre ; il vit d'autres membres de la compagnie étendus aux alentours, avec quelques-unes des femmes.

« Salut, ami Kevin, dit Diarmuid à mi-voix, les yeux brillants comme ceux d'un animal dans l'obscurité. Me montrerez-vous comment jouer de cet instrument ? J'ai envoyé Coll le chercher. J'espère que vous n'y voyez pas d'inconvénient. » Sa voix avait l'indolence des fins de nuit. Derrière lui, Kevin distinguait le ciel saupoudré d'étoiles.

« Oui, mon garçon, gronda une ombre massive. Chante-nous une chanson. »

Il avait pris Tégid pour une table brisée.

Sans répondre, Kevin se fraya un chemin parmi les corps qui jonchaient le sol. Il prit la guitare des mains de Diarmuid, qui se laissa glisser de l'embrasure, la lui abandonnant. On avait ouvert la fenêtre, une légère brise passa sur sa nuque tandis qu'il accordait l'instrument.

Il était tard, il faisait nuit noire, tout était tranquille. Il était las, loin de chez lui, et, sans raison évidente, il avait mal. Paul était parti ; même en cette nuit il n'avait pu trouver de plaisir, il avait de nouveau voulu échapper à des larmes. Même en cette nuit, même en ce lieu. Kevin pouvait trouver tant de raisons. Aussi dit-il : « Ce morceau s'appelle *La Chanson de Rachel* », et, luttant contre sa gorge serrée, il se mit à jouer. C'était une mélodie que nul ici ne pouvait connaître, mais tous ressentirent aussitôt l'appel de sa tristesse. Puis, au bout d'un long moment, il laissa sa voix s'élever – il avait une voix grave quand il chantait. Il avait composé les paroles longtemps auparavant avec la ferme intention de ne jamais les chanter :

Mon amour, te souviens-tu
De mon nom ? Je me suis perdue
Dans l'été hiver devenu
Par le gel amer engloutie
Et quand juin devient décembre
C'est le cœur qui en paie le prix

Les vagues se brisent au long de la grève
Dans le matin gris lente tombe la pluie
Et la pierre a tout recouvert
Tu enfouiras ta peine
Profonde en la mer
Mais les marées désespèrent

D'être jamais apprivoisées
Un jour viendra
Où tu pleureras pour moi

Les vagues se brisent au long de la grève
Dans le matin gris lente tombe la pluie
Oh mon amour, souviens-toi
Souviens-toi de moi

Puis la mélodie revint en solo, transposée ; c'était la composition la plus soignée qu'il ait faite de toute sa vie, surtout le passage qu'il abordait maintenant, avec des larmes, de stupides larmes. Le passage où la mélodie faisait mal, était si belle, si pleine de souvenirs : l'adaptation du second mouvement de la Sonate pour violoncelle en fa majeur de Brahms.

Malgré la lueur des bougies qui se brouillait devant ses yeux, les notes étaient d'une netteté parfaite ; Kevin exécutait le morceau que Rachel avait joué à son récital d'examen, et donnait voix à la souffrance qui était et n'était pas la sienne.

Dans la salle obscure, la chanson de Rachel s'éleva, passa sur les corps endormis qui s'agitèrent dans leurs rêves soudain teintés de tristesse, passa parmi ceux qui ne dormaient pas et pouvaient en sentir l'appel, en se rappelant leurs propres chagrins. Elle gravit l'escalier et enveloppa les deux femmes qui s'appuyaient à la rampe, toutes deux en larmes à présent ; elle effleura les chambres où les corps reposaient entrelacés dans les dessins de l'amour ; elle se coula par la fenêtre ouverte, dans la nuit tardive de la rue et la vaste obscurité qui sépare les étoiles.

Et sur les pavés obscurs, la silhouette d'un homme s'immobilisa près de la porte de la taverne, sans la franchir. La rue était vide et la nuit sombre, il n'y avait personne en vue. Il écouta dans un profond silence et, quand les paroles de la chanson se turent, il s'éloigna sans bruit car il avait déjà entendu la musique.

Et c'est ainsi que Paul Schafer, qui avait fui les larmes d'une femme et s'était traité d'imbécile pour revenir ensuite sur ses pas, se détourna pour la dernière fois et ne revint pas en arrière.

D'abord ce fut l'obscurité, un réseau tortueux de rues, une poterne où on le reconnut à la lueur des torches, puis l'obscurité de nouveau dans les corridors où seuls résonnaient ses pas. Tout en marchant, il portait la musique en lui, ou c'était la musique qui le portait, ou le souvenir de la musique. C'était sans importance.

Il parcourut tout un réseau de corridors qu'il reconnaissait pour y être déjà passé, certains éclairés, d'autres plongés dans les ténèbres, et dans certaines chambres qu'il longeait il y avait du bruit comme la première fois, mais nul autre en cette nuit n'errait dans les corridors de Paras Derval.

Et il arriva enfin, porteur de musique et de deuil, transporté par cette musique et ce deuil, devant la porte sous laquelle filtrait encore un rayon de lumière.

Ce fut l'homme à la barbe brune nommé Gorlaës qui vint lui répondre, et l'espace d'un instant il se rappela qu'il n'avait pas confiance en cet homme, mais ce souci semblait infiniment éloigné de son état d'esprit présent ; ce n'était plus important, plus maintenant.

Puis ses yeux trouvèrent ceux du roi, et il vit qu'Ailell savait, d'une façon ou d'une autre, et ne serait pas assez fort pour lui refuser ce qu'il demanderait ; il parla donc :

« J'irai pour vous dans l'Arbre de l'Été cette nuit. M'en accorderez-vous la permission et ferez-vous ce qui doit être fait ? » Tout avait été écrit bien longtemps auparavant, lui semblait-il. Il y avait de la musique.

Ailell pleurait, mais il dit ce qui devait être dit. Et parce que c'est une chose de mourir, mais une autre de mourir en vain, Paul écouta ses paroles et les laissa se joindre à la musique pour l'emporter hors du palais ; avec Gorlaës et deux autres hommes, il sortit par une porte secrète.

Il y avait des étoiles au-dessus de sa tête et une forêt au loin. Dans sa tête, de la musique qui n'en finirait jamais, semblait-il. Et, semblait-il, il ne dirait pas adieu à Kevin, après tout ; il en éprouvait du chagrin mais, au point où il en était, c'était un petit chagrin perdu, un vague serrement de cœur.

Déjà la forêt se rapprochait et, à un certain moment, la lune déclinante s'était levée, car elle mettait une touche argentée sur les arbres les plus proches. La musique était toujours en lui, ainsi que les dernières paroles d'Ailell : *Je vous donne à l'instant en offrande à Mörnir. Pour trois nuits et pour toujours*, avait dit le roi. En pleurant.

Et maintenant, avec ces paroles et cette musique en tête, il revoyait, vision qu'il savait inévitable, le visage pour lequel il ne pouvait pleurer. Des yeux noirs. Comme ceux d'aucune autre en ce monde.

Alors il entra dans le Bois Sacré ; il faisait nuit noire. Tous les arbres soupiraient dans le vent de la forêt, dans le souffle du Dieu. La crainte contractait le visage des trois autres hommes dans ce bruissement qui montait et descendait autour d'eux comme le souffle de la mer.

Il s'avança avec eux parmi les balancements houleux des arbres et vit à la longue que le sentier avait cessé de serpenter. De chaque côté, les arbres formaient une allée qui le dirigeait vers son but ; il dépassa donc Gorlaës, porté par la musique, et arriva dans le lieu où l'attendait l'Arbre de l'Été.

L'Arbre était immense, si sombre qu'il en était presque noir, avec un tronc noueux et bosselé, large comme une maison. Il se dressait seul dans la clairière, qui était le lieu du sacrifice, et étreignait la terre de ses racines aussi anciennes que le monde lui-même, en défi aux étoiles qui brillaient sur lui, et de ce lieu émanait une puissance indicible. Debout devant l'Arbre, Paul sentit qu'il désirait son sang, sa vie ; et tout en sachant qu'il ne pourrait survivre trois nuits dans ses branches, il s'avança de façon à ne plus pouvoir faire demi-tour, et la musique s'arrêta.

Ils le dépouillèrent de ses vêtements et, sous la lune déclinante, ils l'attachèrent nu dans l'Arbre de l'Été. Après leur départ, la clairière demeura silencieuse, hormis le soupir incessant des feuilles. Seul dans l'Arbre, il en sentait dans sa chair l'incommensurable puissance, et s'il lui était resté quelque chose à craindre, il aurait eu peur.

Ainsi commença la première nuit de Pwyll l'Étranger dans l'Arbre de l'Été.

8

Dans une autre forêt à l'est de Paras Derval, les lios alfar chantaient toujours et Jennifer glissait dans le sommeil. Sous les étoiles et le croissant de lune, leurs voix tissaient autour d'elle une mélodie d'une tristesse si ancienne et si profonde qu'elle était presque devenue un luxe précieux.

Jennifer s'éveilla et se retourna sur la couche qu'ils lui avaient préparée.

« Brendel ? »

Il vint à elle et s'agenouilla. Ses yeux étaient bleus, maintenant. Ils avaient été verts comme les siens la dernière fois qu'elle les avait regardés, et dorés l'après-midi, sur la colline.

« Êtes-vous immortels ? » demanda-t-elle d'une voix ensommeillée.

Il sourit : « Non, dame. Seuls les dieux le sont, et certains disent que les dieux eux-mêmes mourront à la fin des temps. Nous vivons très longtemps et l'âge ne nous tue pas, mais nous mourons bel et bien, dame, par l'épée ou par le feu, ou le cœur brisé. Et la lassitude nous pousse à prendre la mer vers notre chant, mais c'est là autre chose.

– Prendre la mer ?

– À l'occident est un lieu qu'on ne trouve sur aucune carte. Un monde façonné par le Tisserand pour les lios alfar et eux seuls, et c'est là que nous allons lorsque nous quittons Fionavar, si Fionavar ne nous a pas tués auparavant.

– Quel âge avez-vous, Brendel ?

– Je suis né quatre cents ans après le Baël Rangat. Il y a un peu plus de six cents ans. »

Elle absorba cette déclaration en silence. Il n'y avait rien à dire, en vérité. Laësha et Drance dormaient auprès d'elle. Le chant des lios était très beau. Elle le laissa l'emporter en un lieu où tout était simple, puis dans le sommeil.

Le lios la contempla longuement, les yeux toujours bleus, calme, profondément sensible à la beauté dans toutes ses incarnations. Et en cette humaine, il y avait plus encore. Elle ressemblait à quelqu'un. Il le savait ou il le sentait mais, bien qu'il eût tout à fait raison, il n'avait absolument aucun moyen de savoir de qui il s'agissait et ne pouvait donc prévenir personne.

Il se leva enfin et alla rejoindre les autres pour le dernier chant qui était, comme toujours, la lamentation de Ra-Termaine pour ceux qu'on avait perdus. Ils la chantèrent pour ceux qui venaient de mourir près de la forêt de Pendarane et pour tous les autres des temps lointains qui n'entendraient jamais ce chant ni leur propre chant. Au son de ces voix, l'éclat des étoiles sembla s'accentuer au-dessus des arbres, mais peut-être était-ce seulement la nuit qui s'approfondissait. Quand le chant prit fin, les lios couvrirent les feux et s'endormirent.

Ils étaient anciens, pleins de sagesse et de beauté, dans leurs yeux leur âme était une flamme multicolore, leur art rendait hommage au Tisserand dont ils étaient les enfants les plus éclatants. La trame même de leur essence était une célébration de la vie et leur nom venait de la langue la plus ancienne, et signifiait Lumière, ennemie des Ténèbres.

Mais ils n'étaient nullement immortels.

Les flèches empoisonnées tuèrent les deux gardes et l'assaut noir des loups égorgea quatre autres lios avant qu'ils ne s'éveillent complètement. L'un d'eux poussa un cri d'alarme et tua son loup d'un coup de poignard alors même qu'il périssait.

Ils combattirent avec bravoure alors, et même avec brio, avec leurs épées et leurs flèches étincelantes, car lorsqu'il en était besoin, leur grâce pouvait être meurtrière.

Brendel, Drance et deux autres formèrent un rempart autour des deux femmes et tinrent bon contre l'assaut des loups géants, une fois, et une fois encore, et encore, levant et abattant leurs épées dans un silence désespéré. Mais il faisait noir et les loups étaient noirs aussi, et les svarts se mouvaient comme des spectres difformes à travers la clairière.

Et même alors, l'éclatant courage des lios alfar aurait pu l'emporter, avec celui de Drance du Brennin qui se battait à leurs côtés comme un possédé, s'il n'y avait eu un autre ennemi : la volonté glacée, dominatrice, qui menait l'assaut. Il y avait une puissance dans la clairière cette nuit-là, que nul n'aurait pu prévoir, et un destin fatal était écrit dans le vent qui se leva avant l'aube.

Pour Jennifer, dans l'obscurité, c'était comme une terrifiante hallucination. Elle entendait des grondements et des cris, elle percevait par éclairs des détails brouillés, distordus – des épées couvertes d'un sang noir, l'ombre d'un loup, le vol d'une flèche. La violence explosait tout autour d'elle, elle qui avait passé sa vie à l'éviter.

Mais c'était la nuit. Trop terrifiée même pour crier, elle vit Drance tomber finalement, sur le loup qu'il venait de tuer, et un autre loup à la gueule ensanglantée se dresser sur son cadavre pour sauter vers l'endroit où se tenait Laësha. Avant qu'elle ne puisse réagir, alors même qu'elle entendait Laësha crier, elle se sentit brutalement empoignée tandis que les hideux svarts alfar s'élançaient dans la brèche ouverte ; on la traîna sur le cadavre de l'homme de Diarmuid et on l'emporta.

Avec un regard désespéré en arrière, elle vit Brendel aux prises avec trois adversaires à la fois, le visage noir de sang sous la faible lumière de la lune, puis elle se retrouva parmi les arbres, entourée par les loups et les svarts alfar, et il n'y eut plus aucune lumière à voir ni à espérer.

Ils cheminèrent en forêt pendant un temps qui lui sembla interminable, vers le nord-est, loin de Paras

Derval et de tout ce qu'elle connaissait en cet univers. Deux fois elle trébucha et tomba dans l'obscurité, deux fois on la remit sur ses pieds, sanglotante, et l'affreuse randonnée se poursuivit.

Ils se trouvaient toujours dans la forêt quand le ciel commença à virer au gris et, dans la lumière montante, elle prit peu à peu conscience d'une silhouette qui ne la quittait jamais, au milieu des évolutions changeantes de ses ravisseurs ; et ce fut la pire des horreurs dans toute cette ruée nocturne.

D'un noir de charbon, une tache argentée au front, c'était de loin le plus gros des loups. Mais le pire n'était pas sa taille ni le sang encore humide qui maculait sa gueule noire ; c'était la malveillance du pouvoir qui émanait de lui telle une aura. Ses yeux ne quittaient pas le visage de Jennifer, et ils étaient écarlates. Pendant le bref instant où elle put en soutenir le regard, elle y perçut une intelligence qui n'aurait pas dû s'y trouver, plus inhumaine que tout ce qu'elle avait rencontré en Fionavar. Il n'y avait là point de haine, mais une volonté froide, sans merci. Elle aurait pu comprendre la haine ; ce qu'elle voyait là était bien pis.

C'était le matin quand ils atteignirent leur destination. Jennifer vit une petite cabane de bûcheron dans un espace défriché près de la lisière de la forêt. L'instant d'après, elle vit aussi ce qui restait du bûcheron.

Ils la jetèrent brutalement à l'intérieur de la cabane. Elle tomba, puis rampa à genoux vers l'un des coins, où elle fut prise de violents vomissements. Ensuite, secouée de frissons incoercibles, elle tâtonna jusqu'à un lit de camp qui se trouvait dans le fond de la pièce, et s'y étendit.

On préserve ce qu'on peut, ce qui compte vraiment, même aux portes du désespoir. Aussi Jennifer Lowell, à qui son père avait enseigné dès son enfance à affronter le monde avec fierté, finit-elle par se lever, se nettoyer de son mieux et se mettre à attendre dans la cabane où la lumière montait. Le jour se levait dehors, mais ce n'était pas que cela : le courage éclaire à sa façon.

Le soleil était haut dans le ciel vide quand elle entendit les voix. L'une d'elles était basse, avec une note d'amusement que Jennifer pouvait discerner même à travers la porte. Puis un autre homme éleva la voix, et Jennifer se pétrifia, incrédule, car elle avait déjà entendu cette voix-là.

« Aucune difficulté, avait dit le premier homme avec un petit rire. Contre les lios, il est facile de les garder à la tâche.

– J'espère que vous n'avez pas été suivi. Il ne faut absolument pas qu'on me voie, Galadan.

– On ne te verra pas. Ils sont presque tous morts, et j'ai laissé dix loups pour s'occuper des survivants isolés. Ils ne nous suivront pas, de toute façon. Il en est mort assez, ils ne voudront pas risquer d'autres pertes pour une humaine. Elle est à nous, plus aisément que nous n'aurions pu l'espérer. Il est rare, en vérité, que le Daniloth nous vienne en aide. » Et l'homme rit de nouveau, avec une méchanceté amusée.

« Où est-elle ?

– À l'intérieur. »

La porte fut ouverte d'une poussée, laissant passer un éblouissant rayon de soleil. Un instant aveuglée, Jennifer fut traînée dans la clairière.

« Toute une prise, non ? murmura Galadan.

– Peut-être, répondit l'autre. Tout dépend de ce qu'elle nous dira des raisons de leur présence. »

Jennifer se tourna vers la voix et, quand ses yeux s'adaptèrent à la lumière, elle se trouva face à Métran, premier mage du roi du Brennin.

Ce n'était plus le vieil homme au pas traînant qu'elle avait rencontré la première nuit ou regardé trembler devant Jaëlle dans la Grande Salle. Il se tenait droit, dressé de toute sa haute taille, les yeux brillants de malveillance.

« Traître ! » s'écria Jennifer.

Il fit un geste, et elle poussa un hurlement : un pincement cruel avait tordu le bout de ses seins. Personne ne l'avait touchée. Mais c'était lui qui l'avait fait, sans même bouger.

« Attention, ma chère, dit-il, plein de sollicitude tandis qu'elle se tordait de douleur. Il faut prendre garde à vos paroles quand vous vous adressez à moi. J'ai le pouvoir de faire de vous ce que je veux. » D'un hochement de tête il désignait Denbarra, sa source, qui se tenait près de lui.

« Pas tout à fait, objecta l'autre voix. Laisse-la. » Le ton était très calme mais la douleur cessa aussitôt. Jennifer se tourna vers l'autre homme en essuyant ses larmes.

Galadan n'était pas grand mais il y avait en lui une force pleine de souplesse, la suggestion d'une immense puissance, comme une lame au fourreau. Des yeux froids fixaient Jennifer dans un visage aristocratique, marqué de cicatrices, sous une crinière de cheveux argentés – comme Brendel, se dit-elle avec une autre sorte de souffrance.

Il s'inclina devant elle, courtois et gracieux, avec un léger amusement. Qui disparut quand il se tourna vers Métran :

« Elle va dans le nord. Pour interrogatoire, dit-il. Intacte.

– Me donnez-vous des ordres ? » demanda Métran en élevant la voix, et Jennifer vit Denbarra se raidir.

« En fait, oui, si tu le prends sur ce ton. » La voix était moqueuse. « Désires-tu te battre pour régler la question, petit mage ?

– Je pourrais vous tuer, Galadan », siffla Métran.

Celui qui s'appelait Galadan sourit de nouveau, un sourire qui n'atteignait pas ses yeux. « Essaie, alors. Mais je te le dis tout de suite, tu n'y parviendras pas. Je suis au-delà des artifices de ta magie, petit mage. Tu as quelque pouvoir, je le sais, et on t'en a donné davantage, et en vérité peut-être en auras-tu même davantage plus tard, mais je serai encore au-delà de ton pouvoir, Métran. Je le serai toujours. Et si tu veux en faire l'épreuve, je donnerai ton cœur en pâture à mes amis. »

Dans le silence qui suivit, Jennifer prit conscience du cercle de loups qui les entourait. Il y avait aussi des svarts alfar, mais le loup géant aux yeux écarlates avait disparu.

Métran respirait avec bruit : « Vous n'êtes pas au-dessus de moi, Galadan. On me l'a promis. »

En entendant ces paroles, Galadan rejeta en arrière sa tête farouche et balafrée, et un éclat de rire spontané résonna dans la clairière.

« Promis, dis-tu ? Ah, mais dans ce cas, je dois présenter mes excuses ! » Son rire s'interrompit. « Mais elle va dans le nord. S'il n'en était pas ainsi, je la prendrais peut-être moi-même. Mais vois ! »

Jennifer leva la tête vers le ciel pour voir ce que désignait Galadan, et aperçut une créature d'une si grande beauté que son cœur se souleva instinctivement d'espoir.

Un cygne noir, au plumage de jais, descendait des profondeurs du ciel, se découpant glorieusement dans le soleil, les ailes largement déployées, le long cou tendu avec grâce.

Puis il atterrit, et Jennifer comprit que la véritable horreur ne faisait que commencer car ce cygne avait des dents contre-nature, tranchantes comme des rasoirs, et des serres, et, en dépit de sa beauté stupéfiante, il émanait de lui une terrible odeur de putréfaction.

Et le cygne prit la parole, d'une voix de femme qui évoquait les grouillements obscurs d'un trou de serpents. « Je suis venue, dit la voix. Donnez-la-moi. »

Loin de là, encore terriblement loin, Lorèn Mantel d'Argent poussait son cheval vers le sud en maudissant sa folie dans toutes les langues qu'il connaissait.

« Elle est à toi, Avaïa, dit Galadan sans sourire. N'est-ce pas, Métran ?

– Certes », acquiesça le mage. Il s'était déplacé du côté du vent pour s'épargner l'odeur. « Je serai évidemment très désireux de savoir ce qu'elle a à dire. C'est vital pour moi dans mon poste de surveillance.

– Plus maintenant, dit le cygne noir en ébouriffant ses plumes. J'ai des nouvelles pour toi. Le Chaudron est à nous, dois-je te dire. Va maintenant au milieu du tourbillon, car le temps est venu. »

Un sourire si cruellement triomphant se dessina sur les traits de Métran que Jennifer se détourna. « Le temps est venu, exulta le mage. Le temps de la vengeance. Oh, Garmisch, mon défunt roi, je mettrai l'usurpateur en pièces sur son trône ; des crânes de la Maison d'Ailell, je ferai des coupes ! »

Le cygne montra ses dents monstrueuses : « Je prendrai plaisir au spectacle, siffla Avaïa.

– Sans aucun doute, dit Galadan, ironique. Et pour moi, y a-t-il un message ?

– Au nord, répliqua le cygne. Tu dois aller au nord avec tes amis. Fais diligence. Le temps presse.

– Bien, dit Galadan. Il me reste une tâche à accomplir ici, et j'irai.

– Fais diligence, répéta Avaïa. Et maintenant, je repars.

– *Non !* » hurla Jennifer, tandis que les mains froides des svarts la saisissaient. Ses cris transpercèrent l'air de la clairière et se perdirent dans le vide. On l'attacha sur le dos du cygne géant, dont la puanteur intense la submergea. Elle ne pouvait respirer ; quand elle ouvrait la bouche, les lourdes plumes noires l'étouffaient, et quand Avaïa quitta la terre pour le ciel brûlant, Jennifer s'évanouit pour la première fois de sa vie, et ainsi ne put savoir la courbe glorieuse qu'elle dessinait avec le cygne à travers le firmament.

Dans la clairière, tous regardèrent Avaïa emporter la jeune femme jusqu'à ce que le cygne se perdît dans le miroitement blanc du ciel.

Métran se tourna vers les autres, toujours exultant : « Vous avez entendu ? Le Chaudron est à moi !

– C'est bien ce qu'il semble, acquiesça Galadan. Tu prends la mer, alors ?

– Sans délai. Vous verrez bientôt ce que je puis faire avec le Chaudron. »

Galadan hocha la tête, puis une idée sembla le frapper : « Denbarra comprend-il la signification de tout ceci ? Je me le demande. » Et, se tournant vers la source : « Dis-moi, mon ami, sais-tu de quoi il retourne, avec ce Chaudron ? »

Denbarra s'agita, mal à l'aise sous le poids de ce regard : « Je comprends ce que je dois savoir, dit-il, obstiné. Je comprends qu'avec l'aide du Chaudron, la Maison des Garantæ régnera de nouveau sur le Brennin. »

Galadan le dévisagea encore un instant puis détourna les yeux avec dédain. « Il mérite son destin, dit-il à Métran. Tu préfères une source à l'esprit borné, je suppose. Quant à moi, je m'ennuierais abominablement. »

Denbarra rougit de colère mais Métran, cette fois, ne réagit pas au sarcasme. « Le fils de ma sœur est loyal. C'est une vertu, ajouta-t-il, inconscient de l'ironie de sa déclaration. Et vous ? Vous avez parlé d'une tâche. Devrais-je savoir de quoi il s'agit ?

– Tu le devrais mais de toute évidence tu ne le sais pas. Sois heureux que je n'aie pas ton imprudence. Une mort doit s'accomplir. »

La lèvre de Métran se contracta sous l'insulte mais il ne répliqua pas. « Allez votre chemin, alors. Nous ne nous verrons peut-être pas de longtemps.

– Hélas ! » fit Galadan.

Le mage leva une main : « Vous vous moquez, dit-il avec intensité. Vous vous moquez de nous tous, andain. Mais je vous le déclare : avec le Chaudron de Khath Meigol entre mes mains, je jouirai d'un pouvoir que même vous n'oserez mépriser. Et je tirerai du Brennin une telle vengance que le souvenir n'en mourra jamais. »

Galadan releva sa face balafrée et dévisagea le mage : « Peut-être », dit-il enfin et, très, très bas : « À moins que le souvenir n'en meure parce que tout aura disparu. Et ceci, comme vous le savez, est mon souhait le plus cher. »

Sur ces mots, il fit un geste complexe au-dessus de son cœur, et l'instant d'après un loup noir comme le charbon, une tache argentée au front, courait vers l'ouest, aussi vif que le vent.

S'il était entré dans la forêt plus au sud, bien des événements auraient été très différents par la suite.

À la lisière sud de la clairière aménagée par le bûcheron, quelqu'un gisait dissimulé parmi les arbres, perdant son sang par une douzaine de blessures. Derrière le blessé, sur la piste qui traversait la forêt, se trouvaient les cadavres des deux derniers lios alfar. Et de dix loups.

Et dans le cœur de Na-Brendel de la marche de Kestrel brûlaient un chagrin et une rage qui, plus que tout, l'avaient maintenu en vie jusqu'alors. Au soleil, ses yeux étaient aussi noirs que la nuit.

Il regarda Métran et sa source monter à cheval et filer vers le nord-ouest et il vit les svarts et les loups partir ensemble vers le nord. Quand la clairière fut absolument silencieuse, alors seulement se dressa-t-il, avec effort, pour commencer son propre voyage en direction de Paras Derval. Il boitait bas à cause d'une blessure à la cuisse et il avait perdu tant de sang qu'il se sentait d'une faiblesse mortelle. Mais il ne se permettrait pas de tomber ni d'échouer car il était des lios alfar, et le dernier de sa compagnie ; de ses propres yeux, il avait vu en ce jour la conjonction des Ténèbres.

Mais le chemin était long et il était grièvement blessé : il était encore à une lieue de Paras Derval quand tomba le crépuscule.

Pendant la journée, il y eut des grondements de tonnerre à l'ouest. Plusieurs marchands, dans la cité, sortirent sur le pas de leur porte pour scruter les cieux, plus par habitude que par espoir. Le soleil mortel brûlait dans le ciel dépouillé.

Sur la place où se terminait l'allée des Enclumes, Leïla avait de nouveau rassemblé les enfants pour la ta'kiéna. Un ou deux avaient refusé, lassés du jeu, mais elle était obstinée, et les autres accédèrent à sa requête – ce qui, avec Leïla, était toujours le meilleur parti à prendre.

On lui mit donc à nouveau un bandeau sur les yeux et elle les obligea à lui en mettre un de plus afin d'être vraiment aveuglée. Puis elle commença la comptine, exécutant presque avec indifférence les trois premiers appels, car ils ne comptaient pas vraiment, c'était seulement un jeu. Mais quand elle en arriva au dernier, à la Route, elle sentit le calme désormais familier s'emparer d'elle et elle ferma les yeux sous le double bandeau. Sa bouche devint sèche et elle sentit le pouvoir se déployer en elle, pénible distorsion. Quand le bruissement commença, pareil au bruit des vagues montantes, alors seulement commença-t-elle à chanter, et quand elle eut chanté le dernier mot, tout s'arrêta.

Elle retira les bandeaux et, clignant des yeux dans la lumière, vit sans surprise aucune que c'était Finn, une fois de plus. Comme de très loin elle entendit la voix des adultes qui les observaient, et de plus loin encore un roulement de tonnerre, mais elle n'avait d'yeux que pour Finn. Il semblait plus seul à chaque fois. Elle voulait éprouver de la peine mais c'était un destin qui semblait si clairement écrit que la tristesse ne convenait pas, ni la surprise. Ce qu'était la Route la plus longue, et où elle menait, elle l'ignorait, mais elle savait que c'était la route de Finn et qu'elle, Leïla, l'y appelait.

Plus tard cet après-midi-là, elle eut toutefois une véritable surprise. Les gens ordinaires n'allaient jamais au sanctuaire de la Mère, et certainement pas à la requête directe de la grande prêtresse elle-même. Leïla peigna ses longs cheveux et revêtit son unique robe ; sa mère l'y obligea.

Quand Sharra rêvait désormais du faucon, il n'était plus seul dans le ciel au-dessus de Laraï Rigal. Le souvenir brûlait en elle comme une flamme sous les étoiles.

Mais elle était la fille de son père, l'héritière du Trône d'Ivoire, et avait donc un petit détail à vérifier, nonobstant les feux du cœur et les faucons dans le ciel.

Dévorsh, le capitaine de la Garde qu'elle avait fait mander, frappa à sa porte ; les esclaves muets le firent entrer. Les suivantes de Sharra murmurèrent, dissimulées derrière le battement de leurs éventails, à la vue du grand capitaine qui se prosternait et présentait ses hommages de sa voix bien particulière. Sharra renvoya ses dames de compagnie en savourant leur frustration et invita le capitaine à s'asseoir sur un siège bas près de la fenêtre.

« Capitaine, commença-t-elle sans préambule, certains documents dont j'ai pris connaissance soulèvent une question que nous devons résoudre.

– Altesse ? » Il était séduisant, certes, mais n'avait pas la flamme, la flamme... Il ne comprendrait pas pourquoi elle souriait, mais quelle importance ?

« Il semble que les archives mentionnent des prises taillées à même la pierre il y a bien des années, dans la falaise qui domine la Særèn juste au nord d'ici.

– Au-dessus de la rivière, Altesse ? Dans la falaise ? » Une incrédulité polie perçait dans sa voix râpeuse.

« C'est ce que j'ai dit, je crois. »

La réprimande le fit rougir ; Sharra fit une pause pour le laisser réfléchir. « Si ces prises dans le roc existent, elles constituent un danger et nous devons en être informés. Vous allez prendre deux hommes sûrs et vérifier si c'est vrai. Pour des raisons évidentes (elle n'en connaissait pourtant aucune), votre mission doit être tenue secrète.

– Oui, Altesse. Quand devrai-je...

– À l'instant, bien entendu. » Elle se leva et le capitaine dut en faire autant.

« Dame, votre volonté sera faite. » Il se prosterna et tourna les talons.

Et, à cause des faucons, du souvenir baigné de lune, elle le rappela : « Dévorsh, encore un détail. J'ai entendu des pas dans le jardin, il y a deux nuits. Avez-vous remarqué quoi que ce soit près des murailles ? »

Le visage du capitaine exprima un réel souci : « Altesse, mon tour de garde prenait fin au coucher du soleil. Bashrai a pris la relève. Je vais lui en parler sans retard.

– Votre tour de garde avait pris fin ?

– Oui, Altesse. Bashrai et moi, nous commandons la garde chacun notre tour. Il est très compétent, je pense, mais si...

– Combien d'hommes patrouillent les murailles, la nuit ? » Elle s'appuya à un fauteuil pour rester droite ; il y avait au fond de ses yeux une pression croissante.

« Douze, Altesse, en temps de paix.

– Avec les chiens ? »

Il toussota : « Ah, non, dame. Pas récemment. On a estimé que c'était inutile. On s'en est servi pour chasser au printemps et cet été. Votre père sait tout cela, bien entendu. » Son visage exprimait une franche curiosité : « Dame, si vous estimez qu'ils devraient...

– Non ! » Sa présence dans la pièce devenait intolérable, son regard sur elle, ses yeux admiratifs qui s'agrandissaient. « Je discuterai de cela avec Bashrai. Allez, maintenant, et faites ce que je vous ai ordonné. Et vite, Dévorsh, très vite.

– J'obéis, dame », dit le capitaine de sa voix si reconnaissable, et il s'en alla. Une fois seule, Sharra se mordit la langue jusqu'au sang pour ne pas crier.

Shalhassan du Cathal était étendu sur un divan, regardant lutter deux esclaves, quand on lui apprit la nouvelle. Sa cour hédoniste, aux lignées énervées par trop de croisements imprudents, se délectait du spectacle de ces corps nus et luisants d'huile qui se tordaient sur le sol, mais le roi regardait le combat d'un air impassible, et reçut la nouvelle de même.

À ce moment précis, Raziel, une coupe à la main, fit son apparition sous l'arche qui se trouvait derrière le trône. C'était le milieu de l'après-midi et, en buvant, Shalhassan constata que le gobelet incrusté de pierres précieuses était bleu. Ce qui signifiait que la pierre de l'homme du nord brillait toujours de la bonne couleur. Il inclina la tête à l'adresse de Raziel, qui se retira, leur rituel privé ainsi observé, comme chaque jour. Jamais, au grand jamais la cour ne devait apprendre que Shalhassan était troublé par des rêves de pierres de garde écarlates.

Tout en pensant à sa fille, Shalhassan prit une autre gorgée. Il approuvait sa nature volontaire, en vérité il l'avait nourrie, car aucun être faible ne pouvait s'asseoir sur le Trône d'Ivoire. Les caprices, cependant, étaient une marque d'irresponsabilité, et celui-ci... Démolir ses appartements et fouetter ses suivantes, c'était une chose, les appartements pouvaient être restaurés et les serviteurs étaient des serviteurs. Mais Dévorsh, c'était autre chose. C'était un bon soldat dans un pays qui en comptait fort peu ; Shalhassan n'était pas content d'apprendre que son capitaine de la Garde venait de se faire étrangler par les esclaves muets de sa fille. Elle avait beau dire qu'il l'avait insultée, c'était une réaction inconsidérée et hâtive.

Il vida le gobelet bleu et en arriva à une décision.

Elle devenait trop indisciplinée ; il était temps de la marier. Si forte soit une femme, elle a tout de même besoin d'un homme à ses côtés et dans son lit. Et puis, le royaume avait besoin d'héritiers. Il était plus que temps.

La joute était devenue ennuyeuse. Le roi fit un geste et l'eidolath arrêta le combat. Cependant, les deux esclaves avaient fait preuve de bravoure, décida-t-il, et il leur accorda à tous deux la liberté. Un murmure poli courut parmi les courtisans, un bruissement de soie approbateur.

En se détournant, il remarqua qu'un des lutteurs tardait un peu à se prosterner. L'homme était peut-être épuisé ou blessé, mais le trône ne pouvait être compromis. Jamais, en aucune manière. Le roi fit un autre geste.

Il y avait des façons *adéquates* d'utiliser les esclaves muets et leurs garrots. Sharra devrait simplement apprendre à mieux exercer son jugement.

Le sentiment de la mort prochaine peut prendre bien des formes, descendant comme une bénédiction ou surgissant comme un fantôme terrifiant. Il peut trancher comme une lame vive ou prendre la voix du parfait amant.

Pour Paul Schafer, qui avait choisi d'être là où il se trouvait pour des raisons plus profondes que le deuil et plus tortueuses qu'une simple sympathie à l'égard d'un roi vieillissant, la conscience grandissante que son corps ne survivrait pas à l'Arbre de l'Été était comme un soulagement : à cet échec-là, au moins, il n'y avait pas de honte. Il n'est pas indigne de succomber à un dieu.

Il était assez honnête pour admettre qu'être exposé ainsi à la chaleur brutale, à la soif et à l'immobilité suffirait à le tuer, et il l'avait su dès qu'on l'avait ligoté dans l'Arbre.

Mais l'Arbre de l'Été dans le bois de Mörnir était bien plus que tout cela. Nu dans l'éclat brûlant du jour, Paul sentait l'écorce antique de l'Arbre sur son corps tout entier et, à ce contact, il percevait une puissance qui était en train de s'approprier ses forces. L'Arbre ne le briserait pas ; il sentait plutôt qu'il se tendait vers lui, l'attirait en lui, s'emparait de lui. Le faisait sien. Il savait aussi, sans savoir comment, que c'était seulement le commencement, pas même la deuxième nuit. L'Arbre s'éveillait à peine.

Le Dieu viendrait, pourtant. Paul sentait sa lente approche dans sa chair, dans la course de son sang ; un tonnerre résonnait à présent. Bas encore, étouffé, mais il restait deux nuits entières, et le Dieu l'environnait de sa vibration silencieuse, le Dieu qui avait été absent pendant des années sans nombre, et Paul attendait, attendait la venue du Dieu qui le ferait sien, dans la nuit et l'éternité, le Dieu qui viendrait réclamer son dû.

L'affable propriétaire du Sanglier Noir était d'une humeur qui menaçait de détruire totalement son image publique. En la circonstance, cependant, il n'était guère étonnant qu'il arborât une expression nettement rébarbative tandis qu'il surveillait son domaine dans la lumière matinale.

C'était le festival. Les gens boivent pendant les festivals. Il y avait des visiteurs en ville, des visiteurs assoiffés par la sécheresse, qui avaient mis un peu d'argent de côté en prévision des festivités. De l'argent qui aurait pu – qui aurait dû ! – aller dans ses poches à lui, par tous les dieux, s'il n'avait été contraint de fermer le Sanglier pour la journée afin de réparer les dégâts de la nuit précédente.

Il les fit travailler dur toute la journée, même ceux qui avaient eu des os fracturés et des têtes cabossées dans la bagarre, et il ne gaspilla assurément aucune sympathie pour les employés qui gémissaient sur leur gueule de bois ou leur manque de sommeil. Il perdait de l'argent pour chaque instant de fermeture, chaque instant ! Et pour ajouter à son humeur colérique, il courait en ville une rumeur ignoble et odieuse, le maudit chancelier Gorlaës allait faire rationner eau et boissons après la quinzaine du festival. Maudite sécheresse. Le propriétaire du Sanglier s'attaqua à une pile de débris dans un coin, comme s'il s'agissait du chancelier lui-même. Rationner, hein ? Il aimerait voir Gorlaës essayer de rationner le vin ou la bière de Tégid, tiens, qu'il essaie donc ! Eh, le gros lard s'était bien versé une semaine de bière sur le postérieur la nuit précédente !

À ce souvenir, le propriétaire du Sanglier Noir succomba à son premier sourire de la journée, presque avec soulagement – c'était tout un travail que de rester furieux. En examinant la salle, mains sur les hanches, il décida qu'il serait capable d'ouvrir une heure environ avant le coucher du soleil ; la journée ne serait pas totalement perdue.

Et c'est ainsi, alors que la nuit noire couvrait les ruelles tortueuses de la vieille ville et que torches et chandelles jetaient des lueurs à travers les rideaux des fenêtres, qu'une ombre massive se dirigea d'un pas pesant vers les portes récemment rouvertes de sa taverne favorite.

Mais il faisait noir dans les ruelles et Tégid était un peu handicapé par les effets de sa guerre de la veille : il faillit tomber en trébuchant sur une frêle silhouette.

« Par les cornes de Cernan ! postillonna le grand homme. Fais attention ! Il en est peu qui font sans péril obstacle à Tégid !

– Pardonnez-moi, murmura le misérable obstacle, si bas qu'il était presque inaudible. J'ai quelque difficulté, hélas, et... »

L'inconnu vacilla et Tégid tendit instinctivement une main pour le soutenir. Puis ses yeux injectés de sang s'adaptèrent enfin à l'obscurité et, avec un choc outrepassant toute stupeur, il vit son interlocuteur.

« Oh, Mörnir », souffla-t-il, incrédule, et pour une fois il resta muet.

L'autre, mince et délicat, hocha la tête avec effort : « Oui, réussit-il à dire, je suis un lios alfar. Je... » Une plainte soudaine lui échappa, puis le lios reprit : « J'apporte des nouvelles qui doivent... doivent atteindre le palais, et je suis gravement blessé. »

Tégid, en cet instant, se rendit compte que du sang frais poissait la main qu'il avait posée sur l'épaule de l'autre.

« Doucement, doucement, dit-il avec une tendresse maladroite. Pouvez-vous marcher ?

– Je l'ai fait, toute la journée. Mais... » Un de ses genoux ploya sous lui, alors même qu'il parlait. « Mais comme vous le voyez, je suis... »

Il y avait des larmes dans les yeux de Tégid. « Venez, alors », murmura-t-il, comme un amant. Et, soulevant sans effort le corps brisé, Tégid de Rhodèn, surnommé le Faiseur de Vent, surnommé le Vantard, emporta Brendel entre ses bras massifs vers les lumières scintillantes du château.

« J'ai encore rêvé, dit Kim. Un cygne. » Il faisait nuit dehors. Elle avait gardé le silence toute la journée, s'était promenée seule le long du lac. En lançant des cailloux.

« De quelle couleur ? demanda Ysanne depuis son fauteuil à bascule près de la cheminée.

– Noir.

– J'ai rêvé d'elle aussi. C'est un mauvais présage.

– Qu'est-ce que c'est ? Eïlathèn ne me l'a pas montré. »

Il y avait deux bougies dans la pièce. Leur lumière vacilla et diminua pendant qu'Ysanne racontait à Kimberly l'histoire d'Avaïa et de Lauriel la Blanche. De temps en temps, dans le lointain, elles entendaient le tonnerre.

C'était encore le festival et, même si le roi avait l'air hagard et flétri sur son siège à la table d'honneur, la Grande Salle brillait d'un riche éclat à la lueur des torches, ornée qu'elle était de soyeuses tapisseries d'or et d'écarlate. Malgré son roi morose et l'expression inhabituellement hébétée de son chancelier, la cour d'Ailell était décidée à s'amuser. Les musiciens, dans leur galerie à l'étage, étaient en grande forme ; et même si le souper n'était pas encore commencé, les pages étaient fort affairés à courir en tous sens avec du vin.

Kevin Laine, fuyant son siège d'invité d'honneur à la table du roi ainsi que les invites peu subtiles de dame Rhéva, avait choisi d'ignorer le protocole pour se joindre à une enclave masculine, vers le milieu d'une des deux longues tables qui occupaient les côtés de la salle. Assis entre Matt Sören et le grand lieutenant de Diarmuid, Coll au nez cassé, il essayait de maintenir une apparence de jovialité, mais le fait que personne n'avait vu Paul Schafer depuis la nuit précédente commençait à l'inquiéter sérieusement. Et Jennifer ? Où diable était-elle ?

À vrai dire, les invités n'avaient pas fini d'arriver et Kevin avait de bonnes raisons de se rappeler que Jen, quelles que fussent les circonstances, était rarement à l'heure et moins encore en avance. Il vida son troisième gobelet de vin et décida qu'il avait par trop tendance à jouer les éternels inquiets.

À ce moment précis, Matt Sören lui demanda : « Avez-vous vu Jennifer ? » et Kevin changea brusquement d'avis.

« Non. J'étais au Sanglier la nuit dernière, et aujourd'hui j'ai visité les casernes et l'arsenal avec Erron et Carde. Pourquoi ? L'avez-vous... ?

– Elle est partie se promener à cheval avec l'une des suivantes hier. Drance les accompagnait.

– C'est un bon soldat, dit Coll d'une voix rassurante depuis l'autre côté de la table.

– Eh bien, quelqu'un les a-t-il vus ? Était-elle dans sa chambre la nuit dernière ? » demanda Kevin.

Coll eut un sourire malicieux : « Ça ne prouverait pas grand-chose, n'est-ce pas ? Nous étions nombreux à ne pas être dans nos lits, la nuit dernière. » Il se mit à rire et envoya une claque sur l'épaule de Kevin : « Allez, du nerf ! »

Kevin secoua la tête. Dave. Paul. Et maintenant Jen.

« Se promener à cheval, dites-vous ? » Il se tourna vers Matt. « On a vérifié aux écuries ? Les chevaux sont de retour ? »

Sören le regardait : « Non, fit-il à mi-voix, on n'a pas vérifié. Mais je crois que j'en ai envie, à présent. Venez ! » Il repoussait déjà sa chaise.

Ils se levèrent de concert et ils étaient debout quand une rumeur monta près de la porte est ; les courtisans et les dames assemblés là s'écartèrent pour révéler, dans la lumière des torches, l'énorme silhouette qui tenait dans ses bras un corps couvert de sang.

Tout s'arrêta. Dans le silence, Tégid s'avança à pas lents entre les longues tables pour s'arrêter devant Ailell.

« Regardez ! s'écria-t-il d'une voix rauque de chagrin. Seigneur roi, voici un lios alfar, voyez ce qu'on lui a fait ! »

Le roi était d'une pâleur de cendre. Il se leva en tremblant : « Na-Brendel ? dit-il d'une voix qui rauque. Oh, Mörnir. Est-il... ?

– Non, répliqua une voix faible mais claire. Je ne suis pas mort mais je le regretterai peut-être. Mettez-moi debout, que j'annonce mes nouvelles. »

Avec douceur, Tégid se ploya pour déposer le lios sur les mosaïques du sol puis, en s'agenouillant avec maladresse, il lui offrit son épaule comme soutien.

Brendel ferma les yeux et reprit son souffle. Quand il parla de nouveau, sa voix, par un acte de volonté pure, résonna puissante et claire sous les vitraux de Délévan.

« Traîtrise, haut roi, traîtrise et mort, voilà ce que je vous apporte, et des nouvelles des Ténèbres. Nous avons parlé ensemble, il y a quatre nuits, de svarts alfar près de la forêt de Pendarane. Très haut roi, il y a eu des svarts sous vos murs aujourd'hui, et des loups avec eux. Nous avons été attaqués avant l'aube et tous mes compagnons ont été massacrés ! »

Il se tut. Tel le vent qui précède la tempête, un gémissement courut dans la salle.

Ailell s'était affaissé dans son fauteuil, les yeux vides et creux. Brendel releva la tête pour le regarder : « Il y a un siège vide à votre table, haut roi. Je dois vous annoncer que c'est celui d'un traître. Voyez à votre propre maison, Ailell ! Métran, votre premier mage, est l'allié des Ténèbres. Il vous a tous dupés ! »

À ces mots, il y eut des cris de colère et de consternation.

« Un instant ! » Diarmuid vint se camper debout face au lios. Ses yeux étincelaient mais il maîtrisait parfaitement sa voix. « Vous avez dit les Ténèbres. Qui ? »

Le silence se prolongea de nouveau. Puis Brendel reprit la parole : « J'aurais voulu n'être jamais porteur de ces nouvelles. J'ai parlé des svarts alfar et des loups qui nous ont attaqués. Nous n'aurions pas péri s'ils avaient été seuls. Mais il y avait autre chose. Un loup géant avec une tache argentée au front pareille à une marque sur son pelage noir. Je l'ai vu ensuite avec Métran et je l'ai reconnu, car il avait repris sa véritable forme. Je dois vous apprendre que le Seigneur-Loup des andains est revenu parmi nous : Galadan est de retour.

– Que son nom soit maudit ! s'écria une voix, et Kevin vit que c'était Matt. Comment est-ce possible ? Il est mort en Andarièn il y a mille ans !

– Ainsi le pensions-nous tous, dit Brendel en se tournant vers le Nain. Pourtant, je l'ai vu aujourd'hui, et cette blessure vient de lui » – il toucha son épaule lacérée. Puis : « Mais ce n'est pas tout. Une autre créature est venue leur parler à tous deux. »

Une fois de plus Brendel hésita ; cette fois, ses yeux aux nuances sombres cherchèrent le visage de Kevin.

« C'était un cygne noir, dit-il, et le silence se fit encore plus immobile. Avaïa. Elle a emporté Jennifer, votre amie, la dame aux cheveux d'or. C'est pour elle qu'ils nous ont attaqués, je ne sais pourquoi, mais nous n'étions pas assez nombreux, pas assez contre le Seigneur-Loup, aussi tous mes frères sont morts et elle a disparu. Et les Ténèbres se répandent à nouveau sur le monde. »

Kevin, livide de terreur, regardait fixement le lios estropié : « Où est-elle ? » haleta-t-il, d'une voix qui l'effraya.

Brendel secoua la tête avec lassitude : « Je n'ai pu entendre leurs paroles. Avaïa la Noire l'a emportée vers le nord. Si j'avais pu l'en empêcher, je serais mort volontiers. Oh, croyez-moi – la voix du lios s'altéra –, votre peine est la mienne et ma peine pourrait déchirer le tissu même de mon âme. Vingt de mes compagnons sont morts, et mon cœur me dit que ce ne seront pas les derniers. Nous sommes les Enfants de la Lumière, et les Ténèbres se lèvent. Je dois retourner au Daniloth. Mais – et sa voix se raffermit – je prêterai serment devant vous en ce jour. Elle m'avait été confiée. Je la retrouverai, ou je la vengerai, ou je périrai. » Et Brendel s'écria alors, d'une voix qui éveilla des échos dans la Grande Salle : « Nous les combattrons comme nous l'avons déjà fait ! Comme nous l'avons toujours fait ! »

Ses paroles résonnèrent comme la cloche austère qui appelle au combat ; en Kevin Laine, elles allumèrent une flamme qu'il ne savait pas posséder.

« Pas seuls ! s'écria-t-il d'une voix forte pour être entendu. Si vous partagez ma peine, je partagerai la vôtre. Et d'autres aussi, j'en suis sûr.

– Oui ! gronda Matt Sören près de lui.

– Tous ! cria Diarmuid, prince du Brennin. Quand on massacre des lios au Brennin, le Grand Royaume part en guerre ! »

Un rugissement assourdissant explosa à ces paroles. Vague après vague furieuse, il fit trembler les vitraux de Délévan et toute la Grande Salle.

Le bruit submergea complètement les paroles désespérées du très haut roi :

« Oh, Mörnir, soufflait Ailell, se tordant les mains sur les genoux. Qu'ai-je fait ? Où est Lorèn ? Qu'ai-je fait ? »

Il y avait eu de la lumière; maintenant il n'y en avait plus. C'était ainsi qu'on mesurait la durée. Il y avait des étoiles au-dessus des arbres; pas encore de lune, et seul un mince croissant paraîtrait, car demain ce serait la lune nouvelle.

Sa dernière nuit, s'il sortait vivant de celle-ci.

L'Arbre faisait partie de lui désormais – un autre nom, une invocation. Il discernait presque un sens dans le souffle de la forêt environnante, mais son esprit s'était étiré, aplati, il ne pouvait y avoir accès, il ne pouvait qu'endurer, et tenir de son mieux le rempart de la mémoire.

Encore une nuit. Après quoi il n'y aurait plus de musique pour lui déchirer le cœur, plus de route à oublier, plus de pluie, plus de sirènes d'ambulance, plus rien, plus de Rachel. Encore une nuit, tout au plus, car il n'était pas certain de pouvoir survivre à un autre jour comme celui qui venait de s'écouler.

Mais en vérité il essaierait : pour le vieux roi, pour le fermier mort et les visages qu'il avait vus sur les routes. Mieux valait mourir pour une bonne cause, en sauvegardant quelque fierté. C'était mieux, assurément, même s'il n'aurait pu dire pourquoi.

Je vous donne à l'instant en offrande à Mörnir, avait dit Ailell. Il était une offrande, un sacrifice, voilà ce que cela signifiait; mourir trop tôt gâcherait tout. Aussi devait-il s'accrocher à la vie, tenir le rempart, tenir pour le Dieu, car il était là pour que le Dieu vînt le prendre; le tonnerre résonnait. Parfois, ce grondement semblait venir de l'Arbre, c'est-à-dire, en la circonstance, de lui-même. Si seulement il avait pu pleuvoir avant sa mort, il aurait pu trouver quelque apaisement. Pourtant il avait plu quand elle était morte, elle, il avait plu toute la nuit.

Ses yeux lui faisaient mal à présent. Il les ferma, mais sans trouver de soulagement car elle l'attendait sous ses paupières closes, avec la musique. Une fois, plus tôt, il avait voulu crier son nom dans la forêt comme il ne l'avait pas fait devant sa tombe béante, pour sentir ce nom une fois de plus sur ses lèvres comme il ne l'avait pas senti depuis, pour brûler son âme flétrie à cette flamme. Brûler, puisqu'il ne pouvait pleurer.

Mais il ne cria pas, bien sûr. On ne faisait pas cela. On ouvrait plutôt les yeux sur l'Arbre de l'Été, au plus profond du bois de Mörnir, pour voir un homme qui s'avançait parmi les arbres.

Il faisait très sombre, Paul ne pouvait voir de qui il s'agissait, mais la faible lumière des étoiles se reflétait dans des cheveux argentés et il pensa...

« Lorèn ? » essaya-t-il de dire, mais ses lèvres craquelées ne laissèrent passer qu'un murmure inaudible. Il essaya de les humecter mais il n'avait plus de salive, il était déshydraté. Puis la silhouette se rapprocha et s'immobilisa au pied de l'Arbre à la lueur des étoiles ; alors Paul vit qu'il s'était trompé. Les yeux qui croisaient les siens n'étaient pas ceux du mage et, en y plongeant son regard, il connut la peur, car sa vie ne devait pas prendre fin ainsi, en vérité, il ne le fallait pas. Mais l'homme campé sous lui semblait environné de puissance, même en ces lieux, dans la clairière de l'Arbre de l'Été, et dans ses yeux Paul voyait sa propre mort.

Puis l'homme prit la parole : « Je ne puis le permettre, dit-il d'un ton décisif. Tu as du courage, et autre chose aussi, je pense. Tu es presque l'un des nôtres, et peut-être aurions-nous pu partager quelque chose, toi et moi. Mais pas maintenant. Je ne puis permettre ceci. Tu fais appel à une force trop puissante, qui défie toute connaissance et qui ne doit pas être éveillée. Pas alors que je suis là, tout près. Croiras-tu, poursuivit la voix, basse et ferme, qu'il me peine d'avoir à te tuer ? »

Paul remua les lèvres. « Qui... ? » demanda-t-il, un son qui lui déchira la gorge.

L'autre sourit : « Les noms ont de l'importance pour toi ? Tu as raison. C'est Galadan qui se tient devant toi, et je crains que ce ne soit la fin. »

Ligoté, complètement impuissant, Paul vit l'élégante silhouette tirer un poignard de sa ceinture. « Ce sera du travail propre, je te le promets, dit Galadan. N'es-tu point venu ici pour être libéré ? Je vais te faire ce don. »

Leurs yeux se rencontrèrent de nouveau. C'était un rêve, tellement comme un rêve, si obscur, si confus et si pénétré d'ombres. Paul ferma les yeux ; on ferme les yeux pour rêver. Elle était là, bien sûr, mais la fin était proche, alors, soit, oui – que tout finisse avec elle.

Un instant passa. Pas de lame, pas de libération. Puis Galadan parla de nouveau, mais d'une voix différente ; il ne s'adressait plus à lui.

« *Toi* ? dit-il. Ici ? Je comprends, maintenant. »

En guise de réponse, il n'y eut qu'un grondement profond. Le cœur battant, Paul ouvrit les yeux. Dans la clairière, en face de Galadan, attendait le chien gris qu'il avait aperçu sur la muraille du palais.

Tout en contemplant le chien, Galadan reprit la parole : « Il était écrit dans le vent et le feu, depuis longtemps, que nous devions nous rencontrer. Et ce lieu vaut bien tous les lieux sacrés des autres univers. Tu veux être le gardien du sacrifice ? Alors, ton sang est la voie de mon désir. Viens, et je vais le boire ! »

Il posa une main sur son cœur, esquissa un mouvement de torsion ; un instant l'espace se brouilla et l'instant d'après, là où il s'était tenu, parut un loup si énorme qu'il éclipsait la silhouette grise du chien. Et entre les oreilles, le loup portait une marque argentée.

Pendant un instant, une éternité, les deux bêtes se firent face, et Paul prit conscience du calme mortel qui était tombé sur le Bois Sacré. Puis Galadan poussa un hurlement à glacer le cœur et bondit à l'attaque.

Alors eut lieu un combat prédit depuis les profondeurs originelles du temps par les déesses jumelles de la guerre, qu'on nomme en tous les univers Macha et Nemain. Ce devait être un présage, annonciateur de la plus grande des guerres, cette rencontre dans l'obscurité du loup, qui était un homme rempli d'un désir d'annihilation universelle, et du chien gris auquel on avait donné beaucoup de noms, mais qui était toujours le Compagnon.

Les deux déesses savaient que cette bataille aurait lieu – car la guerre était leur domaine – mais elles n'en connaissaient pas l'issue. C'était donc un augure, un présage, un commencement.

Il advint donc que le loup et le chien se rencontrèrent en Fionavar, premier de tous les univers, et sous l'Arbre de l'Été ils se déchirèrent avec tant de furie que bientôt, sous les étoiles, le sang noir imbiba le sol de la clairière.

Encore et encore ils se jetèrent l'un sur l'autre, le noir contre le gris, et Paul essayait de voir, et son cœur allait au chien, de toutes les forces de son être. Il se rappelait le deuil qu'il avait lu dans ses yeux et il voyait à présent, même dans les ténèbres, alors que les bêtes roulaient et roulaient, crocs et griffes dehors, s'attaquant et reculant avec une frénésie désespérée, il voyait que le loup était trop gros.

Les deux bêtes étaient noires à présent, car la fourrure claire du chien gris était poissée de son propre sang. Mais il combattait toujours, parades, attaques, avec un courage, une bravoure dans le défi qui étaient déchirants à voir, tant ils étaient pleins de noblesse et voués à la défaite.

Le sang du loup coulait aussi et sa chair était lacérée, déchiquetée, mais il était tellement plus gros, et surtout, surtout, Galadan détenait un pouvoir tellement plus profond que la dent et la griffe ravageuses d'un animal.

Paul sentit que ses mains ligotées saignaient, déchirées. Sans s'en rendre compte il s'était débattu pour se libérer, porter secours au chien qui mourait pour le défendre. Mais les liens tenaient bon et la prophétie tenait de même, car ce devait être loup contre chien, seuls – et il en fut bien ainsi.

Le combat se poursuivit toute la nuit. Épuisé, couvert de blessures, le chien gris luttait toujours ; mais ses assauts étaient contrés plus aisément désormais, ses parades exécutées avec plus d'efforts évitaient de peu le claquement fatal des mâchoires du loup sur sa jugulaire. C'était seulement une question de temps, comprit Paul, désespéré, forcé d'être témoin. Il souffrait tellement, tellement...

« *Lutte encore !* hurla-t-il soudain, la gorge arrachée par l'effort. Continue ! Je tiendrai si tu tiens – j'irai jusqu'à la nuit prochaine. Au nom du Dieu, je le jure. Donne-moi jusqu'à demain et je te donnerai la pluie. »

La force de son cri immobilisa un instant les deux bêtes. Puis, sans force, vidé, Paul vit avec une angoisse mortelle que c'était le loup qui relevait la tête pour le regarder, avec une sorte de sourire qui lui tordait la gueule. Puis le loup se détourna pour le dernier assaut avec une force furieuse, dévastatrice. Galadan, qui était de retour. C'était la charge d'une puissance déchaînée, indéniable, insoutenable.

Et pourtant, le chien soutint l'assaut.

Lui aussi avait entendu le cri de Paul. Il n'avait pas la force de relever la tête en réponse mais il trouva dans ses paroles, dans son vœu désespéré, presque inarticulé, une force lumineuse et pure. Alors, prenant appui sur sa longue, longue histoire de combat et de deuil, le chien gris affronta le loup pour la dernière fois dans un esprit d'irréductible rejet, et la terre trembla sous eux quand ils entrèrent en contact.

Encore et encore ils roulèrent sur la terre imbibée de sang, impossibles à distinguer l'un de l'autre, confondus en une seule masse convulsée qui incarnait le conflit éternel de la Lumière et des Ténèbres dans la course de tous les mondes.

Et la course de ce monde-ci, enfin, amena la lune au-dessus des arbres.

C'était à peine un croissant, le dernier mince éclat d'argent avant la noirceur de la nuit à venir. Mais la lune était encore là, encore glorieuse : lumière. Et Paul, levant les yeux, comprit alors du fond de son âme que tout comme l'Arbre appartenait à Mörnir, la lune appartenait à la Mère ; et quand le croissant brilla sur l'Arbre de l'Été, la bannière du Brennin prit vie dans la forêt.

En silence, frappé d'une respectueuse et profonde humilité, il vit l'une des bêtes, noire, éclaboussée de sang, se dégager de l'autre. En boitant, la queue basse, elle s'éloigna vers le bord de la clairière, et quand elle se retourna pour regarder en arrière, Paul vit une tache argentée entre ses oreilles. Avec un grondement de rage, Galadan s'enfuit du Bois Sacré.

Le chien pouvait à peine tenir debout. Sa respiration haletante lui soulevait les flancs, douloureuse à voir. Il était si horriblement blessé qu'il vivait à peine, et si bien couvert de sang que Paul ne pouvait distinguer un coin de fourrure intacte.

Mais il était bel et bien vivant ; il s'approcha avec effort pour regarder Paul, levant sa tête lacérée sous la lumière secourable de la lune, qu'il avait attendue. En cet instant, en abaissant son regard sur le chien, Paul Schafer sentit son âme brisée, desséchée, s'ouvrir de nouveau à l'amour.

Leurs yeux se croisèrent pour la deuxième fois, et cette fois Paul ne recula pas. Il accepta tout ce qu'il y voyait de deuil, toute la souffrance endurée pour lui et bien avant lui ; avec la puissance naissante de l'Arbre, il les fit siens.

« Oh, quelle bravoure, dit-il, et il constata qu'il pouvait parler. Jamais il ne put y avoir rien d'aussi brave. Va, à présent, car c'est mon tour, et je serai fidèle à mon serment. Je tiendrai, maintenant, jusqu'à la nuit prochaine, pour toi et pour tout le reste. »

Le chien le regardait, les yeux obscurcis par la douleur mais toujours empreints d'une profonde intelligence ; Paul sut qu'il avait été compris.

« Adieu », murmura-t-il ; le mot contenait une caresse.

Et en réponse le chien gris rejeta en arrière sa tête fière et se mit à hurler : un hurlement de triomphe et d'adieu si puissant et si clair qu'il remplit le Bois Sacré et résonna bien au-delà de la forêt, et au-delà des limites des univers, fendant le temps et l'espace afin que les déesses puissent entendre, et savoir.

Dans les tavernes de Paras Derval, les rumeurs de guerre se répandirent tel un incendie dans l'herbe sèche. On avait vu des svarts et des loups géants ; des lios alfar avaient marché dans la cité pour se faire massacrer ensuite dans la campagne ; Diarmuid, le prince, avait juré vengeance. Dans toute la capitale, on alla chercher épées et lances là où elles rouillaient depuis de longues années. Au matin, dans une fièvre de préparation, l'allée des Enclumes résonnait de martèlements.

Pour Karsh, le tanneur, d'autres nouvelles éclipsaient cependant les rumeurs, et au plus fort de celles-ci, il était joyeusement occupé à se saouler en payant à boire à tous ceux qui se trouvaient dans les parages, avec une générosité qui n'était pas du tout conforme à son caractère.

Il avait de bonnes raisons, tout le monde en convenait. Ce n'était pas tous les jours qu'on voyait introniser sa fille parmi les acolytes du temple de la Mère. D'autant plus que Jaëlle, la grande prêtresse, l'avait elle-même convoquée.

C'était un honneur, ils le répétaient en chœur en buvant à la santé de Karsh, parmi les rumeurs de guerre et l'agitation générale. C'était bien plus, dit le tanneur en levant son verre en retour : pour un homme qui avait quatre filles, c'était une bénédiction des dieux. De la Déesse, se reprit-il en ouvrant de grands yeux de chouette avinée, et il paya une autre tournée avec l'argent qui avait été jusque-là mis de côté pour la dot.

Au sanctuaire, la nouvelle acolyte dérivait vers le sommeil, totalement épuisée. En quatorze ans, jamais elle n'avait connu une journée comme celle qu'elle venait de vivre. Des larmes, de la fierté, une crainte inattendue, puis le rire, tout cela en avait fait partie.

Elle avait à peine compris la cérémonie car on lui avait donné quelque chose à boire et elle avait eu la sensation que le dôme tournoyait doucement, quoique d'une façon assez agréable. Elle se rappelait la hache et le chant des prêtresses vêtues de gris dont elle rejoindrait bientôt les rangs, puis la voix puissante et froide de la grande prêtresse dans sa robe blanche.

Elle ne se rappelait pas avoir été coupée, mais la blessure de son poignet pulsait sous le bandage. C'était nécessaire, lui avait-on expliqué : il fallait du sang pour établir le lien sacré.

Leïla ne s'était pas donné la peine de leur dire qu'elle l'avait toujours su.

Longtemps après minuit, Jaëlle s'éveilla dans le calme silence du temple. Elle qui était la grande prêtresse du Brennin et l'une des Mormæ de Gwen Ystrat, elle ne put manquer d'entendre, même si nul autre ne l'entendait à Paras Derval, le hurlement surnaturel d'un chien, à l'heure où la lune se levait sur l'Arbre de l'Été.

Elle entendit mais ne comprit pas et, étendue sur sa couche, elle ragea et s'irrita contre cette incompréhension. Il se passait quelque chose. Des forces à l'œuvre, partout. Elle sentait les pouvoirs s'assembler comme nuées de tempête.

Elle avait besoin d'une prophétesse, par tous les noms de la Mère, elle en avait besoin. Mais il n'y avait que la vieille sorcière, qui s'était vendue. Dans l'obscurité de sa chambre, la grande prêtresse serra les poings avec une amertume profonde, infinie. Elle en avait *besoin* et n'était pas exaucée. Elle était aveugle.

Qu'elle se perde, et à jamais. Elle proféra de nouveau la malédiction et resta éveillée le reste de la nuit, à sentir ce qui s'assemblait de toutes parts.

Kimberly crut qu'elle rêvait. Le même rêve que deux nuits auparavant, alors que le hurlement du chien avait fait éclater sa vision de Paul en compagnie d'Ailell. Elle entendit le chien mais cette fois elle ne se réveilla pas. Si elle s'était éveillée, elle aurait vu l'œil menaçant du Baëlrath à son doigt.

Dans la grange, parmi les odeurs proches et familières des bêtes, Tyrth le serviteur se réveilla, lui. Un instant il resta immobile, incrédule, en écoutant s'effacer dans son esprit les échos de ce grand cri, puis une expression complexe passa sur son visage, où se lisait surtout le regret. Il sauta de son lit, s'habilla en hâte et sortit de la grange.

Il traversa la cour en boitant et franchit la barrière en la refermant derrière lui. Quand il fut dans le bosquet, invisible de la chaumière, alors seulement il cessa de boiter. Et se mit à courir à toute allure en direction du tonnerre.

Seule parmi ceux qui entendirent le chien, la prophétesse Ysanne, qui ne dormait pas non plus, connaissait la signification de ce cri de douleur et de fierté.

Elle entendit Tyrth traverser la cour vers l'ouest en boitant, et cela aussi elle en savait la signification.

Tant de souffrances inattendues, pensa-t-elle, tant de raisons différentes d'éprouver de la pitié.

Et surtout, elle savait ce qu'elle devait faire à présent. Car la tempête allait s'abattre sur eux tous, le hurlement qui résonnait dans la forêt en était le héraut ; le temps était venu... Cette nuit la verrait accomplir ce qu'elle avait vu longtemps auparavant.

Elle ne se désolait pas pour elle-même. Lorsqu'elle avait eu cette vision, elle avait éprouvé une véritable épouvante et en avait ressenti comme un écho lorsqu'elle avait vu la jeune fille dans la Grande Salle, mais c'était passé. Ce qu'elle devait faire était noir et sinistre, mais ne la terrifiait plus. Depuis longtemps elle savait ce qui devait se passer.

Mais ce serait difficile pour la jeune fille. Ce serait difficile en tous points mais, en regard de ce qui avait commencé cette nuit avec le chien et le loup... Ce serait difficile pour eux tous. Elle n'y pouvait rien. Elle ne pouvait faire qu'une chose, une seule.

Un étranger était en train de mourir dans l'Arbre. Elle secoua la tête. Cela, c'était le plus profond mystère, et c'était justement l'homme qu'elle n'avait pu déchiffrer – mais cela importait peu à présent. Seul importait désormais le tonnerre intermittent, le tonnerre qui résonnait dans un ciel clair et étoilé. Mörnir marcherait demain sur la terre, si l'étranger tenait bon, et personne, nul d'entre eux ne pouvait en prévoir les conséquences. Le Dieu était au-delà de leur portée à tous.

Mais la jeune fille. La jeune fille, c'était autre chose ; elle, Ysanne pouvait la voir, l'avait vue bien des fois. Elle se leva sans bruit et alla se pencher sur Kim. Elle vit la pierre velline à son mince poignet et le Baëlrath qui brillait à son doigt, et elle songea à Macha et à Nemain la Rouge, et à leur prophétie.

Puis elle songea à Raëderth pour la première fois cette nuit-là. Un chagrin si ancien. Cinquante ans, et pourtant... Elle l'avait perdu cinquante ans plus tôt de l'autre côté de la Nuit, et à présent... Mais le chien avait hurlé dans la forêt, il était temps, plus que temps... Elle savait depuis très longtemps ce qui devait se passer. Elle n'éprouvait plus de terreur, seulement le chagrin d'une perte définitive, mais le chagrin avait toujours été son compagnon.

Kimberly s'agitait sur son oreiller. Si jeune, pensa la prophétesse. C'était si triste, tout cela, mais en vérité elle ne connaissait pas d'autre moyen, car elle avait menti la veille : ce n'était pas simplement une question de temps avant que la jeune fille eût connaissance du tissu aux motifs entrelacés qui constituait Fionavar, ainsi qu'elle en avait besoin. Ce ne pouvait être ainsi. Oh, comment aurait-il pu en être ainsi ?

On avait besoin d'elle. C'était une prophétesse, et plus encore. La traversée en témoignait, et la douleur de la jeune fille en écho à celle de la terre, et l'acquiescement dans les yeux d'Eïlathèn. On avait besoin d'elle mais elle n'était pas prête, elle était réellement incomplète et la vieille femme ne connaissait qu'une façon et une seule de faire le nécessaire.

La chatte était éveillée et la regardait d'un œil sagace depuis l'embrasure de la fenêtre. Il faisait très sombre. Demain, il n'y aurait pas de lune. Il était temps, plus que temps.

Elle posa alors une main qui ne tremblait pas sur le front de Kimberly, là où l'unique ride verticale se creusait quand elle était inquiète. Les doigts encore beaux d'Ysanne tracèrent un signe léger et irrévocable sur le front lisse de la dormeuse. Qui continua de dormir. Un doux sourire illumina le visage de la prophétesse quand elle se retira.

« Dors, mon enfant, murmura-t-elle. Tu en as besoin, car la voie est obscure, le feu viendra avant la fin et tu auras le cœur brisé. Ne pleure pas sur moi au matin. Mon rêve est terminé, j'ai fini de rêver. Puisse le Tisserand te faire sienne et te protéger des Ténèbres jusqu'à la fin de tes jours. »

Puis le silence se fit dans la pièce. La chatte observait depuis la fenêtre. « *C'en est fait* », dit Ysanne, à la pièce, à la nuit, aux étoiles de l'été, à tous ses fantômes et au seul homme qu'elle avait aimé, qui serait désormais perdu à jamais parmi les morts.

Avec précaution, elle ouvrit l'entrée secrète de la salle souterraine et descendit lentement les marches de pierre vers l'endroit où attendait le poignard de Colan, intact et brillant dans son fourreau vieux d'un millier d'années.

La souffrance était intense, à présent. La lune avait disparu. Sa dernière lune, il en avait conscience, même si penser lui était difficile. La conscience allait devenir une condition passagère, très difficile à conserver ; déjà, avec tout ce chemin encore à parcourir, il commençait à avoir des hallucinations. Des couleurs, des sons. Le tronc de l'Arbre semblait maintenant avoir des doigts rugueux comme de l'écorce, qui se refermaient sur lui. Tout son corps désormais était en contact avec l'Arbre. Une fois, un long moment, il eut l'impression de regarder depuis l'intérieur de l'Arbre, de n'être plus ligoté dans ses branches. Il eut l'impression d'*être* l'Arbre de l'Été.

Il ne craignait vraiment pas de mourir, uniquement de mourir trop tôt. Il avait fait un serment. Mais c'était si dur de s'accrocher aux lambeaux de son esprit, à sa volonté de vivre encore une nuit. Tellement plus facile de lâcher, d'abandonner derrière lui la souffrance. Le chien et le loup semblait déjà presque un rêve, même s'il savait que leur combat n'avait pris fin que quelques heures auparavant. Il y avait sur ses poignets du sang séché qui lui rappelait ses efforts pour se libérer.

Quand l'autre homme apparut devant lui, il fut certain que c'était une vision. Il en était là, très loin. Je suis une attraction populaire, railla une partie de lui-même qui était en train de disparaître. Venez voir l'homme pendu !

L'homme avait une barbe, des yeux noirs aux orbites profondes, et ne semblait pas sur le point de se transformer en animal. Il restait là, sous l'arbre, les yeux levés. Une vision fort ennuyeuse. Les arbres bruissaient dans le vent ; il y avait du tonnerre, Paul en sentait la vibration.

Il fit un effort, secoua la tête pour s'éclaircir les idées. Ses yeux lui faisaient mal, sans raison évidente, mais il voyait encore. Et ce qu'il voyait sur le visage levé vers lui, c'était l'expression d'un désir si intense, si contrarié qu'il en sentit ses cheveux se hérisser sur sa nuque. Il aurait dû savoir qui était cet homme. Il aurait dû. Si son esprit avait fonctionné de façon correcte, il l'aurait su, mais c'était trop difficile, c'était désespérément au-delà de ses capacités.

« Tu m'as volé ma mort », dit l'homme.

Paul referma les yeux. Il était trop loin de tout cela. Trop loin sur la route. Incapable d'expliquer, capable d'une seule chose : tâcher de supporter la souffrance.

Un serment. Il avait fait un serment. Un serment, qu'est-ce que cela voulait dire ? Un autre jour, un jour entier, voilà ce que cela voulait dire. Et une troisième nuit.

Un peu plus tard, ses yeux semblèrent se rouvrir et il vit, avec un intense soulagement, qu'il était seul à nouveau. Le ciel s'éclaircissait à l'est. Encore une journée, une dernière journée.

Ainsi prit fin la deuxième nuit de Pwyll l'Étranger dans l'Arbre de l'Été.

9

Dans la matinée, il arriva ce qui n'était jamais arrivé : un vent du nord chaud et sec, aigre et troublant, balaya Paras Derval.

De mémoire d'homme, jamais il n'y avait eu de vent du nord aussi chaud. Celui-ci charriait la poussière des fermes dépouillées jusqu'à l'os, et l'air en fut assombri ce jour-là, même à midi ; le soleil au zénith brillait d'un orangé maléfique à travers un voile de poussière.

Le tonnerre grondait toujours, comme par moquerie. Il n'y avait aucun nuage.

« Malgré tout le respect et tout le fatras d'autres sentiments que je vous dois, dit Diarmuid près de la fenêtre, d'un ton insolent et irrité, nous perdons du temps. » Il avait l'air débraillé, dangereux. Il était aussi, remarqua Kevin avec consternation, quelque peu ivre.

De sa place au bout de la table du conseil, Ailell ignora son héritier. Kevin, encore incertain de la raison de sa propre présence, aperçut deux taches rouges sur les pommettes du vieux roi. Ailell avait un aspect épouvantable, une seule nuit semblait l'avoir transformé en momie desséchée.

Deux autres hommes entrèrent dans la pièce : un personnage de haute taille, l'air vif et intelligent, accompagné d'un homme corpulent à la mine affable. L'autre mage, devina Kevin : Teyrnon avec sa source, Barak. Le chancelier Gorlaës fit les présentations, et il s'avéra que Kevin avait vu juste, sauf que le mage était l'homme gras à l'air banal, et non l'autre.

Lorèn était toujours absent mais Matt était là, ainsi que nombre d'autres dignitaires. Kevin reconnut Mabon, duc de Rhodèn et cousin d'Ailell, et en face de lui Niavin de Séresh. L'homme rougeaud à la barbe poivre et sel était Cérédur, qui était devenu gardien du Nord après l'exil du frère de Diarmuid ; Kevin les avait tous vus la veille au banquet. Ils affichaient une tout autre expression à présent.

Ils attendaient Jaëlle et, à mesure que le temps passait, Kevin aussi sentait monter l'impatience et l'appréhension.

« Seigneur, dit-il brusquement, en attendant... qui est Galadan ? Je me sens complètement perdu. »

Ce fut Gorlaës qui lui répondit. Ailell restait plongé dans son silence et Diarmuid boudait toujours près de la fenêtre. « C'est une puissance des Ténèbres qui remonte à la nuit des temps. L'une des grandes puissances, mais il n'a pas toujours servi les Ténèbres. C'est un andain – l'enfant d'une mortelle et d'un dieu. Au temps jadis, de telles unions étaient fréquentes. Les andains sont une race problématique, qui n'est à l'aise nulle part. Galadan devint leur seigneur, de loin le plus puissant d'entre eux, et à ce qu'on dit l'esprit le plus subtil en Fionavar. Puis quelque chose le transforma.

– Voilà qui est bien au-dessous de la vérité, murmura Teyrnon.

– Possible, dit Gorlaës. Ce qui arriva, c'est qu'il s'éprit de Lisèn de la Forêt. Et quand elle le repoussa pour se lier plutôt à un mortel, Amairgèn Blanche branche, le premier des mages, Galadan jura vengeance en des termes inouïs. » La voix du chancelier se teinta d'effroi. « Galadan jura que cesserait d'exister le monde qui avait été témoin de son humiliation. »

Il y eut un silence. Kevin n'avait pas la moindre idée de ce qu'il aurait pu répliquer à cela.

Teyrnon poursuivit l'histoire : « Au temps du Baël Rangat, Galadan était le premier lieutenant de Rakoth et le plus terrible de ses serviteurs. Il avait le pouvoir de se transformer en loup, aussi pouvait-il commander à tous les loups. Ses visées étaient cependant contraires à celles de son maître, car si le Dévastateur voulait vaincre par désir de pouvoir et de domination, Galadan ne voulait conquérir que pour tout détruire.

– Ils se sont battus ? » hasarda Kevin.

Teyrnon secoua la tête : « On ne se mesure pas ainsi à Rakoth. Galadan a des pouvoirs immenses, et s'il a allié les svarts alfar à ses loups pour nous faire la guerre, alors en vérité nous sommes en danger. Mais Rakoth, emprisonné par les pierres, se trouve en dehors de la Tapisserie. Aucun fil ne porte son nom. Il ne peut mourir et nul n'a jamais pu opposer sa volonté à la sienne.

– Sauf Amairgèn, dit Diarmuid depuis la fenêtre.

– Il en est mort, répliqua Teyrnon, non sans douceur.

– Il y a pire », rétorqua le prince d'une voix sèche.

À ces mots, Ailell fit un geste, mais avant qu'il pût parler, la porte s'ouvrit et Jaëlle, majestueuse, entra dans la pièce. Elle salua le roi d'un bref signe de tête, ignora les autres et se glissa à la place qu'on lui avait laissée à l'extrémité de la longue table.

« Je rends grâce à votre empressement », murmura Diarmuid en prenant place à la droite d'Ailell. Jaëlle se contenta de sourire ; ce n'était pas un sourire aimable.

« Eh bien, dit le roi après s'être éclairci la gorge, il me semble que la meilleure façon de procéder ce matin est de passer soigneusement en revue...

– Au nom du Tisserand et du Métier, père ! » Diarmuid abattit son poing sur la table. « Nous savons tous ce qui s'est passé ! Qu'y a-t-il à passer en revue ? J'ai juré hier soir que nous aiderions les lios et...

– Un serment prématuré, prince Diarmuid, intervint Gorlaës. Il ne vous appartenait pas de le faire.

– Ah non ? dit le prince d'une voix douce. Dans ce cas, laissez-moi vous rappeler – ou plutôt, passons soigneusement en revue, corrigea-t-il avec une fausse délicatesse – ce qui s'est passé. L'un de mes hommes est mort. Une dame de la cour est morte. Un svart alfar a pénétré dans l'enceinte du palais il y a six nuits. » Il comptait sur ses doigts. « Des lios alfar sont morts au Brennin. Galadan est de retour. Avaïa est de retour. Notre premier mage est un traître confirmé. Une amie et invitée de notre Maison a été enlevée – elle était également l'amie et l'invitée de notre radieuse grande prêtresse, je m'attarde à le souligner. Ce titre devrait vouloir dire quelque chose, à moins qu'elle ne le considère comme dépourvu de sens.

– Ce n'est pas le cas, rétorqua Jaëlle, les dents serrées.

– Non ? dit le prince en haussant les sourcils. Quelle surprise ! Je croyais que vous y attachiez la même importance qu'à votre ponctualité lors d'un conseil de guerre.

– Ce n'est pas encore un conseil de guerre, dit le duc Cérédur sans ménagements. Quoique, à vrai dire, je sois du même avis que le prince : nous devrions mettre immédiatement le pays sur le pied de guerre. »

Matt Sören émit un grognement approbateur. Teyrnon, cependant, secoua son honnête tête ronde : « On a trop peur dans la cité, et dans quelques jours, ce sera dans tout le pays. » Niavin, duc de Séresh, approuva d'un signe de tête. « À moins de savoir exactement ce que nous faisons et à quoi nous nous exposons, je crois qu'il faut prendre soin de n'affoler personne, conclut le mage dodu.

– Mais nous savons fort bien à quoi nous nous exposons ! protesta Diarmuid. On a vu Galadan. On l'a *vu* ! Je dis que nous devons convoquer les Dalreï, nous allier aux lios, poursuivre le Seigneur-Loup où qu'il aille et l'écraser maintenant !

– Étonnant, murmura Jaëlle avec une sèche ironie dans le silence qui suivit, comme les fils cadets ont tendance à être impétueux, surtout quand ils ont bu.

– Tout doux, ma mie, murmura le prince. Je ne souffrirai pareil discours de personne. Et surtout pas de vous, vampiresse de minuit. »

Kevin explosa : « Mais vous entendez-vous ? Ne comprenez-vous pas ? Jennifer a disparu ! Nous devons faire autre chose que nous quereller, de grâce !

– Je suis tout à fait d'accord, dit Teyrnon avec sévérité. Puis-je suggérer d'inviter notre ami du Daniloth à se joindre à nous s'il le peut ? Nous devrions savoir ce que les lios pensent de tout ceci.

– Vous le pouvez, dit Ailell dan Art en se levant soudain pour les dominer tous. Et je veux qu'on me rapporte plus tard ce qu'il aura dit, Teyrnon. Mais j'ai décidé d'ajourner ce conseil jusqu'à demain à la même heure. Vous pouvez vous retirer.

– Père..., commença Diarmuid, bégayant de consternation.

– Silence ! dit brutalement Ailell, et ses yeux étincelaient dans sa face décharnée. Je suis encore roi du Brennin, souvenez-vous-en tous !

– Nous nous en souvenons, très cher seigneur, dit une voix familière près de la porte. Nous nous en souvenons tous, poursuivit Lorèn Mantel d'Argent, mais Galadan est une force bien trop puissante pour que nous tardions sans raison. »

Couvert de poussière et sali par son long voyage, les yeux creusés d'épuisement, le mage ignora la vive réaction des autres à son arrivée ; il ne regardait que le roi. Kevin se rendit compte qu'un brusque soulagement jaillissait dans la pièce ; il le ressentait lui-même. Lorèn était de retour ; cela faisait une différence considérable.

Matt Sören s'était levé et avait rejoint le mage ; il couvait son ami d'un regard sombrement inquiet. La fatigue de Lorèn était perceptible mais le mage parut rassembler ses forces et chercha Kevin du regard dans toute cette compagnie.

« Je suis navré, dit-il simplement. Je suis profondément navré. »

Kevin hocha la tête d'un geste saccadé : « Je sais », murmura-t-il. Ce fut tout ; ils se tournèrent tous deux vers le roi.

« Depuis quand le très haut roi doit-il s'expliquer ? » dit Ailell, mais il semblait épuisé par sa brève affirmation d'autorité, et sa voix était plus plaintive que dominatrice.

« Il n'en a nul besoin, seigneur. Mais s'il le fait, ses sujets et ses conseillers peuvent lui être d'un plus grand secours. » Le mage s'était avancé de quelques pas dans la pièce.

« Parfois, répliqua le roi. Mais en d'autres occasions, il est des choses que ses conseillers ne savent pas et ne doivent pas savoir. »

Kevin vit Gorlaës remuer sur son siège, et risqua le tout pour le tout : « Mais votre chancelier sait, seigneur. Vos autres conseillers ne devraient-ils pas savoir aussi ? Pardonnez mon audace, mais une femme que j'aime a disparu, très haut roi. »

Ailell le contempla un long moment sans parler, puis approuva d'un léger signe de tête : « Bien dit. En vérité, vous êtes la seule personne ici qui ait véritablement le droit de savoir, aussi exaucerai-je votre vœu.

– Seigneur ! » intervint Gorlaës d'un ton insistant.

Ailell leva une main, le faisant taire.

Dans le silence qui suivit, il y eut un lointain roulement de tonnerre.

« N'entendez-vous pas ? murmura le très haut roi, et, d'une voix plus forte : Écoutez ! Le Dieu vient ! Si le sacrifice tient, le Dieu viendra cette nuit. Ce sera la troisième. Comment agir avant de savoir ? »

D'un bond, tous furent debout.

« Il y a quelqu'un dans l'Arbre », dit Lorèn d'une voix neutre.

Le roi inclina la tête.

« Mon frère ? demanda Diarmuid, pâle comme la cendre.

– Non », dit Ailell, et il se tourna vers Kevin.

Il ne saisit pas tout de suite, mais tout convergeait. « Oh, mon Dieu, s'écria Kevin. C'est Paul ! » Et il se cacha le visage dans les mains.

À son réveil, Kimberly savait.

Qui tue sans amour périra à coup sûr, avait dit Seithr le roi des Nains à Colan le Bien-Aimé, il y avait bien longtemps. Puis, en un murmure, il avait ajouté pour les seules oreilles du fils de Conary : « Qui meurt avec amour fera présent de son âme à qui est marqué du dessin gravé sur le manche de ce poignard.

– Un riche présent, avait murmuré Colan.

– Plus riche que vous ne le pensez. Une fois donnée ainsi, l'âme est perdue. Perdue hors du temps. Elle ne peut plus passer au-delà des murs de la Nuit pour trouver la lumière aux côtés du Tisserand. »

Le fils de Conary s'était incliné très bas : « Je vous remercie, avait-il dit. À double tranchant la lame, à double tranchant le présent. Puisse Mörnir nous donner la clairvoyance d'en user à bon escient. »

Avant même de le vérifier, Kim savait que ses cheveux étaient devenus blancs. Ce matin-là, étendue sur sa couche, elle versa des larmes silencieuses et brèves. Il y avait beaucoup à faire. Même avec la velline à son poignet, elle pouvait sentir la fièvre du jour. Elle aurait été indigne du présent si elle s'était laissé défaire par le chagrin.

Aussi se leva-t-elle, prophétesse du Brennin, nouvelle rêveuse du rêve, pour entreprendre sa tâche ; Ysanne était morte pour lui permettre de l'entreprendre.

Plus que morte.

Il y a des gestes, pour le bien ou pour le mal, qui dépassent tellement les limites du comportement habituel que, en nous forçant à admettre leur existence, ils nous contraignent aussi à restructurer notre compréhension du réel. Nous devons leur faire de la place.

Voilà ce qu'avait fait Ysanne, se dit Kim. Dans un geste d'amour tellement immense qu'on pouvait à peine l'appréhender – et il ne s'adressait pas seulement à elle, Kimberly –, Ysanne avait à jamais dénié à son âme la place qui lui revenait dans la durée. Elle avait disparu, totalement. Pas seulement de la vie, mais bien plus encore, comme le comprenait maintenant Kim, de la mort elle-même : de ce que le Métier du Tisserand tenait en réserve pour l'avenir de ses enfants.

La prophétesse avait fait don à Kim de tout ce qui était en son pouvoir, tout. Kim ne pouvait plus dire qu'elle n'appartenait pas à Fionavar, car en elle vibrait désormais une compréhension intuitive de ce monde, plus profonde encore que ce qu'elle savait du sien propre. Si elle voyait à présent un bannion, elle saurait exactement ce que c'était ; elle comprenait la velline à son poignet, et quelque chose du Baëlrath sauvage à son doigt ; un jour elle saurait qui devrait porter le Bandeau de Lisèn et emprunter la route la plus obscure, selon les paroles mêmes de Raëderth – Raëderth qu'Ysanne avait perdu une fois de plus, pour donner tout ceci à Kim.

Et c'était tellement injuste. De quel droit, de quel droit la prophétesse avait-elle fait un tel sacrifice ? De quel droit lui imposer cet impossible présent, un tel fardeau ? Comment avait-elle osé décider à la place de Kim ?

La réponse se formula pourtant aisément, après un moment : elle ne l'avait pas fait. Kim pouvait partir, nier ce qui s'était passé. Elle pouvait retourner chez elle comme prévu et teindre ses cheveux, ou les laisser tels quels et faire dans le genre Nouvelle Vague si elle le préférait. Rien n'avait changé.

Sauf que tout était différent, bien entendu. « Comment distinguer le danseur de la danse ? » avait-elle lu quelque part. Ou la rêveuse du rêve, se reprit-elle, en se sentant un peu perdue. Car la réponse était des plus simples.

C'était impossible.

Un peu plus tard, elle posa la main, comme elle savait désormais le faire, sur la dalle qui se trouvait sous la table, et vit apparaître la porte de la salle souterraine.

À son tour, elle descendit les marches usées. La Lumière de Lisèn lui montrait le chemin. Le poignard serait là, elle le savait, du sang écarlate sur le thiérèn bleu argenté de sa lame. Mais il n'y aurait pas de cadavre car la prophétesse Ysanne, étant morte avec amour et par cette lame, s'était retirée au-delà des murs du temps, où l'on ne pouvait la suivre. Perdue à jamais. C'était définitif, absolu. C'en était fini.

Et elle, Kimberly, se retrouvait ici dans ce premier de tous les univers, à porter ce fardeau.

Elle nettoya Lökdal ; quand elle le remit au fourreau, la lame émit un son pareil à la vibration d'une corde de harpe. Elle replaça le poignard dans l'armoire. Puis elle gravit de nouveau les marches pour retourner au monde qui avait besoin d'elle, à tous les mondes qui avaient besoin de ce qu'elle était malgré elle.

« Oh, mon Dieu ! avait dit Kevin. C'est Paul ! »

Un silence stupéfait s'abattit, accablant de signification. C'était là un événement auquel nul d'entre eux n'était préparé. J'aurais dû le savoir, se dit pourtant Kevin. J'aurais dû y songer quand il m'a parlé de l'Arbre, la première fois. Une amertume qui se transformait en rage lui fit relever la tête...

« Vous avez joué là toute une partie d'échecs ! lança-t-il avec férocité au roi.

– Oui », dit simplement Ailell. Puis : « Il est venu me voir, l'offre venait de lui. Je ne le lui aurais jamais demandé, je n'y aurais même pas songé. Me croyez-vous ? »

Kevin le croyait, bien sûr. C'était trop évident. Sa remarque agressive était injuste car Paul avait fait ce qu'il voulait, exactement ce qu'il voulait, et c'était une meilleure façon de mourir qu'en lâchant une corde pour tomber d'une falaise. Pouvait-on juger d'une mort volontaire ? Kevin supposait que oui. Mais cela faisait mal, vraiment mal, et...

« Non ! dit Lorèn d'un ton décidé. Il faut y mettre fin. Nous ne pouvons faire cela. Il n'est même pas des nôtres, seigneur. Nous ne pouvons le charger ainsi de nos peines. Il faut le détacher de l'Arbre. C'est un invité de votre Maison, Ailell. De notre monde. À quoi songiez-vous ?

– À notre monde. À ma Maison. À mon peuple. L'offre venait de lui, Mantel d'Argent.

– Vous auriez dû refuser !

– Lorèn, c'était une véritable offrande, intervint Gorlaës avec une hésitation inhabituelle.

– Vous y étiez ? se hérissa le mage.

– Je l'ai attaché moi-même. Il s'est avancé vers l'Arbre. Comme s'il était seul. Je ne sais comment, je suis rempli d'effroi rien qu'à en parler ici, comme je l'étais dans le Bois Sacré, mais je le jure, c'était une véritable offrande.

– Non, répéta Lorèn, le visage tendu par l'émotion. Il ne peut comprendre ce qu'il fait. Seigneur, il faut le détacher avant qu'il ne meure.

– C'est sa mort à lui, Lorèn. Il a choisi d'en faire présent. Prendrais-tu sur toi de la lui arracher ? » Les yeux d'Ailell étaient si vieux, si las.

« Oui, répliqua le mage. Il n'a pas été amené ici afin de mourir pour nous. »

Il était temps de parler.

« Peut-être pas, dit Kevin avec effort, d'une voix douloureuse et hésitante. Mais je crois que c'est pour cela qu'il est venu. » Il les perdait tous les deux. Jennifer. Et maintenant, Paul. La douleur étreignait sa poitrine. « S'il a agi ainsi, c'était en toute connaissance de cause, et de plein gré. Laissez-le mourir pour vous, s'il ne peut vivre pour lui-même. Laissez-le, Lorèn. Laissez-le. »

Il n'essayait pas de dissimuler ses larmes, même à Jaëlle, dont le regard si froid était posé sur lui.

« Kevin, dit le mage avec douceur, c'est une mort terrible. Personne ne tient pendant trois... ce sera vain, absurde. Laissez-moi le détacher.

– Ce n'est pas à vous de choisir, Mantel d'Argent, dit alors Jaëlle. Ni à celui-ci non plus. »

Lorèn tourna vers elle des yeux de silex : « Si je décide de le détacher, dit-il d'une voix coupante, vous devrez me tuer pour m'en empêcher.

– Prenez garde, mage, prévint Gorlaës, bien que sans âpreté. Voilà qui frise la trahison. Le roi a agi. Déferiez-vous ce qu'il a fait ? »

Aucun d'entre eux ne semblait comprendre. « Personne d'autre que Paul n'a agi », dit Kevin. Il se sentait vidé, mais n'éprouvait pas la moindre surprise. Il aurait vraiment dû s'y attendre. « Lorèn, personne ne comprenait la situation mieux que lui. S'il tient trois nuits, il y aura de la pluie ?

– Peut-être, dit le roi. C'est de la magie sauvage, on ne peut prévoir.

– La magie du sang », corrigea Lorèn avec amertume.

Teyrnon secoua la tête : « Il peut y avoir du sang, mais le Dieu est libre.

– Il ne peut tenir, pourtant », dit Diarmuid d'une voix redevenue sobre. Il regarda Kevin : « Vous l'avez dit vous-même, il a été malade. »

Un rire trop aigu, qui se brisait, échappa à Kevin : « Ça ne l'a jamais arrêté, dit-il, farouche, écrasé de chagrin. Un courage de tête de mule de fils de chienne ! »

L'amour qui transparaissait dans la violence de ces paroles les toucha tous. Comment ne pas le voir ? Tous durent l'admettre. Même Jaëlle et, d'une manière bien différente, Lorèn Mantel d'Argent.

« Très bien », dit enfin le mage. Il se laissa tomber sur un siège. « Oh, Kevin, on chantera son geste aussi longtemps que durera le Brennin, quelle qu'en soit l'issue.

– Des chansons, dit Kevin. Les chansons ne servent qu'à vous mettre sens dessus dessous. » C'était trop dur de réprimer sa souffrance, il se laissa submerger par le chagrin. Parfois, avait dit son père, on ne peut rien faire. Oh, abba, pensa-t-il, loin et seul dans sa peine.

« Demain, dit le roi Ailell en dressant de nouveau sa haute silhouette décharnée, je vous rencontrerai ici au lever du soleil. Nous verrons ce que la nuit aura apporté. »

C'était un ordre. Ils se retirèrent, laissant le roi seul enfin dans la salle du conseil, seul avec l'âge, le mépris de soi-même et l'image de l'étranger qui mourait dans l'Arbre en son propre nom, au nom du Dieu et en son nom à lui, Ailell.

Ils sortirent dans la cour principale, Diarmuid, Lorèn, Matt et Kevin Laine. En silence ils marchèrent, voyant en esprit le même visage, et Kevin fut reconnaissant d'avoir des amis avec lui.

La chaleur était brutale et le vent aigre usait la peau sous la lumière maladive du soleil obscurci. Une tension fourmillante semblait courir dans la trame même du jour. Et soudain, quelque chose d'autre se fit sentir.

« Arrêtez ! » s'écria Matt le Nain, dont le peuple appartenait aux cavernes souterraines, à la racine des montagnes, à la pierre millénaire. « Arrêtez ! Quelque chose va se produire ! »

Et en cet instant, au nord-ouest, Kim Ford se dressa, la tête résonnant d'une pulsation aveuglante et de l'appréhension d'un événement énorme ; elle sortit comme malgré elle derrière la chaumière, où Tyrth était en train de travailler. « Oh, Seigneur, murmura-t-elle. Oh, mon Dieu ! » Sa vision déformée lui faisait voir le bracelet de velline se tordre à son poignet et elle savait qu'il n'empêcherait pas ce qui allait se produire, ce qui se préparait depuis si longtemps, inexorablement, et que nul, nul d'entre eux n'avait prévu, et qui était là, maintenant, à l'instant ! Elle se mit à hurler, submergée d'une angoisse mortelle.

Et la voûte du ciel explosa.

Loin, loin dans les glaces du nord, le Rangat aux épaules de nuages se dressait à quinze mille mètres dans les cieux, dominant Fionavar, maître du monde, prison millénaire d'un dieu.

Mais plus maintenant. Un vaste geyser de feu écarlate et sanglant jaillit vers le ciel dans une détonation qu'on entendit même au Cathal. Le Rangat explosa en une colonne de feu si haute que l'horizon courbe du monde ne put la dissimuler. Et à son zénith, on vit la flamme dessiner les cinq doigts d'une main pourvue de griffes – de griffes ! – puis se courber au vent en direction du sud comme pour les étreindre tous, pour tous les mettre en pièces.

C'était un gantelet de défi, une sauvage proclamation de liberté à l'adresse de toutes les créatures épouvantées qui seraient désormais et à jamais des esclaves. Car s'ils avaient craint les svarts alfar, tremblé devant un mage renégat et devant le pouvoir de Galadan, que feraient-ils à présent en voyant les doigts de ce feu qui labourait le ciel ?

Que feraient-ils, sachant que Rakoth Maugrim était sorti de ses chaînes, qu'il était libre et qu'il pouvait mettre la Montagne elle-même au service de sa vengeance ?

Et sur les ailes du vent du nord leur parvint un rire triomphant, le rire du premier des dieux, du dieu déchu, qui descendait sur eux comme un marteau de forgeron, apportant le feu et la guerre.

L'explosion frappa le roi comme un coup au cœur. Il s'écarta en titubant de la fenêtre de la salle du conseil et se laissa tomber sur un siège, le visage gris, ouvrant et refermant spasmodiquement les mains, le souffle court.

« Seigneur ? » Le page Tarn se précipita dans la pièce et s'agenouilla avec un regard terrifié : « *Seigneur ?* »

Mais Ailell était au-delà des paroles. Il entendait seulement le rire dans le vent, voyait seulement les doigts resserrés pour saisir, énormes, couleur de sang, un nuage de mort dans le ciel, porteur de ruine et non de pluie.

Il lui semblait être seul. Tarn devait être allé chercher de l'aide. Avec un immense effort, Ailell se leva, respirant à petits coups, et parcourut le bref couloir qui menait à ses appartements. Là, il marcha d'un pas vacillant jusqu'à la porte intérieure et l'ouvrit.

Le roi longea le corridor familier. À l'extrémité du passage, il s'immobilisa devant le guichet. Sa vision se brouillait : il lui semblait voir une jeune fille à ses côtés. Elle avait les cheveux blancs, ce qui n'était pas naturel, mais son regard était plein de bonté, comme celui de Marrièn vers la fin. Il était parvenu à gagner son amour, en fin de compte. Ce qu'enseignait le pouvoir, c'était la patience. Il l'avait dit à l'étranger, il s'en souvenait. Après avoir joué au ta'baël. Où était l'étranger ? Il avait autre chose à lui dire, quelque chose d'important.

Puis il se rappela. Ouvrir le guichet. Le roi Ailell plongea son regard dans la salle de la Pierre et vit qu'elle était obscure. Le feu était mort, le feu naal sacré. Le socle où étaient sculptées les images de Conary ne portait rien en son sommet et, sur le plancher, fracassée à jamais en mille éclats, comme son cœur, gisait la pierre de Ginsérat.

Il se sentit tomber. Une chute interminable. La jeune fille était toujours là, les yeux emplis de tristesse. Il aurait presque voulu la consoler. Ailéron, pensa-t-il. Diarmuid. Oh, Ailéron. Très loin, il entendait le tonnerre. Un dieu venait. Oui, bien sûr, mais quelle folie que la leur : c'était *l'autre* dieu. C'était si drôle, si drôle, vraiment.

Et avec cette dernière pensée, il mourut.

Ainsi disparut, à la veille de la guerre, Ailell dan Art, très haut roi du Brennin, et le trône passa à son fils en des temps de ténèbres, alors que la peur parcourait la face de la terre. Un bon roi, un roi sage, ainsi l'avait autrefois appelé la prophétesse Ysanne.

Combien grande était sa chute.

Jennifer volait droit vers la Montagne quand le Rangat explosa.

Un cri rauque et triomphal s'échappa de la gorge du cygne noir tandis que la langue de feu montait à l'assaut du ciel pour s'y diviser en une main griffue qui se courba vers le sud comme de la fumée au vent, mais sans se dissiper, persistante, avide.

Un rire résonnait dans le ciel environnant. « La créature sous la montagne, est-elle morte ? » avait demandé Paul Schafer avant la traversée. Elle n'était pas morte, et elle n'était plus sous la montagne. Sans comprendre à fond, Jennifer savait pourtant que ce n'était pas non plus une *créature*. On devait être bien davantage pour façonner ainsi une main de feu et lancer dans le vent un rire dément.

Le cygne accéléra l'allure. Pendant un jour et une nuit Avaïa avait emporté Jennifer vers le nord, dans le battement gracieux de ses ailes géantes, l'enveloppant de sa puanteur de putréfaction, même en ces hauteurs du ciel où l'atmosphère se raréfiait. Pendant toute cette deuxième journée, elles volèrent encore, mais tard ce soir-là elles atterrirent au bord d'un lac au nord de la large plaine herbeuse qui s'était déroulée sous elles.

Des svarts alfar les y attendaient, une forte troupe cette fois, et avec eux d'autres créatures, énormes et féroces, munies de crocs et armées d'épées. On fit brutalement descendre Jennifer du dos du cygne et on la jeta à terre. On ne se donna même pas la peine de l'attacher – elle ne pouvait bouger, de toute façon, ses membres étaient raidis de crampes après avoir passé tant de temps ligotés sans bouger.

Au bout d'un moment, ils lui apportèrent de la nourriture : la carcasse à moitié crue d'un rongeur de la prairie. Quand elle secoua la tête en un refus muet, ils se mirent à rire.

Plus tard, ils la ligotèrent, en déchirant ses vêtements. Quelques-uns se mirent à la pincer et à jouer avec son corps, mais un de leurs chefs les obligea à s'arrêter. Elle en eut à peine conscience. Dans un recoin lointain de son esprit, qui lui semblait aussi lointain que sa vie elle-même, quelque chose lui disait qu'elle était en état de choc et que c'était probablement une bénédiction.

Au matin, ils l'attacheraient de nouveau sur le cygne et Avaïa reprendrait son vol pour le troisième jour en obliquant vers le nord-ouest, et la montagne encore fumante glisserait peu à peu vers l'est. Puis, vers le coucher du soleil, dans une région où il faisait très froid, Jennifer verrait Starkadh, comme une ziggourat maléfique et géante dans les glaces, et elle commencerait alors à comprendre.

Pour la deuxième fois, Kimberly revint à elle sur son lit, dans la chaumière. Mais cette fois, Ysanne n'était pas là pour veiller sur elle. Les yeux qui la contemplaient étaient ceux du serviteur, Tyrth, sombres dans leurs orbites profondes.

Avec le retour de la conscience, elle sentit une douleur au poignet ; un coup d'œil lui montra une écorchure noire là où le bracelet de velline s'était tordu contre sa peau. Cela, elle s'en souvenait. Elle secoua la tête.

« Je crois que je serais morte sans le bracelet. » Elle bougea un peu la main pour le montrer à Tyrth.

Il ne répondit pas, mais une énorme tension parut quitter son corps compact et musclé quand il entendit sa voix. Elle jeta un regard autour d'elle ; à en juger par les ombres, c'était la fin de l'après-midi.

« C'est la deuxième fois que vous êtes obligé de me transporter ici, dit-elle.

– Ne vous en faites pas pour si peu, dame, dit Tyrth de sa voix rude et timide.

– C'est que... je n'ai pas l'habitude de m'évanouir.

– Loin de moi cette pensée. » Il baissa les yeux.

« Et la Montagne ? Que s'est-il passé ? demanda-t-elle en souhaitant presque ne pas obtenir de réponse.

– Tout s'est terminé, dit-il, juste avant votre réveil. »

Elle hocha la tête. C'était logique.

« M'avez-vous veillée toute la journée ? »

Il parut confus : « Pas tout le temps, dame, je suis désolé, mais les bêtes avaient peur et... »

Elle eut un sourire intérieur ; il poussait son rôle un peu trop loin.

« Il y a de l'eau bouillante, dit Tyrth après un bref silence. Puis-je vous préparer quelque chose à boire ?

– Je vous en prie. »

Elle le regarda boiter vers le feu. Avec des gestes économes, efficaces, il prépara une infusion et apporta la théière sur la table de chevet.

C'est le moment, décida-t-elle.

« Vous n'avez plus à feindre de boiter. »

Il avait beaucoup de sang-froid, il fallait le reconnaître. Seul un bref éclair d'incertitude passa dans les yeux sombres, et les mains qui versaient à boire n'eurent pas un frémissement. Quand il eut terminé, et seulement alors, il s'assit pour la première fois et la contempla longuement en silence.

« Vous l'a-t-elle dit ? demanda-t-il enfin, et elle entendit sa véritable voix pour la première fois.

– Non. Elle a menti, en fait. Elle m'a dit qu'il ne lui appartenait pas de révéler ce secret. » Kim hésita. « Je l'ai appris d'Eïlathèn au bord du lac.

– J'ai vu. Je me demandais s'il vous l'avait dit. »

Kim sentit se creuser à son front la ligne verticale.

« Ysanne n'est plus là, vous savez. » Elle le dit aussi calmement qu'elle le put.

Il inclina la tête : « Cela, je le sais, mais je ne comprends pas ce qui s'est passé. Vos cheveux...

– Elle avait Lökdal, dans la salle souterraine, dit Kim sans ambages ; on eût dit qu'elle voulait lui faire mal par ces mots. Elle s'en est servi contre elle-même. »

Il réagit en effet, et elle regretta ce qui l'avait poussée à parler ainsi. D'une main, il se couvrit la bouche, geste curieux chez un tel homme. « Non, souffla-t-il. Oh, Ysanne, non ! » Elle pouvait entendre sa peine.

« Vous comprenez ce qu'elle a fait ? » Sa voix se brisa soudain, elle la contrôla. Tant de souffrance...

« Je connais l'usage du poignard, oui. Je ne savais pas qu'elle l'avait. Elle vous aimait beaucoup, à la fin, sans doute.

– Pas seulement moi. Nous tous. » Kim hésita. « Elle a rêvé de moi il y a vingt-cinq ans. Avant ma naissance. » Cela avait-il facilité les choses ? Peut-on jamais faciliter pareil geste ?

Les yeux de son interlocuteur s'agrandirent : « Cela, je ne le savais pas.

– Comment l'auriez-vous su ? » Il semblait considérer toute lacune dans son savoir comme un grave affront personnel. Mais elle devait dire encore autre chose. « Ce n'est pas tout. (« Son nom ne doit pas être prononcé », songea-t-elle.) Votre père est mort cet après-midi, Ailéron.

– C'est du déjà-su, dit l'aîné des princes du Brennin. Écoutez. »

Et au bout d'un moment elle entendit : toutes les cloches de Paras Derval sonnaient. Le glas qui saluait la mort d'un roi.

« Je suis navrée », dit-elle.

La lèvre d'Ailéron se contracta ; il regarda par la fenêtre. Espèce de bâtard sans cœur, pensa Kim. « Du déjà-su. » Ailell méritait davantage, certes. Certes, il méritait mieux. Elle allait le dire quand Ailéron se tourna vers elle ; alors elle vit les larmes qui ruisselaient sur son visage.

Mon Dieu, se dit-elle, secouée, au comble de la mortification. C'est peut-être un homme difficile à déchiffrer, mais comment peux-tu te tromper à ce point ? L'erreur aurait pu être amusante, une bourde typique signée Kim Ford, n'eût été le fait qu'on allait maintenant compter sur elle pour tant de choses. Ça n'allait pas, rien n'allait plus. Elle n'était qu'une étudiante en médecine de Toronto, impulsive, indisciplinée, mal dégrossie. Que *diable* allait-elle faire ?

Rien pour le moment, en tout cas. Elle resta immobile dans son lit et, au bout d'un moment, Ailéron releva son visage brun et barbu pour parler de nouveau :

« Depuis la mort de ma mère, il n'était plus le même. Il a... rétréci. Croirez-vous que ce fut autrefois un très grand homme ? »

Cette fois, elle pouvait l'aider. « J'ai vu, au bord du lac. Je sais ce qu'il était, Ailéron.

– J'ai assisté à sa déchéance jusqu'à ne plus pouvoir le supporter, dit-il ; il se maîtrisait, à présent. Et puis des factions se sont formées au palais, on voulait qu'il abdique en ma faveur. J'ai tué deux hommes qui l'ont dit en ma présence, mais mon père est devenu soupçonneux. Il avait peur. Je ne pouvais plus lui parler.

– Et Diarmuid ? »

La question sembla réellement l'étonner. « Mon frère ? Le plus souvent, il était ivre, et le reste du temps il emmenait des dames à la forteresse du Sud. Il jouait au gardien des marches, là-bas.

– Il semble être davantage que cela, dit Kim avec douceur.

– Pour une femme, peut-être. »

Elle battit des paupières : « Ceci, dit-elle, est une insulte. »

Il réfléchit. « Peut-être, en effet, admit-il. Pardonnez-moi. » Puis il l'étonna de nouveau : « Je ne sais pas très bien me faire aimer, reprit-il en détournant les yeux. Les hommes finissent en général par me respecter, fût-ce à contrecœur, parce que j'ai... un petit talent pour certaines choses qu'ils tiennent en estime. Mais je n'ai aucun talent avec les femmes. » Les yeux presque noirs revinrent se fixer sur elle : « Et aussi, je renonce difficilement à ce que je désire, et n'ai point de patience avec les obstacles. »

Et il poursuivit sans attendre sa réplique : « Je vous le dis non parce que j'espère changer, mais pour que vous sachiez que j'en ai conscience. Il y a des gens à qui je vais devoir faire confiance, et si vous êtes une prophétesse, vous en faites partie, et je crains bien que vous ne deviez me prendre tel que je suis. »

Il y eut un silence après cela, ce qui n'était pas surprenant. Pour la première fois Kim prit conscience de la présence de Malka et appela doucement la chatte noire, qui sauta sur le lit et se blottit sur ses genoux.

« J'y réfléchirai, dit enfin Kim. Je ne vous promets rien. Je suis plutôt entêtée moi-même. Quant à ce dont nous parlions à l'origine, puis-je vous souligner que Lorèn semble tenir votre frère en quelque estime et, à moins que je n'aie pas bien vu, Mantel d'Argent n'est pas une femme. » *Trop d'agressivité, cette fois*, se dit-elle. *Il faut y aller prudemment.*

Le regard d'Ailéron était indéchiffrable. « Il a été notre précepteur à tous deux quand nous étions enfants, expliqua-t-il. Il espère encore tirer quelque chose de Diarmuid. Et en toute justice, mon frère sait se faire aimer de ses partisans ; ce n'est sans doute pas sans raison.

– Ce n'est pas sans raison, dit-elle en écho, gravement. Vous croyez qu'il n'y a rien à tirer de lui ? » C'était assez ironique, en fait : elle n'avait pas du tout aimé Diarmuid, et maintenant...

Ailéron, en guise de réponse, eut un haussement d'épaules expressif.

« Passons, dans ce cas. Finirez-vous l'histoire que vous étiez en train de me raconter ?

– Il n'y a pas grand-chose à ajouter. Quand les pluies ont diminué l'an dernier, et complètement cessé ce printemps, j'ai soupçonné que ce n'était pas un hasard. Je voulais mourir à sa place, afin de ne pas être obligé de contempler sa déchéance. Ou l'expression de son regard. Je ne pouvais vivre s'il n'avait pas confiance en moi. J'ai demandé la permission d'aller dans l'Arbre de l'Été, et il a refusé. J'ai demandé encore, il a encore refusé. Et le bruit courait à Paras Derval que des enfants mouraient dans les fermes ; j'ai donc demandé encore une fois devant toute la cour, et une fois encore il a refusé de me laisser partir. Et alors...

– Et alors vous lui avez dit exactement ce que vous pensiez de lui. » Elle se représentait la scène.

« Oui. Et il m'a exilé.

– Pas d'une façon très efficace, dit-elle avec ironie.

– Voudriez-vous que je quitte mon pays, prophétesse ? » répliqua-t-il d'une voix soudain coupante et autoritaire. Kim en fut heureuse : il y avait quelques petites choses qui comptaient pour lui, alors. Pas si petites, en toute honnêteté. Aussi dit-elle : « Ailéron, il avait raison. Vous devez le savoir. Comment le très haut roi pouvait-il laisser un autre mourir à sa place ? »

À ces mots, elle comprit aussitôt que quelque chose n'allait pas.

« Vous ne savez donc pas. » Ce n'était pas une question. La douceur soudaine d'Ailéron troubla Kim plus que n'importe quoi d'autre.

« Quoi ? Je vous en prie. Il vaut mieux tout me dire.

– Mon père a laissé un autre aller dans l'Arbre à sa place, dit Ailéron. Écoutez le tonnerre. Votre ami est dans l'Arbre. Pwyll. Il a tenu deux nuits. C'est la dernière, s'il vit encore. »

Pwyll. Paul.

Tout s'imbriquait. Trop bien. Elle essuya ses larmes d'un revers de main, mais il en venait d'autres. « Je l'ai vu, murmura-t-elle. Je l'ai vu avec votre père dans mon rêve mais je n'arrivais pas à entendre leurs paroles à cause de la musique, et... »

Et cela aussi tombait en place.

« Oh, Paul, souffla-t-elle. C'était la pièce de Brahms, n'est-ce pas ? Le morceau de Rachel. Comment ai-je pu ne pas m'en souvenir ?

– Auriez-vous pu y changer quoi que ce soit ? demanda Ailéron. Auriez-vous eu raison de changer quelque chose ? »

Il était trop difficile de répondre à cette question pour l'instant. Kim se concentra sur la chatte. « Le haïssez-vous ? » demanda-t-elle d'une petite voix, se surprenant elle-même.

À ces mots, il se leva d'un bond ; le geste était révélateur. Il alla à grands pas vers la fenêtre et regarda en direction du lac. Les cloches résonnaient toujours. Et le tonnerre. Une journée si lourde de magie. Et ce n'était pas fini. Il y avait encore la nuit à venir, la troisième nuit...

« J'essaierai de ne pas le haïr, murmura-t-il enfin, si bas que Kim l'entendit à peine.

– Oui, je vous en prie », dit-elle, avec le sentiment que c'était important. À tout le moins pour elle, pour alléger sa propre moisson de chagrins. Elle se leva, la chatte dans les bras.

Il se tourna vers elle. La lumière, derrière lui, avait quelque chose d'étrange.

Puis : « Ce sera ma guerre à moi », déclara Ailéron dan Ailell.

Elle acquiesça d'un signe de tête.

« Vous l'avez vu ? » insista-t-il.

Elle acquiesça encore. Le vent était tombé dehors, tout était très calme.

« Vous auriez gaspillé tout cela dans l'Arbre.

– Pas gaspillé. Mais oui, c'était une folie. Pour moi, pas pour votre ami, ajouta-t-il après un moment de réflexion. Je suis allé le voir la nuit dernière. Je n'ai pu m'en empêcher. Pour lui, c'est autre chose.

– Le chagrin. L'orgueil. Quelque chose d'obscur.

– C'est un lieu obscur.

– Peut-il tenir ? »

Ailéron secoua lentement la tête : « Je ne crois pas. Il était presque mort l'autre nuit. »

Paul. Quand l'avait-elle entendu rire pour la dernière fois ?

« Il a été malade », dit-elle. Cela semblait presque hors de propos. Sa propre voix était bizarre, aussi.

Ailéron lui toucha l'épaule d'un geste maladroit : « Je ne le haïrai pas, Kim. » C'était la première fois qu'il l'appelait par son nom. « Je ne le puis. Il a agi avec tant de courage.

– Du courage, oui, il en a », dit-elle. Non, elle n'allait pas se remettre à pleurer. « Oui, il en a, répéta-t-elle en relevant la tête. Et nous avons une guerre à mener.

– Nous ? » Dans les yeux d'Ailéron, Kim put voir la requête qu'il ne prononcerait pas à haute voix.

« Vous allez avoir besoin d'une prophétesse, dit-elle sans détour. Je suis ce que vous avez de mieux, semble-t-il. Et j'ai le Baëlrath, aussi. »

Il fit un pas vers elle. « Je suis... » Il prit une inspiration. « Je suis... heureux », parvint-il à dire.

Elle se mit à rire bien malgré elle. « Dieu ! Dieu, Ailéron, je n'ai jamais rencontré personne qui ait autant de mal à dire merci. Que faites-vous quand on vous passe le sel ? »

Il ouvrit la bouche, la referma. Il avait soudain l'air très jeune.

« Qu'importe, conclut-elle avec vivacité. Tout le plaisir est pour moi. Et maintenant, nous ferions mieux de partir. Il faudrait que vous soyez à Paras Derval ce soir, vous ne pensez pas ? »

Ailéron avait déjà sellé le cheval dans la grange, apparemment ; il n'avait attendu qu'elle. Pendant qu'il sortait par-derrière pour aller chercher l'étalon, Kim s'affaira à fermer la chaumière. Le poignard et le Bandeau étaient en sécurité dans la salle souterraine plus que nulle part ailleurs. Elle savait ce genre de choses, à présent, comme par instinct.

Elle songea alors à Raëderth et se demanda si c'était folie que d'éprouver du chagrin pour un homme mort depuis si longtemps. Mais non, elle le savait, elle le savait maintenant. Car les morts habitent encore la durée, ils voyagent et ne sont point perdus. Ysanne, elle, était perdue. Kim se rendit compte qu'elle avait besoin d'un long moment de solitude, mais elle ne pouvait se le permettre, aussi était-il inutile même d'y songer. La Montagne leur avait ôté à tous ce genre de luxe.

À tous. Elle fit une pause à cette pensée. Elle se comptait parmi eux, même dans ses réflexions. Te rends-tu compte, se demanda-t-elle avec une sorte de respect plein d'effroi, que tu es désormais la prophétesse du Grand Royaume du Brennin en Fionavar ?

Oui, elle l'était. Dieu du ciel, parlez-moi de gens qui réussissent trop bien ! Mais ses pensées revinrent à Ailéron et sa soudaine légèreté s'effaça. Ailéron, qu'elle allait aider à devenir roi si elle le pouvait, même si son frère était l'héritier officiel. Elle le ferait parce que son sang lui disait qu'il le fallait, et cela, elle le savait désormais, faisait partie du destin d'une prophétesse.

Elle était calme et prête à tout quand il contourna la chaumière sur son cheval. Il avait à présent une épée et un arc fixé à sa selle, et il menait son cheval de bataille noir avec une aisance gracieuse. Kim s'avoua impressionnée.

Ils eurent un petit différend au départ, quand elle refusa d'abandonner Malka, mais quand elle menaça de faire le chemin à pied, Ailéron, les traits durcis, tendit une main et la hissa sur la croupe du cheval. Avec la chatte. Il était extrêmement fort, constata-t-elle.

Il eut aussi, l'instant d'après, une épaule toute griffée. Malka, apparemment, n'aimait pas monter à cheval. Et Ailéron, apparemment, pouvait être d'une remarquable éloquence quand il s'agissait de jurer. Kim le lui dit, d'un ton affable, et fut récompensée d'un silence fort expressif.

Comme le vent était tombé, le voile de poussière commençait à se dissiper. Il faisait encore jour ; le soleil, qui se couchait presque droit derrière eux, jetait de long rayons obliques sur le sentier.

Ce qui expliqua en partie l'échec de l'embuscade.

On les attaqua à un tournant, là où, avec Matt, elle avait vu le lac pour la première fois. Le premier svart alfar n'avait même pas sauté sur la route qu'Ailéron, comme averti par un sixième sens, avait déjà éperonné l'étalon, qui était parti au galop.

Il n'y eut pas de dards, cette fois. On leur avait ordonné de prendre vivante la femme aux cheveux blancs, et elle n'avait qu'un seul serviteur comme escorte. Ils auraient dû réussir aisément. Ils étaient quinze.

Douze, après le premier assaut du cheval, avec l'épée d'Ailéron qui fauchait à droite et à gauche. Mais la présence de Kim était un handicap. D'un mouvement économe, Ailéron sauta à bas du cheval et tua un autre svart tout en mettant pied à terre.

« Partez ! » cria-t-il.

De sa propre volonté, le cheval passa au trot puis au galop dans le sentier. Pas question, se dit Kim, et, tout en tenant de son mieux la chatte terrifiée, elle attrapa les rênes et arrêta le cheval.

Elle lui fit faire demi-tour et contempla la bataille ; elle avait la gorge serrée mais ce n'était pas à cause de la peur.

À la lueur du soleil couchant, Kimberly assista à la première bataille d'Ailéron dan Ailell dans la guerre qui était la sienne, une démonstration d'une grâce stupéfiante, presque accablante, sur ce sentier solitaire. Le voir une épée à la main vous brisait presque le cœur. C'était une danse. C'était bien davantage. Certains, semblait-il, sont vraiment prédestinés ; c'est la vérité.

Car, stupéfaite, foudroyée, Kim vit d'emblée que c'était un combat inégal. Quinze svarts, avec leurs armes et leurs dents aiguës pour le corps à corps, contre un seul homme avec la longue épée qui étincelait dans sa main, et elle savait qu'il allait gagner. Il allait gagner, et sans se donner beaucoup de peine.

Le combat ne dura pas longtemps. Pas un des svarts alfar ne survécut. Ailéron, qui respirait seulement un peu plus vite, nettoya son épée et la remit au fourreau avant de revenir vers Kim. Il avait le soleil dans le dos. Tout était très paisible à présent. Ses yeux étaient sombres.

« Je vous avais dit de partir, grogna-t-il.

– Je sais. Je ne fais pas toujours ce qu'on me dit. Je croyais vous en avoir averti. »

Il resta silencieux, la tête levée vers elle.

« Un " petit " talent », fit-elle en imitant très exactement son intonation.

Elle vit avec plaisir que le visage d'Ailéron avait pris une expression timide.

« Pourquoi vous a-t-il fallu tellement de temps ? » ajouta-t-elle.

Pour la première fois, elle l'entendit rire.

Ils arrivèrent à Paras Derval au crépuscule ; Ailéron avait rabattu son capuchon pour dissimuler son visage. Une fois dans la ville, ils se dirigèrent en hâte et sans se faire remarquer vers les quartiers de Lorèn. Le mage s'y trouvait avec Matt et Kevin Laine.

Kim et Ailéron racontèrent leur histoire en coupant au plus court ; le temps était compté. Ils parlèrent de Paul, à voix basse, en entendant le tonnerre gronder plus fort à l'ouest.

Puis, lorsqu'il apparut avec clarté que Kim et le prince ignoraient une nouvelle importante, on leur parla de Jennifer.

Et il devint alors évident que, malgré une chatte

terrifiée ou un royaume qui avait besoin d'elle, la nouvelle prophétesse du Brennin pouvait s'écrouler aussi bien que n'importe qui.

Deux fois durant cette journée, il crut que c'était la fin. La souffrance était intense. Il était atrocement brûlé par le soleil, à présent, et si assoiffé... Assoiffé comme la terre, ce qui, avait-il pensé plus tôt – quand? – était sans doute le sens profond de tout ceci. Le nexus. Tout paraissait si simple, parfois, tout se réduisait à des correspondances si élémentaires. Puis son esprit commençait à tourbillonner, à dériver, et avec la dérive, toute clarté disparaissait.

Il fut peut-être le seul en Fionavar à ne pas voir la Montagne exploser en flammes. La flamme du soleil lui suffisait. Le rire, il l'entendit, mais son égarement était tel qu'il l'imagina ailleurs, dans son enfer à lui. Là aussi, c'était un rire douloureux à entendre; il ne fut pas épargné.

Cette fois, ce furent les cloches qui le ramenèrent à lui. Il fut lucide un moment et sut où elles sonnaient sans comprendre pourquoi. Ses yeux lui faisaient mal; la brûlure du soleil les avait gonflés et il était désespérément déshydraté. Le soleil semblait être d'une couleur différente, aujourd'hui. Semblait. Qu'en savait-il? Il était tellement mal en point qu'il ne pouvait croire ses sens.

Mais les cloches sonnaient à Paras Derval, il en était certain. Sauf que... après un moment, en écoutant, il lui sembla entendre aussi le son d'une harpe, et c'était mauvais signe, c'était terrible, parce que c'était un écho de son univers à lui, derrière la porte verrouillée. Ce n'était pas d'ici. Les cloches, oui, mais leur tintement s'estompait. Il s'égarait encore, sans rien à quoi s'accrocher, ni branche, ni main. Il était ligoté, assoiffé, et il glissait, il sombrait. Il vit les verrous pulvérisés, et la porte qui s'ouvrait, et la chambre. Oh *ma mie, ma mie*, pensa-t-il. Il n'y avait plus aucun verrou, plus rien pour fermer la porte. Sombrer. Sous la mer, au fond...

Ils étaient au lit. La nuit d'avant le voyage. Bien sûr. Ce serait ce souvenir-là. À cause de la harpe, ce serait ce souvenir-là.

Sa chambre à lui. Nuit de printemps, chaleur d'été, presque. Fenêtre ouverte, rideaux agités par la brise, ses cheveux à elle sur leurs corps à tous deux, les couvertures rejetées au pied du lit pour qu'il puisse la contempler à la lueur de la bougie. Sa bougie à elle, un présent. La lumière même lui appartenait.

« Sais-tu, dit Rachel, que tu es un musicien, tout compte fait ?

– Je voudrais bien, répondit-il. Mais je ne sais même pas chanter, tu le sais bien.

– Mais non, murmura-t-elle, poursuivant son idée tout en jouant avec les poils de sa poitrine. Tu es un harpiste, Paul. Tu as les mains d'un harpiste.

– Où est ma harpe, alors ? » Il lui donnait la réplique attendue.

Et Rachel dit : « C'est moi, bien sûr. Et mon cœur, c'est la corde que tu fais vibrer. »

Que faire d'autre que sourire ? La lumière même.

« Tu sais, poursuivit-elle, quand je jouerai, le mois prochain... la pièce de Brahms, ce sera pour toi.

– Non. Pour toi. Garde-la pour toi. »

Elle sourit. Il ne pouvait voir son sourire mais il savait à présent quand Rachel souriait.

« Tête de mule. » Elle l'effleura de ses lèvres. « Et si on partageait ? Puis-je jouer le second mouvement pour toi ? L'accepterais-tu ? Laisse-moi le jouer parce que je t'aime. Pour le dire à tout le monde.

– Oh, ma mie », avait-il dit.

La main d'un harpiste. Un cœur vibrant comme une corde.

Ma mie, ma mie, ma mie.

Ce qui l'avait ranimé cette fois, il ne le savait pas. Mais le soleil avait disparu. La nuit tombait. Des lucioles. La troisième nuit, donc. La dernière. Pour trois nuits et pour toujours, avait dit le roi.

Le roi était mort.

Comment le savait-il ? Au bout d'un moment, il lui apparut que loin, loin sous la souffrance, au cœur de la masse brûlée, crucifiée de douleur qu'il était devenu, une part de lui pouvait encore connaître la peur.

Comment il savait qu'Ailell était mort ? L'Arbre le lui avait dit. L'Arbre savait la mort des très hauts Rois, il en avait toujours connaissance. Il avait été planté dans le Bois Sacré pour convoquer les rois depuis la première poussière des temps. D'Iorweth à Ailell, c'étaient les Enfants de Mörnir, et l'Arbre savait quand ils mouraient. Et maintenant lui, Paul, le savait aussi. Il comprenait. « Je vous donne à l'instant en offrande à Mörnir » : l'autre partie de la consécration. On l'avait donné en sacrifice. Il devenait racine et branche. Il était nu ici, peau contre écorce, nu de toutes les façons possibles, semblait-il, car l'obscurité descendait en lui aussi, encore ; les verrous de la porte sautaient. Il était tellement ouvert que le vent pouvait le traverser, la lumière briller au travers de lui, l'ombre y reposer.

Comme un enfant à nouveau. La lumière et l'ombre. La simplicité.

Quand donc les complications avaient-elles commencé ?

Il se rappelait (c'était là une autre porte), la rue à la tombée de la nuit, les parties de base-ball qu'il y jouait même sous la lumière des réverbères, de sorte que la balle se précipitait vers lui brillante comme une comète, dans la lumière puis dans l'ombre, fugitive mais docile à son gant. L'odeur de l'herbe coupée et des fleurs, le cuir d'un gant neuf. Le crépuscule d'été, la nuit d'été. Toutes ces continuités. Quand, le tournant ? Pourquoi un tournant ? Le flot harmonieux transformé en discontinuités, en abandons, en interruptions, comme un déluge de flèches, sans lumière, impossibles à éviter.

Et puis l'amour, l'amour, la plus profonde des discontinuités.

Car cette porte était devenue l'autre porte après tout, semblait-il, la porte qu'il refusait d'ouvrir. L'enfance elle-même n'était plus un refuge, pas cette nuit. Rien, nulle part, ne serait un refuge en cette nuit. Pas en ce lieu, avec l'imminence de la fin, alors qu'il était nu dans l'Arbre.

Et il comprit enfin. Comprit que c'était nu, vraiment nu, qu'on se présentait devant le Dieu. C'était l'Arbre qui le dépouillait d'une peau après l'autre, pour atteindre ce qu'il essayait de fuir. Cela même qu'il essayait de fuir en venant dans ce monde – quelle ironie, et comme l'ironie semblait un sentiment lointain ! La musique. Son nom, à elle. Les larmes. La pluie. La route.

Il dérivait de nouveau, il sombrait : les lucioles parmi les arbres étaient devenues les phares des voitures venant en sens inverse, c'était tellement absurde. Mais non, après tout, car il était à présent dans la voiture, il la conduisait vers l'est sur Lakeshore Boulevard sous la pluie.

Il avait plu, la nuit où elle était morte.

Je ne veux pas, je ne veux pas aller là, pensa-t-il, agrippé au néant, en un dernier effort mental désespéré pour s'enfuir. Je vous en prie, laissez-moi mourir, laissez-moi être leur pluie.

Mais non. Il était la Flèche à présent. La Flèche sur l'Arbre, la Flèche de Mörnir, et il serait offert nu, ou ne serait pas offert du tout.

Et ainsi, en la troisième nuit, Paul Schafer subit-il la dernière épreuve, celle qui était toujours le moment de l'échec : l'ouverture. Là où les rois du Brennin, ou ceux qui venaient en leur nom, découvraient que le courage de venir là, la force de tout endurer, l'amour même de leur terre, rien de tout cela ne suffisait. Dans l'Arbre, on ne pouvait plus se dérober aux vivants ni aux morts, ni à son âme même. On allait à Mörnir nu, ou on n'allait pas à lui. Et c'en était trop ! Pour eux, c'était trop dur, trop injuste après tout ce qu'ils avaient déjà subi, d'être forcé de plonger dans les lieux les plus obscurs, alors qu'on était si faible, si terriblement vulnérable.

Aussi abandonnaient-ils alors, les valeureux rois guerriers, et les rois sages, et les galants princes, ils refusaient tous une nudité aussi extrême et ils mouraient trop tôt.

Mais pas en cette nuit. Par fierté, par pure obstination, et sans doute, certainement, à cause du chien, Paul Schafer trouva le courage de ne pas refuser. Il plongea. Flèche du Dieu. Tellement ouvert, le vent pouvait le traverser, la lumière pouvait briller au travers.

La dernière porte.

« Du Dvorak, entendit-il ; il reconnut sa propre voix rieuse. Tu vas jouer du Dvorak avec l'Orchestre Symphonique ! Kincaid, te voilà une vedette ! »

Elle eut un rire nerveux. « C'est seulement à l'Ontario Place. En plein air, avec un match de base-ball comme bruit de fond, au stade. On n'entendra rien.

– Wally entendra. Wally t'adore déjà.

– Depuis quand Walter Langside et toi êtes-vous des intimes ?

– Depuis le récital, chère amie. Depuis la critique qu'il en a fait. C'est mon meilleur copain, maintenant,

Wally. » Elle avait raflé tous les prix, gagné tous les cœurs. Elle avait ébloui tout le monde. Les trois journaux avaient envoyé des journalistes parce que le bruit courait déjà de ce qu'elle était. On n'avait jamais vu rien de tel pour un récital d'examen. Le second mouvement, avait écrit Langside du *Globe*, n'aurait pu être joué de façon plus splendide.

Elle avait raflé tous les prix. Avait éclipsé tous les violoncellistes jamais sortis de la faculté de musique Edward-Johnson. Et aujourd'hui, l'Orchestre Symphonique de Toronto l'avait appelée. Pour jouer le concerto pour violoncelle de Dvorak, le 5 août, à l'Ontario Place. Inouï. Ils étaient allés au Winston's pour souper, en claquant cent dollars de la bourse que Paul avait obtenue du département d'histoire.

« Il va pleuvoir pendant tout le concert », dit-elle. Les essuie-glaces jouaient leur rythme saccadé sur le pare-brise. C'était toute une averse.

« La scène est couverte, répliqua-t-il d'un ton léger. Et les dix premières rangées aussi. Et puis, s'il pleut, tu n'auras pas à te battre contre l'équipe des Blue Jays. Tu gagnes sur tous les tableaux, ma petite.

– Eh bien, tu es drôlement euphorique ce soir.

– Oui, en effet, entendit-il dire celui qu'il avait été. Plutôt euphorique. Extrêmement euphorique. »

Il doubla une Chevy qui peinait.

« Oh, merde », dit Rachel.

Je vous en prie, suppliait la faible voix perdue dans le Bois Sacré, sa voix à lui. Oh, je vous en prie. Mais il était là maintenant, il s'était obligé à revenir là. L'Arbre de l'Été était sans pitié. Comment aurait-il pu en être autrement ? Tellement ouvert, il était tellement ouvert, la pluie pouvait tomber au travers.

« Oh, merde, dit-elle.

– Quoi ? » s'entendit-il dire, étonné par ce juron. Et il vit tout commencer, là, exactement là. Le moment exact. Les essuie-glaces au sommet de leur arc. Lakeshore Est. Il venait de doubler une Chevrolet bleue.

Rachel se taisait. Il lui jeta un coup d'œil et vit ses mains qui s'étreignaient sur ses genoux. Elle avait la tête baissée. Que se passait-il ?

« J'ai quelque chose à te dire.

– De toute évidence. » Oh, ciel, il était si vite sur la défensive.

Elle le regarda alors. Des yeux noirs. Comme personne d'autre. « J'ai promis, dit-elle. J'ai promis que je te parlerais ce soir. »

Promis ? Il essaya de dire – en se regardant essayer : « Rachel, qu'est-ce qu'il y a ? »

Ses yeux, fixés droit devant elle à nouveau. Ses mains.

« Tu es parti un mois, Paul.

– Je suis parti un mois, oui. Tu sais pourquoi. » Il était parti quatre semaines avant son récital. S'était convaincu et l'avait convaincue que c'était raisonnable. Cette période était trop importante pour elle. Trop lourde de conséquences. Elle répétait huit heures par jour, il voulait la laisser se concentrer. Il était allé à Calgary en avion avec Kevin, avait conduit la voiture de son frère à travers les Rocheuses pour descendre jusqu'en Californie. Il lui avait téléphoné deux fois par semaine.

« Tu sais pourquoi », s'entendit-il répéter. Voilà, c'était enclenché.

« Eh bien, j'ai réfléchi.

– On devrait toujours réfléchir.

– Paul, ne sois pas si...

– Qu'est-ce que tu me veux ? coupa-t-il. Qu'est-ce que tu essaies de me dire, Rachel ? »

Et alors, alors, alors... « Mark m'a demandé de l'épouser. »

Mark ? Mark Rodgers était son accompagnateur. Il étudiait le piano ; un finissant, joli garçon, gentil, un peu efféminé. Ça n'allait pas. Il n'arrivait pas à comprendre.

« Bon, dit-il, ça peut arriver. Ça peut arriver quand on a un but commun pendant quelque temps. Idylle de théâtre. Il est tombé amoureux. Rachel, c'est facile de tomber amoureux de toi. Mais pourquoi me le dis-tu ainsi ?

– Parce que je vais dire oui. »

Aucun avertissement. À bout portant. Rien ne l'avait jamais préparé à ce coup. Une nuit d'été, mais par le ciel, il avait tellement froid ! Tellement froid, tout d'un coup.

« Comme ça, tout simplement ? » Réponse réflexe.

« Non. Pas comme ça tout simplement. Ne sois pas si froid, Paul. »

Il s'entendit émettre un son. Entre rire et exclamation inarticulée. Il frissonnait bel et bien. *Ne sois pas si froid, Paul.*

« C'est le genre de chose qui arrive, c'est tout, dit-elle en se tordant les mains. Tu te contrôles toujours tellement, tu es toujours en train de réfléchir, de planifier. Planifier que j'avais besoin d'être seule pendant un mois. Expliquer pourquoi Mark est devenu amoureux de moi. Trop de logique. Mark n'est pas aussi fort que toi. Il a *besoin* de moi. Je peux voir comme il a besoin de moi. Il est capable de pleurer, Paul. »

De pleurer ? Tout s'en allait en lambeaux. Qu'est-ce que les larmes avaient à y voir ?

« Je ne savais pas que tu aimais les numéros à la Niobé. » Cesser de frissonner, à tout prix.

« Ce n'est pas que j'aime les larmes ! Ne sois pas méchant, je t'en prie. Je ne pourrais pas le supporter... Paul, c'est que tu ne t'es jamais laissé aller, tu ne m'as jamais fait sentir que j'étais indispensable. Je suppose que je ne le suis pas. Mais Mark... Mark pose sa tête sur ma poitrine, quelquefois, après.

– Oh, de grâce, Rachel, non !

– C'est vrai ! »

La pluie tombait plus dru. Il avait du mal à respirer, maintenant.

« Alors il joue aussi de la harpe ? Doué, le gars, non ? » Dieu du ciel, un tel coup. Il avait tellement froid.

Elle pleurait. « Je ne voulais pas que ça se passe ainsi... »

Elle ne voulait pas que ça se passe ainsi. Comment avait-elle voulu que ce soit ? Oh, ma mie, ma mie.

« Ça va », se prit-il à dire. Incroyable. D'où lui venait ce sang-froid ? Toujours du mal à respirer. La pluie sur le toit, sur le pare-brise. « Ça ira.

– Non, dit Rachel, sanglotant toujours sous la pluie qui tambourinait. Quelquefois, ça ne peut pas aller. »

Pas bête, pas bête, la demoiselle. Autrefois, il aurait tendu la main pour la toucher. Autrefois ? Dix minutes plus tôt. Avant, avant ce froid.

L'amour, l'amour, la plus profonde des discontinuités.

La plus profonde ? Non, pas tout à fait.

Car ce fut à ce moment précis qu'éclata l'un des pneus de la Mazda qui les précédait. La route était mouillée. La Mazda dérapa et alla heurter la Ford qui se trouvait dans l'autre voie, puis rebondit et fit un tête à queue tandis que la Ford allait caramboler le garde-fou.

Il manquait d'espace pour freiner. Il allait emboutir les deux voitures. Sauf qu'il y avait assez de place, avec la largeur d'un bras en plus s'il passait à gauche. Il y avait eu la place, il le savait, il avait vu le film au ralenti tant de fois dans sa tête. Un bras. Trente centimètres. Pas impossible. Douteux, avec la pluie, mais...

Il essaya. Il évita de justesse la Mazda qui tournoyait, heurta le garde-fou, dérapa en travers de la route et emboutit la Ford qui continuait à patiner.

Sa ceinture était bouclée. Celle de Rachel, non.

Voilà, c'était tout. Tout était dit – sauf la vérité.

La vérité, c'était qu'il y avait bien eu trente centimètres de dégagement, peut-être vingt ; non : plutôt quarante. Assez. Assez, s'il avait essayé sitôt la brèche aperçue. Mais il ne l'avait pas fait, n'est-ce pas ? Quand il avait enfin essayé, il restait peut-être dix ou quinze centimètres, pas assez, surtout la nuit, sous la pluie, à soixante-dix à l'heure. Vraiment pas assez.

Question : comment mesure-t-on le temps, ainsi, à la fin ? Réponse : par l'espace qu'il restait. Il avait vu et revu le film en imagination. Il avait vu et revu la voiture rebondir. Du garde-fou à la Ford. Et la collision.

Parce qu'il n'avait pas réagi assez vite.

Et pourquoi – *faites bien attention, monsieur Schafer* – pourquoi n'avait-il pas réagi assez vite ?

Eh bien, chers élèves, les techniques modernes nous permettent à présent d'examiner les pensées de ce conducteur dans l'espace de temps infinitésimal – quel joli mot – entre le regard et le geste. Entre le désir et le spasme, comme l'a si bien dit autrefois Mr. Eliot, le poète.

À y regarder de plus près, vers quoi tendait donc le désir ?

Non que nous puissions en être certains, chers élèves, car nous voici en terrain fort glissant (d'ailleurs, il pleuvait), mais un examen attentif des données paraît bel et bien indiquer une discontinuité curieuse dans les réflexes du conducteur.

Il a réagi, certes, certes, il a réagi. Et, en toute honnêteté – oui, soyons honnêtes –, il a réagi plus vite que la plupart des conducteurs. Mais son geste était-il – voilà le point crucial – aussi rapide qu'il aurait pu l'être ?

Est-il possible – simple hypothèse, bien entendu – mais est-il possible qu'il ait retardé d'un instant infinitésimal – retardé, rien de plus, mais retardé – parce qu'il n'était pas entièrement sûr de *vouloir* ce geste ? Le désir et le spasme. *Monsieur Schafer, votre opinion là-dessus ?* Y aurait-il eu, disons, un léger retard dans le désir ?

Exactement. Morte à l'arrivée. La salle d'urgence de l'hôpital St. Michael.

La discontinuité la plus profonde.

« Ç'aurait dû être moi », avait-il dit à Kevin. Il fallait payer le prix, d'une façon ou d'une autre. Il n'avait certainement pas le droit de pleurer. Trop hypocrite, pleurer. Une partie du prix à payer, donc : pas de larmes, pas d'abandon. « Qu'est-ce que les larmes ont à y voir ? » avait-il demandé. Ou plutôt, il l'avait seulement pensé. Niobé, avait-il dit. Un numéro à la Niobé. Quel esprit, les défenses dressées si vite. La ceinture bouclée. Il avait eu si froid, pourtant, il avait eu tellement froid. Les larmes, semblait-il, avaient beaucoup à y voir.

Mais ce n'était pas tout. Il faisait jouer la bande. Encore et encore, comme le film intérieur, comme la voiture qui dérapait : encore et encore, la bande du récital. Et il écoutait, toujours, jusqu'au second mouvement, pour essayer d'entendre le mensonge. Son mouvement, pour lui, elle l'avait dit. Parce qu'elle l'aimait. Donc ce devait être un mensonge. On devait pouvoir l'entendre, malgré Walter Langside et tous les autres. Sûrement, on devait pouvoir l'entendre, le mensonge ?

Mais non. Il y avait l'amour qu'elle lui portait dans cette musique, cette musique parfaite. Incandescente. Et cela le dépassait. Comment était-ce possible ?

Aussi, chaque fois, il en arrivait à ne plus pouvoir écouter la bande sans pleurer. Et il n'avait pas le droit de pleurer. Voilà.

Voilà. Elle l'avait quitté et il l'avait tuée, et on n'a pas le droit de pleurer quand on a fait une chose pareille. On paie le prix, voilà.

Et il était venu jusqu'en Fionavar.

Jusque dans l'Arbre de l'Été.

Fin de la leçon. Il était temps de mourir.

Cette fois, ce fut le silence qui le ranima. Une immobilité totale, complète, dans la forêt. Le tonnerre s'était tu. Lui, il était cendres, coque vide : ce qui reste, à la fin.

À la fin, on redevenait lucide, parce que, apparemment, on vous accordait au moins cela : partir en pleine conscience. C'était une dispense inattendue. Vidé, vide, il pouvait encore éprouver de la reconnaissance à se voir accorder un peu de dignité.

Un silence surnaturel régnait dans l'obscurité. Même la vibration de l'Arbre avait cessé. Aucun vent, aucun bruit. Les lucioles avaient disparu. Rien ne bougeait. C'était comme si la Terre elle-même eût cessé de tourner.

La fin approchait. Il vit que, de façon inexplicable, une brume sourdait du sol. Non ; ce n'était pas inexplicable : la brume se levait parce qu'elle devait se lever. Que pouvait-on expliquer en ce lieu ?

Avec effort, il tourna la tête d'un côté puis de l'autre. Il y avait deux oiseaux dans les branches, deux corbeaux. Je les connais, pensa-t-il, désormais incapable d'être surpris. Ils s'appellent Pensée et Mémoire. Je l'ai appris il y a longtemps.

C'était vrai. Ils étaient nommés ainsi dans tous les univers, et c'était là l'endroit où ils nichaient. Ils appartenaient au Dieu.

Les oiseaux eux-mêmes étaient immobiles ; leur œil jaune, brillant, était fixe et calme. En attente, comme les arbres. Seule la brume se mouvait, montait. Aucun bruit. Le Bois Sacré tout entier semblait s'être ramassé sur lui-même comme si le temps allait s'ouvrir, préparant une place à... Et alors Paul comprit enfin que ce n'était pas le Dieu qu'ils attendaient, mais autre chose, qui n'appartenait pas vraiment au rituel, quelque chose d'extérieur... et il se rappela alors une image (la pensée, la mémoire), issue d'un temps très lointain, d'une autre vie semblait-il, d'une autre personne, presque, qui avait eu un rêve... non, une vision, un contact, oui, c'était cela... de la brume, oui, et une forêt, et l'attente, oui, attendre le lever de la lune, et quelque chose alors, quelque chose...

Mais la lune ne pouvait se lever. C'était la nouvelle lune, la nuit de la lune nouvelle. Le dernier mince croissant avait sauvé le chien, la nuit précédente. L'avait sauvé, lui, Paul, pour ceci. Ils attendaient tous, le Bois Sacré, la nuit tout entière, vibrante comme un ressort sous tension, mais aucune lune ne se lèverait cette nuit.

Mais la lune se leva.

Au-dessus des arbres, à l'est de la clairière de l'Arbre de l'Été, la Lumière se leva. Et, en cette nuit de la nouvelle lune, une lune pleine brilla de tous ses feux sur Fionavar. Les arbres de la forêt se mirent à murmurer et à se balancer dans le vent soudain, et Paul vit que la lune était rouge, comme la flamme et le sang, et une puissance façonna cet instant à la ressemblance de Dana, la Mère, venue intercéder en sa faveur.

Déesse de toutes les créatures vivantes dans tous les univers, mère, sœur, fille, épouse du Dieu. Et Paul vit alors, en une intuition soudaine et aveuglante, que l'identité exacte importait peu, elles étaient toutes vraies ; à ce niveau de puissance, à ce degré abolu de la puissance, les hiérarchies perdaient toute signification. La puissance seule avait un sens, la présence manifestée. Une lune rouge dans le ciel par une nuit de nouvelle lune, pour illuminer la clairière du Bois Sacré, pour envelopper l'Arbre de l'Été de brume à son pied, de lumière à son sommet.

Paul leva les yeux, au-delà de la surprise, au-delà de l'incrédulité. L'offrande sacrificielle, la coque. La pluie à venir. Et en cet instant, il lui sembla entendre une voix, dans le ciel, dans la forêt, dans la course de son sang maintenant couleur de lune, et la voix résonna, faisant vibrer les arbres comme autant de cordes :

Ce n'était pas ainsi, ce ne sera pas ainsi.

Et quand les échos se turent, Paul était de nouveau sur la route, avec Rachel sous la pluie. Une fois de plus il vit le pneu de la Mazda éclater, et la voiture aller emboutir la Ford. Il vit l'obstacle tournoyant, impossible à éviter.

Il vit, à gauche, un espace où passer, avec trente centimètres de dégagement.

Mais Dana était avec lui à présent, la Déesse, l'emportant vers la vérité. Et, dans un crescendo final d'absolution qui lui brûla le cœur, il vit qu'il avait échoué de justesse, de justesse, non à cause d'une hésitation issue d'un désir de ne pas agir, non à cause d'un désir de mort ou de meurtre, mais seulement, en fin de compte, parce qu'il était humain. Oh, ma mie, il était humain. Seulement, simplement humain, et il avait échoué à cause de son chagrin, du choc de la révélation, de la pluie. À cause de tout cela, et tout cela était pardonnable.

Et pardonné, comprit-il. Vraiment pardonné, oui.

Ne nie pas ta propre mortalité. La voix était en lui comme le vent, c'était l'une des voix de la Déesse, une voix parmi tant d'autres, il le savait, et dans cette voix il y avait de l'amour. Il était aimé. *Tu as échoué parce que les humains échouent. C'est un don, comme n'importe quel don.*

Puis, tout au fond de lui, comme les notes basses d'une harpe – et ce n'était plus douloureux –, s'élevèrent enfin ces mots : *Va, et va en paix. Tout est bien.*

Sa gorge lui faisait mal. Son cœur était une chose prisonnière trop grande pour sa poitrine, pour ce qui restait de son corps. Obscurément, à travers la brume, il aperçut une silhouette à la lisière de la forêt : la forme d'un homme, mais les fières cornes d'un cerf ; à travers la brume, il vit la silhouette s'incliner devant lui puis disparaître.

Le temps recommença.

La souffrance avait disparu. Il était fait de lumière, il savait que ses yeux étincelaient. Il ne l'avait pas tuée, alors : c'était bien. Restait le deuil, mais le deuil était permis, requis. Tant de lumière, il semblait y avoir tant de lumière même en cet instant où la brume atteignait ses pieds.

Et c'est alors que survint, enfin, la si douce libération des pleurs. Il pensa à la chanson de Kevin, s'en souvint avec amour : « Un jour viendra où tu pleureras pour moi. »

Un jour. Et ce jour était venu, semblait-il, la fin était venue et il pleurait enfin pour Rachel Kincaid, qui était morte.

Ainsi pleura Paul dans l'Arbre de l'Été.

Alors retentit un grondement de tonnerre, pareil au destin en marche, pareil à l'écroulement des mondes, et le Dieu apparut dans la clairière, le Dieu était là. Et il parla de nouveau, en ce lieu qui lui était consacré, de cette voix immuable qui était la sienne. Et, mue par la puissance de ce coup de tonnerre, la brume se rassembla de plus en plus vite pour se ruer vers un seul point, vers l'Arbre de l'Été.

Elle s'élevait en bouillonnant, la brume du Bois Sacré, à travers le corps sacrifié, à travers le tronc gigantesque de l'Arbre, projetée dans le ciel nocturne par le Dieu, telle une lance.

Et dans les cieux au-dessus du Brennin, alors que les coups de tonnerre roulaient et se répercutaient, des nuages se massèrent soudain, nuées par-dessus nuées, jaillissant du bois de Mörnir pour se répandre sur toute la contrée.

Paul sentit passer la brume. À travers lui. Sa brume. Sa brume et celle du Dieu. Auquel il appartenait. Il sentait les larmes sur son visage. Il sentait qu'on l'avait accepté, qu'il allait mourir, la brume bouillonnait à travers lui, les corbeaux étaient prêts à s'envoler, il sentait le Dieu dans l'Arbre, le Dieu en lui, la lune au-dessus des nuages, voguant à travers les nuages, mais jamais perdue, Rachel, l'Arbre de l'Été, la forêt, le monde, et, le Dieu, le Dieu !

Et une dernière chose enfin avant les ténèbres.

La pluie, la pluie, la pluie.

À Paras Derval cette nuit-là, les gens sortirent dans les rues. Dans les villages à travers tout le Brennin, ils en firent autant, et les fermiers menèrent leurs enfants dehors, à demi éveillés, pour leur faire voir la lune miraculeuse, la réponse de la Mère au feu de Maugrim, pour leur faire sentir la pluie sur leur visage et leur en faire garder le souvenir, même si c'était comme en rêve ; le retour de la pluie était la bénédiction du Dieu sur les Enfants de Mörnir.

Dans la rue, avec Lorèn et Matt, avec Kim et le prince exilé, Kevin se mit à pleurer à son tour car il savait ce que cela signifiait, et Paul était pour lui ce qui ressemblait le plus à un frère.

« Il a réussi », murmura Lorèn Mantel d'Argent d'une voix étranglée, rauque d'effroi respectueux. Kevin, avec quelque surprise, vit que le mage pleurait aussi. « O lumineuse présence, dit Lorèn. O courage sans égal. »

Oh, Paul.

Mais ce n'était pas tout. « Regardez », dit Matt Sören. Et en se retournant pour savoir ce que le Nain désignait, Kevin vit alors que, sous la lune rouge qui n'aurait pas dû être là dans la course précipitée des nuages, la pierre de l'anneau de Kim étincelait soudain, comme en réponse. Elle brûlait au doigt de Kim telle une flamme, de la même couleur que la lune.

« Qu'est-ce ? » demanda Ailéron.

Kim, levant instinctivement la main pour laisser la lumière parler à la lumière, se rendit compte qu'elle savait tout en ne sachant pas. Le Baëlrath appartenait à la magie sauvage, que nul ne commandait – comme la lune rouge.

« La pierre se charge, dit-elle à mi-voix. C'est la lune de la guerre, là-haut. Et c'est la Pierre de la Guerre. »

Les autres restèrent muets à ces paroles. Et soudain, l'intonation solennelle de sa voix, le rôle qu'elle devait jouer, tout cela parut trop lourd à Kim. Elle essaya désespérément de retrouver un peu de la légèreté qui l'avait autrefois définie.

« Je crois », dit-elle, en espérant qu'au moins Kevin reprendrait la balle, l'aiderait, oh oui, à se rappeler qui elle était, « je crois que nous ferions bien de penser à une nouvelle bannière. »

Kevin, qui se débattait avec ses propres prises de conscience, ne vit absolument pas la perche tendue. Tout ce qu'il entendit, ce fut Kim en train de dire « nous » à cet autre prince du Brennin.

Il la regarda, avec le sentiment de voir une étrangère.

Dans la cour derrière le sanctuaire, Jaëlle, la grande prêtresse, leva la tête vers le ciel et rendit hommage. Elle avait en son cœur les enseignements de la Gwen Ystrat ; elle contempla la lune et en comprit la signification mieux que quiconque à l'ouest du lac Leinan. Elle y réfléchit profondément pendant un moment, puis appela six de ses femmes et quitta en secret Paras Derval avec elles, prenant la direction de l'ouest sous la pluie.

Au Cathal aussi, on avait vu la Montagne en flammes au matin, on avait tremblé devant le rire porté par le vent. La lune rouge brillait maintenant sur Laraï Rigal. Des puissances, et encore des puissances. Un gantelet lancé en défi au ciel, et auquel le ciel avait répondu. Cela, Shalhassan pouvait le comprendre. Il convoqua une assemblée en pleine nuit et ordonna qu'on envoie une ambassade à Cynan, puis au Brennin, sur-le-champ. Non, pas demain matin, répliqua-t-il sèchement à une question imprudente. Sur-le-champ. On ne dormait pas quand la guerre venait de commencer, ou l'on dormait à jamais quand elle était finie.

Une belle phrase, pensa-t-il en renvoyant ses conseillers. Il prit mentalement note de la dicter à Raziel quand il en aurait le temps. Puis il alla se coucher.

La lune rouge se leva sur l'Éridu et sur la Plaine ; sur le Daniloth aussi elle déversa sa lumière. De tous les peuples gardiens, seuls les lios alfar possédaient un savoir assez ancien pour dire sans hésitation que jamais une telle lune n'avait brillé auparavant.

C'était une réponse à Rakoth, leurs sages en convinrent lors d'une assemblée convoquée par Ra-Tenniel sur la colline d'Atronel ; c'était une réponse à celui qu'en des temps lointains les dieux les plus jeunes avaient nommé Sathain, Celui-qui-va-masqué. C'était aussi une intercession, ajoutèrent les plus sages des sages, mais pour quoi, ou pour qui, ils n'auraient su le dire.

Et ils ne pouvaient dire non plus quelle était la troisième manifestation du pouvoir de la lune, et pourtant tous les lios savaient qu'il y en avait une troisième.

La Déesse faisait toujours tout par trois.

Dans une autre forêt était une autre clairière où, en dix siècles, un seul homme avait osé pénétrer depuis la mort d'Amairgèn.

C'était une petite clairière. Les arbres environnants étaient si anciens, si gigantesques que la lune atteignait presque le zénith quand sa lumière toucha la clairière sacrée de la forêt de Pendarane.

Au contact de la lumière, tout commença. Un jeu de reflets, d'abord, un scintillement, puis un son qui n'était pas de ce monde, comme une flûte parmi les feuilles. L'air lui-même sembla frissonner à cette musique, danser en prenant des formes changeantes, en se condensant enfin jusqu'à donner naissance à une créature de lumière et de musique, fille de Pendarane et de la lune.

Quand ce fut terminé, le silence se fit, et quelque chose se tenait dans la clairière là où il n'y avait rien auparavant. Avec les grands yeux étonnés d'une créature à peine née, couverte d'une rosée qui faisait briller son pelage d'un éclat perlé sous la lumière maternelle, elle se dressa sur ses pattes encore frêles et resta un instant immobile, tandis qu'une dernière note résonnait, comme d'une corde pincée à plusieurs reprises, à travers la forêt de Pendarane.

Puis, avec une lenteur délicate, comme tous ceux de sa race, elle quitta la clairière et le bois sacrés. Elle se dirigea vers l'est, car même si elle venait de naître, elle savait déjà qu'à l'ouest s'étendait la mer.

Légère, légère, elle foulait l'herbe, et les puissances de la forêt de Pendarane, toutes les créatures rassemblées là, firent silence en la voyant passer, plus belle et plus terrible qu'aucune d'entre elles.

La Déesse faisait toujours tout par trois. Telle était la troisième manifestation de son pouvoir.

Il avait grimpé au sommet des remparts afin de dominer Starkadh la Noire en son entier. Starkhad reconstruite, sa forteresse, sa place forte, car l'explosion du Rangat n'avait pas signifié sa libération – mais que les fous le pensent donc encore un moment –, il était libre depuis longtemps. La Montagne avait explosé parce qu'il était enfin prêt à partir en guerre, à présent que sa puissante citadelle dominait de nouveau toutes les terres du nord jusqu'au Daniloth – cette tache indistincte au sud, où la pesait la haine de son cœur à jamais.

Mais il n'abaissa pas son regard sur sa forteresse.

Ses yeux étaient plutôt rivés sur la réplique impossible que lui présentait le ciel nocturne, et en cet instant il connut le doute. Il tendit son unique main valide vers le ciel, comme si ses griffes avaient pu arracher la lune du firmament, et sa rage ne s'apaisa pas avant un long moment.

Mais il avait changé, pendant ce millier d'années passées sous le Rangat. La dernière fois, sa haine l'avait poussé à bouger trop tôt. Cette fois, non.

Que la lune brille donc ! Il la décrocherait du ciel avant la fin. Il écraserait le Brennin comme un jouet et déracinerait l'Arbre de l'Été. Les Cavaliers seraient dispersés, Laraï Rigal serait détruit et incendié, et le Calor Diman profané en Éridu.

Et la Gwen Ystrat, il la raserait. Que la lune brille ! Que Dana essaie de lancer des présages vides dans des cieux que sa fumée à lui étranglerait bientôt ! Elle aussi, il l'aurait à genoux devant lui. Il avait eu un millier d'années pour penser à tous ses projets.

Il sourit alors, car le dernier était le plus cher à son cœur. Quand tout le reste serait fini, quand Fionavar serait en poussière sous son talon, alors seulement il se tournerait vers le Daniloth. Et il les ferait amener devant lui un par un, les lios alfar, les Enfants de la Lumière. Un par un, les uns après les autres, à Starkadh.

Il saurait quoi en faire.

Le tonnerre était presque apaisé, la pluie devenait bruine. Le vent était à nouveau le vent, sans plus. Avec un goût de sel glané sur la mer, bien loin de là. Les nuages se dispersaient. La lune rouge brillait juste au-dessus de l'Arbre.

« Dame, dit le Dieu en mettant une sourdine au tonnerre de sa voix, dame, vous n'avez jamais rien fait de tel auparavant.

– C'était nécessaire, répondit-elle – un bruit de clochettes dans le vent. Il est très puissant, cette fois-ci.

– Très puissant, dit le tonnerre en écho. Pourquoi avoir parlé à celui qui m'a été offert en sacrifice ? » Le ton exprimait un léger reproche.

La voix de la Dame devint plus grave – feux, fumée, cavernes profondes. « Cela vous ennuie-t-il ? » murmura-t-elle.

Le bruit du tonnerre évoquait un dieu amusé : « Pas si vous implorez mon pardon, non. Il y a si longtemps, dame... » Les derniers mots résonnèrent d'une sonorité plus profonde, lourde de signification.

« Savez-vous ce que j'ai fait dans la forêt de Pendarane ? demanda la Déesse en ignorant ce soupir, sa voix telle les voiles transparents de l'aube.

– Oui. Ce sera bien ou mal, je ne sais. La main qui la touchera sera peut-être brûlée.

– Tous mes présents sont à double tranchant », dit la Déesse, et le Dieu savait quel sang ancien coulait dans sa voix. Il y eut un silence, puis la voix de la Déesse fut à nouveau dentelle, cajolerie : « Je suis intervenue, seigneur. N'en ferez-vous pas autant ?

– Pour eux ?

– Et pour me plaire, dit la lune.

– Nous plairons-nous l'un à l'autre ?

– C'est possible. »

À ces mots, vint un roulement de tonnerre. Un rire.

« Je suis intervenu, dit Mörnir.

– La pluie ? Ah non, protesta la Déesse d'une voix océane. La pluie a été payée.

– Je ne parle pas de la pluie, répondit le Dieu. J'ai fait ce que j'ai fait.

– Partons, alors », dit Dana.

La lune glissa vers l'ouest derrière les arbres.

Peu de temps après, le tonnerre se tut et les nuages commencèrent à se disperser.

Et c'est ainsi qu'à la fin, dans la nuit qui s'achevait, dans le ciel au-dessus de l'Arbre de l'Été, seules demeurèrent les étoiles, seules les étoiles contemplèrent le sacrifice, le corps nu de l'étranger pendu dans l'Arbre.

Avant l'aube, il plut encore, mais la clairière était désormais vide et silencieuse, hormis le clapotis des gouttes d'eau dans les feuillages.

Ainsi prit fin la dernière nuit de Pwyll l'Étranger dans l'Arbre de l'Été.

TROISIÈME PARTIE

Les Enfants d'Ivor

10

Son atterrissage ne fut pas très réussi mais ses réflexes d'athlète le firent rouler sur lui-même et il se retrouva sur ses pieds sans s'être blessé. Mais il était absolument furieux.

Il avait choisi de ne pas y aller, bon Dieu ! De quel droit Kim Ford lui avait-elle attrapé le bras pour le traîner dans un autre univers ? Maudite...

Il s'arrêta et sa fureur s'évapora quand il réalisa soudain que Kim Ford l'avait bel et bien entraîné dans un autre univers.

L'instant d'avant, il s'était trouvé dans une suite de l'hôtel Park Plaza, et maintenant il était dehors, dans l'obscurité, exposé à un vent frais non loin d'une forêt. Il tourna le dos aux arbres et vit les ondulations d'une plaine herbeuse qui s'étendait à perte de vue sous la lumière de la lune.

Il chercha les autres des yeux et comprit peu à peu qu'il était seul. La colère fit place à la peur. Les quatre autres n'étaient pas ses amis, à coup sûr, mais il n'avait aucune envie de se retrouver seul en pareil moment et en pareil lieu.

Ils ne pouvaient être loin, se dit-il en parvenant à

rester calme. Kim Ford lui avait tenu le bras, signe certain qu'elle ne pouvait être loin, ni elle, ni les autres, ni ce Lorenzo Marcus qui l'avait mis dans ce pétrin. Et qui allait l'en sortir, se jura Dave Martyniuk, sous peine de subir de sérieux sévices corporels. Nonobstant les dispositions du Code criminel.

Ce qui lui rappela quelque chose : il s'aperçut qu'il tenait toujours les notes de Kevin Laine sur la Preuve.

L'absurdité de la chose, son incongruité totale en ce lieu nocturne d'herbes balayées par le vent, l'amenèrent à se détendre malgré lui. Il respira à fond, comme avant la mise au jeu d'un match de basket. Il était temps de se repérer. Et de jouer les boy-scouts.

« Nous venons de Paras Derval, où règne Ailell », avait dit le vieil homme. Y avait-il une ville quelque part à l'horizon ? La lune se glissa derrière un banc de nuages et Dave se tourna vers le nord, face au vent, où il vit le Rangat se dégager.

Il n'était vraiment pas avec les autres, en l'occurrence. Tout au plus Kim avait-elle réussi, dans son élan désespéré pour lui agripper le bras, à le garder dans le même plan de réalité, dans le même univers qu'eux. Il se trouvait en Fionavar, mais très loin au nord, et la Montagne se dressait à près de quinze mille mètres d'altitude dans la lumière de la lune, blanche, éblouissante.

« Sainte Mère de Dieu ! » s'exclama Dave malgré lui.

Ce qui lui sauva la vie.

Des neuf tribus des Dalreï, huit s'étaient rendues dans le sud-est cette saison-là, même si les meilleurs pâturages à eltors se trouvaient au nord-ouest, comme toujours en été. En effet, les messages apportés de Célidon par les aubereï étaient clairs : des svarts alfar et des loups sur les lisières de la forêt de Pendarane constituaient pour la plupart des chefs des raisons suffisantes pour tenir leurs tribus à l'écart. Il y avait également eu des rumeurs selon lesquelles des urgachs accompagnaient les svarts. C'était assez. Les tribus s'étaient rendues au sud de l'Adein et de la Rienna, pour trouver des troupeaux moins abondants et des eltors moins gras, et pour jouir de la sécurité de la contrée située entre le lac Cynerre et la rivière Latham.

Ivor dan Banor, le chef de la troisième tribu, était, comme souvent, l'exception. Non qu'il ne se souciât pas de la sécurité de sa tribu, de ses enfants. Quiconque le connaissait ne pouvait entretenir une telle pensée. Mais il y avait d'autres éléments à prendre en considération, se disait-il, tard dans la nuit, couché sans dormir dans la maison du chef.

D'abord, la Plaine et les troupeaux d'eltors appartenaient aux Dalreï, et ce n'était pas simplement symbolique. Colan en avait fait don à Révor et à son peuple après le Baël Rangat, pour aussi longtemps que durerait le Grand Royaume.

Et ils les avaient bien mérités, après leur folle et terrifiante chevauchée à travers la forêt de Pendarane et le Pays Obscur – une boucle dans le fil du temps. En chantant, ils avaient fait irruption au crépuscule dans une bataille qui aurait été perdue sans eux. Ivor sentit l'excitation le gagner à cette seule évocation : que les Cavaliers, les Enfants de la Paix, eussent accompli un tel haut fait... Il y avait des géants en ce temps-là.

Des géants qui avaient gagné la Plaine. Unis à elle, pour le meilleur et pour le pire, se dit Ivor. Et non pour se réfugier dans de petites enclaves protégées à la moindre rumeur de danger. S'enfuir devant des svarts alfar, voilà qui lui restait en travers de la gorge.

La troisième tribu était donc restée. Non à la lisière de la forêt de Pendarane – témérité inutile. Il y avait un bon emplacement pour camper, à cinq lieues de la forêt, et ils avaient pour eux seuls les gros troupeaux d'eltors. C'était un luxe, les chasseurs en convenaient. Ivor remarquait cependant qu'ils esquissaient toujours le signe qui protégeait du mal lorsque la chasse les amenait en vue de la Grande Forêt. Certains, Ivor le savait, auraient préféré être ailleurs.

Mais il avait d'autres raisons pour demeurer là. La situation était grave dans le sud, rapportaient les aubereï de Célidon. Le Brennin subissait une sécheresse qui n'en finissait pas, et un message secret de Tulger, un ami d'Ivor dans la huitième tribu, parlait de troubles dans le Grand Royaume. Quel motif auraient-ils eu d'aller s'exposer à tout cela ? Après un hiver difficile, les tribus avaient besoin d'un été doux et agréable dans le nord, avec une brise fraîche, des troupeaux bien gras pour se remplir le ventre et se fabriquer des vêtements chauds pour l'automne.

Et il y avait encore une autre raison. Les adolescents seraient nombreux à entreprendre leur jeûne rituel, cette année-là. Chez les Dalreï, le printemps et l'été étaient les saisons où l'on partait en quête de son totem ; or, un certain bosquet situé au nord-ouest avait toujours porté chance à la troisième tribu. Une tradition. C'était là qu'Ivor avait vu fixés sur lui les yeux brillants de son propre faucon perché au sommet d'un orme, lors de sa deuxième nuit de jeûne. Le bois de Faëlinn était un bon endroit, où les adolescents méritaient d'aller si c'était possible. Tabor aussi. Son fils cadet avait quatorze ans. Il était plus que temps. Peut-être cet été. Ivor avait douze ans quand il avait trouvé son faucon. Lévon, son aîné – son héritier, celui qui serait chef après lui –, avait vu son totem à treize ans.

Parmi les filles qui se le disputaient, on murmurait que Lévon avait vu un roi-Cheval pendant son jeûne. Ivor savait qu'il n'en était rien, mais il y avait bel et bien de l'étalon en Lévon, dans ses yeux bruns, dans sa fougue, dans sa nature ouverte et sans artifices, et même dans ses longs cheveux blonds qu'il portait flottants sur les épaules.

Mais Tabor, Tabor était différent. Ce n'était pas très juste, se dit Ivor – son fils cadet, si passionné, n'était encore qu'un enfant ; il n'avait pas encore entrepris son jeûne. Cet été, peut-être, et Ivor voulait que Tabor eût le bénéfice du bois qui portait chance.

Enfin, s'ajoutant à toutes ces raisons, et plus important qu'elles toutes, un pressentiment retenait Ivor. Une idée imprécise, encore mal définie, lui trottait derrière la tête. Il la laissait trotter. Il savait par expérience qu'elle finirait par s'éclaircir ; c'était un homme patient.

Aussi demeuraient-ils dans le nord.

Il y avait deux adolescents en ce moment même dans le bois de Faëlinn. Géreint les avait désignés deux jours auparavant et, chez les Dalreï, cette déclaration du shaman constituait la première étape du rite de passage qui faisait d'un garçon un homme.

Ils étaient deux dans le bois à jeûner. Le Faëlinn avait beau porter chance, il était proche aussi de la forêt de Pendarane ; Ivor, père de toute sa tribu, avait pris des mesures discrètes pour assurer la sécurité des garçons. Ils auraient eu honte, et leurs pères aussi, s'ils l'avaient su, aussi d'un simple regard avait-il averti Torc de les suivre sans se faire remarquer.

Torc était souvent absent du camp, la nuit. C'était sa façon de faire. Les plus jeunes plaisantaient en disant que son animal-totem avait été un loup. Ils plaisantaient en riant trop fort, un peu effrayés. Torc. Il ressemblait en effet à un loup, avec son corps mince, ses longs cheveux lisses et noirs, ses yeux sombres qui ne révélaient rien. Il ne portait jamais de chemise ni de mocassins, seulement ses culottes en peau d'eltor, teintes en noir pour être invisibles la nuit.

Le Paria. Ce n'était pas la faute de Torc, Ivor le savait ; pour la centième fois, il résolut de faire quelque chose à propos de ce surnom. Ce n'était pas non plus la faute de Sorcha, le père de Torc. Simplement la pire des malchances. Sorcha avait tué une femelle eltor qui attendait un petit. Un accident : l'assemblée des chasseurs en convenait. Le mâle qu'il avait blessé était tombé par accident sur le chemin de la femelle, qui avait trébuché et s'était cassé le cou ; quand les chasseurs étaient arrivés, ils avaient constaté qu'elle était gravide.

Un accident, ce qui avait amené Ivor à choisir pour Sorcha l'exil et non la mort. Il ne pouvait faire davantage. Aucun chef ne pouvait se mettre au-dessus des lois et conserver son ascendant sur son peuple. Sorcha avait donc été exilé. Une triste et solitaire destinée, être chassé de la Plaine. Le lendemain matin, on avait trouvé sa femme Meisse morte de sa propre main. Torc, âgé de onze ans, enfant unique, avait été doublement atteint et marqué par cette tragédie.

Géreint l'avait désigné cet été-là, le même été que Lévon. Il avait douze ans à peine mais il avait trouvé son animal et il était ensuite toujours resté un solitaire, à la périphérie de la tribu. Aussi bon chasseur que tous les gens d'Ivor, et même, en toute honnêteté, aussi bon que Lévon. Ou presque. *Presque* aussi bon.

Le chef sourit dans le noir. Voilà qu'il succombait au favoritisme. Torc était son fils aussi bien, tous les membres de la tribu étaient ses enfants. Il aimait aussi ce jeune homme basané, même si Torc était parfois d'un commerce difficile. Et il lui faisait confiance. Torc était discret et doué pour certaines tâches, comme celle de cette nuit.

Éveillé auprès de Leith, sa femme, entouré de son peuple, les chevaux rassemblés dans leur enclos pour la nuit, Ivor se sentait rassuré de savoir que Torc était dehors dans la nuit avec les adolescents. Il se retourna sur le côté et essaya de dormir.

Au bout d'un moment, il distingua un son étouffé et comprit que quelqu'un d'autre était éveillé dans la maison. Il entendait les sanglots retenus de Tabor dans la chambre qu'il partageait avec Lévon. C'était dur pour le garçon, il le savait : quatorze ans, c'était bien tard pour n'être pas encore désigné, surtout pour le fils du chef, pour le frère de Lévon.

Ivor aurait bien réconforté son fils cadet mais il savait qu'il était plus sage de le laisser tranquille. Ce n'était pas là une mauvaise occasion d'apprendre ce que signifiait la peine ; maîtriser seul son chagrin était propre à susciter le respect de soi. Tabor s'en tirerait bien.

Après un petit moment, les pleurs s'éteignirent. Ivor finit aussi par s'endormir mais il fit d'abord une chose qu'il n'avait pas faite depuis longtemps.

Il quitta la chaleur de sa couche, la chaleur de Leith profondément endormie à ses côtés, et il alla jeter un coup d'œil à ses enfants. Les garçons d'abord : Lévon, blond et sans complication, Tabor, brun comme une noix, aux muscles nerveux. Puis il entra dans la chambre de Liane.

Cordéliane, sa fille. Avec une fierté déconcertée, il contempla les sombres cheveux bruns, les longs cils des paupières closes, le nez retroussé, la bouche rieuse... même endormie, elle souriait.

Comment avait-il pu engendrer de si beaux fils et une fille si belle, lui, le banal Ivor, avec son corps trapu et carré ?

Tous les membres de la troisième tribu étaient ses enfants, mais ces enfants-ci, ces enfants-ci...

Torc passait une mauvaise nuit. D'abord, les deux idiots venus jeûner étaient parvenus, sans en avoir le moindrement conscience, à vingt pieds l'un de l'autre dans la forêt, de chaque côté d'un même amas de buissons. C'était ridicule. Quels mioches envoyait-on entreprendre leur quête, ces temps-ci ?

Il avait réussi, grâce à une série de grognements plutôt inquiétants, à effrayer l'un des deux, l'incitant à s'éloigner. C'était une intervention dans le rituel, peut-être, mais le jeûne était à peine commencé, et de toute façon ces mioches avaient besoin d'aide : l'odeur humaine avait été tellement forte dans ces buissons qu'ils auraient sans doute fini par se trouver mutuellement, en guise d'animaux-totems !

Voilà qui était amusant, se dit-il. Peu de choses l'amusaient, mais l'idée de ces deux gamins de treize ans devenant chacun l'animal sacré de l'autre le fit sourire dans le noir.

Il cessa de sourire quand sa reconnaissance dans le bois lui révéla des excréments dont il ne comprenait pas la provenance. Mais au bout d'un moment, il comprit que ce devait être un urgach, ce qui était plus que grave. Des svarts alfar ne l'auraient pas troublé, à moins d'être en grand nombre. Il en avait vu de petits groupes lors de ses expéditions solitaires à l'ouest, vers la forêt de Pendarane ; il avait également repéré les traces d'une bande très nombreuse, accompagnée de loups. C'était une semaine auparavant, et ils se dirigeaient vers le sud d'un bon pas. Découverte plutôt désagréable ; il en avait fait part à Ivor, puis à Lévon, qui était le chef de la chasse, mais, pour l'instant, rien de tout cela ne les concernait.

Mais l'urgach, oui. Torc n'avait jamais vu d'urgach, personne de la tribu n'en avait jamais vu, mais il y avait assez de légendes et d'histoires racontées la nuit pour le rendre prudent. Il se rappelait très bien les histoires, celles d'avant la catastrophe, quand il n'était qu'un enfant parmi les enfants de la troisième tribu, un enfant comme les autres, frissonnant d'une agréable terreur près du feu, inquiet de se faire envoyer au lit par sa mère alors que les anciens racontaient leurs histoires.

Le visage maigre de Torc s'assombrit alors qu'il était agenouillé près des fientes. Ce n'était pas la forêt de Pendarane, ici, où l'on savait bien qu'habitaient des créatures des Ténèbres. Un urgach, et peut-être plus d'un, dans le bois de Faëlinn, le bois qui portait chance à la troisième tribu, c'était sérieux. C'était plus que sérieux : il y avait deux mioches qui jeûnaient cette nuit.

Sans faire de bruit, Tore suivit les fientes à l'odeur lourde, presque insupportable, et vit avec consternation que la piste sortait du bois pour se diriger vers l'est. Des urgachs dans la Plaine ! De sombres choses en perspective ! Pour la première fois il s'interrogea sur la décision du chef : passer l'été dans le nord-ouest... Ils étaient seuls. Loin de Célidon, loin de toute tribu qui aurait pu se joindre à eux contre les créatures maléfiques qui s'agitaient peut-être ici. Les Enfants de la Paix, tel était le nom des Dalreï, mais quelquefois la paix avait été difficile à gagner.

Torc ne se souciait pas de la solitude, il avait été seul pendant toute sa vie adulte. Le Paria, disaient les jeunes en se moquant. Le Loup. Gamins stupides : les loups chassaient en meute. Quand l'avait-il jamais fait, lui ? Il y avait quelque amertume dans sa solitude car il était encore jeune et le souvenir d'un temps meilleur était assez frais à sa mémoire pour le blesser. À la longue, il avait acquis une certaine aptitude austère à la réflexion, née de longues nuits passées dans le noir, et avait adopté le point de vue d'un étranger sur ce que faisaient les humains – une autre sorte d'animaux. Il manquait peut-être de tolérance, mais ce n'était pas une lacune bien surprenante.

Il avait des réflexes extrêmement aiguisés.

À peine eut-il aperçu la silhouette massive dans une brève percée de lune qu'il avait son poignard à la main, sautait dans un fossé et s'écartait en rampant des arbres. Sans les nuages, il l'aurait vue plus tôt. Une très grosse bête.

Il se trouvait sous le vent, par bonheur. Avec l'adresse rapide et silencieuse de sa race, il traversa l'espace dégagé en direction de la silhouette entraperçue. Son arc et son épée se trouvaient sur son cheval, c'était stupide. Une voix en lui se demandait si l'on pouvait tuer un urgach avec un simple poignard.

Mais pour le reste, il était concentré sur la tâche à accomplir. Il était arrivé à moins de trois mètres de la créature. Elle ne l'avait pas repéré mais elle était de toute évidence irritée, et très grosse, un bon bras de plus que lui en hauteur, et d'une masse considérable dans l'obscurité.

Il résolut d'attendre un rayon de lune et de viser la tête. On ne s'arrêtait pas à discuter avec les créatures de ses cauchemars. Les dimensions de celle-ci lui faisaient battre le cœur – et comment étaient les crocs, pour une créature de cette taille ?

La lune laissa tomber un rayon oblique. Torc était prêt. Il ramena le bras en arrière pour lancer le poignard ; la tête noire se dessinait clairement sur la plaine argentée, tournée à l'opposé, vers le nord.

« Sainte Mère de Dieu ! » dit l'urgach.

L'élan de Torc était déjà amorcé. Avec un effort brutal, il retint son poignard, et se coupa.

Les créatures du mal n'invoquent pas la Déesse, pas avec cette intonation-là. En y regardant mieux, sous la lumière de la lune, Torc vit que la créature qui se tenait devant lui était un homme. Vêtu de façon étrange, et de forte carrure, mais apparemment sans arme.

Torc reprit son souffle et, d'une voix aussi courtoise que semblaient le permettre les circonstances, il lança : « Pas de geste brusque ! Faites-vous connaître ! »

En entendant l'injonction, Dave sentit le cœur lui monter dans la gorge et redescendre précipitamment dans sa poitrine. Que diable... ! ? Mais au lieu de poursuivre l'enquête, il préféra s'abstenir de tout geste brusque et se faire connaître.

Il se tourna vers la voix, mains tendues, armé seulement des notes sur la Preuve. Et dit, d'une voix aussi calme que possible : « Mon nom est Martyniuk. Dave Martyniuk. Je ne sais pas où je suis et je cherche quelqu'un qui s'appelle Lorèn. Il m'a amené ici. »

Un moment passa. Il sentait le vent du nord dans ses cheveux. Il avait très peur et en était conscient.

Puis une ombre se dressa d'un creux qu'il n'avait même pas vu, et se dirigea vers lui.

« Mantel d'Argent ? » demanda l'ombre, en se matérialisant dans un rayon de lune sous la forme d'un jeune homme, torse nu malgré le vent, pieds nus, vêtu de culottes noires. Il avait à la main un poignard à longue lame d'aspect tout à fait inquiétant.

Oh, mon Dieu, pensa Dave. Que m'ont-ils fait ? Avec circonspection, sans quitter la lame des yeux, il répondit : « Oui, Lorèn Mantel d'Argent. C'est son nom. » Il prit une inspiration pour se calmer. « Ne vous méprenez pas, je vous prie. Je viens ici en ami. Je suis même ici contre mon gré. J'ai été séparé... nous devions arriver dans un endroit appelé Paras Derval. Vous connaissez ? »

L'homme sembla se détendre un peu. « Je connais. Comment se fait-il que vous, vous ne connaissiez pas ?

– Parce que je ne suis pas d'ici ! s'exclama Dave avec une note de frustration dans la voix. Nous avons traversé depuis mon monde à moi. La Terre ? ajouta-t-il avec espoir, pour réaliser ensuite à quel point c'était stupide.

– Où est Mantel d'Argent, alors ?

– Vous n'écoutez pas ? explosa Martyniuk. Je vous l'ai dit, j'ai été séparé des autres. J'ai besoin de lui pour retourner chez moi. Tout ce que je veux, c'est retourner chez moi le plus vite possible. Vous ne pouvez pas comprendre ça ? »

Il y eut un autre silence.

« Pourquoi, demanda l'homme, ne devrais-je pas tout simplement vous tuer ? »

Dave laissa échapper une respiration sifflante. Il s'en tirait plutôt mal, semblait-il. Ciel, il n'était pas un diplomate. Pourquoi n'était-ce pas Kevin Laine qui avait été séparé du groupe ? Dave envisagea de sauter sur l'autre mais quelque chose lui disait que ce mince individu savait fort bien se servir de sa lame.

Il eut une inspiration soudaine : « Parce que, risqua-t-il, Lorèn n'apprécierait pas. Je suis son ami. Il va chercher à me retrouver. » *Vous renoncez trop vite à l'amitié*, avait dit le mage la nuit précédente. Pas toujours, pensa Dave, pas cette nuit, mon gars.

Sa déclaration semblait avoir quelque effet ; Martyniuk baissa les mains avec lenteur. « Je ne suis pas armé, dit-il. Je suis égaré. Pouvez-vous m'aider, je vous prie ? »

L'homme remit enfin son poignard au fourreau. « Je vais vous amener à Ivor et à Géreint. Ils connaissent tous deux Mantel d'Argent. Nous irons au campement dans la matinée.

– Pourquoi pas maintenant ?

– Parce que j'ai un travail à faire, et je suppose que vous allez devoir le faire avec moi, à présent.

– Comment ? Faire quoi ?

– Il y a deux mioches dans la forêt, qui jeûnent pour voir leur totem. Nous devons veiller sur eux pour nous assurer qu'ils ne se coupent pas ou quelque chose du même genre. » Il montra sa main ensanglantée. « Comme je l'ai fait moi-même, en m'abstenant de vous tuer. Vous vous trouvez parmi les Dalreï, dans la tribu d'Ivor, la troisième. Et vous avez de la chance, c'est un homme entêté, car tout ce que vous trouveriez ici, sinon, ce seraient des eltors et des svarts alfar. Les uns vous fuiraient et les autres vous tueraient. Mon nom, ajouta-t-il, est Torc. Venez, maintenant. »

Les mioches, comme Torc s'obstinait à appeler les deux adolescents, semblaient sains et saufs. Avec de la chance, expliqua Torc, chacun verrait son animal-totem avant l'aube. Sinon, le jeûne se poursuivrait, et il devrait les surveiller une nuit de plus. Dave et lui étaient assis, adossés à un arbre dans une petite clairière à distance égale des deux garçons. Le cheval de Torc, un petit étalon gris foncé, broutait non loin de là.

« Et on veille à quoi ? » demanda Dave, un peu nerveux. Les forêts nocturnes n'étaient pas son habitat naturel.

« Je vous l'ai dit, il y a des svarts alfar dans les environs. La rumeur de leur présence a fait fuir toutes les autres tribus dans le sud.

– Il y avait un svart alfar dans notre univers, décida de révéler Dave. Il avait suivi Lorèn. Matt Sören l'a tué. Lorèn disait qu'ils n'étaient ni dangereux ni très nombreux. »

Torc haussa les sourcils : « Il y en a davantage qu'autrefois, dit-il, et même s'ils ne sont peut-être pas dangereux pour un mage, ils ont été créés pour tuer, et ils le font très bien. »

Mal à l'aise, Dave se sentait des fourmis dans tout le corps. Torc parlait de tueries avec une fréquence inquiétante.

« Les svarts seraient déjà un motif suffisant de souci, continua celui-ci. Mais juste avant de vous voir, j'ai trouvé des fientes d'urgach – je vous ai pris pour lui, là-bas. J'avais l'intention de tuer d'abord et d'aviser ensuite. On n'a pas vu de telles créatures depuis des centaines d'années. Leur retour n'augure rien de bon. Je ne sais pas ce que cela veut dire.

– Que sont-ils ? »

Torc fit un geste étrange et secoua la tête : « Pas la nuit, dit-il. Nous ne devrions pas parler d'eux ici. » Il répéta son geste.

Dave se laissa de nouveau aller contre l'arbre. Il était tard, il aurait dû essayer de dormir, sans doute, mais il était beaucoup trop énervé. Torc ne semblait pas en veine de conversation ; cela lui convenait.

Dans l'ensemble, les choses n'allaient pas si mal. Il aurait pu trouver pire. Il avait atterri parmi des gens qui connaissaient le mage, semblait-il. Les autres ne pouvaient être très loin. Tout s'arrangerait probablement, s'il ne se faisait pas dévorer par quelque créature de la forêt. D'ailleurs, Torc savait de toute évidence ce qu'il faisait. Suis le mouvement, se dit-il.

Après environ trois quarts d'heure, Torc se leva pour aller jeter un coup d'œil à ses mioches. Il boucla un circuit vers l'est et revint dix minutes plus tard en hochant la tête.

« Barth va bien et il est bien dissimulé maintenant. Moins stupide que la plupart. » Il continua vers l'ouest pour aller s'enquérir de l'autre. Quelques minutes après, il reparut.

« Eh bien... », commença-t-il en s'approchant de l'arbre.

Ce que Dave fit alors, seul un athlète pouvait le réussir. Par pur réflexe, Martyniuk bondit sur ce qui venait de surgir des arbres derrière Torc, une créature hirsute qui ressemblait à un singe. Il la frappa de son plus dur plaquage au corps, et l'épée qui tournoyait pour décapiter Torc s'en trouva déviée.

Étalé de tout son long, le souffle coupé par le choc, Dave vit s'abaisser l'autre main de l'énorme créature. Il réussit à parer de l'avant-bras gauche, qu'il sentit s'engourdir au contact. Dieu du ciel, pensa-t-il, les yeux plongés dans un regard écarlate, enragé, qui devait être celui d'un urgach, il est fort, le salaud ! Il n'eut même pas le temps d'avoir peur : il roula sur lui-même avec maladresse pour échapper au coup d'épée de l'urgach, porté de près, et vit un corps passer devant lui comme une flèche.

Torc, poignard en main, s'était jeté droit à la tête de la créature. L'urgach laissa tomber son épée, dont il avait du mal à se servir, et avec un grognement épouvantable bloqua aisément le bras de Torc. Changeant sa prise, il projeta le Cavalier au loin contre un arbre au pied duquel Torc s'effondra, un moment étourdi.

Un contre un, pensa Dave. Le plongeon de Torc lui avait donné le temps de se relever, mais tout allait si vite ! Il tourna les talons et se rua vers le cheval attaché de Torc, qui hennissait de terreur, pour saisir l'épée qui pendait contre le tapis de selle. Une épée ? Qu'est-ce qu'il allait faire avec une épée ?

Parer les coups, frénétiquement. L'urgach, ayant récupéré son arme, lui tombait dessus avec un grand coup de son épée géante, brandie à deux mains. Dave était fort mais, quand il bloqua ce coup, l'impact vibrant lui engourdit le bras droit presque autant que le gauche, et il recula en titubant.

« Torc ! s'écria-t-il avec désespoir. Je ne peux pas... »

Il se tut, car il n'y avait plus besoin de parler. L'urgach vacillait comme un rocher près de s'effondrer, et l'instant d'après il s'écrasait de tout son long, la tête la première, avec le poignard de Torc enfoncé jusqu'à la garde dans la nuque.

Les deux hommes se contemplèrent par-dessus le cadavre de la monstrueuse créature.

« Eh bien, dit enfin Torc, encore haletant, je sais maintenant pourquoi je ne vous ai pas tué. »

Ce que ressentait Dave était si intense, et si inattendu, qu'il lui fallut un moment pour comprendre de quoi il s'agissait.

Ivor, qui s'était levé avec le soleil et surveillait la porte du sud-ouest, vit Barth et Navon revenir ensemble. Il pouvait dire à leur allure – ce n'était pas difficile – qu'ils avaient tous deux trouvé quelque chose dans la forêt. Ils avaient trouvé... ou avaient été trouvés, comme disait Géreint. Ils étaient partis adolescents et ils revenaient Cavaliers, même s'ils étaient toujours ses enfants. Cavaliers des Dalreï. Aussi éleva-t-il la voix pour les saluer, afin qu'à leur retour du monde des visions, ils fussent accueillis dans la tribu par la voix de leur chef.

« Holà ! s'écria Ivor, pour être entendu de tous. Voyez qui arrive ! Réjouissons-nous car, voyez, le Tisserand nous envoie deux nouveaux Cavaliers ! »

Tout le monde se précipita alors, après avoir attendu avec une ardeur retenue que le chef fût le premier à annoncer ce retour. C'était une tradition de la troisième tribu depuis l'époque de Lahor, le grand-père d'Ivor.

On accueillit Barth et Navon avec une exultante fierté. Leurs yeux étaient encore écarquillés d'émerveillement, ils n'étaient pas entièrement revenus de l'autre monde, des visions que le jeûne, la nuit et la potion secrète de Géreint leur avaient données. Ils paraissaient frais et dispos, comme ils devaient l'être.

Ivor ouvrit le chemin, flanqué des deux jeunes gens, les laissant marcher à ses côtés à présent, comme il convenait à des hommes, pour se rendre aux quartiers réservés à Géreint. Il les accompagna à l'intérieur et les regarda s'agenouiller devant le shaman, afin qu'il pût confirmer et consacrer leurs totems. Aucun des enfants d'Ivor n'avait jamais tenté de mentir sur son jeûne, de proclamer l'apparition d'un totem quand il n'y en avait pas eu, ou de prétendre qu'un eltor avait été un aigle ou un sanglier. C'était toujours la tâche du shaman de trouver en eux la vérité de leur veille, de sorte que Géreint connaissait le totem de chaque Cavalier de la tribu. Il en était ainsi dans toutes les tribus. C'était écrit à Célidon. C'était la Loi.

Géreint, assis en tailleur sur son tapis de sol, leva enfin la tête. Il se tourna sans erreur vers l'endroit où se tenait Ivor, silhouette découpée à contre-jour.

« Cette heure connaît leur nom », dit le shaman.

C'était fait. Les paroles qui définissaient un Cavalier avaient été prononcées : l'heure que nul ne pouvait éviter, la sainteté du nom secret. Le sentiment de la vaste étendue de la durée envahit soudain Ivor. Depuis mille deux cents ans les Dalreï chevauchaient dans la Plaine. Depuis mille deux cents ans on avait ainsi proclamé chaque nouveau Cavalier.

« Donnerons-nous un festin ? demanda-t-il selon le rituel.

– En vérité, oui, répondit Géreint avec sérénité. Ce sera le festin des Nouveaux Chasseurs.

– Qu'il en soit ainsi », dit Ivor. Ils avaient prononcé ces paroles tant et tant de fois, Géreint et lui, été après été. Devenait-il vieux ?

Il emmena les deux nouveaux Cavaliers au soleil, là où toute la tribu s'était rassemblée devant l'entrée de la maison du shaman.

« Leur heure les connaît », dit-il, et il sourit en entendant le rugissement qui s'éleva.

Il rendit enfin Navon et Barth à leurs familles. « Dormez », leur conseilla-t-il à tous deux, en sachant ce que serait ce matin-là, en sachant qu'ils ne l'écouteraient pas. Qui dormait jamais en ce jour ?

Lévon avait dormi. Mais Lévon était resté trois nuits dans le bosquet et en était sorti épuisé, dans un état second. Son jeûne avait été difficile et l'avait emmené bien loin, comme il convenait au futur chef de la tribu.

Avec ces pensées en tête, Ivor regarda sa tribu se disperser puis se plia en deux pour retourner dans l'obscurité de la maison de Géreint. Il n'y avait jamais de lumière dans cette maison-là, quel que soit le camp qu'on occupait.

Le shaman n'avait pas bougé.

« Tout va bien », dit Ivor en s'accroupissant près du vieil homme.

Géreint hocha la tête : « Tout va bien, je pense. Ils seront bons Cavaliers tous les deux, et Barth sera peut-être davantage. » Il n'en disait jamais beaucoup plus au chef à propos de ce qu'il avait vu chez les nouveaux Cavaliers. Ivor s'émerveillait toujours du don du shaman, de son pouvoir.

Il se rappelait la nuit où l'on avait aveuglé Géreint. Ivor était alors un enfant, que quatre étés séparaient encore de son faucon, mais, comme il était le fils unique de Banor, on l'avait emmené assister à la cérémonie avec les hommes. Toute sa vie, les symboles mêmes du pouvoir seraient pour lui les incantations entonnées par des voix graves et le va-et-vient des torches dans la plaine nocturne sous les étoiles de l'été.

Les deux hommes restèrent quelques instants sans parler, plongés dans leurs pensées. Puis Ivor se dressa : « Je dois parler à Lévon de la chasse de demain, dit-il. Seize bêtes, je pense.

– Au moins, dit le shaman d'un ton fâché. Je pourrais manger un eltor entier à moi seul. Nous n'avons pas eu de festin depuis longtemps, Ivor. »

Ivor gloussa : « Très longtemps, vieux glouton. Douze jours depuis que Walèn a été désigné. Pourquoi n'es-tu pas plus gras ?

– Parce que, expliqua le sage avec patience, il n'y a jamais assez de nourriture aux festins.

– Bon, dix-sept bêtes, alors ! conclut Ivor en riant. Je te verrai demain matin avant leur départ. C'est à Lévon de décider, mais je vais lui suggérer d'aller à l'est.

– À l'est, acquiesça gravement Géreint. Mais nous nous verrons plus tard aujourd'hui. »

À cela aussi, Ivor s'était accoutumé.

« La seconde vue apparaît quand la lumière disparaît », disaient les Dalreï. Ce n'était pas une loi, mais cela avait force de loi, Ivor en avait parfois le sentiment. Ils trouvaient leurs totems dans l'obscurité et leurs shamans trouvaient leurs pouvoirs dans la cécité avec cette cérémonie estivale : la nuit, les torches flamboyantes... et la lumière des étoiles soudain éteinte.

Il trouva Lévon avec les chevaux, bien entendu ; il s'occupait d'une jument qui avait un fanon mal en point. Lévon se dressa en entendant les pas de son père et vint le trouver, écartant de ses yeux ses cheveux blonds ; ils étaient longs et il ne les attachait jamais. En voyant Lévon, le cœur d'Ivor se réjouit ; il en était toujours ainsi.

Il se rappela, probablement parce qu'il y avait pensé un moment auparavant, le matin où Lévon était revenu de son jeûne de trois jours. Il avait dormi toute la journée, épuisé jusqu'à la moelle, sa peau claire devenue livide de fatigue. Tard dans la nuit, il s'était levé pour aller chercher son père.

Ivor et son fils de treize ans avaient marché de concert dans le campement endormi.

« J'ai vu un cerne, père », avait soudain dit Lévon. Il lui faisait le don le plus profond, le plus précieux. Lui révéler son totem, son nom secret. Un cerne, c'était très bien, avait pensé Ivor avec orgueil. Puissant, brave, doté de cornes fières à l'instar du dieu dont il portait le nom, légendaire pour la façon dont il défendait ses petits. Un cerne, c'était le meilleur totem possible.

Il avait hoché la tête. Il se sentait la gorge serrée. Leith le taquinait toujours sur sa propension un peu trop facile aux larmes. Il avait eu envie de passer un bras autour du garçon, mais Lévon était désormais un Cavalier, un homme, qui lui avait fait un présent d'homme.

« Le mien était un faucon », avait dit Ivor. Et ils s'étaient tenus épaule contre épaule pour regarder ensemble le ciel d'été qui se déployait au-dessus de leur tribu endormie.

« À l'est, n'est-ce pas ? » lançait maintenant Lévon en s'approchant. Il y avait une étincelle rieuse dans ses yeux bruns.

« Je pense, oui, répliqua Ivor. Ne soyons pas imprudents. Mais c'est à toi de décider, se hâta-t-il d'ajouter.

– Je sais. L'est sera parfait. J'aurai deux nouveaux chasseurs, de toute façon. La chasse est plus facile à l'est. Combien de bêtes ?

– Je pensais à seize, mais Géreint veut un eltor pour lui tout seul. »

Lévon se mit à rire, la tête rejetée en arrière. « Et il s'est plaint de la rareté des festins, n'est-ce pas ?

– Comme toujours, gloussa Ivor. Alors, combien de chasseurs pour dix-sept?

– Vingt », décida aussitôt Lévon.

C'était cinq de moins qu'Ivor lui-même n'en aurait pris. Lourde tâche pour les chasseurs, surtout les deux nouveaux, mais Ivor garda le silence. C'était Lévon désormais qui était responsable de la chasse, et il connaissait comme nul autre les chevaux, les chasseurs et les eltors. En outre, il était d'avis qu'il était bon de pousser les chasseurs, Ivor le savait; cela aiguisait leurs réflexes. On disait que Révor en avait fait autant.

Aussi dit-il simplement : « Bien. Choisis-les avec soin. Je te verrai plus tard chez nous. »

Lévon leva la main en réponse; il retournait déjà à la jument.

Ivor n'avait pas encore mangé ni parlé à Leith, et le soleil était déjà haut. Il revint chez lui. Et trouva ceux qui l'attendaient dans la salle principale. À cause des dernières paroles de Géreint, il n'en fut pas tout à fait surpris.

« Voici Davor, dit Torc sans cérémonie. Il a traversé depuis un autre univers avec Lorèn Mantel d'Argent la nuit dernière, mais il en a été séparé. Nous avons tué un urgach ensemble dans le bois de Faëlinn pendant la nuit. »

Oui, songea Ivor, je savais qu'il y avait quelque chose. Il regarda les deux jeunes gens. L'étranger, un homme de très forte carrure, était quelque peu hérissé et agressif, mais ce n'était qu'une attitude, estima Ivor. Les paroles laconiques de Torc avaient à la fois inquiété et ravi le chef. Un urgach, c'était une nouvelle inouïe, mais entendre le Paria dire « nous » faisait sourire Ivor en son for intérieur. Ces deux hommes avaient partagé quelque chose pendant la bataille, songea-t-il.

« Soyez le bienvenu », dit-il à l'étranger. Puis les paroles rituelles : « Votre arrivée est un fil étincelant qui a été tissé pour nous. Il faudra me raconter ce que vous jugerez bon de votre histoire. Tuer un urgach – bel acte de bravoure. Mais nous mangerons d'abord », se hâta-t-il d'ajouter, connaissant les règles de Leith à l'égard des invités. « Liane ? » appela-t-il.

Sa fille parut aussitôt. Elle avait évidemment écouté, cachée derrière la porte. Ivor réprima un sourire. « Nous avons des invités pour le repas du matin. Pourrais-tu trouver Tabor ? Qu'il demande à Géreint de venir. Et à Lévon.

– Géreint ne voudra pas, répondit-elle avec impertinence. Il dira que c'est trop loin. » Ivor constata qu'elle tournait le dos à Torc. C'était une honte de voir l'une de ses enfants traiter ainsi un membre de la tribu. Il faudrait lui en parler. Il fallait en finir avec cette histoire de paria.

En l'occurrence, il se contenta d'ajouter : « Que Tabor lui dise qu'il avait raison ce matin.

– Raison à propos de quoi ? demanda Liane.

– Va, petite », dit Ivor. Il y avait des limites.

Rejetant ses cheveux en arrière d'un geste facile à prévoir, Liane tourna les talons et quitta la salle. L'étranger, constata Ivor, avait une expression amusée et ne se cramponnait plus d'une main aussi défensive à sa liasse de papiers. Tout allait bien, pour le moment.

Restaient Lorèn Mantel d'Argent... et l'urgach dans le bois de Faëlinn. En cinq cents ans, jamais on n'avait dû signaler de telles créatures à Célidon. Je savais bien, pensa Ivor, que nous avions une autre raison de rester ici.

Telle était la raison, apparemment.

11

Ils lui avaient trouvé un cheval, ce qui n'était pas tâche facile. Les Dalreï étaient plutôt petits, vifs et nerveux, et leurs montures leur ressemblaient beaucoup. En hiver, toutefois, ils faisaient du troc avec les gens du Brennin, là où le Grand Royaume jouxtait la Plaine, près de la Latham, et il y avait toujours une ou deux montures de plus grande taille dans chaque tribu, qu'on utilisait habituellement pour transporter des marchandises d'un camp à l'autre. Monté sur le placide cheval gris qu'on lui avait donné, et guidé par Tabor, le plus jeune fils d'Ivor, Dave était parti à l'aube avec Lévon et les chasseurs pour assister à une chasse à l'eltor.

Ses bras étaient mal en point mais Torc ne se portait guère mieux, et pourtant il chassait; Dave en conclut qu'il pourrait lui-même monter à cheval et regarder.

Tabor, un garçon maigre, bruni par le soleil, chevauchait près de lui sur un poney alezan. Il avait les cheveux attachés dans le dos comme Torc et la plupart des Cavaliers, mais ils n'étaient pas vraiment assez longs pour cela, et la queue ainsi formée pointait de sa nuque comme un chicot. Dave se souvenait de lui-même à quatorze ans et ressentait une sympathie inhabituelle pour le gamin. Tabor parlait beaucoup – en fait, il n'avait pas arrêté depuis leur départ – mais, pour une fois, Dave s'intéressait à tout, et ce babil ne le dérangeait pas.

« Avant, nous emportions nos maisons partout avec nous », expliquait Tabor alors qu'ils avançaient au petit trot. En tête, Lévon soutenait une allure modérée en direction de l'est et du soleil levant. Torc chevauchait à ses côtés, et il semblait y avoir une vingtaine d'autres chasseurs. C'était une douce et magnifique matinée d'été.

« Ce n'étaient pas des maisons comme maintenant, bien entendu, poursuivit Tabor. On les construisait avec des peaux d'eltor et des mâts, pour qu'elles soient faciles à transporter.

– Nous avons l'équivalent dans mon univers, dit Dave. Pourquoi avez-vous changé de méthode ?

– C'est Révor qui a tout changé, expliqua Tabor.

– Qui est Révor ? »

Le garçon eut l'air chagrin, comme accablé de découvrir que la renommée de Révor n'avait pas encore atteint Toronto. Quatorze ans, c'est un drôle d'âge, songea Dave en retenant un sourire ; il était étonné de se sentir de si bonne humeur.

« Révor est notre plus grand héros, expliqua Tabor avec vénération. Il a sauvé le très haut roi lors de la grande bataille, pendant le Baël Rangat, grâce à sa chevauchée à travers le Daniloth, et il a obtenu la Plaine en récompense pour les Dalreï, à jamais. Après cela, poursuivit le garçon, très sérieux, Révor a convoqué une grande assemblée des Dalreï à Célidon, au centre de la Plaine, et il a dit que si c'était maintenant notre pays, nous devions y imprimer notre marque. Les camps ont été construits en ce temps-là, pour que nos tribus aient de véritables demeures où aller quand elles suivent l'eltor dans la Plaine.

– Les camps sont là depuis quand ?

– Oh, depuis un temps fou, répliqua Tabor avec un petit geste de la main.

– Untanfou ? Je croyais qu'il s'appelait Révor ? » dit Dave, étonné de s'entendre plaisanter. Tabor le regarda un instant sans comprendre, puis se mit à glousser. Un bon petit, décida Dave. Mais sa queue de cheval était désopilante.

« Les camps ont été rebâtis plusieurs fois depuis. » Tabor avait repris son discours ; il prenait son devoir de guide au sérieux. « Nous coupons toujours du bois quand nous sommes près d'une forêt – sauf celle de Pendarane, bien sûr – et nous l'emportons au camp suivant. Parfois, les camps ont été complètement détruits. Il y a des incendies quand la Plaine est sèche. »

Dave hocha la tête : c'était logique. « Et, de toute façon, je suppose que vous réparez les dommages causés entre-temps par les intempéries et les animaux.

– Par les intempéries, oui, dit Tabor. Mais jamais par les animaux. Les shamans ont un sortilège, un présent de Gwen Ystrat. Aucune bête sauvage n'entre jamais dans nos camps. »

Cela, Dave avait encore du mal à l'accepter. Il se rappelait le vieux shaman aveugle, Géreint, qu'on avait conduit dans la maison du chef le matin précédent. Géreint avait fixé sur lui ses yeux sans regard. Dave avait soutenu de son mieux ce regard – duel oculaire avec un aveugle – mais quand Géreint s'était détourné, impassible, il avait failli crier : « Qu'avez-vous vu, bon sang ? »

Tout cela le déroutait beaucoup. Mais ce fut là le seul moment difficile. Ivor, le chef, un petit homme à la peau tannée, aux yeux entourés de rides en étoile et à l'élocution réfléchie, avait bien fait les choses.

« Si Mantel d'Argent se rendait à Paras Derval, avait-il dit, alors, c'est là qu'on le trouvera. J'enverrai un message à Célidon par les aubereï, et un groupe des nôtres vous conduira vers le sud jusqu'au Brennin. Un tel voyage sera un bon exercice pour nos jeunes gens, et j'ai des nouvelles à communiquer à Allell, le très haut roi.

– À propos de l'urgach ? » avait dit une voix près de la porte, et Dave s'était retourné pour voir de nouveau Liane, la brunette, la fille d'Ivor.

Lévon s'était mis à rire : « Père, nous ferions aussi bien de l'admettre au conseil de la tribu. Elle écoute de toute façon. »

Ivor semblait à la fois fier et agacé. C'est en cet instant que Dave avait compris qu'il aimait le chef.

« Liane, avait repris Ivor, ta mère n'a-t-elle pas besoin de toi ?

– Elle a dit que j'étais dans ses jambes.

– Comment peux-tu être dans ses jambes ? Nous avons des invités, tu dois avoir quelque chose à faire, avait protesté Ivor, déconcerté.

– Je casse les plats, avait expliqué Liane. Les nouvelles, c'est l'urgach ? »

Dave avait éclaté de rire puis avait rougi sous le regard que lui jetait l'offensée.

« Oui », avait dit Ivor. Mais il avait ensuite ajouté, en regardant Liane droit dans les yeux : « Ma fille, je tolère tes caprices parce que je n'aime pas punir mes enfants devant des invités, mais tu vas trop loin. Écouter aux portes n'est pas convenable, c'est l'acte d'une enfant gâtée, pas d'une femme. »

L'attitude désinvolte de Liane avait totalement disparu ; elle avait pâli, ses lèvres tremblaient : « Pardonnez-moi », avait-elle soufflé, et, tournant vivement les talons, elle s'était enfuie.

« Elle déteste manquer quoi que ce soit », avait dit Lévon, soulignant inutilement une évidence.

« Les voilà ! »

Tabor désignait le sud-est ; Dave, plissant les yeux à cause du soleil, vit les eltors qui se dirigeaient vers le nord, en travers de leur propre route. Il réalisa soudain qu'il s'était attendu à voir des bisons, mais ce qu'il découvrit lui fit retenir son souffle ; il comprit tout d'un coup pourquoi les Dalreï ne parlaient pas d'un troupeau mais d'une leste d'eltors.

Ils ressemblaient à des antilopes par leur élégance, leur pelage lisse, leurs cornes ramifiées et leur incroyable rapidité. Presque tous avaient le poil brun, avec diverses nuances, sauf un ou deux, du blanc le plus pur. Ils traversaient la plaine à une vitesse vertigineuse. Il devait y en avoir cinq cents ; ils couraient comme le vent sur l'herbe, tête haute, arrogants et superbes, crinières soulevées par la vitesse de leur course.

« Une petite leste », dit Tabor. Le gamin feignait l'indifférence mais Dave percevait l'excitation qui courait dans sa voix, alors même qu'il sentait s'accélérer le battement de son propre cœur. Dieu du ciel, ils étaient magnifiques. Autour de lui, répondant à un ordre bref de Lévon, les Cavaliers piquèrent des deux et changèrent leur angle d'approche pour aborder la leste de biais.

« Venez ! » dit Tabor ; leurs montures plus lentes suivirent les autres. « Je sais où il va emmener la chasse. » Il vira brusquement vers le nord, et Dave le suivit. Une fois au sommet d'une petite élévation dans l'étendue par ailleurs horizontale de la prairie, ils se retournèrent. Dave vit converger eltors et chasseurs, et put observer la chasse des Dalreï tandis que Tabor lui expliquait la Loi.

On ne pouvait tuer un eltor qu'à l'aide d'un poignard. Rien d'autre. Tout autre moyen signifiait la mort ou l'exil pour le chasseur qui l'utilisait. Ainsi le décrétait, depuis mille deux cents ans, la Loi inscrite sur les parchemins de Célidon.

Et encore : un seul eltor par chasseur, et une seule occasion de tuer. On pouvait tuer une femelle, à ses risques et périls, car abattre une femelle gravide signifiait la mort ou l'exil.

C'était ce qui était arrivé au père de Torc, apprit Dave. Ivor l'avait exilé car c'était la seule grâce qu'il pouvait lui accorder : préserver les grandes lestes d'eltors, c'était préserver les Dalreï eux-mêmes. Dave hocha la tête à ces paroles : il ne savait pourquoi, mais ici, dans la Plaine, sous ce ciel profond, des lois simples et dures semblaient appropriées. Ce n'était pas un monde fait pour les nuances ou les subtilités.

Puis Tabor se tut car, un par un, en réponse au geste de Lévon, les chasseurs de la troisième tribu se mettaient à la poursuite de leur proie. Dave vit le premier, penché bas sur sa selle, confondu à sa monture lancée au grand galop, arriver à la lisière de la leste. L'homme choisit sa cible, se glissa contre elle, puis – Dave en resta bouche bée – l'homme bondit de son cheval sur l'eltor, le poignard levé et, d'un geste bref, trancha la jugulaire de l'animal. L'eltor s'affaissa et le poids du Dalreï l'écarta du trajet de la leste. Le chasseur se dégagea de la bête qui tombait, toucha le sol à une vitesse effarante, fit un roulé-roulé et se retrouva debout, le poignard levé et rougi du sang de son triomphe.

Lévon leva son propre poignard en réponse mais la plupart des autres hommes fonçaient déjà le long de la leste. Dave vit l'homme suivant tuer sa proie d'un lancer mortel, à courte distance. L'eltor s'effondra presque sur place. Un autre chasseur, avec une habileté incroyable, en se servant de ses genoux pour diriger sa monture, se pencha au-dessus du dos d'un eltor qui galopait follement pour le poignarder sans quitter son cheval, et l'abattre.

« Aïe, dit soudain Tabor. Navon essaie de faire du style. » Dave porta son regard vers l'un des adolescents qu'il avait gardés la nuit précédente et qui essayait en effet de se faire remarquer pour sa première chasse. Debout dans ses étriers, Navon s'approcha habilement d'un des eltors. Il visa avec soin, lança son poignard, toujours debout – et rata son coup. La lame passa juste au-dessus du garrot de la bête et tomba au sol sans la blesser.

« Imbécile ! » s'exclama Tabor tandis que Navon se laissait retomber, assis sur sa monture. Même à la distance où il se trouvait, Dave pouvait voir l'accablement du jeune Cavalier.

« Bel effort, risqua-t-il.

– Non, répliqua sèchement Tabor, les yeux toujours fixés sur les chasseurs. Il ne devrait pas faire cela à sa première chasse, surtout quand Lévon lui fait confiance en ne prenant que vingt chasseurs pour dix-sept bêtes. Si quelqu'un d'autre est malchanceux, à présent... »

En se retournant vers la chasse, Dave repéra l'autre nouveau Cavalier, Barth, qui, sur un étalon bai, s'élançait avec une calme efficacité. Il choisit son eltor puis, sans perdre de temps, galopa à côté de l'animal, s'élança sur le dos de la bête et, d'un coup de poignard, comme le premier chasseur, il l'abattit.

« Bien, marmonna Tabor, quoique un peu à regret. Bien fait. Vous voyez, il l'a même amené au bord de la leste, à l'écart des autres. Leur sauter sur le dos, c'est la meilleure méthode, même si on peut se blesser. »

Et de fait, même si Barth se redressait en levant sa dague, il la tenait de la main gauche, son bras droit pendait à son côté. Lévon le salua en retour. Dave se tourna vers Tabor pour lui poser une question mais fut arrêté net par les traits crispés de son compagnon.

« De grâce, murmura Tabor, presque suppliant, que ce soit pour bientôt. Oh, Davor, si Géreint ne me désigne pas cet été, je mourrai de honte ! »

Dave ne savait que dire. Au bout d'un moment, il se contenta donc de poser sa question : « Lévon va-t-il y aller aussi, ou se borne-t-il à regarder ? »

Tabor se reprit : « Il ne tue que si les autres ont échoué ; alors il remplit lui-même le quota. Mais c'est une source de honte si le chef de la chasse est obligé de tuer ; c'est pourquoi la plupart des tribus prennent beaucoup plus de chasseurs qu'elles n'en ont besoin. » La fierté était revenue dans la voix de Tabor. « C'est une grande source d'honneur que de prendre seulement quelques cavaliers de plus, ou aucun, mais personne ne le fait. La troisième tribu est renommée dans toute la Plaine pour son audace à la chasse. J'aurais bien aimé que Lévon soit plus prudent, avec les deux nouveaux, aujourd'hui. Mon père aurait... Oh non ! »

Dave avait vu lui aussi. L'eltor choisi par le quinzième cavalier trébucha au moment même où le chasseur lançait son poignard, et la lame ne fit que rebondir sur une corne. L'eltor retrouva l'équilibre et fila tête haute, la crinière gracieusement rejetée en arrière.

Tabor était soudain très silencieux et, après un calcul rapide, Dave comprit pourquoi : personne d'autre ne pouvait se permettre de manquer son coup. Lévon avait vu juste.

Le seizième chasseur, un homme plus âgé, s'était déjà détaché du petit groupe qui restait. Les Cavaliers qui avaient déjà tué galopaient de l'autre côté de la leste. Ils lui avaient fait changer de direction ; les bêtes fonçaient maintenant vers le sud en longeant l'autre côté du monticule. Les animaux abattus se trouveraient très proches les uns des autres. C'était un processus efficace, bien calculé. Si personne d'autre ne manquait son coup.

Le seizième chasseur ne jouait pas. Rapide, la lame haute, il choisit un animal plus lent, sauta, frappa, le fit tomber à l'écart. Il se redressa, la dague levée.

« Une bête bien grasse, dit Tabor, essayant de masquer sa tension. Géreint voudra celle-là, ce soir. »

Le dix-septième homme tua aussi sa bête, en se tenant presque à la hauteur de la tête de son eltor au moment où il lança son poignard. Il donna l'impression que c'était chose aisée.

« Torc ne manquera pas son coup », dit Tabor, et Dave vit la silhouette au torse nu, désormais familière, passer à toute allure le long du monticule. Torc choisit un eltor, galopa un moment vers le sud avec lui puis lança son poignard avec une arrogante assurance. La bête s'effondra presque à leurs pieds. Torc fit un bref salut puis fila rejoindre les autres Cavaliers de l'autre côté de la leste. Dave se rappela la chute de l'urgach, deux nuits plus tôt. Il avait envie d'applaudir Torc, mais il se rappela qu'il restait encore un chasseur, et il sentit l'inquiétude de Tabor.

« Cechtar est très habile », souffla le garçon. Dave vit un homme robuste monté sur un alezan s'éloigner de Lévon – le chef de la chasse était seul à présent, juste en dessous d'eux. Cechtar galopa avec assurance vers la leste que les autres guidaient le long du monticule. Il avait déjà tiré son poignard et se tenait solidement en selle, d'une façon rassurante.

Et puis le cheval buta sur une motte et trébucha. Cechtar resta en selle, mais le mal était fait – le couteau brandi trop tôt avait quitté sa main pour tomber non loin de la bête sans la blesser.

N'osant respirer, Dave se retourna pour voir ce qu'allait faire Lévon. À ses côtés, Tabor gémissait, au comble de la détresse : « Oh, non ! Oh, non ! répétait-il. Honte sur nous ! C'est un déshonneur pour les trois Cavaliers, et surtout pour Lévon, qui a mal jugé. Il ne peut rien faire. J'en suis malade !

– Il doit tuer, maintenant ?

– Oui, et il va le faire. Mais ça ne change rien, il ne peut rien... Oh non ! »

Tabor s'interrompit car Lévon, faisant très délibérément avancer son cheval, avait crié un ordre à Torc et aux autres. Dave vit les chasseurs se hâter de faire tourner de nouveau les eltors ; après avoir décrit un vaste demi-cercle, la leste, à environ un demi-kilomètre, revint à toute allure vers le nord, forte de ses cinq cents têtes, à l'est du monticule.

« Que fait-il ? demanda Dave à voix basse.

– Je ne sais pas. Je ne comprends pas. À moins que... »

Lévon avança lentement en direction de l'est mais, après quelques pas, il fit tourner son cheval pour se poster, immobile, droit sur le chemin des eltors.

« Que diable... ? souffla Dave.

– Oh, Lévon, non ! » cria soudain Tabor. Le garçon agrippa le bras de Dave, le visage livide de terreur. Il avait compris. « Il essaie la Chasse de Révor. Il va se tuer ! »

Dave sentit la peur jaillir en lui quand il comprit à son tour ce que Lévon essayait de faire. Mais c'était impossible, c'était de la folie. Le chef de la chasse voulait-il se suicider parce qu'il était déshonoré ?

Dans un silence pétrifié, ils regardèrent du haut du monticule : la leste, massée presque en triangle derrière l'animal de tête, galopait sur l'herbe vers la silhouette immobile aux cheveux blonds, vers le frère de Tabor. Les autres chasseurs, Dave en eut vaguement conscience, s'étaient arrêtés aussi. On n'entendait que le tonnerre des eltors qui arrivaient en trombe.

Incapable de détacher ses yeux du chef de la chasse, Dave vit Lévon mettre pied à terre sans hâte pour se camper devant son cheval. Les eltors étaient très proches à présent, fonçant à toute allure, emplissant l'air du martèlement de leurs sabots.

Le cheval était totalement immobile. Dave le remarqua aussi, puis il vit Lévon tirer son poignard sans se presser.

L'eltor de tête était à cinquante mètres.

À vingt mètres.

Lévon leva le bras et, d'un seul mouvement souple et harmonieux, il lança sa lame.

Qui frappa l'énorme bête entre les deux yeux. L'eltor trébucha, vacilla et s'effondra aux pieds de Lévon. Exactement aux pieds de Lévon.

Les poings serrés, saisi d'une émotion violente, Dave vit les autres bêtes se séparer aussitôt en deux groupes pour s'écarter de leur meneur abattu, en formant deux lestes plus petites, l'une obliquant vers l'est et l'autre vers l'ouest, se divisant en un nuage de poussière à l'endroit précis où gisait l'eltor.

À l'endroit précis où Lévon, ses cheveux blonds soulevés par le vent, caressait calmement les naseaux de son cheval alors qu'il venait en un instant, par un acte d'étincelante bravoure, d'arracher un grand honneur pour son peuple aux griffes mêmes de la honte. Comme le devait un chef.

Dave prit soudain conscience qu'il lançait des cris sauvages, que Tabor, les larmes aux yeux, l'étreignait avec férocité en donnant de grands coups dans ses épaules meurtries, qu'il avait lui-même un bras autour du garçon et l'étreignait aussi. Ce n'était pas le genre de choses qu'il faisait, jamais, mais en cet instant c'était ce qu'il fallait faire, c'était très bien de le faire.

Ivor était stupéfait de sa propre fureur. Il ne pouvait se rappeler en avoir éprouvé de semblable. Lévon avait failli périr, se disait-il, c'en était la raison. Une pure étourderie, une bravade, voilà ce que c'était. Ivor aurait dû insister pour que Lévon emmène vingt-cinq Cavaliers. Il était encore le chef de la troisième tribu !

Cette pensée véhémente le fit soudain réfléchir. Était-ce simplement sa peur pour Lévon qui avait déchaîné sa colère ? Après tout, c'était fini ; Lévon s'en était très bien tiré, mieux que très bien. Toute la tribu s'enflammait pour ce qu'il avait fait. La Chasse de Révor. La renommée de Lévon était assurée ; son haut fait serait le principal sujet de conversation lors de l'assemblée hivernale des neuf tribus à Célidon ; son nom résonnerait bientôt dans toute la Plaine.

Je me sens vieux, comprit Ivor. Je suis jaloux. J'ai un fils qui peut émuler la Chasse de Révor. Quelle conséquence, pour lui-même ? Était-il simplement le père de Lévon, désormais, la dernière partie de son nom ?

Cette idée en suscita une autre : tous les pères éprouvent-ils ce sentiment lorsque leurs fils deviennent des hommes ? Des hommes de substance, dont le nom éclipse celui de leur père ? L'aiguillon de la jalousie venait-il toujours tempérer l'élan de la fierté ? Banor avait-il éprouvé la même chose quand Ivor, son fils de vingt ans, avait fait son premier discours à Célidon et mérité les louanges de tous les anciens pour la sagesse de ses paroles ?

Sans doute, songea-t-il, en se rappelant son père avec tendresse. Sans doute et, comprit Ivor, c'était sans importance. Vraiment. Cela faisait partie de l'ordre des choses, de la grande chaîne des humains vers la dernière heure qui connaît leur nom.

S'il y avait une vertu, un trait de caractère qu'il voulait transmettre à ses fils, c'était la tolérance. Il eut un petit sourire amusé. Ce serait ironique s'il ne pouvait étendre cette tolérance à lui-même.

Cette réflexion lui rappela quelque chose : ses fils... et sa fille. Il lui fallait avoir une petite conversation avec Liane. Se sentant décidément mieux, Ivor partit à la recherche de sa deuxième enfant.

La Chasse de Révor. Oh, par l'arc de Ceinwèn, qu'il était fier !

Le festin des Nouveaux Chasseurs commençait par tradition au coucher du soleil. La tribu se rassemblait sur la grande place au centre du camp, d'où s'était élevé pendant tout l'après-midi l'arôme du gibier en train de rôtir. Et ce serait vraiment une grande fête : deux nouveaux Cavaliers, et le haut fait de Lévon le matin même. Un exploit qui effaçait les échecs qui l'avaient précédé. Personne, pas même Géreint, ne pouvait se rappeler la dernière occurrence de la Chasse de Révor. « Pas depuis Révor lui-même ! » avait crié l'un des chasseurs, un peu ivre.

Tous les chasseurs de la matinée étaient un peu ivres ; ils avaient commencé tôt, et Dave avec eux, à ingurgiter l'alcool transparent et âpre que distillaient les Dalreï. Il y avait eu sur le chemin du retour une humeur contagieuse de soulagement et d'euphorie mêlés, et Dave s'y était laissé aller. Il ne semblait y avoir aucune raison de se retenir.

Cependant, buvant tournée après tournée avec eux, Lévon ne paraissait guère affecté par ce qu'il avait accompli. Malgré un examen attentif, Dave ne pouvait déceler en lui aucune trace d'arrogance, aucun sentiment secret de supériorité. Mais ce devait bien être là, se disait-il, soupçonneux, comme toujours. Pourtant, en observant de nouveau le fils aîné d'Ivor tandis qu'il se rendait à la fête encadré par Lévon et son père – il était lui-même l'invité d'honneur, semblait-il –, Dave dut changer d'avis malgré lui. Un cheval est-il arrogant, supérieur ? Non. Il est fier. Il y avait eu une grande fierté dans l'étalon bai qui s'était tenu si tranquille avec Lévon le matin même, mais c'était une fierté qui ne rabaissait rien ni personne. Qui faisait simplement partie de ce qu'était l'étalon.

Lévon était ainsi, jugea Dave.

Ce fut l'une de ses dernières pensées cohérentes car, avec le crépuscule, la fête commença. La viande d'eltor était extraordinaire. Lentement rôtie sur les feux, assaisonnée d'épices qu'il ne reconnaissait pas, elle était plus délicieuse que tout ce qu'il avait pu goûter jusque-là. Quand on se mit à distribuer les tranches de viande grésillante, on se mit aussi à boire sérieusement.

Dave était rarement ivre ; il n'aimait pas renoncer à l'avantage de la maîtrise de soi, mais il se trouvait cette nuit-là en un lieu étranger, une autre contrée. Un autre univers, même. Il ne se retint pas.

Assis auprès d'Ivor, il remarqua soudain qu'il n'avait pas vu Torc depuis la chasse. Il jeta un coup d'œil à la ronde sur l'agitation désordonnée de la fête illuminée par les torches, et aperçut enfin l'homme basané qui restait seul à l'écart, à la limite du cercle éclairé par les feux.

Dave se leva, plutôt chancelant. Ivor haussa un sourcil interrogateur. « C'est Torc, marmonna Dave. Pourquoi il est tout seul ? Il devrait pas. Il devrait être ici. Bon dieu, on a... on a tué un urgach ensemble, lui et moi. »

Ivor hocha la tête, comme si cette tirade trébuchante avait été une explication limpide.

« C'est vrai », dit doucement le chef. Et, se tournant vers sa fille, qui était justement en train de le servir, il ajouta : « Liane, voudrais-tu aller chercher Torc pour l'inviter à s'asseoir avec moi ?

– Impossible, dit Liane. Désolée. Je dois aller me préparer pour la danse. »

Et elle disparut, rapide comme du vif-argent dans les ombres confuses. Ivor, remarqua Dave, n'avait pas l'air content.

Il s'éloigna à grands pas pour aller lui-même chercher Torc. Stupide gamine, se dit-il avec quelque irritation, elle l'évite parce que son père a été exilé et qu'elle est la fille du chef.

Il trouva Torc dans la demi-pénombre, juste au-delà de la lueur jetée par les feux. L'autre mâchonnait un cuissot d'eltor, et se contenta d'un grognement en guise de salut. Parfait. Nul besoin de parler. Les bavards ennuyaient Dave, de toute façon.

Ils se tinrent un moment ensemble en silence. Il faisait meilleur à l'écart des feux ; le vent était agréable, rafraîchissant. Dave retrouva un peu ses esprits.

« Comment vous sentez-vous ? finit-il par demander.

– Mieux », dit Torc. Et après un moment : « Et votre épaule ?

– Mieux », répondit Dave. Quand on ne dit pas grand-chose, pensa-t-il, on dit ce qui est important. Dans l'ombre avec Torc, il ne ressentait aucun désir de retourner au centre de la place. On était mieux ici, avec le vent. On pouvait voir les étoiles, aussi. On ne le pouvait pas à la lueur des feux, ni à Toronto.

Une impulsion le fit se retourner. C'était toujours là. Torc se retourna pour voir comme lui ; ensemble, ils contemplèrenent la blanche splendeur du Rangat.

« Il y a quelqu'un là-dessous ? demanda Dave à voix basse.

– Oui, répondit Torc, laconique. Enchaîné.

– Lorèn nous en a parlé.

– Il ne peut pas mourir. »

Ce n'était guère rassurant ! « Qui ça, il ? » demanda Dave d'une voix hésitante.

Torc resta silencieux un moment. Puis : « Nous ne l'appelons pas par son nom. Ils le font au Brennin, ai-je entendu dire, et au Cathal, mais ce sont les Dalreï qui vivent à l'ombre du Rangat. Quand nous parlons de lui, nous l'appelons Maugrim, le Dévastateur. »

Dave frissonna, et pourtant il ne faisait pas froid. La Montagne brillait au clair de lune ; sa cime était si haute qu'il devait renverser la tête en arrière pour l'apercevoir. Il se débattit un instant avec une pensée difficile à cerner.

« Elle est si magnifique, dit-il. Si imposante. Pourquoi l'avoir mis sous quelque chose d'aussi beau ? Maintenant, chaque fois que vous la regardez, vous êtes obligés de penser à... » Il laissa sa phrase inachevée ; les mots étaient trop difficiles, parfois. La plupart du temps.

Torc le regardait pourtant comme s'il le comprenait très bien. « C'est justement pour cela qu'on l'a fait », dit-il à mi-voix. Et il se tourna de nouveau vers les lumières de la fête.

Dave en fit autant et vit qu'on éteignait certains des feux pour laisser un anneau de flammes autour duquel les Dalreï se rassemblaient. Il jeta un coup d'œil à Torc.

« La danse, dit son compagnon. Les femmes et les garçons. »

Un moment plus tard, Dave vit des jeunes filles entrer dans le cercle de feu pour amorcer une danse aux figures complexes, accompagnées par deux vieillards qui jouaient d'instruments à cordes aux formes curieuses. C'était joli, sans doute, mais la danse n'était vraiment pas son point fort. Il laissa ses yeux vagabonder et repéra le vieux shaman : Géreint tenait un morceau de viande dans chaque main, l'un de chair blanche, l'autre de chair brune, et il y mordait tour à tour. Dave se mit à rire et donna un coup de coude à Torc.

Torc rit aussi tout bas : « Il devrait être gros, dit-il. Je ne comprends pas pourquoi il est maigre. »

Dave sourit. Navon s'approcha alors avec une outre, l'air encore honteux de son échec de la matinée. Dave et Torc burent tous deux, puis regardèrent s'éloigner le nouveau Cavalier. Encore un adolescent, pensa Dave, mais c'est un chasseur, à présent.

« Il se débrouillera, murmura Torc. Je pense qu'il a appris sa leçon ce matin.

– Il n'aurait pas été là pour l'apprendre si vous ne saviez pas si bien vous servir d'un poignard. Un sacré lancer, l'autre nuit, conclut Dave ; c'était la première fois qu'il en parlait.

– Je n'aurais pas été là pour ce lancer si tu ne m'avais pas sauvé la vie », dit Torc. Au bout d'un moment, il sourit, montrant ses dents blanches dans la pénombre. « On s'est bien débrouillés.

– Drôlement vrai ! » dit Dave lui rendant son sourire.

Les jeunes filles étaient reparties, chaleureusement applaudies. On préparait maintenant une danse de plus grande envergure ; les plus vieux des garçons se joignaient à un certain nombre de femmes. Dave vit Tabor se placer au centre du cercle et, au bout d'un moment, il comprit que la danse reproduisait la chasse de la matinée. La musique était plus forte, presque irrésistible. Un autre homme s'était joint aux deux musiciens.

Ils dansèrent toute la chasse, avec des gestes rituels, stylisés. Les femmes aux cheveux dénoués et virevoltants étaient les eltors, et les garçons mimaient les Cavaliers qu'ils seraient un jour. C'était merveilleusement exécuté, jusqu'aux manies et aux traits distinctifs de chaque chasseur : Dave reconnut la tête penchée du second chasseur dans le garçon qui l'imitait. Des applaudissements enthousiastes saluèrent cette réussite, puis il y eut des rires quand un autre garçon mima l'échec spectaculaire de Navon. Mais c'était un rire indulgent, et même les deux autres échecs ne furent accueillis que par une brève manifestation de regret, car chacun savait ce qui allait suivre.

Tabor avait dénoué ses cheveux. Il avait l'air plus vieux, plus sûr de lui – ou bien était-ce seulement son rôle, se demanda Dave, en voyant le plus jeune fils d'Ivor danser, avec une fierté tangible et une retenue étonnamment gracieuse, la chasse de son frère aîné.

En la revoyant ainsi dansée, Dave applaudit aussi bruyamment que les autres quand la jeune femme qui jouait l'eltor de tête tomba aux pieds de Tabor et que les autres femmes filèrent vivement de chaque côté, faisant demi-tour à la limite des feux pour revenir en un kaléidoscope animé autour de la silhouette immobile de Tabor dan Ivor. C'était très bien fait, se dit-il, vraiment très bien fait. Comme il dépassait les autres d'une tête, il pouvait tout voir sans obstruction. Quand Tabor lui lança un coup d'œil par-dessus la foule qui se pressait entre eux, Dave lui adressa un geste approbateur, le poing levé, et vit le garçon, malgré son rôle, rougir de plaisir. Un bon petit. Solide.

Quand la relation de la chasse fut terminée, la foule recommença à s'agiter ; la période de danse était finie, apparemment. Dave regarda Torc et mima le geste de boire ; Torc secoua la tête et montra quelque chose du doigt.

Regardant par-dessus son épaule, Dave vit Liane entrer dans le cercle des feux.

Elle était vêtue de rouge et elle avait fait quelque chose à son visage : il était d'une couleur vive, frappante. Elle portait des bracelets d'or à chaque bras et des colliers au cou ; ils brillaient et étincelaient dans la lueur des flammes à chacun de ses mouvements ; Dave eut l'impression qu'elle était soudain devenue elle-même une créature de flamme.

La foule se fit silencieuse ; la jeune fille attendait. Puis, au lieu de danser, Liane prit la parole : « Nous avons des raisons de célébrer, dit-elle bien haut. La Chasse de Lévon dan Ivor sera contée à Célidon cet hiver, et pendant maints hivers ensuite. » Il y eut un rugissement d'approbation, qu'elle laissa s'apaiser.

« Cette chasse, poursuivit-elle, n'est peut-être pas le seul haut fait que nous ayos à fêter cette nuit. » La foule se tut, perplexe. « Un autre acte de bravoure, plus obscur, a eu lieu dans la nuit de la forêt ; la troisième tribu doit en prendre connaissance et le célébrer. »

Quoi ? Aïe, se dit Dave.

Il n'eut pas le temps de réfléchir davantage. « Qu'on amène Torc dan Sorcha, s'écria Liane, et avec lui Davor, notre invité, afin que nous puissions les honorer !

– Les voici ! » s'écria une voix claire derrière Dave, et soudain ce sacré Tabor le poussa dans le dos, et Lévon, avec un large sourire, attrapa Torc par le bras, et les deux fils d'Ivor les menèrent au chef à travers la foule qui s'écartait devant eux.

Horriblement embarrassé, Dave se retrouva en pleine lumière et entendit Liane poursuivre dans un profond silence.

« Vous ne savez pas de quoi je parle, cria-t-elle à la tribu. Aussi vais-je le danser pour vous. » Oh, mon dieu, pensa Dave. Il savait qu'il était rouge comme une pivoine. « Rendons-leur hommage, dit Liane d'une voix plus basse. Et que Torc dan Sorcha ne soit plus jamais appelé Paria dans cette tribu, car sachez qu'à eux deux ils ont tué un urgach dans le bois de Faëlinn, il y a deux nuits. »

Dave comprit que personne ne l'avait su. Il désirait ardemment disparaître dans un trou et il savait que Torc éprouvait le même sentiment ; par la réponse galvanisée de la tribu, il était clair que personne n'avait eu connaissance de l'incident.

Puis la musique s'éleva, et peu à peu il sentit sa rougeur disparaître car personne ne le regardait plus. Liane dansait entre les feux.

Elle dansait tout, constata-t-il avec émerveillement, ensorcelé, elle dansait tout à elle seule. Les deux garçons endormis dans le bosquet, Torc, lui-même, et jusqu'à la texture, l'atmosphère du bois de Faëlinn dans la nuit. Et puis, sans savoir comment, sans en croire ses yeux – était-ce l'alcool, la lumière des flammes ou quelque alchimie de l'art ? –, il revit l'urgach, énorme, terrifiant, avec les moulinets de son épée géante.

Il n'y avait pourtant qu'une jeune fille dans un anneau de flammes, une fille et son ombre, qui dansait, qui mimait, qui devenait la scène qu'elle décrivait, qui la leur offrait à tous. Il revit son assaut instinctif, puis celui de Torc, le coup brutal de l'urgach qui avait envoyé Torc s'écraser contre un arbre...

C'était ça, exactement ça, elle était parfaite, se dit-il, stupéfait. Puis il sourit, malgré son émerveillement et sa fierté naissante : bien sûr, elle les avait écoutés tout raconter à Ivor. Il avait soudain envie de rire, envie de pleurer, envie de manifester une émotion, n'importe laquelle, en regardant Liane danser sa propre parade désespérée au coup de l'urgach, puis, enfin, le poignard lancé par Torc – elle était Torc, et le poignard, et le monstre qui s'écroulait enfin comme un arbre immense. Elle était tout cela, en son entier, et ce n'était pas une gamine stupide, tout compte fait.

Ivor vit l'urgach vaciller et s'écrouler, puis la danseuse redevenir elle-même, Liane, tourbillonnant entre les feux sur ses prestes pieds nus, dans l'éclat des bracelets à ses bras, tellement vive que ses cheveux, si courts fussent-ils, se déployaient en éventail sur sa nuque tandis qu'elle explosait en une sauvage danse de célébration, pour l'exploit accompli dans la forêt nocturne, pour cette nuit-ci, et la prochaine, pour les jours, tous les jours, pour tout ce qui existe avant l'heure qui connaît le dernier nom des créatures vivantes.

La gorge serrée, il la vit ralentir peu à peu et s'arrêter, les mains croisées sur la poitrine, la tête inclinée, point immobile au centre de l'anneau de feu. Au milieu des étoiles, lui sembla-t-il.

La tribu resta un instant immobile avec elle, puis éclata en une explosion d'allégresse qui dut se faire entendre loin du camp, se dit Ivor, loin des lumières des humains, loin dans la vaste étendue obscure de la Plaine.

Il regarda alors Leith et la vit debout parmi les femmes, de l'autre côté des feux. Pas de larmes pour elle ; ce n'était pas son genre. Mais il la connaissait assez bien, après toutes ces années, pour déchiffrer son expression. Que le reste de la tribu s'imagine que l'épouse du chef est calme, efficace, imperturbable. Il savait, lui, à quoi s'en tenir. Il lui sourit et se mit à rire quand elle rougit et détourna les yeux, comme démasquée.

La tribu était encore toute livrée à l'excitation cathartique de la danse et de la mort de l'urgach qui en était l'origine. Même en cela Liane n'en avait fait qu'à sa tête, car Ivor doutait fort qu'il aurait employé ce moyen pour avertir les siens de l'incident, et c'était à lui d'en décider. On ne pouvait tenir la chose secrète car les aubereï qui partiraient le lendemain devraient en apporter la nouvelle à Célidon, mais une fois encore sa deuxième enfant avait fait ce qu'elle voulait.

Mais comment lui en vouloir, après ceci ? Il lui était toujours tellement difficile d'en vouloir à Liane. Leith y arrivait bien mieux. Les mères et les filles : il y a moins d'indulgence dans leurs relations.

Mais Liane avait bien fait, songea-t-il en la regardant s'avancer vers Torc et l'étranger pour les embrasser tous deux. En voyant l'embarras de Torc, Ivor jugea que le retour du Paria au sein de la tribu ne serait peut-être pas la seule joie qu'apporterait cette nuit.

C'est alors que Géreint se dressa.

Il était remarquable de constater à quel point la tribu était en résonance avec lui. Dès que le shaman aveugle se fut avancé entre les feux, quelque instinct collectif les reliant comme un fil alerta jusqu'au plus ivre des chasseurs. Géreint n'eut ni à faire un geste ni à attendre le silence.

Il avait eu l'air ridicule auparavant, reconnut Ivor en le regardant passer, sans aide, entre les feux. Mais plus maintenant. Malgré son apparence, malgré le jus de viande qui lui dégoulinait du menton, quand Géreint se dressait dans la nuit pour parler à la tribu, sa voix était celle de son pouvoir. Il parlait pour Ceinwèn et pour Cernan, pour le vent de la nuit et le vent de l'aube, pour tous les mondes invisibles. Les orbites vides de ses yeux portaient témoignage. Il avait payé le prix.

« Cernan m'a rendu visite dans la lumière grise de l'aube », dit Géreint d'une voix paisible.

Cernan, se dit Ivor, le dieu des créatures sauvages, de la forêt et de la plaine, seigneur des eltors, frère jumeau de Ceinwèn à l'Arc.

« Je l'ai vu clairement, poursuivit Géreint. Les andouillers de sa tête, à sept cors comme il convient à un roi, l'éclair noir de ses yeux, sa majesté. »

Tel le vent dans les herbes hautes, un soupir passa sur la tribu.

« Il m'a dit un nom, continua Géreint. Jamais pareille chose ne s'est produite de toute mon existence. Cernan, ce matin, m'a nommé Tabor dan Ivor, et l'a appelé à son jeûne. »

Tabor. Et il n'avait pas été simplement désigné par le shaman à la suite d'un rêve. Convoqué par le dieu lui-même. Tel le doigt d'un fantôme dans la nuit, un frisson d'effroi respectueux effleura Ivor. Un instant, il eut le sentiment d'être seul dans la Plaine. Il y avait une ombre avec lui, seulement une ombre, mais c'était le dieu. Cernan connaissait son nom. Tabor dan Ivor, ainsi avait-il nommé son fils.

Le chef fut ramené sans cérémonie à la réalité du campement par le cri aigu d'une femme. Liane, bien entendu. Il le savait sans avoir à vérifier. Elle franchit en courant l'anneau des flammes, renversant presque le shaman dans sa hâte, pour se précipiter vers Tabor. Ce n'était plus l'esprit écarlate du feu et de la danse, seulement une vive adolescente encore bien jeune qui étreignait farouchement son frère. Lévon était là aussi. Plus calme mais aussi vif, un grand sourire ravi sur son visage ouvert. Tous les trois ensemble. Le blond, la brunette et le brun. Ses enfants.

Ainsi, Tabor irait demain dans le bois de Faëlinn. À cette pensée, Ivor lança un coup d'œil par-dessus son épaule et vit Torc qui le regardait. Il reçut de l'homme basané un sourire et un signe de tête rassurant, puis, avec surprise et plaisir, il vit le géant Davor faire de même, lui qui leur avait si bien porté chance. Tabor serait bien gardé dans la forêt.

Ivor chercha de nouveau les yeux de Leith de l'autre côté de l'anneau de feu. Et, avec un poignant serrement de cœur, Ivor vit à quel point elle était belle, toujours belle ; puis il aperçut les larmes qui brillaient dans ses yeux. Le plus jeune enfant, pensa-t-il, une mère et son plus jeune enfant. Il se sentit envahi par un soudain émerveillement devant l'étrangeté, la profonde, si profonde richesse du monde. Elle le submergeait, elle gonflait sa poitrine, il ne pouvait la contenir, c'était tellement, tellement immense.

Ivor entra dans le cercle de feu au son de la musique qui résonnait dans sa tête, et lui, le chef, qui n'était pas si vieux après tout, dansa sa joie pour ses enfants, pour tous ses enfants.

12

Tabor, au moins, n'était pas un mioche. Fils d'Ivor, frère de Lévon, il savait où dormir dans la forêt, la nuit. Il était à l'abri, bien dissimulé, et changerait facilement de place au besoin. Torc approuvait.

Davor et lui se retrouvaient donc dans le bois de Faëlinn. Fait étonnant, l'invité avait choisi de retarder son voyage vers le sud pour veiller avec lui sur le garçon. Tabor, se dit Torc, avait fait forte impression. Ce n'était pas rare : lui-même aimait bien le garçon. À sa façon caractéristique, Torc ne songea même pas qu'il pût être lui-même une des raisons de la réticence de Dave à quitter les Dalreï.

Il avait d'autres sujets de réflexion. En fait, il n'était pas sûr de vouloir de la compagnie cette nuit. Depuis la fête, il avait hâte de jouir de la solitude et de l'obscurité. Il s'était passé trop de choses, trop vite. Trop de gens étaient venu l'étreindre après la danse de Liane. Et cette nuit-là, longtemps après l'extinction des feux, Kerrin dal Ragin s'était glissée dans sa chambre. Lévon avait insisté pour lui donner cette chambre, en souriant pendant toute la conversation. Lorsque Kerrin était apparue dans l'embrasure de la porte, Torc avait fini par comprendre pourquoi. Kerrin était très jolie, on en parlait beaucoup parmi les chasseurs ; son arrivée, son parfum, son petit rire n'étaient pas le genre de choses auxquelles un paria était habitué.

La suite avait été très agréable, et plus encore. Mais ce qui s'était passé au lit ne lui avait donné ni le loisir ni la tranquillité d'esprit nécessaires pour réfléchir à ce qui était survenu auparavant.

Il avait besoin de solitude mais la compagnie de Davor était presque l'équivalent. Ce grand gaillard était enclin au silence, et Torc sentait que l'étranger désirait se livrer à ses propres réflexions. De toute façon, ils étaient là pour protéger Tabor, et il n'aurait pas voulu rencontrer seul un autre urgach. Le chef avait fait don d'une hache à Davor – c'était la meilleure arme pour un homme de sa taille, qui n'était pas entraîné à l'épée.

Aussi, armes en main cette fois, s'étaient-ils tous deux adossés à des arbres près de l'endroit où dormait Tabor. C'était une nuit tiède, agréable. Torc, qui avait cessé d'être un paria, laissa son esprit vagabonder au-delà de Kerrin aux cheveux de soie blonde, au-delà de l'appel de Tabor par le dieu et de la réaction bruyante de la tribu à ce qu'il avait fait avec Davor, jusqu'au point immobile au cœur de tout ceci, jusqu'à l'événement qui avait suscité son besoin de solitude et d'obscurité.

Liane l'avait embrassé après sa danse.

Dave palpait le manche de sa hache et goûtait une sensation d'équilibre, de solidité. Il se rendait compte qu'il aimait tout, et jusqu'au nom qu'ils lui avaient donné.

Davor. La sonorité était bien plus formidable que Dave. Davor à la Hache. Porteur de hache. Davor dan Ivor...

Cette pensée-là l'arrêta. Il perçut le recul mental; c'était une pensée trop nue pour qu'il la laissât émerger.

À ses côtés, Torc était assis, silencieux, paupières baissées sur ses yeux noirs. Il semblait perdu dans une rêverie. Eh bien, se dit Dave, je suppose qu'il ne sera plus un paria, surtout après la nuit dernière.

Cette réflexion le ramena en arrière. Il avait eu une nuit fatigante, lui aussi. Pas moins de trois filles s'étaient faufilées dans la maison d'Ivor jusqu'à la pièce où Dave dormait. Où Dave n'avait pas dormi, tout compte fait.

Ciel, avait-il pensé à un certain moment, je parie qu'il y naît un tas d'enfants neuf mois après chaque festin. C'était la belle vie, à son sens. Être un Cavalier des Dalreï, appartenir à la troisième tribu, aux enfants d'Ivor...

Il s'assit brusquement. Torc lui jeta un coup d'œil mais ne fit aucun commentaire. Tu as un père, se dit Dave avec sévérité. Et une mère, et un frère. Tu étudies le droit à Toronto et tu joues au basket, pour l'amour du ciel !

« Par ordre d'importance ? » Il se rappelait la taquinerie de Kim Ford, lors de leur première rencontre ; ou plutôt, Kevin Laine n'avait-il pas mentionné tout cela dans l'ordre inverse ? Il ne se rappelait plus. La période qui avait précédé la traversée semblait déjà étonnamment lointaine. Les Dalreï, eux, étaient réels. Cette hache, la forêt, Torc – le genre d'homme qu'il appréciait. Et ce n'était pas tout.

Son esprit revint derechef à la nuit précédente, et cette fois il se concentra sur l'événement qui avait eu plus d'importance qu'il ne l'aurait dû, plus qu'il ne pouvait le permettre. Mais qui importait malgré tout. Il s'adossa de nouveau au tronc, se laissant aller au souvenir.

Liane l'avait embrassé après sa danse.

Ils entendirent en même temps : quelque chose fonçait avec fracas entre les arbres. Torc, fils de la nuit et de la forêt, comprit aussitôt – quiconque fait autant de bruit veut qu'on l'entende. Il ne se donna pas la peine de bouger.

Dave, lui, sentit son cœur bondir d'appréhension. « Du diable, qu'est-ce que c'est ? murmura-t-il d'un ton féroce en empoignant sa hache.

– Le frère de Liane, je pense », dit Torc sans réfléchir, pour se sentir devenir écarlate dans l'obscurité.

Même Dave, qui n'était pas un être très perspicace, ne pouvait manquer de saisir. Quand Lévon sortit enfin des arbres, il les trouva tous deux plongés dans un silence embarrassé.

« Je ne pouvais pas dormir, leur dit-il en manière d'excuse. Je me suis dit que je pourrais monter la garde avec vous. Non que vous ayez besoin de moi, mais... »

Il n'y avait vraiment aucun détour, aucune hauteur chez Lévon. L'homme qui venait d'égaler la Chasse de Révor, qui commanderait un jour à la tribu, était en train de quémander leur indulgence, l'air penaud.

« Bien sûr, dit Dave. C'est votre frère. Venez vous asseoir. »

Torc s'arracha un petit signe de tête. Les battements de son cœur s'apaisaient ; au bout d'un moment, il conclut qu'au fond, peu lui importait que Davor sache. Je n'ai jamais eu d'ami, se dit-il soudain. C'est le genre de choses dont on parle à un ami.

Il n'en voulait pas à Lévon d'être venu les rejoindre. Lévon était unique, il ne ressemblait à personne. Le matin précédent, il avait fait quelque chose que Torc lui-même n'aurait peut-être jamais essayé. C'était difficile à admettre pour un homme aussi fier que lui ; un autre en aurait peut-être haï Lévon. Mais le respect de Torc se mesurait ainsi. J'ai deux amis, pensa-t-il, j'ai ici deux amis.

Mais il ne pouvait parler d'elle qu'à l'un d'entre eux.

L'ami en question avait un problème. Le lapsus de Torc ne lui avait pas échappé, et Dave avait envie d'aller se dégourdir les jambes pour en démêler les implications. Il se leva. « Je vais voir où il en est, dit-il. Je reviens tout de suite. »

Mais il ne réfléchit guère. Ce n'était pas le genre de situation que Dave Martyniuk pouvait affronter, aussi se contenta-t-il d'éluder. Hache en main, il prit soin de ne pas faire de bruit avec ; il essaya de se mouvoir aussi silencieusement que Torc dans la forêt. Et se dit soudain : « La situation... quelle situation ? Je pars demain. »

Il avait parlé à haute voix : un oiseau de nuit s'envola brusquement d'une branche au-dessus de lui avec un bruit feutré, le faisant sursauter.

Il s'approcha de l'endroit où Tabor était dissimulé – et bien dissimulé. Il avait fallu presque une heure à

Torc pour le trouver. Même en regardant droit vers la cachette, Dave pouvait à peine discerner la silhouette du garçon dans le creux qu'il avait choisi. Tabor serait endormi, avait expliqué Torc plus tôt. Le shaman lui avait administré la potion qui assurerait ce sommeil et ouvrirait l'esprit du garçon à ce qui pourrait l'éveiller.

Un bon petit, se dit encore Dave. Il n'avait pas eu de frère cadet et se demandait comment il se serait comporté s'il en avait eu un. Bien mieux que Vince avec lui ; cette pensée amère le traversa. Sacrément mieux que Vincent.

Il surveilla un moment encore le creux où se trouvait Tabor puis, certain qu'il n'y avait aucun danger en vue, il s'éloigna. Comme il n'était pas encore prêt à rejoindre les autres, il fit un détour pour revenir.

Il n'avait pas vu la clairière. Il faillit trébucher, se rattrapa de justesse, s'accroupit en étouffant les bruits de son mieux.

Un petit étang miroitait d'un éclat argenté sous la lune. L'herbe aussi avait des reflets d'argent et semblait humide, parfumée, comme neuve. Et un cerf, un mâle adulte, buvait à l'étang.

Dave se rendit compte qu'il retenait son souffle et restait absolument immobile. La scène était si belle sous la lune, si sereine, c'était comme un don, une consécration. Il partait le lendemain, pour Paras Derval, au sud, première étape sur le chemin du retour. Il ne reviendrait plus jamais en ce lieu, il ne verrait plus jamais rien de tel.

Ne devrais-je pas pleurer ? songea-t-il, conscient qu'entre cette question et son mode de pensée habituel, il y avait tout un monde. Mais il était bel et bien dans un autre monde.

Et c'est alors que Dave sentit ses cheveux se hérisser sur sa nuque en prenant conscience d'une autre présence à l'orée de la clairière.

Il savait avant de voir, voilà ce qui causait son effroi émerveillé : la présence s'était manifestée par des voies qu'il comprenait à peine. L'air même la reflétait, et la lumière de la lune.

Dave se retourna, dans un silence anxieux et vit une femme qui brandissait un arc, de l'autre côté de la clairière, à quelque distance de sa cachette. Tout de vert vêtue, cheveux couleur de lune, elle était très grande, avec un port de reine ; il n'aurait pu dire son âge ni la couleur de ses yeux car son visage était si éclatant de lumière qu'il dut se détourner, confondu, effrayé.

Tout se passa très vite. Un autre oiseau s'envola soudain d'un arbre, avec de bruyants battements d'ailes. Le cerf leva la tête, alarmé – une magnifique créature, un roi de la forêt. Du coin de l'œil, car il n'osait la regarder en face, Dave vit la femme encocher une flèche à son arc. L'espace d'un instant, d'une brève pulsation temporelle, la scène s'éternisa, comme sculptée dans la pierre : le cerf la tête haute, au bord de la fuite, la clairière sous la lune, l'eau argentée, la chasseresse et son arc.

Puis la flèche s'envola et atteignit le long cou exposé du cerf, sa gorge.

Une douleur traversa Dave, pour la bête, pour le sang répandu sur l'herbe argentée, pour la chute sans dignité d'une si noble créature.

Ce qui se passa ensuite arracha du tréfonds de son être une exclamation émerveillée. Là où gisait le cerf abattu, il se fit comme un scintillement dans la clairière, un frisson de lune, sembla-t-il d'abord. Qui s'assombrit ensuite, prit forme et substance pour devenir enfin un autre cerf, identique au premier, qui se tint là, près du corps de la bête morte, sans crainte, avec une majesté intacte. Il resta un moment ainsi, puis les larges bois s'inclinèrent pour rendre hommage à la chasseresse, et l'animal disparut de la clairière.

C'était trop de magie lunaire, trop de sublime, il y avait en Dave un point douloureux, une conscience accablée de sa propre...

« Debout ! Car j'aimerais te voir avant que tu ne meures. »

... de sa propre mortalité.

Tremblant de tous ses membres, Dave Martyniuk se dressa pour se tenir devant la déesse à l'arc. Il vit sans surprise la flèche qui visait son cœur, sut avec certitude qu'il ne se relèverait pas pour saluer une fois que le projectile aurait atteint sa poitrine.

« Approche. »

Un calme étrange, surnaturel, s'empara de Dave tandis qu'il s'avançait sous la lune. Il laissa tomber la hache à ses pieds ; elle jeta des éclats métalliques dans l'herbe.

« Regarde-moi. »

Dave prit une profonde respiration, leva les yeux et regarda du mieux qu'il put le visage éclatant. Elle était belle, vit-il, plus belle que l'espérance.

« Aucun homme de Fionavar, dit la déesse, n'a le droit de voir la chasse de Ceinwèn. »

Ces mots lui offraient une échappatoire, mais facile, superficielle, déshonorante. Il n'en voulait pas.

« Déesse, s'entendit-il dire, en s'étonnant de son calme, c'était involontaire, mais s'il faut en payer le prix, je le paierai. »

Une légère brise courba l'herbe. « Tu aurais pu répliquer autrement, Dave Martyniuk », observa Ceinwèn.

Dave resta silencieux.

Une chouette jaillit soudain d'un arbre derrière lui, se découpa comme une ombre sur le croissant de la lune et disparut. Le troisième oiseau, dit une voix en lui.

Puis il entendit vibrer la corde de l'arc. Je suis mort, eut-il le temps de penser, à sa grande surprise ; la flèche s'enfonça avec un choc sourd à quelques pouces de sa tête, dans le tronc de l'arbre.

Son cœur débordait, à en être douloureux. Il sentait la vibration de la longue flèche ; les plumes effleuraient ses cheveux.

« Tous n'ont pas à mourir, dit Ceinwèn la Verte. On aura besoin de courage. Tu as juré de payer mon prix. Un jour, je le réclamerai. Souviens-t'en. »

Dave se laissa tomber à genoux – ses jambes ne le portaient plus devant elle. Son visage était nimbé d'une telle gloire, ses cheveux d'un tel éclat.

« Encore une chose », entendit-il. Il n'osa pas lever les yeux. « *Elle n'est pas pour toi.* »

Même son cœur lui était donc ouvert ? Mais comment en aurait-il été autrement ? Cela, pourtant, il l'avait déjà décidé par lui-même et il voulut le lui faire savoir. Il chercha, profondément en lui, la capacité de parler.

« Non, dit-il. Je sais. Elle est à Torc. »

La déesse se mit à rire. « N'a-t-elle pas d'autre choix ? » dit Ceinwèn, moqueuse. Et elle disparut.

Toujours à genoux, Dave enfouit sa tête dans ses mains, le corps entier saisi d'un violent tremblement. Il était encore ainsi lorsque Torc et Lévon parvinrent à le retrouver.

Quand Tabor s'éveilla, il était prêt. Aucune désorientation. Il était dans le bois de Faëlinn, il jeûnait, et il était éveillé parce que le temps était venu. Il regarda autour de lui, ouvert, prêt à recevoir ce qui viendrait, son nom secret, la mesure de son âme.

C'est alors bien sûr que la désorientation naquit. Il était toujours dans le Faëlinn, et même toujours dans le creux qu'il avait choisi, mais la forêt avait changé. Assurément, il n'y avait pas eu de clairière devant lui ; il n'aurait jamais choisi un tel endroit. Il n'y avait absolument aucun endroit de cette sorte aux environs de ce creux.

Puis il vit que le ciel nocturne avait une couleur insolite et, avec un frisson d'effroi, il comprit qu'il dormait encore, qu'il rêvait, et trouverait son totem dans l'étrange contrée de son rêve. C'était inhabituel, il le savait ; d'ordinaire on s'éveillait pour voir son totem. En maîtrisant sa crainte de son mieux, Tabor attendit.

Elle arriva du ciel.

Ce n'était pas un oiseau. Ni faucon ni aigle – il l'avait espéré, ils l'espéraient tous – pas même une chouette. Non. Le cœur de Tabor se débattait étrangement dans sa poitrine car il comprenait que cette créature avait besoin de la clairière pour atterrir.

Elle le fit, avec une telle légèreté qu'elle semblait à peine reposer sur l'herbe. Dans une totale immobilité, Tabor fit face à son totem. Puis, avec un effort, un immense effort, il tendit son esprit et son âme vers l'impossible créature qui était venue pour lui. Elle n'existait pas, cette chose exquise qui lui rendait calmement son regard dans la nuit aux nuances étranges. Elle n'existait pas, mais il savait, en la sentant pénétrer en lui, qu'elle se mêlerait à sa substance comme il se mêlait à la sienne, et il sut le nom qu'elle portait alors même qu'il apprenait la raison de la convocation du dieu, ce qu'il était venu chercher, ce qui était venu le chercher.

Un instant, un instant fugace, le plus jeune enfant d'Ivor entendit en lui une voix, mais comme la voix d'un autre, qui murmurait : « Un aigle aurait suffi. »

C'était la vérité. Un aigle aurait bien suffi, mais il n'en était pas ainsi. Parfaitement immobile devant lui, la créature parut saisir sa pensée. Il sentit la douceur de sa présence dans son esprit. *Ne me rejette pas*, entendit-il en lui pendant que ses grands, ses admirables yeux restaient rivés aux siens. *Nous n'aurons que nous-mêmes l'un pour l'autre à la toute fin.*

Il comprit. C'était dans son esprit, comme dans son cœur. C'était profond. Il ne se connaissait pas une telle profondeur. En réponse, il tendit la main. La créature baissa la tête et Tabor effleura la corne offerte.

« Imraith-Nimphaïs », dit-il, se rappela-t-il avoir dit, avant que la noirceur engloutisse l'univers.

« Holà ! s'écria joyeusement Ivor. Voyez qui arrive ! Réjouissons-nous car, voyez, le Tisserand nous envoie un nouveau Cavalier. »

Mais à mesure que Tabor se rapprochait, Ivor pouvait voir que le jeûne avait été difficile. Il avait trouvé son animal – c'était écrit dans tous ses mouvements – mais il était allé très loin, de toute évidence. Ce n'était pas rare, c'était même bien. Le signe d'une fusion plus profonde avec le totem.

Ce fut seulement lorsque Tabor fut assez près qu'Ivor ressentit le premier frisson d'appréhension.

Au retour d'une véritable quête, aucun garçon n'était plus le même. Ce n'étaient plus des enfants, cela se voyait sur leur visage. Mais ce qu'il décela dans les yeux de son fils glaça Ivor jusqu'au cœur malgré la lumière matinale qui inondait le campement.

Personne d'autre ne parut s'en apercevoir ; le tumulte des cris de bienvenue résonna comme d'habitude, plus fort encore, car le fils du chef avait été appelé par le dieu lui-même.

Appelé à quoi ? se demanda Ivor en accompagnant son plus jeune fils vers la maison de Géreint. Appelé à quoi ?

Il sourit cependant pour dissimuler son inquiétude et vit que Tabor en faisait autant ; de la bouche seulement, et non des yeux, et quand Ivor prit le bras de son cadet, il sentit un muscle se contracter en un spasme soudain.

Il frappa à la porte de Géreint, et ils entrèrent tous deux. Il faisait noir à l'intérieur, comme toujours ; le bruit du dehors se transforma en un murmure d'attente.

D'un pas ferme mais prudent, Tabor s'avança et s'agenouilla devant le shaman. Géreint posa une main affectueuse sur son épaule. Puis Tabor leva la tête.

Même dans le noir Ivor vit le choc dans la réaction de Géreint, malgré son effort violent pour se maîtriser. Tabor et le shaman restèrent face à face pendant ce qui parut un long moment.

Géreint éleva enfin la voix, mais ce ne fut pas pour prononcer les paroles rituelles. « Cela n'existe pas », dit-il. Ivor serra les poings.

Tabor dit : « Pas encore.

– C'est un véritable totem, poursuivit Géreint comme s'il n'avait pas entendu. Mais un tel animal n'existe pas. L'as-tu assimilé ?

– Je crois, dit Tabor, et sa voix était celle de l'épuisement total. J'ai essayé. Je pense que j'y suis arrivé.

– Je le crois aussi, dit Géreint, et il y avait de l'émerveillement dans sa voix. C'est très important, ce qui s'est passé, Tabor dan Ivor. »

Tabor esquissa un geste d'excuse, qui sembla épuiser ses dernières forces. « Elle est venue, c'est tout », dit-il, et il s'affaissa de côté aux pieds de son père.

Ivor s'agenouilla pour prendre dans ses bras son fils évanoui et il entendit le shaman dire, de la voix qu'il réservait au rituel : « Son heure connaît son nom. »

Puis, d'une voix différente : « Que toutes les puissances de la Plaine le protègent.

– De quoi ? » demanda Ivor, tout en sachant qu'il aurait dû se taire.

Géreint tourna vers lui sa face aveugle : « Je te le dirais si je le pouvais, mon vieil ami, mais en vérité, je l'ignore. Il est allé si loin que le ciel était différent. »

Ivor avala sa salive : « Est-ce une bonne chose ? demanda-t-il au shaman, qui était censé savoir. Géreint, est-ce bon ? »

Après un trop long silence, Géreint se contenta de répéter : « C'est très important, ce qui s'est passé. » Mais ce n'était pas ce qu'Ivor voulait entendre. Le chef contempla Tabor, si léger entre ses bras. Il vit la peau brunie, le nez droit, le front sans rides de la jeunesse, la crinière de cheveux indisciplinés, trop courts pour être correctement attachés, trop longs pour être portés sans lien... C'était toujours ainsi avec Tabor, semblait-il.

« Oh, mon fils », murmura Ivor, et il le dit encore en berçant son enfant comme autrefois... il n'y avait pas si longtemps de cela.

13

Vers le coucher du soleil, ils arrêtèrent leurs chevaux dans une petite ravine, une simple dépression en fait, définie par une série de monticules bas dans la plaine.

Ces espaces ouverts déroutaient quelque peu Dave. Seule la ligne sombre et menaçante de la forêt de Pendarane à l'ouest rompait la longue monotonie de la prairie, et ce n'était pas un spectacle rassurant.

Pourtant, les Dalreï étaient parfaitement tranquilles ; de toute évidence ils étaient chez eux en ce lieu exposé de tous côtés, dans la plaine qui s'obscurcissait. La Plaine était leur demeure, la Plaine tout entière. Depuis mille deux cents ans, se rappela Dave.

Lévon ne permit aucun feu ; leur souper consista en viande d'eltor froide et en fromage durci, avec l'eau de la rivière dans des outres pour les faire descendre. C'était pourtant un bon souper, en partie parce que Dave était affamé après une journée passée à cheval. Il comprit qu'il était abruti de fatigue en déroulant son matelas près de celui de Torc.

Trop fatigué, rectifia-t-il bientôt, car une fois sous sa couverture, il ne réussit pas à trouver le sommeil. Il resta éveillé sous la vaste étendue du ciel, l'esprit planant en cercles sans fin sur ses souvenirs de la journée.

Tabor était encore inconscient quand ils avaient quitté le camp au matin. « Il est allé loin », c'était tout ce qu'avait dit le chef mais son regard trahissait son inquiétude, même dans la maison obscure de Géreint.

Puis on avait oublié un instant l'état de Tabor quand Dave avait raconté sa propre histoire : la clairière nocturne, la Chasseresse – mais non la toute fin, car elle n'appartenait qu'à lui. Il y avait eu un grand silence quand il s'était tu.

Assis en tailleur sur son tapis, Géreint avait demandé : « *On aura besoin de courage*. Ce sont ses paroles exactes ? »

Dave avait hoché la tête, puis se rappelant la cécité du shaman, il avait émis un grognement affirmatif. Géreint s'était balancé d'avant en arrière, en chantonnant des sons sans mélodie, pendant un long moment. Un si long moment que Dave avait sursauté quand il avait repris la parole.

« Vous devez vous rendre dans le sud en toute hâte et sans vous faire remarquer, je crois. Quelque chose se prépare, et si Mantel d'Argent vous a amené, vous devriez être avec lui.

– C'était seulement pour la fête du roi », avait dit Dave. Sa nervosité donnait à sa voix une âpreté involontaire.

« Peut-être, avait dit Géreint. Mais d'autres fils sont en train d'apparaître sur le Métier. »

Tout cela ne l'enchantait guère.

Dave se retourna sur le côté et aperçut la haute silhouette de Lévon qui se découpait sur le ciel nocturne. C'était profondément rassurant de sentir cette calme présence qui montait la garde. Lévon n'avait pas voulu venir tout d'abord, visiblement déchiré par le souci qu'il se faisait pour son frère.

C'était le chef qui avait tranché la question, affirmant sans appel son autorité. Lévon ne servirait à rien s'il restait. On prenait soin de Tabor. De toute manière, il n'était pas rare de dormir longtemps au retour du jeûne. Lévon, rappela Ivor à son aîné, en avait fait autant. Cechtar mènerait la chasse pendant dix ou quinze jours ; cela lui ferait du bien, d'ailleurs, après avoir perdu la face deux jours plus tôt en ratant sa bête.

Non, avait dit Ivor, catégorique ; compte tenu de l'ordre de Géreint – vitesse et secret –, il était important de conduire Dave (il disait Davor, comme eux tous) à Paras Derval en toute sécurité. Lévon, secondé de Torc, commanderait une troupe de vingt hommes. C'était décidé.

Logique, calme, efficace, maître de la situation, avait pensé Dave. Mais il se rappela ensuite sa propre conversation avec Ivor avant le départ.

Les chevaux étaient prêts. Dave avait fait ses adieux en bonne et due forme à Leith et à Liane, non sans brusquerie – il n'était pas doué pour les au revoir. Il avait également été embarrassé par le petit groupe de filles rassemblées non loin de là. Liane avait été fuyante, lointaine.

Il était ensuite allé voir Tabor. Le garçon était fiévreux, agité. Dave n'était pas très doué pour cela non plus. Il avait adressé à Leith, qui l'accompagnait, un geste confus ; il espérait qu'elle comprendrait – mais il n'aurait pu exactement exprimer ce qu'il voulait dire.

Et c'est alors qu'Ivor l'avait emmené faire une dernière promenade autour du camp.

« La hache est à vous, avait commencé le chef. D'après vos descriptions, je ne pense pas que vous en aurez grand besoin dans votre univers, mais peut-être servira-t-elle à vous rappeler les Dalreï. » Ivor avait froncé les sourcils. « Un souvenir guerrier, hélas, pour les Enfants de la Paix. Y a-t-il autre chose que vous aimeriez...

– Non, avait dit Dave, embarrassé. Non, ça va. C'est parfait. Je... je la garderai précieusement. »

Des mots. Ils avaient fait quelques pas en silence et Dave avait fini par trouver quelque chose à dire : « Saluez Tabor pour moi, hein ? Je crois... c'est un bon petit. Tout ira bien pour lui, n'est-ce pas ?

– Je ne sais pas », avait répliqué Ivor avec une franchise troublante.

À la limite du camp ils avaient obliqué vers le nord, face à la Montagne. Le jour, le Rangat était tout aussi éblouissant : les pentes neigeuses reflétaient le soleil avec tant d'éclat qu'elles en blessaient les yeux.

« Je suis sûr que tout ira bien », avait dit Dave avec maladresse, conscient de sa balourdise. Pour la dissimuler, il avait poursuivi : « Vous savez, vous avez été très bien avec moi, ici. J'ai... j'ai beaucoup appris. » En le disant, il avait compris à quel point c'était vrai.

Pour la première fois, Ivor avait souri : « J'en suis heureux. J'aime à penser que nous avons quelque chose à enseigner.

– Oh oui, absolument, avait dit Dave, très sérieux. Bien sûr. Si je pouvais rester plus longtemps...

– Si vous restiez, avait déclaré Ivor en s'immobilisant pour le regarder droit dans les yeux, je crois que vous pourriez devenir un Cavalier. »

Dave avait avalé sa salive en rougissant de plaisir et d'embarras. Il ne savait que dire. Ivor s'en était aperçu : « À condition de trouver un cheval à votre taille », avait ajouté le chef avec un sourire malicieux.

Riant de concert, ils avaient repris leur promenade. Bon sang, songeait Dave, j'aime vraiment beaucoup cet homme. Si seulement il avait pu le lui dire !

Mais Ivor l'avait alors pris à revers : « Je ne sais pas ce que signifie votre rencontre de la nuit dernière, avait-il dit à voix basse, mais elle a un sens profond, je crois. J'envoie Lévon au sud avec vous, Davor. C'est ce qu'il faut faire, même si je n'aime guère le voir partir. Il est encore jeune, et je l'aime beaucoup. Voulez-vous veiller sur lui pour moi ? »

Un coup vicieux, qui l'avait désarçonné. « Quoi ? » s'était-il exclamé, se rebiffant par réflexe devant pareille responsabilité. « De quoi parlez-vous ? C'est lui qui sait où il va ! Vous voulez que je veille sur lui ? Ne devrait-ce pas être l'inverse ? »

Les traits d'Ivor exprimaient la tristesse : « Ah, mon fils, avait-il dit avec douceur. Vous avez encore beaucoup de chemin à faire. Vous aussi, vous êtes jeune. Bien sûr, je lui ai dit de veiller sur vous aussi, et d'y mettre toute son habileté. Je vous le dis à tous deux. Ne comprenez-vous pas, Davor ? »

Il comprenait bel et bien. Trop tard, bien entendu. Et de toute évidence, il s'était comporté comme un imbécile, encore. Encore. Et il n'avait pas eu le temps de réparer sa bévue car ils avaient bouclé leur circuit autour du camp ; Lévon, avec Torc et dix-sept autres Cavaliers, étaient déjà en selle, et toute la tribu semblait là pour leur souhaiter bon voyage.

Il n'y avait donc pas eu de dernière phrase entre Ivor et lui. Il avait pourtant étreint le chef avec force, dans l'espoir qu'Ivor comprendrait que, pour lui, cela voulait dire beaucoup. Il l'espérait, mais il ne savait pas si Ivor avait compris.

Et il était parti vers le sud, le Brennin et le chemin du retour, la hache suspendue à sa selle, le matelas roulé derrière... Derrière lui, il laissait aussi beaucoup de choses. Trop tard ! Il n'y pouvait rien.

Dans la nuit étoilée de la Plaine, Dave rouvrit les yeux. Lévon était toujours là, qui les gardait, qui le gardait. Kevin Laine aurait su comment mener cette ultime conversation, se dit-il, surpris de le penser. Et il s'endormit.

Le deuxième jour, ils partirent juste avant le lever du soleil. Lévon prit une allure rapide mais sans excès : les chevaux devraient tenir jusqu'à la fin du voyage, et les Dalreï étaient bons juges en la matière. Ils chevauchaient en rangs serrés, avec trois hommes en éclaireurs à huit cents mètres en avant, qui changeaient toutes les deux heures. En toute hâte et sans se faire remarquer, avait recommandé Géreint, et ils savaient tous que Torc avait vu des svarts alfar se dirigeant vers le sud, deux semaines auparavant. Lévon prenait peut-être des risques calculés pendant la chasse, mais ce n'était pas un imprudent ; le fils d'Ivor ne pouvait guère l'être. Il gardait ses hommes en mouvement, rapides mais alertes ; les arbres des confins de la forêt de Pendarane défilaient régulièrement à leur droite tandis que le soleil grimpait dans le ciel.

Tout en contemplant la forêt, qui se trouvait à un kilomètre de la troupe, Dave remarqua quelque chose qui le dérangea. Il piqua des deux, rattrapa Lévon à la tête du groupe et demanda sans préambule : « Pourquoi longeons-nous la forêt de si près ? »

Lévon sourit : « Vous êtes le septième à me le demander, dit-il avec bonne humeur. Ce n'est pas très compliqué : je prends le chemin le plus court. Si nous passions plus à l'est, nous devrions traverser deux rivières et un terrain accidenté. Ce trajet-ci nous mène à l'Adein, à l'ouest de l'endroit où la Rienna la rejoint. Une seule rivière et, comme vous voyez, il est plus facile de voyager par ici.

– Mais la forêt ? Elle est censée être...

– La forêt de Pendarane est mortelle pour quiconque y pénètre. Personne ne s'y aventure. Mais, quoique irritée, la Forêt n'est pas maléfique, et si nous n'en outrepassons pas les limites, notre passage n'éveillera pas les puissances qui s'y trouvent. Les superstitions disent autre chose mais Géreint m'a appris qu'il en est ainsi.

– Et les embuscades ? Ces svarts alfar, par exemple ? »

Lévon ne souriait plus. « Un svart préférerait mourir plutôt que d'entrer dans la Forêt. Elle ne pardonne à aucun d'entre nous.

– Pour quelle raison ?

– Lisèn. Voulez-vous que je vous raconte l'histoire ?

– Je n'ai rien d'autre à faire, répondit Dave.

– Il me faut d'abord vous expliquer la magie. Mantel d'Argent vous a amené ici. Vous avez vu Matt Sören ?

– Le Nain ? Bien sûr.

– Savez-vous comment ils sont liés ?

– Pas la moindre idée. Ils le sont ?

– Assurément », dit Lévon. Et tandis qu'ils chevauchaient vers le sud à travers la prairie, Dave apprit, comme Paul Schafer quatre nuits plus tôt, l'indissoluble union du mage et de sa source, et comment la magie procédait de cette union.

Puis, comme Lévon commençait son récit, Torc vint se ranger en silence à ses côtés, et tous trois chevauchèrent ensemble, unis par les rythmes cadencés de l'histoire de Lisèn.

« C'est une longue histoire, commença Lévon, conséquence et cause de bien des événements importants. Je n'en connais pas la totalité, mais elle débute à l'époque qui a précédé le Baël Rangat.

« En ces temps-là, les temps d'avant la magie d'aujourd'hui telle que je vous l'ai décrite, un conseiller de Conary, le très haut roi de Paras Derval, s'en venait à cheval du Brennin, seul. Il s'appelait Amairgèn.

« La magie dépendait alors de la racine de la terre, l'avarlith, et elle était donc du ressort des prêtresses de la Mère, en Gwen Ystrat. Elles en gardaient jalousement le contrôle. Amairgèn était un homme fier et intelligent, et cette situation l'irritait. Aussi s'en alla-t-il un matin de printemps, pour voir s'il devait toujours en être ainsi.

« Il finit par arriver, après maintes aventures qui font partie de l'histoire complète, et dont j'ignore la plupart, au bosquet sacré de Pendarane. La Forêt n'était pas irritée alors, mais c'était un lieu de pouvoir qui n'avait jamais bien accueilli les humains, surtout dans ce bois. Mais Amairgèn était brave et il avait longtemps voyagé sans trouver d'aboutissement à sa quête. Aussi manifesta-t-il beaucoup d'audace et passa-t-il la nuit seul dans le bois.

« Il y a des chansons qui parlent de cette nuit, des trois manifestations auxquelles il assista et de sa bataille en esprit avec un démon de la terre surgi de l'herbe. Ce fut une longue et terrible nuit ; les chansons disent que nul autre homme n'aurait pu revoir l'aube en vie et sain d'esprit.

« Quoi qu'il en soit, au petit matin, une quatrième apparition se manifesta à Amairgèn, et celle-là provenait du Dieu, de Mörnir, et c'était une visitation bienveillante car elle enseigna à Amairgèn les runes du savoir céleste qui pour toujours libéra les mages de la Mère.

« Il y eut une guerre entre les dieux après cela, dit-on, car la Déesse était courroucée de ce qu'avait fait Mörnir, et il lui fallut longtemps pour consentir à se laisser apaiser. Certains racontent, mais j'ignore si c'est la vérité, que ce sont cette discorde et ce chaos qui donnèrent à Maugrim, le Dévastateur, l'occasion d'échapper à la surveillance des jeunes dieux. Il quitta les lieux où ils demeurent et s'implanta dans le nord de Fionavar. Ainsi le disent certaines histoires et certaines chansons. Selon d'autres, il a toujours été là, ou il s'est glissé en Fionavar au moment où les yeux du Tisserand étaient obscurcis par trop d'amour à l'apparition des premiers lios alfar – les Enfants de la

Lumière. D'autres encore disent que c'était alors que le Tisserand pleurait après le premier meurtre d'un humain par son frère. Je ne sais. Les histoires sont nombreuses. Il est ici et il ne peut être tué. Les dieux veuillent qu'il demeure emprisonné à jamais.

« Quoi qu'il en soit, au matin, quand Amairgèn se leva, portant en son cœur les runes et le grand pouvoir qu'elles détenaient, il courait encore un danger mortel. Car la Forêt, qui a ses propres gardiens, était fort irritée de son audace à rester dans le bosquet pendant la nuit, et elle envoya Lisèn pour briser son cœur et le tuer.

« Cette rencontre, une seule chanson la célèbre. Elle fut composée peu de temps après par Ra-Termaine, le plus grand des chanteurs, alors seigneur des lios alfar ; il l'écrivit en souvenir d'Amairgèn et en hommage à ses exploits. C'est le plus beau lai jamais composé, et aucun poète depuis ne s'est essayé à ce thème.

« Il y avait en ce temps-là des êtres puissants sur la terre, et parmi eux, Lisèn de la Forêt était une reine. C'était un esprit de la forêt, une déiéna. Ces esprits sont légion mais Lisèn les surpassait tous. On raconte que, la nuit de sa naissance dans la forêt de Pendarane, l'éclat de l'étoile du soir rivalisait avec celui de la lune et que toutes les déesses, de Ceinwèn jusqu'à Némain, firent don de leur beauté à l'enfant dans le bosquet, et que les fleurs s'épanouirent en pleine nuit dans leur lumière, lorsqu'elles se furent toutes réunies en ce lieu. Jamais personne n'a été ni ne sera plus belle que Lisèn, et même si les déiéna vivent très longtemps,

Dana et Mörnir, cette nuit-là, s'unirent pour faire don de l'immortalité à cette beauté, afin qu'elle ne se perdît jamais.

« On lui fit ces présents à sa naissance mais les dieux eux-mêmes ne peuvent tout façonner à leur gré, et certains disent que cette vérité est au cœur même de cette longue histoire. Quoi qu'il en soit, au matin, Lisèn vint trouver Amairgèn après ses combats pour lui briser le cœur de sa beauté et l'abattre pour son arrogance de la nuit. Mais, comme le dit la chanson de Ra-Termaine, Amairgèn ce matin-là était un homme transporté, auréolé de puissance et de savoir, et l'aura de Mörnir était encore dans ses yeux. Ainsi le dessein du Dieu travailla-t-il à défaire le dessein du Dieu, car venant à lui alors, drapée dans sa beauté comme une étoile, Lisèn s'éprit de lui et lui s'éprit d'elle, et leur destinée se trouva tissée ce matin-là dans le bosquet sacré.

« Elle devint sa source. Avant le coucher du soleil ce même jour, il lui avait appris les runes. Le rituel les fit mage et source, et la première magie du ciel s'accomplit dans le bosquet ce jour-là. La nuit venue, ils dormirent ensemble et, comme le dit l'une des chansons, Amairgèn passa une seconde nuit dans le bosquet sacré, mais enveloppé dans le manteau des cheveux de Lisèn. Ils partirent ensemble le matin suivant, unis comme nulles créatures ne l'avaient été à ce jour. Mais parce qu'Amairgèn avait sa place à la droite de Conary et qu'il y avait d'autres hommes à qui enseigner le savoir du ciel, il retourna à Paras Derval et fonda le Conseil des Mages ; Lisèn l'accompagna, quittant ainsi la protection de la Forêt. »

Lévon se tut. Ils chevauchèrent ainsi un long moment. Puis : « L'histoire est vraiment compliquée à présent, et elle intègre de nombreuses autres histoires des Grandes Années. C'est en ce temps-là que celui que nous appelons le Dévastateur éleva la forteresse de Starkadh dans les Glaces et s'abattit sur toutes les contrées avec les foudres de sa guerre. Il y a tant de hauts faits à raconter qui viennent de cette époque. Celui que chantent les Dalreï, c'est la chevauchée de Révor, qui n'est pas le moindre. Mais Amairgèn Blanchebranche, comme on en vint à le nommer à cause du bâton que Lisèn lui avait trouvé dans la forêt de Pendarane, était toujours au centre de la guerre, Lisèn à ses côtés, source de son pouvoir et de son âme.

« Il y a tant d'histoires, Davor, mais à la fin il advint ceci : l'art d'Amairgèn révéla que Maugrim s'était emparé d'un grand lieu de pouvoir dissimulé loin en mer, et qu'il en tirait une énorme partie de sa puissance.

« Amairgèn décida qu'il fallait trouver cette île et l'arracher aux Ténèbres. Aussi rassembla-t-il une compagnie de lios et d'hommes, au nombre de cent, avec trois mages parmi eux ; ils firent voile vers l'ouest depuis Taërlindel pour trouver Cader Sédat. Mais Lisèn n'était pas du voyage.

– Quoi ? Mais pourquoi ? » demanda Dave d'une voix enrouée, stupéfait.

Ce fut Torc qui répondit : « C'était une déiéna, dit-il, et lui-même semblait avoir du mal à parler. Une déiéna ne peut survivre en mer. Son immortalité dépendait tout de même de la nature de sa race.

– C'est vrai, reprit Lévon à voix basse. C'est en ce temps-là qu'on bâtit pour elle l'Anor Lisèn, à l'extrémité ouest de la forêt de Pendarane. Même en pleine guerre, les humains, les lios alfar et les puissances de la forêt s'unirent dans ce but, par amour pour elle. Lisèn ceignit alors son front du Bandeau dont Amairgèn lui avait fait présent avant de partir. La Lumière ennemie des Ténèbres, ainsi l'appelait-on, car le Bandeau brillait de son propre éclat. Et, avec cette lumière au front – on n'avait jamais vu telle beauté dans aucun univers –, Lisèn tourna le dos à la guerre et à la Forêt, grimpa au sommet de la tour et se posta face à l'ouest et à la mer, afin que la Lumière à son front montrât à Amairgèn le chemin du retour.

« Nul ne sait ce qu'il advint de lui et de ceux qui avaient pris la mer sur ce vaisseau. Mais une nuit, Lisèn, comme ceux qui montaient la garde près de l'Anor, vit un bateau noir qui longeait lentement la côte au clair de lune. Et, dit-on, la lune qui allait se coucher à cette heure brillait d'une lueur fantomatique à travers les voiles en lambeaux ; on put voir que c'était le vaisseau d'Amairgèn et qu'il était vide. Quand la lune s'abîma dans la mer, le vaisseau disparut à jamais.

« Lisèn ôta le Bandeau de son front. Puis elle dénoua ses cheveux pour qu'ils fussent libres comme au moment de sa première rencontre avec Amairgèn dans le bosquet. Cela fait, elle se précipita dans les sombres profondeurs de la mer et y trouva la mort. »

Le soleil était haut dans le ciel, remarqua Dave. Cela lui parut en quelque sorte déplacé, de voir le jour si éclatant. « Je crois, murmura Lévon, que je vais chevaucher en éclaireur pour un temps. » Il éperonna son cheval qui partit au galop. Dave et Torc se regardèrent sans mot dire. La Plaine était à l'est, la forêt à l'ouest, et le soleil haut dans le ciel.

Lévon resta avec les éclaireurs pour deux tours de garde. En fin de journée, Dave alla lui-même le relever. Vers le crépuscule, ils virent un cygne noir qui volait vers le nord presque au-dessus de leurs têtes, très haut. Ce spectacle les emplit d'un vague sentiment d'inquiétude, qu'ils n'auraient su expliquer. Sans échanger une parole, ils accélérèrent l'allure.

À mesure qu'ils avançaient vers le sud, la forêt de Pendarane disparaissait peu à peu à l'ouest. Dave savait qu'elle était là, mais à la tombée du jour elle n'était plus visible. Quand ils s'arrêtèrent pour la nuit, il n'y avait plus que la prairie qui s'étendait en tous sens sous l'éblouissante générosité des étoiles de l'été, à peine assourdies par le dernier mince croissant de lune.

Plus tard cette nuit-là, un chien et un loup se livreraient bataille dans le bois de Mörnir, et la dague de Colan, plus tard encore, sortirait de son fourreau avec le son d'une corde de harpe, dans une salle souterraine aux parois de pierre, près du lac d'Eïlathèn.

À l'aube, un soleil rouge se leva ; une chaleur sèche et irritante monta avec lui. Sitôt en selle, ils forcèrent encore plus l'allure. Lévon ajouta un homme à l'avant-garde et réduisit l'écart entre les deux groupes afin de leur permettre de se voir à tout moment.

Tard dans la matinée, la Montagne explosa derrière eux.

En proie à la plus profonde terreur de son existence, Dave se retourna comme les Dalreï pour voir la langue de feu s'emparer du ciel. Ils la virent se diviser pour former la main griffue, ils entendirent le rire de Maugrim.

« Les dieux veuillent qu'il demeure emprisonné à jamais », avait souhaité Lévon la veille encore.

En pure perte, semblait-il.

Dave était sans ressources devant la cruauté de ce rire porté par le vent. Ils étaient minuscules, exposés, à la merci de ce rire, et celui qui riait était libre. Dans une sorte de transe, Dave vit les hommes de l'avant-garde qui galopaient follement pour les rejoindre.

« Lévon, Lévon, il faut retourner chez nous ! » s'écria l'un d'eux en arrivant à proximité. Dave se tourna vers le fils d'Ivor et, à sa vue, il sentit son cœur retrouver son rythme normal, et il s'émerveilla de nouveau. Le visage de Lévon n'exprimait rien, son profil semblait sculpté dans la pierre ; il contemplait la tour de feu qui surmontait le Rangat. Mais dans ce calme même, dans cette acceptation impassible, Dave trouva de quoi affermir sa propre volonté. Sans bouger un seul muscle, Lévon semblait croître, se faire de par sa seule volonté assez grand pour affronter, pour vaincre la terreur qui habitait le ciel et le vent. Et sans comprendre comment, en cet instant, Dave eut en un éclair la vision d'Ivor en train de faire de même, à deux jours de cheval au nord, sous l'ombre même de cette main avide. Il chercha les yeux de Torc, y trouva non pas la résistance grave de Lévon mais un défi éclatant, farouche et passionné, la haine acharnée de ce que représentait cette main. Mais nulle crainte.

Ton heure connaît ton nom, pensa Dave Martyniuk et, en cet instant d'apocalypse, il eut une autre pensée : j'aime ces gens. Cette prise de conscience soudaine le frappa presque autant que l'explosion sur la Montagne, car Dave était ce qu'il était. En luttant intérieurement pour reprendre pied, il se rendit compte que Lévon était en train de parler, apaisant les murmures autour de lui.

« Nous ne retournerons pas chez nous. Mon père prendra soin de la tribu. Ils iront à Célidon. Toutes les tribus iront. Et nous aussi, après avoir réuni Davor et Mantel d'Argent. Il y a deux jours, Géreint a dit que quelque chose se préparait. La chose vient de se produire. Nous continuons vers le sud, aussi vite que possible, vers le Brennin. Une fois là, j'aviserai avec le très haut roi. »

Alors même qu'il parlait, Ailell dan Art était en train de mourir à Paras Derval.

Quand Lévon se tut, personne ne dit plus rien. Les Dalreï se regroupèrent et se remirent à chevaucher à vive allure, en un seul groupe. Dès lors, ils poursuivirent leur chemin avec une dure et inflexible ardeur, tournant le dos à leur tribu sans hésitation pour suivre Lévon, et pourtant chacun d'eux savait tout en galopant que si la guerre éclatait avec Maugrim, ce serait dans la Plaine qu'elle aurait lieu.

Ce fut cette tension, cette attention qui les avertit, même si en fin de compte elle ne suffit pas à les sauver.

Torc, tard dans l'après-midi, s'élança et prit les devants. Penché de côté sur sa selle, il scruta le sol un instant avant de faire volte-face et de revenir auprès de Lévon. « Nous allons avoir des ennuis, dit-il, laconique. Il y a une bande de svarts alfar pas très loin devant.

– Combien ? demanda posément Lévon en faisant signe à la compagnie de s'arrêter.

– Quarante. Soixante. »

Lévon hocha la tête. « Nous pouvons en venir à bout mais il y aura des pertes. Ils connaissent notre présence, bien entendu.

– Ils ont des yeux, marmonna Torc. Nous sommes très exposés.

– Bon. Nous sommes tout près de l'Adein, mais je ne veux pas de combat pour le moment. Nous perdrons un peu de temps mais nous allons les contourner et traverser les deux rivières plus à l'est.

– Je ne crois pas que ce soit possible, Lévon, murmura Torc.

– Pourquoi ? » Lévon était soudain très calme.

« Regarde. »

Dave se tourna vers l'est en même temps que Lévon pour voir ce que désignait Torc, et il finit par distinguer une masse noire qui filait au ras de l'herbe, à plus d'un kilomètre et demi, et qui se rapprochait.

« Qu'est-ce que c'est ? demanda-t-il d'une voix tendue.

– Des loups, répliqua sèchement Lévon. Nombreux. » Il tira son épée. « Nous ne pouvons les contourner – ils vont nous ralentir aux gués pour les svarts. Il faut nous battre et passer au sud avant que les loups ne nous atteignent. » Il éleva la voix. « On combat au galop, mes amis. Tuez et foncez, ne vous attardez pas. En arrivant à l'Adein, traversez. Nous pouvons les distancer de l'autre côté. » Il fit une pause, puis : « J'ai déjà dit qu'il y aurait la guerre. Nous allons livrer la première bataille de notre peuple, semble-t-il. Que les serviteurs de Maugrim réapprennent à craindre les Dalreï, comme lors de la chevauchée de Révor ! »

En répliquant par un cri de guerre, les Cavaliers, et Dave avec eux, saisirent leurs armes et partirent au galop. Le cœur battant à tout rompre, Dave suivit Lévon sur une petite élévation. De l'autre côté, il aperçut le miroitement de la rivière, à un kilomètre à peine. Mais les svarts alfar leur barraient le chemin ; dès que les Dalreï eurent atteint le sommet de la pente, un déluge de flèches s'abattit sur eux. L'instant d'après, Dave vit un Cavalier tomber près de lui, une fleur de sang sur la poitrine.

Une rage profonde s'empara alors de lui. Poussant son cheval plus vite encore, il se jeta de plein fouet, avec Torc et Lévon, dans la ligne des svarts. Penché sur sa selle, il abattit son énorme hache avec un sifflement et fendit le crâne à l'une des hideuses créatures vert sombre. Dans un vertige de fureur, il arracha la hache du cadavre et fit volte-face pour abattre encore son arme.

« Non ! hurla Torc. Tue et fonce ! Viens ! »

Les loups, vit Dave d'un rapide coup d'œil, n'étaient plus qu'à huit cents mètres. Après un brusque demi-tour, il galopa avec les autres vers l'Adein, dans un bruit de tonnerre. Ils allaient passer, semblait-il. Un mort, deux blessés, mais la rivière était proche à présent, et une fois sur l'autre rive, ils seraient en sécurité.

Ils auraient pu, ils auraient dû l'être. Mais par pure, cruelle malchance, la bande des svars alfar qui avait tendu une embuscade à Brendel et aux lios étaient là à les attendre.

Ils étaient bel et bien là. Et ils étaient au moins une centaine, debout dans l'eau peu profonde de l'Adein, qui bloquaient le chemin aux Dalreï. Aussi, avec les loups à leurs flancs et les svarts devant et derrière, Lévon fut-il contraint à une bataille rangée.

Sous le soleil écarlate, les Enfants de la Paix livrèrent leur premier combat depuis un millénaire. Avec une bravoure nourrie de rage, ils combattirent sur la terre qui leur appartenait, décochant leurs flèches, guidant leurs chevaux de côté pour des coups mortels, fauchant les svarts de leurs épées bientôt rouges de sang.

« Révor », hurla Lévon, et ce nom même sembla effrayer les hordes assemblées des Ténèbres. L'espace d'un instant seulement ; l'ennemi était si nombreux ! Dans le chaos de la mêlée, Dave vit apparaître devant lui, l'une après l'autre, les faces cauchemardesques des svarts, avec leurs épées brandies et leurs dents découvertes, tranchantes comme des rasoirs ; dans la frénésie de la bataille, il leva et abaissa sa hache encore et encore. Combattre, c'était tout ce qu'il pouvait faire ; il combattait donc. Il avait à peine idée du nombre de svarts abattus par sa hache. Alors qu'il libérait son arme d'un crâne éclaté, il vit que les loups étaient arrivés et comprit soudain que la mort était là, au bord de l'Adein, dans la Plaine. La mort, aux mains de ces répugnantes créatures, la mort pour Lévon, pour Torc...

« Non ! » s'écria Dave Martyniuk soudain saisi d'inspiration, d'une voix de tonnerre qui domina le fracas de la bataille. « À la Forêt ! Venez ! »

Et, frappant l'épaule de Lévon, il tira vivement les rênes et fit cabrer son cheval pour dominer le cercle de l'ennemi. Il abattit sa hache de chaque côté des sabots qui revenaient se poser à terre, et les deux coups furent mortels. Un instant, les svarts hésitèrent ; Dave en profita pour éperonner son cheval de nouveau et pour charger, dans le demi-cercle écarlate de sa hache, une fois, et une autre, et encore, et tout à coup il eut la voie libre ; leurs rangs se défaisaient devant lui. Il vira brusquement vers l'ouest. L'ouest, où se trouvait la forêt de Pendarane, menaçante, impitoyable, la forêt où nul d'entre eux, humains, svarts alfar, loups géants même pervertis par Galadan, n'osaient pénétrer.

Trois hommes osèrent, pourtant. En regardant par-dessus son épaule, Dave vit Lévon et Torc se frayer un chemin à coups d'épée dans la brèche que sa charge avait ouverte, et se précipiter à sa suite vers l'ouest, les loups sur les talons, poursuivis par des flèches dans la pénombre croissante.

Trois hommes seulement, pas un de plus, et ce n'était pas faute de bravoure. Les autres étaient morts. Pourtant, aucun des dix-sept Dalreï tombés ce jour-là au combat n'avait manqué de vaillance et de courage lors de cette bataille au bord de l'Adein, à l'endroit où elle se jette dans le Llewenmere, près de la forêt de Pendarane.

Les svarts alfar dévorèrent les cadavres au coucher du soleil. Ils dévoraient toujours les morts. Ce n'était pas comme s'ils avaient encore tué des lios, mais le sang était du sang, et la joie écarlate de la tuerie était en eux cette nuit-là. Ensuite, les deux bandes de svarts, si heureusement réunies, firent une pile des os, ceux qui avaient été bien nettoyés et les autres, et commencèrent à expédier leurs propres morts, en laissant à présent les loups se joindre à eux.

Le sang était du sang.

Il y avait un lac à leur gauche, des eaux sombres entraperçues à travers un treillis de branches dans leur folle chevauchée. Dave eut la vision fugitive d'une beauté douloureuse, mais les loups étaient tout près ; impossible de s'attarder. Au grand galop, ils se précipitèrent dans les premiers taillis de la forêt, sautant ici une branche tombée, évitant là les troncs des arbres, jusqu'à ce qu'enfin Dave se rendît compte que les loups ne les pourchassaient plus.

L'ébauche de piste tortueuse qu'ils suivaient devint plus accidentée, les contraignant à ralentir, et puis ce ne fut plus qu'une illusion de sentier. Ils s'arrêtèrent tous trois, hors d'haleine parmi les arbres dont les ombres se faisaient longues.

Ils ne parlaient pas. Le visage de Lévon était de nouveau de pierre, mais pour d'autres raisons. Dave y reconnut non pas la résolution inébranlable d'avant la bataille mais le contrôle rigide de qui verrouille les muscles et le cœur contre une souffrance intérieure. On garde ça pour soi, pensa Dave, comme il l'avait toujours pensé. Ça ne regarde personne. Il ne put soutenir longtemps la vue du visage de Lévon ; son expression, ajoutée à tout le reste, lui tordait le cœur.

Il se tourna vers Torc, et vit tout autre chose : « Tu saignes, s'écria-t-il en regardant le sang qui coulait de la cuisse de l'homme basané. Descends, il faut jeter un coup d'œil. »

Il n'avait évidemment pas la moindre idée de ce qu'il fallait faire. Ce fut Lévon, reconnaissant d'avoir à agir, qui déchira son matelas en lanières et fit un tourniquet pour la blessure, laquelle était pleine de souillures mais qui, une fois nettoyée, se révéla superficielle.

Quand il en eut fini, il faisait nuit, et depuis un moment ils étaient tous trois conscients d'une vibration dans les bois qui les entouraient. Ce n'était ni vague ni lointain : ils percevaient de la colère, ils pouvaient l'entendre dans le bruit des feuilles, dans le frémissement de la terre sous leurs pieds. Ils étaient dans la forêt de Pendarane, et ils étaient hommes ; la Forêt ne pardonnait pas.

« Nous ne pouvons rester ici ! » dit brusquement Torc. Sa voix résonnait trop fort dans le noir. Pour la première fois, Dave y perçut de la tension.

« Peux-tu marcher ? demanda Lévon.

– Je marcherai, dit sombrement Torc. Je préfère être sur mes jambes et en mouvement quand nous rencontrerons ce qu'on nous enverra. »

Le bruit des feuilles était plus intense à présent et – était-ce illusion ? – il y avait là comme un rythme.

« Laissons les chevaux, alors, dit Lévon. Ils seront en sécurité. Je suis d'accord avec toi – je ne crois pas que nous puissions dormir. Nous marcherons vers le sud, jusqu'à ce que nous rencontrions ce que...

– Jusqu'à ce que nous soyons sortis de la forêt dit Dave d'une voix résolue. Venez, tous les deux. Lévon, tu me l'as dit, ce lieu n'est pas maléfique.

– Il n'a pas besoin de l'être pour nous tuer, dit Torc. Écoute. »

Ce n'était pas une illusion : il y avait bel et bien un rythme délibéré dans le bruit des feuilles.

« Préférerais-tu revenir en arrière, dit sèchement Dave, et essayer de t'entendre avec les loups ?

– Il a raison, Torc », dit Lévon. Dans l'obscurité, seuls ses longs cheveux blonds étaient visibles. Torc, en noir, était presque impossible à distinguer. « Au fait, Davor, poursuivit Lévon d'une voix différente, c'est un fil éclatant que tu as tissé tout à l'heure. Aucun homme d'aucune tribu n'aurait pu ouvrir cette brèche, je pense. Quoi qu'il arrive à présent, tu nous as sauvés à ce moment-là.

– J'ai balancé la hache, c'est tout », marmonna Dave.

À ces mots, Torc, à sa grande surprise, éclata de rire. Un instant, les arbres qui écoutaient furent réduits au silence. Aucun mortel n'avait ri dans la forêt de Pendarane depuis mille ans. « Tu es aussi épouvantable que moi, déclara Torc dan Sorcha. Ou que lui. Aucun de nous ne peut supporter les louanges. Ta face est-elle bien rouge, mon ami ? »

Si elle l'était, bon sang ! « Qu'est-ce que tu crois ? » grommela-t-il. Puis, percevant le ridicule de toute l'affaire et entendant le grognement amusé de Lévon, Dave sentit quelque chose se relâcher en lui, la tension, la peur, le chagrin, tout, et il se mit à rire avec ses amis dans la Forêt où nul homme n'allait jamais.

Cela dura un petit moment ; ils étaient jeunes, venaient de livrer leur première bataille, avaient vu leurs compagnons massacrés à leurs côtés. Il y avait une note d'hystérie dans leurs éclats de rire.

Lévon les en sortit. « Torc a raison, dit-il enfin. Nous sommes semblables. En ceci comme en d'autres choses. Avant de quitter ce lieu, il y a une chose que je veux faire. Des amis à moi sont morts aujourd'hui. J'aimerais avoir deux nouveaux frères. Voulez-vous mêler votre sang au mien ?

– Je n'ai pas de frère, répondait Torc à voix basse. J'aimerais bien. »

Le cœur de Dave battait à toute allure. « Bien sûr que oui », dit-il.

Ainsi le rituel fut-il accompli dans la Forêt. Le poignard de Torc fit les incisions, et leurs poignets se touchèrent dans le noir. Nul ne parla. Lévon fit des bandages ensuite, puis ils libérèrent leurs chevaux, rassemblèrent armes et bagages, et s'enfoncèrent dans la forêt en direction du sud. Torc allait le premier, Lévon le dernier, Dave marchait entre ses frères.

En fait, ils avaient accompli plus qu'ils ne l'imaginaient. On les avait observés, et la forêt de Pendarane comprenait bien les unions scellées par le sang. Cela n'atténua ni sa colère ni sa haine, car Lisèn était à jamais perdue qui n'aurait jamais dû mourir. Mais, bien que ces trois humains fussent condamnés, on leur épargnerait la folie avant leur mort. Ainsi en fut-il décidé alors qu'ils marchaient, inconscients de ce que disaient les murmures autour d'eux, et pourtant pris comme dans un filet sonore.

Pour Torc, rien n'avait jamais été aussi difficile, aussi éprouvant que cette marche en forêt. Au-delà de l'horreur du massacre au bord de l'Adein et de la terreur profonde de se trouver dans la forêt de Pendarane, il y avait pis : il était habitué à circuler la nuit, c'était un homme des bois, c'était là son milieu naturel ; tout ce qu'il avait à faire, c'était de conduire ses compagnons vers le sud.

Mais il en était incapable.

Des racines surgissaient de nulle part et le faisaient trébucher, des branches cassées obstruaient le chemin, des sentiers s'effaçaient sans raison apparente. Une fois, il faillit tomber.

Droit au sud, c'est tout ! rageait-il, oublieux, dans sa concentration, de sa douleur à la jambe. Mais c'était peine perdue – chaque sentier prometteur, contre toute raison, s'infléchissait bientôt vers l'ouest. Il se demanda une fois si les arbres bougeaient, et recula aussitôt devant la conclusion implicite. Ou peut-être était-il d'une incroyable stupidité ?

Quelle qu'en fût la cause, surnaturelle ou psychologique, il vit bientôt clairement que malgré tous ses efforts pour les garder à la lisière est de la Grande Forêt – il coupa même une fois au travers d'un hallier – ils étaient attirés, avec une lenteur patiente mais absolument irrésistible, vers l'ouest, au cœur de la forêt.

Ce n'était pas sa faute, bien entendu. Rien de ce qui arriva ne l'était. La forêt de Pendarane avait eu un millier d'années pour modeler ses sentiers et ses réactions en réponse à des intrusions comme la leur.

C'est bien, murmurèrent les arbres aux esprits de la Forêt.

C'est très bien, répondirent les déiénas.

Les feuilles, les feuilles, c'était ce qu'entendait Torc. Les feuilles et le vent.

Pour Dave, cette marche nocturne était très différente. Il n'était pas de Fionavar, ne connaissait pas les légendes de la Forêt qui auraient pu l'épouvanter, sinon l'histoire racontée par Lévon le jour précédent, et cette histoire suscitait en lui plus de pitié que de terreur. Précédé de Torc et suivi de Lévon, il était sûr et certain qu'ils suivaient le bon chemin. Il était parfaitement inconscient des manœuvres désespérées de Torc, et au bout d'un moment il finit par s'habituer aux murmures qui les entouraient, et même par les trouver apaisants.

Tellement apaisants qu'il marchait seul en direction de l'ouest depuis dix minutes quand il enfin s'en rendit compte.

« Torc ! s'écria-t-il, saisi d'une peur soudaine. Lévon ! »

Comme de juste, il n'y eut pas de réponse. Il était totalement seul dans la forêt de Pendarane, et c'était la nuit.

14

En toute autre nuit que celle-là, ils eussent péri.

Non pas d'une mort horrible, car la Forêt aurait au moins honoré l'échange de leur sang ; leur mort avait été certaine dès l'instant où ils avaient dépassé le Llevwenmere, le lac hanté, pour s'enfoncer entre les arbres. Un seul homme était entré à pied dans la forêt de Pendarane et en était sorti vivant depuis l'emprisonnement de Maugrim, que les puissances nomment Sathain. Tous les autres étaient morts de mort affreuse, en hurlant avant la fin. La pitié n'était pas un sentiment que la Forêt était à même de ressentir.

En toute autre nuit. Mais loin au sud, dans une autre forêt, c'était la troisième nuit de Paul Schafer dans l'Arbre de l'Été.

Alors même que la Forêt séparait en douceur les trois envahisseurs, un événement impossible détourna brutalement l'attention de Pendarane, source d'humilité même pour les puissances anciennes et sans nom qui l'habitaient.

Une lune écarlate monta dans le ciel.

Dans la Forêt, ce fut comme si un incendie s'était déclaré. Toutes les puissances et tous les esprits de la magie sauvage, des arbres, des fleurs et des bêtes, et même les plus anciennes et les plus obscures qui s'éveillaient rarement et que toutes les autres craignaient, celles de la nuit et celles qui dansent à l'aube, celles qui font de la musique et celles qui se meuvent dans un silence mortel, toutes se lancèrent dans une course folle vers le bosquet sacré, car elles devaient s'y trouver avant que la lune fût assez haute dans le ciel pour en illuminer la clairière.

Dave entendit se taire le murmure des feuilles. Cela l'effraya – tout l'effrayait à présent. Mais il lui vint un sentiment soudain de libération, comme s'il n'était plus surveillé. L'instant d'après il se fit un grand mouvement, comme le vent, mais ce n'était pas du vent, plutôt comme si quelque chose d'invisible passait sur lui, à travers lui, filant vers le nord.

Sans rien comprendre, sinon que la Forêt ressemblait maintenant à une simple forêt, les arbres à de simples arbres, Dave se tourna vers l'est et vit la pleine lune qui paraissait, écarlate, stupéfiante, au sommet des arbres.

Telle était la nature de la puissance de la Mère que même Dave Martyniuk, seul, perdu, à une distance indicible de chez lui et de l'univers qu'il pouvait un peu appréhender, Dave lui-même put poser les yeux sur cette lune et en être réconforté. Dave lui-même put y voir une réponse au défi de la Montagne.

Non une délivrance, mais seulement une réponse, car la lune écarlate signifiait la guerre plus qu'aucun autre symbole. Elle signifiait sang et combat, mais non un combat sans espoir désormais, puisque le signe de l'intervention de Dana montait dans le ciel plus haut encore que les feux du Rangat.

Dans l'esprit de Dave, tout ceci resta confus, inachevé, luttant pour accéder à quelque clarté intérieure sans jamais y parvenir ; le sens général était là, pourtant, la conscience intuitive que le seigneur des Ténèbres était peut-être libre mais qu'il ne serait pas sans rencontrer quelque opposition. C'est ainsi que la plupart des habitants de Fionavar interprétèrent le symbole céleste : la Mère œuvre, a toujours œuvré en suivant les voies du sang, aussi connaissons-nous d'elle plus que nous n'en avons conscience. Saisi d'un immense et respectueux effroi, le cœur tressaillant d'espoir, Dave contempla le ciel de l'est, et il lui vint la pensée tout à fait incongrue que son père aurait aimé voir un tel spectacle.

Tabor n'ouvrit pas les yeux de trois jours. Quand la Montagne déchaîna sa terreur, il s'agita seulement sur sa couche en murmurant des paroles que sa mère, qui le veillait, ne put comprendre. Elle ajusta la compresse sur son front et les couvertures sur son corps, impuissante à faire davantage.

Elle dut le quitter un moment, car Ivor, vif, calme, avait donné des ordres pour calmer la panique que déclenchait ce rire porté par le vent. On partirait pour Célidon à la première lueur du jour, le lendemain. Ils étaient trop isolés en cet endroit, trop exposés, sous la paume même, semblait-il, de la main qui s'appesantissait au-dessus du Rangat.

Et même dans le tumulte et le fracas des préparatifs, dans le camp comme en proie à un tourbillon de désordre, Tabor continua de dormir.

Le lever de la pleine lune écarlate ne l'éveilla pas non plus, même si la tribu tout entière s'immobilisa, les yeux brillants d'émerveillement, pour la voir passer sur la Plaine.

« Voilà qui nous donne un peu de temps », dit Géreint quand Ivor trouva un moment pour lui parler – on continuait à s'affairer dans la nuit, dans la lumière étrange de la lune. « Il n'agira plus aussi vite, maintenant.

– Nous non plus, dit Ivor. Il nous faudra du temps pour arriver à Célidon. Je veux que nous soyons partis à l'aube.

– Je serai prêt, dit le vieux shaman. Tu n'as qu'à me mettre sur un cheval et à le pointer dans la bonne direction. »

Ivor se sentit envahi d'une soudaine affection pour Géreint. Le shaman avait des rides et des cheveux blancs depuis si longtemps qu'il semblait hors du temps. Mais il ne l'était pas, et la randonnée à vive allure serait difficile pour lui.

Comme souvent, Géreint sembla lire ses pensées : « Je n'aurais jamais cru, dit-il tout bas, que je vivrais aussi longtemps. Ceux qui sont morts avant ce jour ont peut-être bien de la chance.

– Peut-être, dit Ivor, très grave. Ce sera la guerre.

– Et avons-nous des Révor ou des Colan, des Ra-Termaine ou des Seithr parmi nous ? demanda Géreint avec chagrin. Avons-nous Amairgèn ou Lisèn ?

– Nous devrons les trouver », dit simplement Ivor. Il posa une main sur l'épaule du shaman. « Je dois partir. Demain.

– Demain. Mais va d'abord voir ton fils. »

Ivor avait eu l'intention de superviser les dernières étapes du chargement des chariots, mais il délégua plutôt cette tâche à Cechtar et alla s'asseoir sans rien dire auprès de Tabor.

Deux heures plus tard, Tabor s'éveilla, mais c'était un faux réveil. Il quitta son lit mais Ivor retint son cri de joie car il vit que son fils était plongé dans une transe lucide, et il savait qu'il était dangereux de troubler cette sorte d'état.

Tabor s'habilla, vite, en silence, et quitta la maison. Dehors, le camp était enfin calme, endormi, anticipant avec appréhension l'aube grise. La lune était encore très haut, presque à la verticale.

En fait, elle était assez haut à présent. À l'ouest de la Plaine, la lumière commençait à danser dans la clairière du bosquet sacré, sous l'œil attentif des puissances assemblées de la forêt de Pendarane.

D'un pas vif, Tabor se rendit à l'enclos, trouva son cheval et le monta. Il souleva la barrière et partit au galop vers l'ouest.

Ivor courut chercher son propre cheval, sauta sur son dos, à cru, et le suivit. Seuls dans la Plaine, père et fils chevauchèrent vers la Grande Forêt ; Ivor, en voyant le dos droit et le galop aisé de son plus jeune enfant, se sentait le cœur douloureux.

Tabor était allé très loin, en vérité. Et il semblait devoir aller plus loin encore. Que le Tisserand le protège, pria Ivor en jetant un coup d'œil vers le nord et la gloire maintenant apaisée du Rangat.

Ils chevauchèrent pendant plus d'une heure, tels des fantômes dans la plaine nocturne, avant de voir la présence massive de la forêt de Pendarane se dresser devant eux. Alors Ivor pria de nouveau : Pas là, que ce ne soit pas là qu'il aille, car je l'aime.

Sera-t-il tenu compte de ma prière ? se demanda-t-il en essayant de maîtriser la crainte profonde que la Forêt suscitait toujours en lui.

Il semblait que oui, car Tabor arrêta son cheval à une cinquantaine de mètres des arbres et resta sans bouger à contempler la forêt obscure. Ivor fit halte lui-même à quelque distance de son fils. Il éprouvait le désir de crier son nom, de le rappeler du lieu inconnu où il s'était rendu, où il allait se rendre.

Mais il ne le fit pas. Au lieu de cela, quand Tabor murmura des paroles que son père ne put entendre, mit pied à terre et entra dans la forêt, Ivor se livra à l'acte le plus courageux de toute son existence : il le suivit. Nulle injonction divine n'aurait pu obliger Ivor dan Banor à laisser son fils marcher seul en transe dans la Grande Forêt.

Et c'est ainsi que le père et ses deux fils entrèrent dans la forêt de Pendarane cette nuit-là.

Tabor n'alla pas très loin. Les arbres étaient encore clairsemés à l'orée de la forêt et la lune écarlate illuminait le sentier d'une lueur étrangement appropriée. Rien de tout cela, se disait Ivor, ne convenait au monde du jour. Il faisait très calme. Trop calme, se rendit-il compte, car il y avait une brise, il la sentait sur sa peau, et pourtant elle n'éveillait aucun bruit parmi les feuilles. Les cheveux d'Ivor se dressèrent sur sa tête. En luttant pour conserver son calme dans le silence ensorcelé, il vit Tabor s'arrêter soudain, dix pas devant, et demeurer parfaitement immobile. L'instant d'après, Ivor vit une créature de gloire sortir du couvert des arbres pour s'arrêter devant son fils.

À l'ouest se trouvait la mer, elle l'avait su alors même qu'elle venait de naître. Aussi avait-elle quitté le berceau qu'elle partageait sans le savoir avec Lisèn, pour marcher en direction de l'est. Et alors qu'elle passait parmi les puissances assemblées, visibles et invisibles, un murmure s'était gonflé telle une vague dans la Forêt, comme en réponse à la mer.

Elle allait d'un pas très léger car elle ne connaissait pas d'autre façon de fouler le sol, et à sa droite comme à sa gauche les créatures de la forêt lui rendaient hommage, car elle appartenait à Dana et elle était un présent fait en temps de guerre, ce qui la rendait plus que belle.

Pendant qu'elle traversait ainsi la forêt, elle vit en esprit un visage – elle ne savait comment, et ne le saurait jamais. Venu du temps qui précédait sa naissance, ce visage lui apparut, brun comme une noix, très jeune, avec des cheveux noirs en désordre et des yeux où elle désirait plonger son regard. Mais en outre, mais surtout, cet être connaissait son nom à elle. Elle allait donc son chemin de-ci de-là, cherchant sans le savoir, délicate et nimbée de majesté, un certain lieu parmi les arbres.

Elle y arriva enfin, et il était là devant elle, il l'attendait, ses yeux lui souhaitaient la bienvenue, et il acceptait pour toujours ce qu'elle était, tout ce qu'elle était, les deux tranchants de ce présent qu'elle était.

Elle sentit son esprit en elle comme une caresse, et le caressa en retour comme de sa corne. *Nous n'aurons que nous-mêmes à la toute fin*, pensa-t-elle, et c'était la première fois qu'elle le pensait ; d'où lui venait cette pensée ?

Je sais, répondit sa pensée à lui. *Il y aura la guerre.*

C'est pour cela que je suis née, dit-elle, soudain consciente de ce que dissimulait, tel un fourreau, sa propre grâce si légère. Et elle en fut effrayée.

Il s'en aperçut et s'approcha d'elle. Elle était de la couleur de la pleine lune, mais la corne était d'argent qui effleura l'herbe lorsqu'elle baissa la tête pour recevoir sa caresse.

Mon nom ? demanda-t-elle.

Imraith-Nimphaïs, lui dit-il, et elle sentit la puissance jaillir en elle comme une étoile.

Joyeuse, elle demanda : *Veux-tu voler ?*

Elle le sentit qui hésitait.

Je ne te laisserai pas tomber, fit-elle, un peu blessée.

Elle le sentit alors qui riait. *Oh, je sais bien, lumière éclatante, mais si nous volons, on nous verra, et notre temps n'est pas encore venu.*

Elle secoua la tête, impatiente ; sa crinière ondula. Les arbres étaient plus clairsemés ici, elle pouvait voir les étoiles, la lune. Elle les désirait. *Personne ne peut nous voir, sauf un homme*, lui dit-elle. Le ciel l'appelait.

Mon père, dit-il. *Je l'aime.*

Alors je l'aimerai aussi, répondit-elle, *mais maintenant je voudrais voler. Viens !*

En elle, il dit : *Je viens*. Et il grimpa sur son dos. Il ne pesait rien. Elle était très puissante, et le deviendrait davantage encore. Elle l'emporta en passant devant l'autre homme plus âgé, et parce que Tabor l'aimait, elle inclina sa corne pour le saluer.

Puis ils sortirent des arbres ; il y avait une plaine herbeuse, et le ciel, tout le ciel là-haut ! Pour la première fois, elle ouvrit ses ailes et ils s'élevèrent dans un élan de joie pour saluer les étoiles et la lune dont elle était l'enfant. Elle sentait en elle l'esprit de son cavalier, l'exultation de son cœur, car ils étaient unis pour toujours et elle savait quel glorieux spectacle ils constituaient, volant ainsi à travers le vaste ciel nocturne, Imraith-Nimphaïs et le Cavalier qui savait son nom.

Quand la licorne rousse que montait son fils inclina la tête devant lui en passant, Ivor ne put retenir ses larmes. Il pleurait toujours trop facilement, Leith le lui reprochait, mais devant ceci, sûrement, devant si sublime spectacle...

Puis, en se retournant pour les suivre des yeux, il vit plus grande merveille encore, car la licorne prit son envol. Il perdit toute conscience de la durée, alors, en contemplant Tabor et la créature de sa vision prendre leur essor dans la nuit. Il pouvait presque partager leur joie à découvrir le vol ; il se sentait le cœur comblé. Il était entré dans la forêt de Pendarane et en était ressorti vivant pour voir cette créature de la Déesse emporter son fils telle une comète au-dessus de la Plaine.

Mais Ivor était trop chef et trop sage pour oublier que les ténèbres approchaient. Même cette créature, ce don, ne serait pas facile à maîtriser, telle qu'elle était, couleur de la lune de sang. Et Tabor ne serait plus jamais le même, il le savait aussi. Mais ces chagrins étaient pour le jour – en cette nuit, il pouvait laisser son cœur voler avec eux, ces deux enfants qui jouaient dans le vent entre lui et les étoiles. Ivor se mit à rire comme il ne l'avait pas fait depuis des années, comme un enfant.

Après une durée indéfinie, ils atterrirent avec légèreté non loin d'Ivor. Ce dernier vit son fils appuyer sa tête contre celle de la licorne, près de l'éclat argenté de sa corne. Puis Tabor fit un pas en arrière et la créature se détourna en un mouvement d'une grâce effrayante pour s'enfoncer de nouveau dans l'obscurité de la forêt.

Quand Tabor se tourna vers Ivor, ses yeux étaient de nouveau les siens. Sans une parole, car aucun mot n'aurait convenu, Ivor lui tendit les bras et son plus jeune enfant s'y précipita en courant.

« Tu as vu ? demanda enfin Tabor, la tête contre la poitrine de son père.

– Oui. Vous étiez splendides. »

Tabor se redressa et ses yeux retrouvèrent leur danse joyeuse, leur jeunesse.

« Elle s'est inclinée devant toi ! Je ne le lui ai pas demandé, j'ai seulement dit que tu étais mon père et que je t'aimais, alors elle a dit qu'elle t'aimerait aussi et elle s'est inclinée. »

La tête d'Ivor était emplie de lumière. « Viens, dit-il d'une voix bourrue. Il est temps de rentrer. Ta mère doit être en train de sangloter d'inquiétude.

– Ma mère ? » demanda Tabor avec une intonation si comique qu'Ivor éclata de rire. Ils remontèrent à cheval et revinrent, au pas cette fois, ensemble, à travers leur Plaine. On était à la veille de la guerre mais une paix étrange envahissait Ivor. C'était là son pays, le pays de son peuple, depuis si longtemps que le nombre d'années avait perdu toute signification. De l'Andarièn au Brennin, des montagnes à la forêt de Pendarane, toute la prairie leur appartenait. La Plaine *était* les Dalreï, et ils étaient la Plaine. Il laissa cette certitude le traverser comme un accord musical, soutenu et prolongé.

Il faudrait que cette certitude résiste à tout dans les jours à venir, il le savait, car toutes les forces des Ténèbres allaient s'abattre sur eux. Et il savait aussi qu'elle succomberait peut-être. Demain, se dit Ivor, je m'inquiéterai demain. Et, chevauchant en paix dans la prairie auprès de son fils, il revint au camp et vit Leith qui les attendait à la porte ouest.

En la voyant, Tabor mit pied à terre et courut se jeter dans ses bras. Ivor ordonna à ses yeux de rester secs. Imbécile sentimental, s'admonesta-t-il ; elle a raison. Quand Leith, étreignant toujours le garçon, leva sur lui des yeux interrogateurs, il fit signe que oui avec toute la vivacité dont il était capable.

« Au lit, jeune homme, dit-elle avec fermeté. Nous partons dans quelques heures. Tu as besoin de dormir.

– Oh, Mère, gémit Tabor. Je n'ai fait *que* dormir depuis des...

– Au lit ! insista Leith d'une voix que tous ses enfants connaissaient bien.

– Oui, mère », répondit Tabor d'un ton si parfaitement joyeux que même Leith sourit en le regardant entrer dans le camp. Malgré tout, il n'a que quatorze ans, pensa Ivor. Il n'a vraiment que quatorze ans.

Il abaissa les yeux sur sa femme. Elle lui rendit son regard en silence. C'était leur premier moment d'intimité depuis la Montagne, il en prit conscience.

« C'était bien ? demanda-t-elle.

– Oui. C'était d'une merveilleuse beauté.

– Je ne crois pas que je veuille savoir, pas tout de suite. »

Il acquiesça d'un signe de tête tout en voyant de nouveau, en découvrant de nouveau combien elle était belle.

« Pourquoi m'as-tu épousé ? » demanda-t-il soudain.

Elle haussa les épaules : « Tu me l'as demandé. »

En riant, il descendit de sa monture et, chacun guidant un cheval, le sien et celui de Tabor, ils rentrèrent dans le camp. Ils remirent les bêtes dans l'enclos et retournèrent chez eux.

Sur le pas de la porte, Ivor regarda une dernière fois la lune, qui baissait maintenant à l'ouest au-dessus de la forêt de Pendarane.

« J'ai menti, dit Leith à voix basse. Je t'ai épousé parce qu'aucune demande d'aucun homme que je connaisse ou puisse imaginer n'aurait fait bondir mon cœur comme la tienne. »

Il se détourna de la lune pour la regarder, elle : « Le soleil se lève dans tes yeux, dit-il – la demande rituelle. Il s'est toujours, toujours levé dans tes yeux, mon amour. »

Il l'embrassa. Elle était douce et parfumée entre ses bras, et pouvait si bien enflammer son désir...

« Le soleil se lève dans trois heures, dit-elle en s'écartant. Viens te coucher.

– Bonne idée, dit Ivor.

– Pour dormir, le prévint-elle.

– Je n'ai pas quatorze ans, dit Ivor. Et je ne suis pas fatigué. »

Elle le regarda un instant, sévère, puis son sourire illumina son visage comme de l'intérieur.

« Bien, dit Leith, sa femme. Moi non plus. » Elle lui prit la main et l'attira à l'intérieur.

Dave n'avait aucune idée de l'endroit où il se trouvait ni de l'endroit où il devait aller, sinon, vaguement, que c'était au sud. Il était peu vraisemblable qu'il y eût dans la forêt de Pendarane des pancartes indiquant la distance qui le séparait de Paras Derval.

D'autre part, il avait la certitude absolue que si Torc et Lévon étaient toujours vivants, ils le cherchaient, aussi le meilleur plan semblait-il de rester sur place et d'appeler à intervalles réguliers. Ce qui impliquait la possibilité d'autres réponses que la leur, mais il n'y pouvait pas grand-chose.

En se rappelant les commentaires de Torc sur les « mioches » du bois de Faëlinn, il s'adossa à un arbre à l'orée d'une clairière qui se trouvait sous le vent, là où il pouvait voir ce qui approchait par-devant et, avec de la chance, sentir ce qui approchait par-derrière. Puis il se mit en devoir d'annuler cette tentative de camouflage en criant à plusieurs reprises et à tue-tête le nom de Lévon.

Il jeta ensuite un coup d'œil à la ronde, mais rien ne bougeait. En fait, tandis que retombaient les échos de son cri, Dave prit conscience du profond silence de la forêt. Ce flot invisible, tout à l'heure, cette illusion de vent, paraissait avoir tout emporté avec lui. Il était absolument seul, apparemment.

Mais non, pas tout à fait. Une voix très basse résonna presque directement sous ses pieds : « Vous rendez le sommeil bien difficile aux gens honnêtes. »

Dave se leva d'un mouvement brusque, la hache brandie, et regarda avec appréhension un gros tronc d'arbre abattu rouler sur le côté pour révéler une enfilade de marches et une petite silhouette qui en émergeait pour le dévisager.

Et qui venait de très loin dans les profondeurs de la terre. La créature qu'il avait réveillée ressemblait surtout à un gnome corpulent. Une très longue barbe blanche contrastait avec un crâne dégarni et reposait confortablement sur une panse impressionnante. Ce personnage portait une sorte de tunique ample munie d'un capuchon, et l'ensemble ne faisait guère plus d'un mètre vingt.

« Pourriez-vous vous donner la peine, poursuivit la voix caverneuse, d'appeler ce Lévon de quelque autre endroit ? »

En retenant un réflexe bizarre qui le portait à s'excuser et un autre qui le poussait à frapper d'abord et interroger ensuite, Dave leva sa hache à la hauteur de son épaule en grondant : « Qui êtes-vous ? »

Le petit homme éclata d'un rire déconcertant. « Des noms, déjà ? Six jours passés avec les Dalreï auraient dû vous apprendre à attendre un peu avant de poser une telle question. Appelez-moi Flidaïs, si vous voulez, et posez donc cette arme. »

La hache, comme vivante tout à coup, sauta des mains de Dave pour tomber dans l'herbe. Flidaïs n'avait même pas bougé. Bouche bée, Dave contempla le petit homme. « Je suis soupe au lait quand on me réveille, dit Flidaïs, aimable. Et vous devriez savoir qu'on n'apporte pas de hache en ces lieux. Je la laisserais là, si j'étais vous. »

Dave retrouva sa voix : « Il vous faudra me l'arracher, dit-il d'une voix rauque. C'est un don d'Ivor dan Banor des Dalreï, et je veux la garder.

– Ah ! Ivor », dit Flidais comme si cela avait expliqué beaucoup de choses. Dave eut le sentiment qu'on se moquait de lui, un sentiment qui l'irritait toujours. Mais, vu la situation, il n'y pouvait rien.

Il maîtrisa son irritation : « Si vous connaissez Ivor, vous connaissez Lévon. Il est quelque part dans les environs. Nous sommes tombés dans une embuscade tendue par des svarts alfar et nous nous sommes enfuis dans la forêt. Pouvez-vous m'aider ?

– Je suis bariolé pour la protection et tacheté pour l'illusion, déclara Flidaïs avec un manque d'à-propos sublime. Comment savez-vous que je ne suis pas un complice de ces svarts ? »

Une fois de plus, Dave se força au calme : « Je ne le sais pas, mais j'ai besoin d'aide, et vous êtes la seule aide possible dans le coin, qui que vous soyez.

– Ah, cela du moins est vrai, dit Flidaïs, solennel en hochant la tête. Tous les autres sont partis au nord vers le bosquet sacré. Ou au sud vers le bosquet s'ils étaient au nord pour commencer », rectifia-t-il judicieusement.

Un dingue, pensa Dave. J'ai trouvé un dingue certifié. Splendide, vraiment splendide !

« J'ai été la lame d'une épée, lui confia Flidaïs, ce qui confirma son hypothèse. J'ai été une étoile dans la nuit, un aigle, un cerf dans une autre forêt que celle-ci. Je suis allé dans votre univers et j'y suis mort deux fois. J'ai été et un harpiste et une harpe. »

Malgré lui, Dave se sentit attiré. Dans la forêt aux ombres teintées d'écarlate, il y avait un pouvoir étrange dans ces paroles.

« Je sais, dit Flidaïs d'un ton solennel, combien il existe d'univers, et je connais le savoir du ciel appris par Amairgèn. J'ai vu la lune dans les profondeurs de la mer et j'ai entendu hurler le grand chien la nuit dernière. Je connais les réponses à toutes les énigmes, sauf une, et dans votre univers c'est un homme mort qui garde le passage en posant des questions, Davor à la Hache, Dave Martyniuk. »

Malgré lui encore, Dave demanda : « Quelle énigme est-ce là ? » Il détestait ce genre de choses. Dieu, comme il les détestait !

« Ah, dit Flidaïs, en inclinant la tête de côté. Voulez-vous obtenir si aisément le savoir du saumon ? Prenez garde, ou vous vous brûlerez la langue. Je vous ai déjà donné une réponse, ne l'oubliez pas, même si la femme aux cheveux blancs la connaît sans doute. Prenez garde au sanglier, prenez garde au cygne. La mer a emporté son corps. »

Perdu dans cette mer d'allusions, Dave se saisit d'une épave flottante : « Le corps de Lisèn ? »

Flidais se tut et le dévisagea. Il y eut dans les arbres comme un léger bruissement. « Bien, dit enfin Flidaïs. Très bien. En récompense, vous pouvez garder la hache. Descendez avec moi ; je vous donnerai à manger et à boire. »

À la mention de la nourriture, ce fut irrésistible ; Dave prit conscience qu'il avait une faim de loup. Avec l'impression d'avoir accompli quelque chose, plutôt par chance qu'autrement, il suivit Flidaïs dans l'escalier de terre aux marches effritées.

Au pied de l'escalier s'ouvraient des salles en catacombes, creusées dans la terre et traversées de racines tordues. Dave se cogna deux fois la tête en suivant son petit hôte jusque dans une salle confortable pourvue d'une table de bois mal équarrie et de tabourets. Une lumière joyeuse régnait sur l'ensemble, bien qu'il ne pût en discerner la source.

« J'ai été un arbre, dit Flidaïs, presque comme s'il répondait à une question. Je sais le nom le plus secret de la racine de la terre.

– Avarlith ? hasarda Dave, avec une franche audace.

– Pas ce nom-là, répliqua Flidaïs, mais c'est bien, c'est bien. » Il semblait à présent d'une humeur cordiale, et il s'affairait à de menues besognes domestiques.

Curieusement réconforté, Dave poussa un peu son avantage : « Je suis venu ici avec Lorèn Mantel d'Argent et quatre autres. J'en ai été séparé. Lévon et Torc m'emmenaient à Paras Derval quand il y a eu cette explosion, et nous sommes tombés dans l'embuscade. »

Flidaïs semblait chagrin : « Je *sais* tout cela, dit-il avec humeur. Il y aura un grand ébranlement de la Montagne.

– Eh bien, il a eu lieu », dit Dave en prenant une longue gorgée de la boisson offerte par Flidaïs. Cela fait, il tomba la face contre la table, plongé dans la plus profonde inconscience.

Flidaïs le contempla un long moment d'un œil méditatif. Il ne semblait plus si cordial, et assurément il n'avait plus l'air d'un fou. Au bout d'un moment, l'air ambiant révéla la présence de celle qu'il attendait.

« Doucement, dit-il. Vous êtes dans l'une de mes demeures et, cette nuit, vous êtes mon obligée.

– Très bien. » Elle assourdit un peu l'éclat qui émanait d'elle. « Est-elle née ?

– Elle naît à l'instant. Ils reviendront bientôt.

– Bien ! s'écria-t-elle, satisfaite. Je suis présente aujourd'hui et j'étais présente à la naissance de Lisèn. Toi, où étais-tu ? » Elle avait un sourire capricieux, troublant.

« Ailleurs, admit-il, comme si elle avait marqué un point. J'étais Taliésèn. J'ai été un saumon.

– Je sais », dit-elle. Sa présence emplissait la pièce comme si on avait introduit une étoile dans un souterrain ; malgré la requête de Flidaïs, il avait du mal à poser les yeux sur son visage.

« La dernière énigme, dit-elle. Aimerais-tu en connaître la réponse ? »

Il était extrêmement ancien et extrêmement sage, et demi-dieu lui-même, mais c'était là le désir le plus profond de son âme. « Déesse, dit-il sans pouvoir contenir son élan d'espoir, j'aimerais beaucoup la connaître.

– Moi aussi, fit-elle, cruelle. Si tu découvres par quel nom on l'invoque, ne manque pas de me l'apprendre ». Et Ceinwèn ajouta, laissant sourdre sa lumière aveuglante de sorte qu'il dut fermer les yeux d'effroi et de douleur : « Ne me dis plus jamais que je suis ton obligée. Je ne dois rien à personne, jamais, sauf ce qui a été promis, et quand je promets, ce n'est pas une dette mais un don. Ne l'oublie jamais. »

Il était à genoux. La lumière était toute-puissante. « J'ai vu, dit Flidaïs, et sa voix caverneuse tremblait. J'ai vu l'éclat de la Chasseresse dans la Forêt. »

C'était une phrase d'excuse ; elle l'accepta comme telle. « Bien », dit-elle encore, en adoucissant à nouveau sa présence de façon qu'il pût la regarder. « Je m'en vais, maintenant. Celui-ci, je vais le prendre. Tu as bien fait de m'appeler, car j'ai droit sur lui.

– Pourquoi, Déesse ? » demanda Flidaïs tout bas en jetant un coup d'œil à la forme affaissée de Dave Martyniuk.

Son sourire était secret et immortel. « Tel est mon bon plaisir », dit-elle. Mais au moment de disparaître avec l'humain, Ceinwèn parla de nouveau, si bas que sa voix était presque inaudible : « Écoute-moi bien, créature de la forêt : si j'apprends le nom qui invoque le Guerrier, je te le dirai. C'est une promesse. »

Incapable de parler, il s'agenouilla de nouveau sur le sol de terre de sa maison. Savoir ce nom était son plus cher désir depuis toujours. Quand il leva les yeux, il était seul.

Ils s'éveillèrent tous trois sur l'herbe tendre dans la lumière du matin. Les chevaux paissaient non loin de là. Ils se trouvaient tout à l'orée de la forêt ; au sud, une route s'étirait d'est en ouest ; au-delà moutonnaient des collines basses. On apercevait une ferme de l'autre côté de la route et, au-dessus de leurs têtes, des oiseaux chantaient comme au premier matin du monde.

Ce renouveau était réel. Plus réel même qu'on aurait plus le croire après le cataclysme de la nuit précédente. Des puissances parcouraient Fionavar comme il ne s'en était point assemblé depuis le premier tissage des mondes et l'instant où le Tisserand avait nommé les dieux. Iorweth le Fondateur n'avait point subi l'explosion du Rangat ni vu la main dans le ciel ; Conary n'avait point connu un tel tonnerre dans le bois de Mörnir, ni de pouvoir comme celui de la brume blanche qui avait jailli de l'Arbre de l'Été à travers le corps de la victime sacrificielle. Ni Révor ni Amairgèn n'avaient vu de lune comme celle qui avait vogué dans le ciel cette nuit-là, et de toute sa longue histoire le Baëlrath n'avait jamais brillé d'un tel éclat à la main de quiconque. Et nul autre homme qu'Ivor dan Banor n'avait vu Imraith-Nimphaïs emporter son Cavalier dans le poudroiement des étoiles.

Devant un tel rassemblement de forces, une telle concentration de puissances, alors que les univers ne seraient peut-être jamais plus les mêmes, quel piètre miracle ce fut pour Dave, pourrait-on dire, que de s'éveiller avec ses amis dans la fraîcheur de ce matin-là, à l'extrémité sud de la forêt de Pendarane, près de la grand-route qui va de la forteresse du Nord à Rhodèn, en trouvant près de lui un cor.

Piètre miracle, à la lumière de ce qui avait ébranlé le jour et la nuit précédents, mais ce qui accorde la vie alors que la mort semblait certaine ne peut jamais être dénué d'importance, et rien moins même que merveilleux, pour ceux qui sont les objets d'une telle intervention.

Aussi se levèrent-ils tous trois, effarés et joyeux, et ils se racontèrent les uns aux autres ce qui leur était arrivé, tandis que les oiseaux du matin tissaient leurs chants au-dessus de leurs têtes.

Pour Torc, il y avait eu un éclair aveuglant et une silhouette derrière la lumière, visible mais indistincte, et puis l'obscurité jusqu'à son réveil en ce lieu. Lévon avait entendu de la musique autour de lui, puissante et impérieuse, un cri sauvage d'invocation comme si une chasse passait au-dessus de lui, puis la musique avait changé, si lentement qu'il n'aurait pu dire quand ni comment, mais il était venu un moment où elle avait été si triste et si apaisante qu'il avait ressenti le besoin de dormir – pour s'éveiller avec ses deux nouveaux frères dans l'herbe, et le Brennin étalé devant eux dans la douce lumière du soleil.

« Hé, vous deux ! s'écria Dave avec exubérance. Regardez ça ! » Il brandissait le cor sculpté couleur d'ivoire, incrusté d'or et d'argent, avec les runes gravées le long de sa courbe. Dans son euphorie, ravi, il le porta à ses lèvres et souffla.

C'était un geste imprudent et précipité, mais qui ne pouvait causer aucun mal, car Ceinwèn avait voulu que le cor fût en la possession de Dave afin qu'il apprît ce qu'ils apprirent tous lorsque cette note éclatante monta dans le matin.

Elle avait eu trop d'audace, car ce trésor ne lui appartenait pas réellement et elle ne pouvait en faire don. Selon son plan, ils devaient sonner du cor et apprendre ainsi sa première propriété, puis quitter la forêt où l'objet avait séjourné si longtemps. Ainsi l'avait-elle voulu, mais l'agencement de la Tapisserie était tel que même une déesse ne pouvait tout façonner selon sa volonté, et Ceinwèn n'avait pas tenu compte de Lévon dan Ivor.

Le son du cor appartenait au monde de la Lumière. Ils le surent tous trois dès que Dave eut soufflé dans le cor. Le son était clair et net, et portait loin. Et, alors même qu'il écartait le cor de ses lèvres pour contempler l'objet avec émerveillement, Dave comprit qu'aucun agent des Ténèbres ne pourrait jamais entendre son appel. Cette certitude jaillit dans son cœur, et c'était un véritable savoir – car telle était la première propriété du cor.

« Venez, dit Torc, tandis que les échos d'or s'estompaient. Nous sommes encore dans la forêt. Partons d'ici. »

Docile, Dave se détourna pour monter en selle, encore ébloui par le son qu'il avait suscité.

« Attendez ! » dit Lévon.

Peut-être y avait-il cinq humains en Fionavar qui connaissaient la deuxième propriété du cor, et nul ne savait dans les autres univers. Mais l'un des cinq était Géreint, le shaman de la troisième tribu des Dalreï, qui savait maintes choses oubliées et qui avait été le maître de Lévon dan Ivor.

Elle ne le savait pas, la Déesse, et n'avait pas eu l'intention qu'il en fût ainsi, mais même une déesse ne peut tout savoir. Elle avait voulu faire un don mineur ; les choses tournèrent autrement, et ce ne fut pas le cas. L'espace d'un instant, les mains du Tisserand s'immobilisèrent sur le Métier, puis Lévon dit :

« Il devrait y avoir un arbre fourchu par ici. »

Et à ces paroles un fil revint dans la Tapisserie de tous les univers, un fil qui avait été perdu très longtemps.

Ce fut Torc qui trouva l'arbre. Un énorme frêne avait été fendu en deux par la foudre – ils ne pouvaient imaginer dans quel passé immensément lointain – et son tronc se divisait en deux branches, à peu près à la hauteur d'un homme.

En silence, Lévon s'approcha, avec Dave, de l'endroit où se tenait Torc. Dave voyait tressauter un muscle de sa joue. Puis Lévon reprit la parole : « De là, on devrait voir un rocher. »

Ils regardèrent tous trois par la fourche du frêne en forme de diapason. Dave trouva l'angle correct : « Là », dit-il en pointant du doigt.

Lévon vit à son tour, et ses yeux s'émerveillèrent : il y avait bel et bien un rocher affleurant à la surface d'un petit monticule à l'orée de la Forêt. « Savez-vous, murmura-t-il tout bas, que nous venons de trouver la caverne des Dormeurs ?

– Je ne comprends pas, dit Torc.

– La Chasse Sauvage », répliqua Lévon. Dave sentit un picotement à la racine de ses cheveux. « La magie la plus sauvage qui ait jamais existé repose en ce lieu, endormie. » Il y avait tant de tension dans la voix habituellement calme de Lévon qu'elle se brisa. « Le cor d'Owein, c'est dans ce cor que tu viens de souffler, Davor. Si nous pouvions trouver la flamme, ils chevaucheraient de nouveau. Oh, par tous les dieux !

– Raconte », implora Dave ; lui aussi parlait dans un murmure.

Un instant, Lévon resta silencieux, puis, alors qu'ils contemplaient le rocher par la fourche du frêne, il entonna ce chant :

La flamme s'éveillera
Les Rois le cor invoquera
Du sol profond ils répondront
Mais nul jamais n'asservira
Les cavaliers de la forteresse d'Owein
Et l'enfant qui devant marchera

« La Chasse Sauvage, répéta Lévon, quand les échos de son chant se furent éteints. Je ne puis dire à quel point tout ceci nous dépasse. »

Et il ne voulut rien ajouter.

Ils quittèrent alors ce lieu, le grand rocher et l'arbre fendu ; Dave avait attaché le cor à sa ceinture. Ils traversèrent la route et, sans se concerter, chevauchèrent de façon à n'être vus de personne avant de retrouver Mantel d'Argent et le très haut roi.

Ils chevauchèrent toute la matinée à travers des collines cultivées ; par moments tombait une pluie fine. Elle était fort nécessaire, ils pouvaient le constater, car la terre était desséchée.

Peu après midi, ils arrivèrent au sommet d'une série de côtes orientées vers le sud-est et ils aperçurent, brillant en contrebas, un lac serti comme un joyau dans les collines environnantes. La vue était superbe ; ils s'arrêtèrent un instant pour l'admirer. Il y avait une petite ferme près de l'eau, ou plutôt une chaumière avec une cour et une grange.

Ils descendirent sans se presser et ils seraient passés outre, comme pour les autres fermes, mais à leur approche une vieille femme aux cheveux blancs sortit derrière la chaumière pour les regarder.

En l'examinant, Dave vit qu'en fait elle n'était pas si vieille. Elle porta la main à sa bouche en un geste qu'inexplicablement, il lui sembla reconnaître.

Et puis elle se précipita vers eux dans l'herbe et, le cœur soudain empli de joie, Dave sauta à bas de son cheval avec un grand cri pour courir rejoindre Kimberly et la prendre dans ses bras.

QUATRIÈME PARTIE

Le Dévastateur

15

Le prince Diarmuid, en tant que gardien de la forteresse du Sud, avait une demeure assignée dans la capitale, ou plutôt une petite caserne pour ceux de ses hommes qui, pour une raison ou une autre, avaient besoin de quartiers. C'était là qu'il préférait passer la nuit quand il se trouvait à Paras Derval, et c'est là que Kevin Laine alla le chercher au lendemain des cataclysmes, après avoir lutté avec sa conscience pendant une bonne partie de la nuit.

Sa conscience le troublait encore alors qu'il s'éloignait du palais sous la pluie. Il n'arrivait pas non plus à penser très clairement, car la blessure du chagrin était profonde en lui ce matin-là. Tout ce qui le soutenait et le forçait à la décision, c'était l'image terrible de Jennifer ligotée sur le cygne noir et volant vers le nord à portée de la main que la Montagne avait brandie vers le ciel.

Kevin était toutefois aux prises avec un dilemme : où aller ? Où sa loyauté devait-elle l'entraîner ? Lorèn et Kim, tous deux métamorphosés de façon déroutante, soutenaient sans équivoque la cause de l'aîné des princes, cet homme sombre et imposant, subitement reparu.

« C’est ma guerre à moi », avait dit Ailéron à Lorèn, et le mage, en silence, avait approuvé d’un signe de tête. Attitude qui, sur un certain plan, ne laissait à Kevin absolument aucun sujet de dilemme.

Mais d’autre part, c’était Diarmuid l’héritier du trône, et Kevin, s’il était quoi que ce fût dans cet univers, appartenait à la compagnie de Diarmuid. Après la Særèn et le Cathal, et surtout après le regard qu’il avait échangé avec le prince au Sanglier Noir à la fin de sa chanson.

Il aurait voulu parler de tout cela à Paul ; Dieu du ciel, il avait besoin de lui ! Mais Paul était mort et ses amis les plus intimes ici étaient Erron, Carde et Coll. Et leur prince.

Aussi entra-t-il dans la caserne et demanda-t-il, de son ton le plus animé : « Où est Diarmuid ? » Et il s’arrêta net.

Ils étaient tous là. Tégid, la compagnie qui avait effectué le voyage dans le sud, d’autres qu’il ne connaissait pas. Ils étaient assis, la mine grave, aux tables de la grande salle principale, mais ils se levèrent à son entrée. Chacun d’eux était vêtu de noir et portait un brassard rouge au bras gauche.

Diarmuid aussi. « Entrez, dit-il. Je vois que vous avez des nouvelles. Qu’elles attendent un peu. » Son intonation habituellement sarcastique était empreinte d’émotion, et il parlait d’une voix retenue. « Le chagrin est surtout vôtre, je sais, mais les hommes des marches du Sud ont toujours porté un brassard rouge à la mort de l’un des leurs, et nous en avons perdu deux à présent. Drance et Pwyll. Paul était l’un des nôtres

– nous en avons tous le sentiment ici. Nous laisserez-vous le pleurer avec vous ? »

Il ne restait plus rien d'animé en Kevin à présent, seulement la peine accumulée. Il hocha la tête, il avait presque peur de parler. Mais il se reprit et dit en avalant sa salive : « Bien sûr, et je vous remercie. Mais auparavant, j'ai des choses à vous dire. J'ai des nouvelles que vous devriez apprendre sans retard.

– Apprenez-les-moi, alors, dit le Prince. Mais je les connais peut-être déjà.

– Je ne crois pas. Votre frère est revenu la nuit dernière. »

Une expression amusée et sardonique apparut sur le visage de Diarmuid. Mais c'était véritablement une nouvelle car le réflexe moqueur avait été précédé d'une tout autre expression.

« Ah ! dit le prince, de son ton le plus acide. J'aurais dû le deviner à la grisaille du ciel. Et bien entendu, poursuivit-il, ignorant le murmure qui s'élevait parmi ses hommes, il y a à présent un trône à prendre. Ailéron devait revenir, bien sûr. Ailéron aime les trônes.

– Le trône n'est *pas* à prendre ! » C'était Coll qui venait de parler, le visage écarlate et la voix véhémente. « Diar, tu es l'héritier ! Je le couperai en lanières avant de le laisser te le prendre.

– Personne, dit Diarmuid en jouant délicatement avec un couteau posé sur la table, ne me prendra quoi que ce soit. Certainement pas Ailéron. Y a-t-il autre chose, Kevin ? »

Il y avait autre chose, certes. Il leur apprit la mort d'Ysanne et la métamorphose de Kim, puis, à regret, l'appui tacite de Lorèn à l'aîné des princes. Les yeux de Diarmuid ne quittèrent pas les siens un instant, et le rire qui se dissimulait dans leur profondeur ne s'effaça jamais tout à fait. Le prince continuait à jouer avec la dague.

Quand Kevin eut terminé, il y eut un grand silence dans la salle, seulement rompu par les furieuses allées et venues de Coll.

« Je suis de nouveau votre débiteur, dit enfin Diarmuid. Je ne savais rien de tout ceci. »

Kevin hocha la tête. À ce moment même on frappa à la porte. Carde alla ouvrir.

Dans l'entrée, chapeau et cape dégoulinants, se tenait la silhouette massive et carrée du chancelier Gorlaës. Kevin n'avait pas encore assimilé la signification de cette présence que déjà le chancelier s'avançait dans la salle : « Prince Diarmuid, dit-il sans préambule, mes sources me disent que votre frère est revenu d'exil. Pour la couronne, je pense. Vous êtes, seigneur, l'héritier du trône que j'ai juré par serment de servir. Je suis donc venu vous offrir mes services. »

À ces mots, le rire de Diarmuid éclata, incontrôlé et mordant dans ce lieu plein de gens qui portaient le deuil. « Mais bien sûr ! s'écria le prince. Entrez donc ! Entrez, Gorlaës. J'ai grand besoin de vous – il nous manque un cuisinier à la forteresse du Sud ! »

Alors même que l'hilarité sarcastique du prince emplissait la salle, l'esprit de Kevin revint en arrière à l'instant qui avait suivi l'annonce qu'il avait faite lui-même du retour d'Ailéron. L'ironie coupante de Diarmuid avait été là, mais ce n'avait pas été sa première réaction. Kevin avait le sentiment qu'il avait vu quelque chose de tout à fait différent passer d'abord comme l'éclair sur le visage du prince, et il était presque certain de savoir de quoi il s'agissait.

Lorèn et Matt, en compagnie de Teyrnon et Barak, étaient allés chercher le corps dans l'Arbre pour le ramener au palais. Le bois du Dieu n'était pas un endroit où des soldats allaient volontiers et, de toute façon, à la veille de la guerre, les deux derniers mages de Paras Derval estimaient approprié de marcher avec leurs sources, loin des autres hommes, et d'échanger leurs pensées sur les événements à venir.

Ils étaient d'accord sur celui qui devait occuper le trône, même si d'une certaine façon c'était dommage. Malgré toute la rudesse irritante d'Ailéron, il y avait dans sa nature obstinée l'étoffe d'un roi guerrier des temps anciens. Le brillant caractère vif-argent de Diarmuid le rendait trop peu fiable. Ils s'étaient déjà trompés auparavant, mais rarement tous les deux en même temps. Barak approuva. Matt ne dit rien mais les trois autres y étaient accoutumés.

Du reste, ils se trouvaient à cet instant dans la forêt et, en hommes à qui la magie était familière et qui étaient en profonde résonance avec ce qui était advenu cette nuit-là, ils marchèrent en silence jusqu'à l'Arbre de l'Été.

Puis, dans un silence différent, ils en revinrent, sous les feuilles dégoulinantes de pluie. On enseignait, et ils l'avaient tous appris, que lorsque Mörnir vient pour le sacrifice, c'est l'âme seule qu'il réclame. Le corps est une coque, un rebut qui n'intéresse pas le Dieu et qui est abandonné.

Mais le corps n'était plus là.

Le mystère fut résolu lorsque Lorèn et Matt revinrent à Paras Derval et virent l'adolescente qui les attendait devant leurs quartiers en ville, vêtue de la robe gris-brun des acolytes du sanctuaire.

« Seigneur, dit-elle à Lorèn quand ils s'approchèrent, la grande prêtresse m'a ordonné de vous emmener au temple le plus tôt possible.

– L'emmener ? » grogna Matt.

La petite était remarquablement calme : « C'est ce qu'elle a dit. C'est important.

– Ah ! dit Lorèn. Elle a rapporté le corps. »

L'adolescente fit signe que oui.

« À cause de la lune, poursuivit-il, réfléchissant à haute voix. C'est logique. »

À sa grande surprise, l'acolyte acquiesça de nouveau. « Bien sûr, dit-elle, paisible. Allez-vous venir maintenant ? »

Ils échangèrent un haussement de sourcils et suivirent par les rues la messagère de Jaëlle jusqu'à la porte est.

Une fois hors de la ville, l'adolescente s'arrêta. « Il est une chose dont je dois vous avertir », dit-elle.

Lorèn Mantel d'Argent regarda la fillette de toute sa hauteur. « La prêtresse t'a-t-elle dit de le faire ?

– Bien sûr que non. » Il y avait de l'impatience dans sa voix.

« Alors tu ne devrais dire que ce qu'on t'a chargée de dire. Depuis combien de temps es-tu une acolyte ?

– Je suis Leïla », répliqua-t-elle en levant vers lui des yeux tranquilles. Trop. Il s'étonna de cette réponse. Son esprit était-il malade ? Le temple prenait parfois de tels enfants.

« Ce n'est pas ce que j'ai demandé, dit-il avec bonté.

– Je sais ce que vous avez demandé, dit-elle avec quelque aspérité. Je suis Leïla. J'ai appelé Finn dan Shahar à la Route la plus longue quatre fois cet été à la ta'kiéna. »

Les yeux de Lorèn se plissèrent. Il en avait entendu parler. « Et Jaëlle a fait de toi une acolyte.

– Il y a deux jours. Elle est très sage. »

Une enfant bien arrogante. Il était temps d'affirmer son autorité. « Pas si ses acolytes ont l'audace de la juger, dit Lorèn avec sévérité, et si ses messagères livrent leurs propres messages. »

Cette réprimande ne parut pas déranger Leïla outre mesure. Avec un haussement d'épaules, elle se détourna et continua à monter la côte en direction du sanctuaire.

Lorèn débattit avec lui-même le temps de quelques pas, puis admit une défaite rare pour lui.

« Attends, dit-il – et il entendit le rire retenu de Matt –, que veux-tu donc nous apprendre ? » Le Nain, il en avait conscience, trouvait tout cela extrêmement amusant. Ce l'était, sans doute.

« Il est vivant », dit Leïla. Et soudain il n'y eut là plus rien d'amusant.

Il y avait eu l'obscurité. La sensation d'un mouvement, d'être déplacé. Les étoiles, très proches, puis à une impossible distance, et qui s'estompaient. Tout s'était estompé.

L'impression suivante arriva brouillée ; il vit, comme à travers la pluie sur une vitre, des bougies aux flammes vacillantes et des silhouettes grises se mouvant obscurément au-delà de leur lumière. Il était au calme à présent mais il se sentit bientôt emporté de nouveau, comme une marée qui se retire dans la mer obscure et sans discontinuité.

Sauf qu'il était là.

Vivant.

Paul ouvrit les yeux ; il revenait de loin. Et après avoir parcouru tout ce chemin, il semblait se trouver sur un lit, dans une pièce où, de fait, des bougies brûlaient. Il était très faible. Pourtant, la souffrance physique était étonnamment atténuée. Quant à l'autre sorte de souffrance, se la permettre était si nouveau pour lui que c'en était presque un luxe. Il prit une lente inspiration, pour signifier la vie, et une autre pour accueillir le chagrin.

« Oh, Rachel », souffla-t-il ; c'était à peine un son. Autrefois interdit, le plus interdit de tous les noms. Mais avant la mort, il y avait l'intervention de la Déesse et l'absolution qui lui permettait de pleurer.

Mais il n'était pas mort. Une pensée le traversa comme une lame : était-il vivant parce qu'il avait échoué ? Était-ce cela ? Avec effort, il tourna la tête. Son mouvement lui révéla une haute silhouette près du lit, qui le contemplait entre les bougies.

« Vous êtes au temple de la Mère, dit Jaëlle. Il pleut. »

La pluie. Il y avait un défi amer dans les yeux de la jeune femme, mais rien ne pouvait l'atteindre en cet instant. Il était hors de portée. Il détourna la tête. Il pleuvait ; il était vivant. Renvoyé. La Flèche du Dieu.

Il sentit alors en lui la présence de Mörnir, une présence latente, muette. C'était un fardeau à venir, et bientôt il devrait y voir, mais pas encore, pas encore. Pour l'instant, il suffisait de rester étendu, immobile, à goûter la sensation d'être de nouveau lui-même pour la première fois depuis si longtemps. Dix mois. Et trois nuits qui avaient duré une éternité. Il pouvait se permettre un peu de joie ! C'était permis. Les yeux clos, il se laissa aller sur l'oreiller. Il était désespérément faible mais la faiblesse était permise aussi à présent. Il pleuvait.

« Dana vous a parlé. »

Il percevait la rage brûlante dans la voix de la prêtresse. Trop bien. Il l'ignora. Kevin, songea-t-il. Je veux voir Kev. Bientôt, se dit-il. Après avoir dormi.

Elle le frappa au visage, durement. Il sentit un ongle le griffer jusqu'au sang.

« Vous êtes au sanctuaire. Répondez ! »

Paul Schafer ouvrit les yeux. Avec un froid dédain, il affronta cette rage. Et cette fois Jaëlle détourna les yeux.

Au bout d'un moment, elle reprit la parole en contemplant l'une des longues bougies. « Toute ma vie, j'ai rêvé d'entendre la voix de la Déesse, de voir son visage. » L'amertume avait vidé sa voix de toute énergie. « Mais pas moi. Rien. Et vous, un homme qui s'est totalement détourné d'elle pour se donner au Dieu dans sa forêt, vous, elle vous a accordé cette faveur. Vous demandez-vous pourquoi je vous hais ? »

L'intonation totalement neutre rendait ces paroles plus effrayantes encore que n'importe quelle explosion de fureur. Paul resta silencieux un instant. « Je suis son enfant moi aussi, dit-il enfin. Ne me reprochez pas le don qu'elle m'a accordé.

– Votre vie, vous voulez dire ? » Elle le regardait de nouveau, grande et mince entre les bougies.

Il secoua la tête ; ce geste exigeait encore un effort. « Pas ma vie. Au début, peut-être, mais plus maintenant. C'est le Dieu qui me l'a donnée.

– Non. Vous êtes encore plus stupide que je ne le pensais si vous ne savez pas reconnaître Dana quand elle se manifeste.

– En fait, dit-il, mais avec douceur, car c'était un trop noble sujet pour des arguties, je sais la reconnaître. Et en l'occurrence, mieux que vous, prêtresse. La Déesse était là, c'est vrai, et elle a intercédé en ma faveur, mais non pour ma vie. Pour autre chose, avant la fin. Mais c'est Mörnir qui m'a épargné. C'était son choix. L'Arbre de l'Été est l'arbre du Dieu, Jaëlle. »

Pour la première fois, il vit un éclair de doute dans les yeux largement écartés. « Elle était là, pourtant ? Elle vous a parlé ? Dites-moi ce qu'elle vous a dit.

– Non, dit Paul avec une fermeté sans réplique.

– Il le faut. »

Mais ce n'était plus un ordre. Il eut le vague sentiment qu'il devait, qu'il voulait lui dire quelque chose, mais il était si las, si totalement épuisé. Sa faiblesse déclencha en lui une autre prise de conscience.

« Vous savez, dit-il avec conviction, je n'ai rien eu à manger ni à boire depuis trois jours. Y a-t-il... ? »

Elle resta immobile un moment mais, quand elle bougea, ce fut pour dévoiler un plateau sur une table basse près du mur du fond, d'où elle apporta un bol de soupe froide. Malheureusement, les mains de Paul ne semblaient guère vouloir lui obéir. Il crut qu'elle enverrait chercher l'une de ses prêtresses vêtues de gris, mais en fin de compte elle s'assit sur le lit près de lui, très raide, et le nourrit elle-même.

Il mangea sans rien dire et se laissa aller contre les oreillers après avoir terminé. Elle fit mine de se lever puis, avec une expression dégoûtée, se servit de la manche de sa robe blanche pour essuyer le sang sur sa joue.

Elle se leva alors, grande et royale auprès du lit, cheveux roux comme la flamme des bougies. En levant les yeux vers elle, il se sentit soudain en position d'infériorité.

« Pourquoi suis-je ici ? demanda-t-il.

– J'ai lu les signes.

– Vous ne vous attendiez pas à me trouver vivant ? »

Elle secoua la tête : « Non, mais c'était la troisième nuit, et quand la lune s'est levée... »

Il hocha la tête. « Mais pourquoi ? Pourquoi vous donner la peine... ? »

Les yeux de Jaëlle lancèrent un éclair : « Ne soyez pas aussi infantile. Il y a la guerre à présent. On aura besoin de vous. »

Il sentit son cœur se serrer : « Que voulez-vous dire ? Quelle guerre ?

– Vous ne savez pas ?

– Je n'ai pas tellement eu l'occasion de m'informer, répliqua-t-il sèchement. Que s'est-il passé ? »

Jaëlle maîtrisa sa voix, quoique avec effort. « Le Rangat a explosé hier. Une main de feu dans le ciel. La pierre de garde est brisée. Rakoth est libre. »

Il ne dit pas un mot.

« Le roi est mort, dit-elle encore.

– Cela, je le sais. J'ai entendu les cloches. »

Pour la première fois, l'expression de la jeune femme était plus contrainte ; une sorte d'affliction transparaissait dans ses yeux. « Il y a davantage, dit-elle. Une compagnie de lios alfar est tombée dans une embuscade tendue par des svarts et des loups. Votre amie était avec eux. Jennifer. Je suis navrée, mais elle a été capturée et emmenée dans le nord. Un cygne noir l'a enlevée. »

Alors, c'était ainsi. Il referma les yeux en sentant le poids du fardeau l'écraser soudain. Il ne pouvait le remettre à plus tard, semblait-il. La Flèche du Dieu. La Lance du Dieu. Pour trois nuits et pour toujours, avait dit le roi. Le roi était mort. Et Jen...

Il regarda de nouveau la prêtresse : « Je sais maintenant pourquoi il m'a renvoyé. »

Comme malgré elle, Jaëlle hocha la tête : « Deux fois né », murmura-t-elle.

Il laissa ses yeux poser la question.

« Il y a un dicton, murmura-t-elle. Un dicton très ancien. *Nul, s'il n'est deux fois né, ne sera Seigneur de l'Arbre de l'Été.* »

Et c'est ainsi, à la lumière des bougies, au sanctuaire, qu'il entendit ces mots pour la première fois.

« Je n'ai rien demandé de tel », dit Paul Schafer.

Elle était très belle, la prêtresse, très sévère – une flamme, comme celle des bougies. « Me demandez-vous d'avoir pitié de vous ? »

Il eut un petit sourire ironique : « Pas vraiment, au point où nous en sommes. » Il sourit plus largement : « Pourquoi vous est-il tellement plus facile de frapper un homme sans défense que d'essuyer le sang sur son visage ? »

Elle lui donna une réponse rituelle, par réflexe, mais il avait vu son regard se détourner : « Il y a de la compassion chez la Déesse, parfois, mais nulle tendresse.

– Est-ce ainsi que vous la connaissez ? Et si je vous disais que, la nuit dernière, j'ai connu d'elle une compassion si tendre qu'aucun mot ne peut la décrire ? »

Elle resta silencieuse.

« Ne sommes-nous pas d'abord des êtres humains, vous et moi ? demanda-t-il. Accablés de grands fardeaux et capables de nous soutenir mutuellement pour les partager ? Vous êtes sûrement Jaëlle autant que la prêtresse de la Déesse.

– En cela, vous vous trompez, dit-elle. Je suis uniquement sa prêtresse. Il n'y a personne d'autre.

– Cela me semble bien triste.

– Vous n'êtes qu'un homme », répliqua Jaëlle, et Paul fut intimidé par ce qu'il vit étinceler dans son regard avant qu'elle ne se détournât pour quitter la pièce.

Kim était restée éveillée presque toute la nuit, seule dans sa chambre au palais, douloureusement consciente de l'autre lit vide. Même enfermé entre des murs, le Baëlrath répondait à la lune, brillant d'un éclat assez intense pour projeter des ombres sur les pierres : une branche à la fenêtre, qui bougeait dehors sous la pluie, la silhouette de sa propre tête aux cheveux blancs, la forme de la bougie posée près de son lit, mais pas de Jen, aucune ombre de Jennifer. Kim essaya encore. Absolument ignorante de la nature de son pouvoir, de la façon d'utiliser la pierre, elle ferma les yeux et chercha dans la nuit sauvage, au nord, aussi loin qu'elle le pouvait, avec autant de clarté qu'elle le pouvait, et ne trouva que l'obscurité de ses propres appréhensions.

Quand l'éclat de la pierre s'estompa de nouveau et que l'anneau ne fut plus qu'un anneau rouge à son doigt, elle sut que la lune s'était couchée. Il était très tard, la nuit tirait à sa fin. Kim s'abandonna, épuisée, et rêva d'un désir qu'elle ne se connaissait pas.

« C'est dans vos rêves que vous devez avancer », avait dit Ysanne, lui disait encore Ysanne, tandis qu'elle se laissait de nouveau sombrer dans les profondeurs du rêve.

Et cette fois, elle reconnut l'endroit. Elle savait où se trouvaient ces puissantes arches écroulées, ces pierres fracassées, et qui était celui qui gisait là enseveli et qu'elle devait éveiller.

Ce n'était pas lui qu'elle cherchait. Ç'aurait été trop facile... La voie allait devenir plus obscure ; cette voie traversait le pays des morts dans le lieu du rêve. Elle le savait, maintenant. C'était si affligeant, et pourtant les dieux, elle le comprenait, percevaient les choses autrement. Les péchés des enfants, pensa-t-elle dans son rêve en reconnaissant l'endroit, en sentant le vent se lever pour fouetter ses cheveux – ses pauvres cheveux ! – devenus blancs.

La voie qui menait au Guerrier passait par une tombe et par les os ressuscités du père qui ne l'avait jamais vu vivant. Qui était-elle pour le savoir ?

Et puis elle se retrouva ailleurs, sans avoir le temps de s'interroger. Elle était dans la salle souterraine de la chaumière où étincelait toujours le Bandeau de Lisèn auprès de la dague de Colan, là où Ysanne était morte, plus que morte. Et pourtant, la prophétesse était avec elle et en elle, car Kim savait dans quel livre et à quelle page du livre chercher l'invocation qui ferait se lever le père de sa tombe, et lui ferait révéler le nom de son fils à qui connaissait le lieu de l'appel. Il n'y avait ni paix ni sérénité nulle part. Elle en était dépourvue, elle n'en pouvait offrir à personne, elle portait à son doigt la Pierre de la Guerre. Elle tirerait les morts eux-mêmes de leur repos et entraînerait dans leur destin fatal ceux qui n'étaient pas morts.

Qui était-elle pour qu'il en fût ainsi ?

À la première lueur de l'aube, elle se fit raccompagner sous la pluie par une escorte armée de trente hommes : des soldats de la forteresse du Nord, des hommes d'Ailéron avant son exil. Avec une calme efficacité ils l'entourèrent pour chevaucher jusqu'au lac. Au dernier tournant, les cadavres des victimes d'Ailéron gisaient toujours en travers du sentier.

« Il a fait ça tout seul ? » demanda le commandant de la troupe quand ils eurent dépassé les cadavres. Il y avait de la vénération dans sa voix.

« Oui, dit Kim.

– Il sera notre roi ?

– Oui », dit-elle encore.

Ils attendirent au bord du lac tandis qu'elle entrait et descendait les marches désormais familières, éclairées par la Lumière de Lisèn. Elle la laissa toutefois où elle se trouvait et, se dirigeant vers la table, elle ouvrit l'un des livres. Oh, c'était terreur et gloire de savoir où chercher, mais elle savait, et, assise là, solitaire, elle lut avec lenteur les mots qu'elle devrait prononcer.

Mais elle ne les prononcerait que le jour où elle connaîtrait le lieu ignoré de tous. Les pierres tombées n'étaient qu'un point de départ. Il y avait encore un long chemin à parcourir sur cette voie, un long chemin, mais elle avait fait les premiers pas. Soucieuse, captive des contingences du temps et de l'espace, la prophétesse du Brennin gravit l'escalier. Les hommes d'Ailéron l'attendaient, alertes et disciplinés au bord du lac.

Il était temps de partir. Elle avait beaucoup à faire. Elle s'attarda pourtant dans la chaumière, regardant le feu, la cheminée, la table usée, les herbes dans les pots le long des murs. Elle relut les étiquettes, déboucha l'une des bouteilles pour en humer le contenu. Il y avait beaucoup à faire, la prophétesse du Brennin le savait, mais elle s'attardait, goûtant sa solitude.

Une solitude douce-amère... Quand elle se décida enfin à bouger, Kim sortit par la porte de derrière pour aller dans la cour, à l'écart des soldats, et elle vit trois hommes à cheval qui descendaient la côte au nord de la chaumière. Elle connaissait l'un d'eux – oh oui, elle le connaissait ! Il sembla alors que parmi tous ces fardeaux, toutes ces peines, la joie pouvait encore fleurir comme le bannion dans les bois.

On enterra Ailell dan Art sous la pluie. Elle tombait sur les fenêtres de Délévan tout en haut de la Grande Salle où le roi était exposé, vêtu de rouge et d'or, son épée sur la poitrine, ses grandes mains noueuses refermées sur la poignée. Elle tombait doucement sur les draperies magnifiquement tissées qui recouvraient son cercueil quand la noblesse du Brennin, assemblée à l'origine pour un festival et maintenant pour le deuil et la guerre, emportèrent la dépouille du palais jusqu'aux portes du temple où les femmes la prirent en charge. Elle tombait aussi sur le dôme du sanctuaire où Jaëlle, la grande prêtresse, célébrait les rites de la Mère pour lui envoyer un homme qui avait été roi.

Il n'y avait aucun autre homme en ce lieu. Lorèn avait emmené Paul. Jaëlle avait espéré voir Mantel d'Argent ébranlé mais elle avait été déçue car le mage n'avait manifesté aucune surprise ; elle avait dû dissimuler sa propre déception en le constatant et en voyant la façon dont il s'était incliné devant le Deux-fois-né.

Il n'y avait aucun homme en ce lieu sinon le roi défunt quand elles soulevèrent la grande hache, et aucun homme ne vit ce qu'elles firent alors. On ne se moquait pas de Dana et on ne lui refusait rien quand elle reprenait l'un des enfants qu'elle avait envoyé si longtemps auparavant sur le chemin circulaire qui ramenait toujours auprès d'elle.

Il revenait à la grande prêtresse d'ensevelir le très haut roi ; Jaëlle, une fois le rituel terminé, conduisit la procession à l'extérieur. Elle s'en alla sous la pluie, tout de blanc vêtue parmi les autres tout de noir vêtues, et elles portèrent Ailell sur leurs épaules jusqu'à la crypte où reposaient les rois du Brennin.

La crypte se trouvait à l'est du palais, au nord du temple. Jaëlle allait devant, les clés à la main. Derrière le cercueil, blond, seul, marchait Diarmuid, l'héritier du roi, et derrière lui le reste de la noblesse du Brennin. Parmi eux cheminait, non sans soutien, un prince des lios alfar. Étaient également présents deux hommes des Dalreï de la Plaine accompagnés de deux hommes d'un autre univers, l'un de haute taille aux cheveux noirs, l'autre aux cheveux blonds ; entre eux marchait une femme à tête blanche. Les gens du peuple formaient une haie des deux côtés du sentier, sur six rangées de profondeur, et ils inclinaient la tête sous la pluie au passage d'Ailell.

La procession arriva aux grandes portes du lieu de sépulture, et Jaëlle vit qu'elles étaient déjà ouvertes et qu'un homme en noir attendait ; elle le reconnut.

« Venez, dit Ailéron. Que mon père repose près de ma mère, qu'il aimait. »

Et tandis qu'elle essayait de dissimuler le choc de cette apparition, une autre voix s'éleva : « Bienvenu, exilé », dit Diarmuid, d'une voix paisible et sans surprise, et il s'avança d'un pas léger pour poser un baiser sur la joue d'Ailéron. « Le conduirons-nous près d'elle ? Marchons les premiers. »

C'était un grand tort car Jaëlle avait droit de préséance en ce lieu, mais malgré elle la grande prêtresse ressentit une émotion étrange à les voir tous deux franchir côte à côte la porte des morts, le fils sombre et le fils éclatant tandis que le peuple assemblé du Brennin murmurait derrière eux sous la pluie.

Au sommet de la colline qui dominait l'endroit, il y avait trois hommes qui regardaient. L'un d'eux serait premier mage du Brennin avant le coucher du soleil, un autre avait été fait roi des Nains autrefois par le lever d'un autre soleil ; et le troisième avait causé la pluie, et le Dieu l'avait renvoyé sur terre.

« Nous voici assemblés », commença Gorlaës près du trône, mais deux marches plus bas en signe de respect. « Nous voici assemblés en un jour de deuil et de besoin. »

Ils se trouvaient dans la Grande Salle, le chef-d'œuvre de Tomaz Lal, où étaient réunis cet après-midi-là tous les puissants du Brennin, à l'exception d'un seul. Les deux Dalreï et Dave, arrivés si fort à propos, avaient été reçus avec honneur et s'étaient retirés dans leurs chambres ; même Brendel du Daniloth était absent car ce que le Brennin avait maintenant à faire ne regardait que le Brennin seul.

« En temps normal, notre perte exigerait l'observation d'une période de deuil, mais nous vivons un temps d'exception. Il est impératif », poursuivit le chancelier en constatant que Jaëlle ne lui avait pas contesté le droit de parler le premier, « de tenir conseil entre nous sans délai et de quitter cette salle unis, avec un nouveau roi qui nous conduira à la...

– Holà, Gorlaës. Nous attendrons Mantel d'Argent. »

C'était le mage Teyrnon qui s'était levé, avec sa source Barak et Matt Sören. Déjà des difficultés, avant même de commencer.

« C'est assurément son devoir, murmura Jaëlle, de se trouver ici avec les autres. Nous avons attendu assez longtemps.

– Nous attendrons encore, grogna le Nain. Comme nous vous avons attendue hier. »

Quelque chose dans son intonation rendit Gorlaës fort aise que ce soit Jaëlle et non lui qui ait soulevé cette objection.

« Où est-il ? demanda Niavin de Séresh.

– Il arrive. Il ne pouvait faire vite.

– Pourquoi ? » intervint Diarmuid. Il avait cessé ses déambulations félines autour de la salle et s'était avancé.

« Attendez. » Le Nain n'en dit pas davantage.

Gorlaës allait protester mais on le devança : « Non, dit Ailéron. Malgré tout l'amour que j'ai pour lui, je n'attendrai pas. Il n'y a pas grand-chose à discuter, en vérité. »

Kim Ford, qui était là en sa qualité de nouvelle et unique prophétesse du Brennin, le vit s'approcher à grandes enjambées de Gorlaës.

Et monter une marche de plus, pour se camper devant le trône. Il sera toujours ainsi, se dit-elle. Il n'a que sa force.

Et avec force, une force froide et inflexible, Ailéron posa son regard sur eux tous et reprit la parole : « À l'heure du conseil, nous aurons grand besoin de la sagesse de Lorèn, mais ce n'est pas le moment de tenir conseil, quoi que vous puissiez en penser. »

Diarmuid ne marchait plus de long en large. Aux premières paroles d'Ailéron il s'était avancé pour se placer face à son frère ; son calme contrastait avec l'intensité retenue d'Ailéron.

« Je suis venu ici, dit Ailéron dan Ailell sans ambages, pour ceindre la couronne et pour vous mener à la guerre. Le trône m'appartient – il regardait son frère dans les yeux –, je tuerai ou je mourrai pour lui avant de quitter cette salle. »

Le silence de pierre qui suivit ces paroles fut brisé un instant plus tard par les applaudissements choquants d'un seul homme.

« Élégant discours, mon cher, dit Diarmuid tout en continuant à applaudir. D'une concision si parfaite. » Puis il laissa ses mains retomber à ses côtés. Les fils d'Ailell se faisaient face comme s'ils avaient été seuls dans la salle.

« La dérision est facile, dit Ailéron avec douceur. Elle a toujours été ta porte de sortie. Mais comprends-moi bien, mon frère. Ceci, pour une fois, n'est pas un jeu sans conséquence. J'exige ton allégeance ici même à l'instant, faute de quoi six archers postés dans la galerie des musiciens te tueront si je lève la main. »

Le choc fit sortir Kim de son silence : « Non !

– C'est ridicule ! s'écria Teyrnon en même temps, s'avançant à grands pas. Je vous interdis...

– Vous ne pouvez m'interdire quoi que ce soit ! » La voix d'Ailéron couvrit la sienne. « Rakoth est libre. Ce qui nous attend est trop important pour perdre son temps à des sottises ! »

Diarmuid avait penché la tête de côté avec une expression perplexe, comme pour considérer une proposition abstraite. Quand il parla, sa voix était si basse qu'ils durent tous prêter l'oreille : « Tu le ferais vraiment ?

– Oui, répliqua Ailéron sans la moindre hésitation.

– Vraiment ? répéta Diarmuid.

– Je n'ai qu'à lever le bras, dit Ailéron, et je le ferai s'il le faut. Crois-moi. »

Diarmuid secoua lentement la tête, émit un lourd soupir.

« Coll, dit-il, d'une voix qui portait, cette fois.

– Seigneur prince. » La voix du grand gaillard résonna aussitôt à l'étage au-dessus. Depuis la galerie des musiciens.

Diarmuid leva la tête avec une expression paisible, presque indifférente.

« Au rapport.

– Il l'a fait, seigneur. » La voix de Coll était lourde de colère. Il se pencha par-dessus la balustrade. « Il l'a vraiment fait. Il y avait sept hommes ici. Un mot de vous et je le tue. »

Diarmuid sourit : « Voilà qui est rassurant », dit-il. Puis il se tourna de nouveau vers Ailéron et son regard n'était plus si distant. Son frère aîné avait changé aussi ; il s'était déployé, comme en alerte. Et il brisa le silence :

« J'ai envoyé six hommes. Qui est le septième ? »

Ils essayaient tous de saisir l'importance de cette remarque quand le septième sauta de la galerie.

C'était un long saut, mais la silhouette noire était souple et roula sur elle-même en atterrissant pour se relever aussitôt. À moins de deux mètres de Diarmuid, le poignard prêt au lancer.

Seul Ailéron bougea à temps. Avec les réflexes rapides d'un pur combattant, il saisit le premier objet qui lui tombait sous la main. Au moment où l'assassin finissait de lever son arme, Ailéron lança l'objet de toutes ses forces et atteignit l'intrus dans le dos. Le poignard dévia un peu, juste un peu. Juste assez pour ne pas percer le cœur qu'il avait visé.

Diarmuid n'avait même pas bougé. Il resta là, vacillant un peu, un curieux sourire au coin des lèvres, un poignard à la poignée sertie de joyaux enfoncé dans l'épaule gauche. Kim vit qu'il avait eu le temps de murmurer quelques mots indistincts, tout bas, comme pour lui-même, avant que toutes les épées ne fussent tirées et l'assassin entouré d'un cercle d'acier. Cérédur de la forteresse du Nord leva le bras pour donner le coup mortel.

« Bas les armes ! » ordonna Diarmuid d'une voix coupante. « Attendez ! »

Cérédur baissa son arme avec lenteur. Le seul son qu'on entendait dans la Grande Salle était celui de l'objet qu'Ailéron avait lancé et qui continuait à rouler en cercles de plus en plus restreints sur les mosaïques du plancher.

C'était la Couronne de Chêne du Brennin.

Diarmuid, avec une effrayante hilarité retenue, se pencha pour la ramasser. Il l'apporta à la longue table au centre de la salle ; chacun de ses pas éveillait un écho. Il déposa la couronne, déboucha une carafe d'une seule main. Tous le regardèrent se verser à boire d'un geste très posé. Puis il revint à pas lents vers eux, le verre à la main.

« C'est avec plaisir que je propose un toast », dit Diarmuid dan Ailell, prince du Brennin. Sa large bouche souriait. Du sang coulait de son bras goutte à goutte. En levant bien haut son verre, il conclut : « Boirez-vous avec moi à la Rose Noire du Cathal ? »

Il s'avança, leva son autre main au prix d'une souffrance évidente et retira le bonnet de l'assassin, puis les épingles : les cheveux noirs de Sharra, libérés, roulèrent sur ses épaules.

Faire tuer Dévorsh avait été une erreur pour Sharra, à double titre. D'abord en donnant à son père un levier bien trop puissant dans la campagne qu'il avait entreprise pour lui infliger l'un des seigneurs du Cathal comme époux. L'un des petits seigneurs. Un levier qu'il avait déjà commencé à utiliser.

Et ensuite, parce que Dévorsh n'était pas celui qu'elle aurait dû faire tuer.

Quand le Rangat lança sa main de feu dans le ciel – visible même au Cathal, même si le Rangat ne l'était point –, l'explosion de rage de Sharra elle-même s'était métamorphosée en quelque chose d'autre. Quelque chose d'aussi meurtrier, ou plus encore, car dissimulé par un repentir merveilleusement bien simulé.

Sharra avait accepté de faire une promenade dans les jardins avec Évièn de Lagos et de recevoir deux autres soupirants l'après-midi. Elle aurait accepté n'importe quoi.

Mais elle connaissait bien, très bien, son père et, quand la lune écarlate se leva cette nuit-là, elle releva ses cheveux, et, profitant de la pénombre aux teintes étranges et de la hâte du départ, elle se joignit à l'ambassade envoyée à Paras Derval.

Ce fut facile. Trop facile, lui disait une petite voix intérieure alors qu'elle chevauchait avec les autres vers Cynan ; le relâchement de la discipline était choquant parmi les troupes du Pays des Jardins. Mais cela servait son dessein, comme la Montagne et la lune.

Car quelle que fût la signification des cataclysmes plus importants, quel que fût le chaos qui les attendait tous, Sharra avait ses propres affaires à régler d'abord, et le faucon est un chasseur.

À Cynan régnait le plus grand désordre. Quand on retrouva enfin le capitaine du port, il envoya un message lumineux codé de l'autre côté du delta à Séresh, et reçut bientôt la réponse. Il pilota lui-même la grande barge qui leur permit de traverser la rivière avec les chevaux. D'après la familiarité des saluts échangés à leur arrivée de l'autre côté de la Særèn, il était évident que les rumeurs de relations tout à fait inappropriées entre les forteresses riveraines n'étaient pas dénuées de fondement. La façon dont certaines lettres s'étaient rendues au Cathal devenait évidente aussi.

Il y avait eu des grondements de tonnerre au nord pendant la chevauchée vers Cynan, mais lorsqu'on débarqua à Séresh à l'heure obscure qui précède l'aube, tout était calme et la lune écarlate était basse sur la mer, voguant entre les nuages chassés par le vent. Autour de Sharra roulaient des murmures de guerre, une appréhension mêlée d'un soulagement désespéré parmi les hommes du Brennin, sous la pluie qui tombait doucement. Il y avait eu une sécheresse, comprit-elle.

Les émissaires de Shalhassan acceptèrent avec quelque soulagement l'invitation du commandant de la garnison de Séresh et restèrent là jusqu'à la fin de la nuit. Le duc, apprirent-ils, se trouvait déjà à Paras Derval, et ils apprirent encore une autre nouvelle :

Ailell était mort. Le matin même. On l'avait su au coucher du soleil. Il y aurait le lendemain des funérailles et un couronnement.

Qui ? Le prince Diarmuid, bien entendu. L'héritier, vous savez bien. Un peu imprévisible, concédait le commandant, mais un vaillant prince. Il n'y avait pas de seigneur comme lui au Cathal, il était prêt à le parier. Shalhassan n'avait qu'une fille. Quel dommage.

Elle quitta discrètement la compagnie sur le chemin du château de Séresh et, contournant la ville au nord-est, elle prit seule la route de Paras Derval.

Elle y arriva tard dans la matinée. Tout était également facile ici, au milieu de l'hystérie du festival interrompu, de la mort d'un roi et de la terreur provoquée par la libération de Rakoth. Elle aurait dû ressentir cette terreur elle-même, lui disait la petite voix intérieure, car en tant qu'héritière de Shalhassan elle se doutait de ce qui allait survenir ; et elle avait vu le visage de son père quand il avait contemplé la pierre de garde fracassée. Le visage épouvanté de Shalhassan, lui qui ne montrait jamais, jamais ses sentiments. Oh, il y aurait de la terreur, certes, elle la ressentirait, mais pas tout de suite.

Elle était en chasse.

Les portes du palais étaient grandes ouvertes. Une telle foule était venue aux funérailles, tant de gens allaient et venaient que Sharra put se glisser à l'intérieur sans difficulté. Elle pensa un instant se rendre aux sépulcres, mais il y aurait trop de monde là-bas, trop de presse.

Tout en combattant la fatigue qui commençait à l'engourdir, elle se força à penser clairement. Le couronnement aurait lieu après les funérailles. Sitôt après : en temps de guerre, on ne peut le différer. Où ? Même au Cathal on connaissait bien la Grande Salle de Tomaz Lal. Ce ne pouvait être que là.

Sharra avait passé toute sa vie dans des palais. Aucun autre assassin n'aurait trouvé son chemin avec tant d'assurance instinctive dans le labyrinthe de corridors et d'escaliers. En fait, ce fut son attitude pleine d'assurance qui empêcha toute intervention susceptible de l'arrêter en chemin.

Tout était si facile. Elle trouva la galerie des musiciens, grande ouverte elle aussi. Elle aurait pu forcer la serrure de toute façon, son frère lui avait appris comment faire, des années plus tôt. Après être entrée, elle s'installa dans un coin sombre pour attendre. Depuis son perchoir, dans l'ombre, elle vit les serviteurs préparer des verres et des carafes, des plateaux de nourriture, des fauteuils profonds pour les nobles.

C'était une belle salle, concéda-t-elle, et les fenêtres étaient en vérité un spectacle unique et spécial. Mais Laraï Rigal était plus beau. Rien n'en égalait les jardins qu'elle connaissait si bien.

Les jardins qu'elle ne reverrait peut-être jamais. Pour la première fois, maintenant qu'elle était, contre toute attente, arrivée à son but et n'avait plus qu'à patienter, une vrille de doute s'insinua, insidieuse, dans son esprit. Elle l'écarta. Elle se pencha pour évaluer la hauteur du saut. Long, plus long que depuis les branches de ses arbres familiers, mais c'était réalisable. Elle le ferait. Et le prince verrait son visage avant de mourir, et il mourrait en pleine connaissance de cause. Sinon, ce n'était pas la peine.

Un bruit la fit sursauter. En hâte, elle se dissimula de nouveau dans le coin et retint son souffle en voyant six archers franchir à leur tour la porte pour se glisser dans la galerie, où ils prirent position. La loggia était large et profonde ; on ne la vit pas, et pourtant l'un des hommes se trouvait tout près d'elle. En silence, elle se fit toute petite dans son coin et apprit ainsi, à leurs murmures, que ce n'était pas un simple couronnement qui allait avoir lieu en ce jour, et que d'autres, dans cette salle, avaient leur propre dessein sur la vie qu'elle était venue réclamer.

Elle eut un moment pour réfléchir à la nature de ce prince revenu d'exil, Ailéron, qui pouvait envoyer des hommes ici avec l'ordre de tuer son unique frère à son commandement. Elle se rappela brièvement Marlèn, son propre frère, qu'elle avait aimé et qui était mort. Mais ce ne fut qu'un bref rappel car de telles pensées étaient trop douces pour ce qu'elle avait encore à faire malgré cette complication inattendue. Tout avait été facile jusqu'alors, elle ne pouvait s'attendre à ce que tout se déroulât sans anicroche.

L'instant d'après, pourtant, les complications se compliquèrent encore, car dix hommes firent irruption dans la galerie, deux par deux, poignards brandis, épées tirées ; avec une efficacité froide et silencieuse ils désarmèrent les archers et la découvrirent elle-même.

Elle eut la présence d'esprit de garder la tête baissée quand ils la mirent avec les six archers. La galerie était conçue pour être dans l'ombre, éclairée par des torches dont seules les flammes étaient visibles d'en bas : ainsi la musique qui en émanait semblait-elle désincarnée, née du feu. Ce fut ce qui évita à Sharra d'être vraiment découverte alors que la noblesse du Brennin commençait à entrer et à envahir les mosaïques du plancher en contrebas.

Tous les hommes de la galerie, et une femme, regardèrent ce qui se passait avec une attention concentrée ; les petites silhouettes se massaient à l'extrémité de la salle où se dressait le trône de bois sculpté. Il était de chêne, Sharra le savait, comme la couronne qui reposait sur la table proche.

Puis le prince entra dans son champ de vision en quittant le pourtour de la salle et il était clair qu'il devait mourir car à sa vue, malgré tout, elle avait encore du mal à respirer. Ses cheveux blonds brillaient et tranchaient sur ses habits noirs de deuil. Il portait un brassard rouge ; comme les dix hommes qui les encerclaient, elle-même et les archers, constata-t-elle soudain. Elle comprit alors et, malgré tous ses efforts pour réprimer sa réaction, elle ressentit un plaisir intense devant l'habileté du prince. Oh, c'était clair, très clair, il devait mourir.

L'homme aux larges épaules qui portait le sceau du chancelier était à présent en train de parler. Il fut interrompu une première fois, puis une seconde, avec plus d'énergie. On entendait mal mais, quand un homme à barbe noire s'avança à grandes enjambées pour se camper devant le trône, Sharra sut que c'était Ailéron l'exilé qui était de retour. Il ne ressemblait pas à Diarmuid.

« Kevin, par tous les dieux, je veux son sang pour cela ! siffla férocement le chef des soldats qui l'avaient capturée.

– Chut, répondit l'homme blond. Écoute. »

Ils écoutèrent tous. Diarmuid ne marchait plus de long en large ; il était venu s'arrêter, dans une posture nonchalante, devant son frère.

« Le trône m'appartient, déclara le prince aux cheveux noirs. Je tuerai ou je mourrai pour lui avant de quitter cette salle. »

Même dans la haute galerie, l'intensité de ces paroles les toucha. Il se fit un grand silence.

Qui fut bruyamment interrompu par les applaudissements nonchalants de Diarmuid. « Dieu du ciel ! » murmura l'homme nommé Kevin. J'aurais pu vous le prédire, pensa Sharra – pour écarter ensuite brutalement cette pensée.

Il parlait à présent, trop bas pour être entendu d'en haut. C'en était exaspérant ! Mais ils entendirent tous la réplique d'Ailéron, et se raidirent : « ... a six archers postés dans la galerie des musiciens qui te tueront si je lève la main. »

Le temps sembla s'écouler avec une impossible lenteur. Le moment était arrivé, elle le savait. Des paroles furent échangées à voix basse en contrebas, puis d'autres encore. « Coll ! » s'écria enfin Diarmuid d'une voix claire, et le grand gaillard s'avança de façon à être vu, et dit, comme elle l'avait prévu : « Il y avait sept hommes ici. »

Tout se déroulait avec une lenteur vraiment insolite ; elle eut beaucoup de temps pour réfléchir, pour deviner ce qui allait se passer, longtemps avant les paroles d'Ailéron : « J'ai envoyé six hommes. Qui est le septième ? » Et elle sauta, les prenant tous complètement par surprise, dégainant son poignard pendant cette chute où tout se déroulait au ralenti mais avec une telle clarté ; elle atterrit, roula sur elle-même et fit face à son amant.

Elle avait eu l'intention de lui donner cet instant pour la reconnaître, elle implorait le ciel de lui donner au moins ce délai avant qu'ils ne la tuent.

Il n'en eut pas besoin. Ses yeux se posèrent sur elle et s'agrandirent, il la reconnut d'emblée, il avait peut-être su au moment même où elle avait atterri ; et... oh, qu'il soit maudit pour l'éternité ! il n'avait pas peur du tout. Aussi lança-t-elle son arme. Il le fallait, avant qu'il n'eût le temps de sourire.

Le coup l'aurait tué, car elle savait se servir d'un poignard, mais quelque chose l'avait frappée elle-même dans le dos au moment où elle laissait filer son arme.

Elle vacilla mais resta debout. Lui aussi, le poignard enfoncé jusqu'à la garde dans le bras gauche, juste au-dessus du brassard rouge. Et alors, elle aperçut ce qui se dissimulait sous la maîtrise et le brillant, un aperçu qu'elle avait tant désiré mais qui la terrifia : elle entendit le prince murmurer tout bas, si bas que personne d'autre n'aurait pu l'entendre : « Tous les deux ? »

En cet instant, il ne portait pas de masque.

Cela ne dura qu'un instant, si bref qu'elle douta presque de ses sens, car déjà il souriait de nouveau, insaisissable, dominateur. Les yeux pétillants de rire, il ramassa la couronne que son frère avait lancée pour lui sauver la vie, et la reposa à sa place. Puis il se versa du vin et revint la saluer à sa manière extravagante, libéra ses cheveux et révéla à tous qui elle était. Et malgré le poignard toujours enfoncé dans son bras, il semblait que c'était lui qui tenait maintenant dans sa main sa vie insignifiante à elle, et non l'inverse.

« Tous les deux ! s'exclama Coll. Ils voulaient tous les deux sa mort et maintenant il les tient tous les deux ! Oh, par les dieux, il va le faire, à présent !

– Je ne crois pas, dit calmement Kevin. Je ne le crois pas du tout.

– Comment ? dit Coll, déconcerté.

– Regarde.

– Nous traiterons cette dame avec toute la dignité due à son rang, était en train de dire Diarmuid. Si je ne me trompe, elle précède l'ambassade envoyée par Shalhassan du Cathal. Nous sommes honorés qu'il ait envoyé sa fille et héritière pour tenir conseil avec nous. »

C'était si élégamment tourné qu'il les berna tous un moment, mettant la vérité sens dessus dessous.

« Mais, balbutia Cérédur, rouge d'indignation, elle a essayé de vous tuer !

– Elle avait des raisons pour cela, déclara Diarmuid, très calme.

– Voudriez-vous nous expliquer, prince Diarmuid ? »

C'était Mabon de Rhodèn qui parlait – avec déférence, remarqua Kevin.

« Ça y est », dit Coll avec un grand sourire.

Ça y est, pensa Sharra. Quoi qu'il arrive, je ne survivrai pas à cette humiliation.

Diarmuid dit : « J'ai volé une fleur à Laraï Rigal, il y a quatre nuits, en m'arrangeant de telle sorte que la princesse devait le savoir. C'était un acte irresponsable, car ces jardins, comme nous le savons tous, sont sacrés pour les gens du Cathal. Il semble que Sharra du Cathal mette l'honneur de son pays au-dessus de sa propre vie, ce pour quoi nous devons nous-mêmes l'honorer. »

L'univers de Sharra tourbillonna vertigineusement l'espace d'un instant, puis se stabilisa. Elle se sentit rougir, essaya de se contrôler. Il lui offrait une porte de sortie, il lui rendait la liberté. Mais, se demanda-t-elle quand même, le cœur battant la chamade, que vaut la liberté si je ne la tiens que de lui ?

Elle n'eut pas le temps de poursuivre plus avant car la voix caustique d'Ailéron rompit l'enchantement tissé par son frère, tout comme les applaudissements de Diarmuid avaient rompu le sien quelques instants plus tôt. « Tu mens, jeta l'aîné des princes. Même toi tu n'oserais pas traverser par Séresh et Cynan en tant que prince héritier et en prenant de tels risques pour une fleur. Ne joue pas avec nous ! »

Diarmuid, sourcils levés, se tourna vers son frère : « Devrais-je plutôt te tuer ? » dit-il d'une voix de velours.

Un à zéro, se dit Kevin en voyant, même du haut de la galerie, qu'Ailéron avait pâli à ces paroles. *Belle diversion.*

« Il se trouve, poursuivit Diarmuid, que je ne suis pas passé par les deux forteresses de la rivière.

– Vous avez emprunté la voie des airs, je suppose ? » intervint Jaëlle d'un ton acide.

Diarmuid la gratifia de son sourire le plus bienveillant : « Non. Nous avons traversé la Særèn sous la colline de Daël et nous avons escaladé la falaise de l'autre côté grâce à des prises creusées dans le roc.

– C'est une honte, intervint brutalement Ailéron qui reprenait ses esprits. Comment peux-tu mentir en un tel moment ? »

Un murmure parcourut l'assemblée.

Kevin Laine éleva la voix : « Il se trouve, dit-il en se penchant pour être vu, qu'il dit la vérité. » Tout le monde leva les yeux. « La pure vérité, poursuivit-il en poussant son avantage. Nous étions neuf.

– Te rappelles-tu le livre de Nygath que nous lisions quand nous étions enfants ? » demanda Diarmuid à son frère.

Ailéron hocha la tête à regret.

« J'ai élucidé le code, dit Diarmuid d'un ton réjoui. Celui que nous n'avions jamais pu comprendre. Il s'agissait de marches creusées dans la falaise du Cathal il y a cinq cents ans par Alorre, avant qu'il ne devienne roi. Nous avons traversé la rivière et nous avons escaladé la falaise. Ce n'est pas aussi stupide qu'il y paraît. Cette expédition a été un exercice utile pour mes hommes. Et plus encore. »

Sharra gardait la tête haute, les yeux fixés sur les fenêtres. Mais aucune nuance de la voix du prince ne lui échappait. « Plus encore ». Un faucon n'est-il plus un faucon s'il ne vole pas seul ?

« Comment avez-vous traversé la rivière ? » demanda le duc Niavin de Séresh, non sans intérêt. Il les tenait tous à présent, constata Kevin. Le premier mensonge énorme se couvrait maintenant de couches successives de vérité.

« Avec les flèches de Lorèn, en fait, et une bonne corde bien tendue. Mais ne le lui dites pas, sourit Diarmuid, malgré le poignard enfoncé dans son bras, ou je ne cesserai jamais de me le faire rappeler.

– Trop tard ! » dit quelqu'un derrière eux tous, à mi-chemin dans la salle.

Ils se retournèrent. Lorèn était là, vêtu pour la première fois depuis la traversée de son manteau magique parcouru de vagues multicolores qui se résolvaient en nuances argentées. Et près de lui se trouvait celui qui avait parlé.

« Voyez tous, dit Lorèn Mantel d'Argent. Je vous amène le Deux-fois-né de la prophétie. Voici Pwyll l'Étranger qui nous est revenu, seigneur de l'Arbre de l'Été. »

Il eut à peine le temps de finir sa phrase que la prophétesse du Brennin poussait un cri tout à fait dépourvu de décorum et qu'un autre intrus sautait du balcon de la galerie en poussant dans sa chute un cri de soulagement et de joie.

Kim arriva la première pour étouffer Paul d'une étreinte frénétique qu'il lui rendit avec autant d'intensité. Elle avait des larmes de bonheur dans les yeux en s'écartant pour laisser Kevin et Paul face à face. Elle savait qu'elle souriait comme une idiote.

« Amigo, dit Paul, et il sourit.

– Bienvenue », dit simplement Kevin, et toute la noblesse du Brennin les regarda avec respect tandis qu'ils s'étreignaient.

Kevin fit un pas en arrière, les yeux étincelants : « Tu y es parvenu, dit-il sans prendre quatre chemins. Tu es libéré, maintenant, n'est-ce pas ? »

Et Paul sourit de nouveau : « Oui. »

Sharra, qui regardait sans comprendre rien d'autre que l'intensité de cette rencontre, vit Diarmuid s'avancer vers les deux amis ; elle remarqua la joie dans son regard, absolue et sincère.

« Paul, dit le prince, voici un fil éclatant et inattendu. Nous portions votre deuil. »

Schafer hocha la tête : « Je suis navré pour votre père.

– Vous arrivez à point, je pense », dit Diarmuid. Puis ils s'étreignirent aussi, et le silence qui régnait dans la salle fut rompu par un grand tumulte : les hommes de Diarmuid, dans la galerie, criaient en frappant la balustrade du plat de leurs épées. Paul leva la main pour leur rendre leur salut.

Mais l'ambiance changea. L'intermède était terminé car Ailéron s'avançait pour se planter à son tour en face de Paul, tandis que Diarmuid s'écartait.

Également impassibles, les deux hommes se dévisagèrent pendant une minute qui parut interminable. Nul ne pouvait savoir ce qui s'était passé entre eux deux nuits plus tôt dans le Bois Sacré, mais ce qui se produisait maintenant était perceptible à tous et pourtant insondable.

« Mörnir soit loué », dit Ailéron, et il s'agenouilla devant Paul.

L'instant d'après, tous dans la salle en avaient fait autant, excepté Kevin Laine et les trois femmes. Le cœur serré d'émotion, Kevin comprit soudain la véritable nature d'Ailéron. C'était ainsi qu'il commandait, par la pure force de l'exemple et de la conviction. Même Diarmuid avait imité son frère.

Les yeux de Kevin croisèrent ceux de Kim pardessus les frères agenouillés. Sans bien savoir à quoi il acquiesçait, il hocha la tête et fut ému de voir le soulagement qui passait sur le visage de Kim. Somme toute, ce n'était pas une étrangère, malgré les cheveux blancs.

Ailéron se releva, et les autres avec lui. Paul n'avait pas bougé, n'avait pas dit un mot. Il paraissait économiser ses forces. Le prince dit d'une voix calme : « Nous vous sommes reconnaissants de ce que vous avez tissé, au-delà de ce que je puis dire. »

La lèvre de Schafer eut un frémissement mais ce n'était qu'un demi-sourire : « Je ne vous ai pas volé votre mort, après tout », dit-il.

Ailéron se raidit. Sans répondre, il tourna les talons et revint vers le trône. Il en gravit les marches et se retourna pour leur faire face à tous, avec un regard qui forçait le respect : « Rakoth est libre. Les pierres sont brisées et nous sommes en guerre avec les Ténèbres. Je vous le dis à tous, et à toi, mon frère – sa voix était rauque tout à coup –, je vous le dis, c'est le conflit pour lequel je suis né. Je l'ai senti toute ma vie sans le savoir. Et maintenant, je sais. Ceci est ma destinée. Ceci est ma guerre ! » s'écria Ailéron, brûlant de passion.

L'intensité de cette déclaration était écrasante, c'était un cri de conviction arraché du cœur. Même les yeux amers de Jaëlle exprimaient une sorte d'acceptation, et il n'y avait pas trace de moquerie sur les traits de Diarmuid.

« Monstre d'arrogance ! » dit Paul Schafer.

Ce fut comme un coup en plein visage. Même Kevin le ressentit. Il vit Ailéron rejeter la tête en arrière, les yeux agrandis de stupeur.

« Jusqu'où peut aller votre présomption ? poursuivit Paul en s'avançant pour se camper devant Ailéron. Votre mort. Votre couronne. Votre destinée. Votre guerre. *Votre* guerre ? » Sa voix devenait trop aiguë. Il posa une main sur la table pour se soutenir.

« Pwyll, dit Lorèn. Paul, attendez.

– Non ! dit Paul avec brusquerie. Je déteste ceci, et je déteste y céder. » Il se retourna vers Ailéron. « Et les lios alfar ? dit-il d'une voix impérieuse. Lorèn me dit qu'il en est déjà mort une vingtaine. Et le Cathal ? N'est-ce pas leur guerre à eux aussi ? » il désignait Sharra. « Et l'Éridu ? Et les Nains ? N'est-ce pas la guerre de Matt Sören ? Et les Dalreï ? Il y en a deux à Paras Derval aujourd'hui, et dix-sept d'entre eux sont tombés. Dix-sept Dalreï sont morts. Morts ! N'est-ce pas leur guerre, Prince Ailéron ? Et nous ? Regardez Kim. Regardez-la bien, regardez ce qu'elle a subi pour vous. Et pensez à Jennifer – sa voix était devenue rauque –, pensez-y un instant, je vous prie, avant de vous proclamer le seul intéressé en ceci ! »

Il y eut un silence pénible. Les yeux d'Ailéron n'avaient pas quitté ceux de Paul pendant ce discours et ils ne se détournèrent pas lorsque Paul se tut. Quand il prit lui-même la parole, son intonation était très différente ; il s'excusait presque : « Je comprends, dit-il avec raideur. Je comprends tout ce que vous dites mais je ne puis changer ce que je sais par ailleurs. Pwyll, j'ai été mis au monde pour mener cette guerre. »

Kim se sentait la tête curieusement légère quand elle parla pour la première fois en tant que prophétesse du Brennin. « Paul, dit-elle, et vous tous, je dois vous dire que j'ai vu ceci en rêve. Ysanne aussi. C'est pourquoi elle lui a donné asile. Paul, il dit la vérité. »

Schafer la regarda, et les emportements vertueux qu'elle se rappelait avoir vus en lui avant la mort de Rachel ne pesaient rien devant sa propre certitude à elle. Oh, Ysanne, pensa-t-elle en le constatant, comment faisais-tu pour porter un tel fardeau ?

« Si tu me le dis, je le croirai, dit Paul, de toute évidence épuisé. Mais tu sais que ce sera toujours sa guerre même s'il n'est pas le très haut roi du Brennin. Il se battra quand même. Il me semble que c'est une mauvaise façon de choisir un roi.

– Avez-vous une suggestion ? demanda Lorèn, les surprenant tous.

– Oui », dit Paul. Il les laissa un instant en suspens. « Je suggère de laisser la Déesse décider. C'est elle qui a envoyé la lune. Laissez sa prêtresse énoncer sa volonté », dit la Flèche du Dieu, les yeux fixés sur Jaëlle.

Ils se retournèrent tous en même temps que lui. Il semblait y avoir là, en fin de compte, quelque chose d'inévitable : que la Déesse reprît un roi et en envoyât un autre à sa place.

Pendant tout ce dialogue chargé de tension, Jaëlle avait attendu le moment où elle les arrêterait en prononçant ces mêmes paroles. Et maintenant, il l'avait fait à sa place.

Elle le regarda un instant avant de se lever, se déployant de toute sa haute taille, magnifique, pour leur laisser savoir la volonté de Dana et de la Gwen Ystrat, comme il en avait été autrefois pour le choix des rois. Dans cette salle pleine à craquer de pouvoir, le sien n'était pas le moindre, et c'était de loin le plus ancien.

« Il est affligeant, commença-t-elle en les foudroyant tous du regard, que ce soit un étranger à Fionavar qui doive vous rappeler le véritable ordre des choses. Mais quoi qu'il en soit, sachez désormais la volonté de la Déesse...

– Non », dit Diarmuid. Et soudain il parut évident que rien n'était inévitable, après tout. « Désolé, ma mie. Malgré toute la déférence que m'inspire votre éblouissant sourire, je ne veux pas savoir désormais la volonté de la Déesse.

– Insensé ! s'exclama-t-elle. Veux-tu être maudit ?

– J'ai été maudit assez copieusement ces temps-ci, déclara Diarmuid non sans émotion. J'ai subi pas mal de choses aujourd'hui et j'ai extrêmement besoin d'une bonne pinte de bière. Je viens tout juste de songer qu'en tant que très haut roi il ne me serait guère facile de faire un saut chaque soir au Sanglier Noir, comme je me propose de le faire dès que nous aurons couronné mon frère et que je me serai fait extraire ce poignard du bras. »

Paul Schafer lui-même fut mortifié par l'éclair de soulagement qui passa en cet instant sur le visage barbu d'Ailéron dan Ailell, dont la mère était Marrièn des Garantæ, et qui fut couronné très haut roi du Brennin plus tard ce jour-là par la prêtresse Jaëlle, afin de conduire le royaume et ses alliés à la guerre contre Rakoth Maugrim et toutes les légions des Ténèbres.

Il n'y eut ni banquet ni festivités : c'était un temps de deuil et de guerre. Aussi, au coucher du soleil, Lorèn les rassembla-t-il tous les quatre dans ses quartiers en ville, avec les deux jeunes Dalreï dont Dave refusait de se séparer. L'un d'eux avait une blessure à la jambe. La magie de Lorèn avait au moins pu régler ce problème-là. Mince consolation, compte tenu de tout ce qui semblait au-delà de ses capacités depuis quelque temps.

En regardant ses invités, Lorèn se livrait intérieurement à des calculs. Huit jours, seulement huit jours depuis qu'il les avait amenés, et ils avaient déjà subi de telles épreuves ! Il pouvait voir combien Dave Martyniuk avait changé, rien qu'à son visage et aux liens tacites qui l'unissaient aux deux Cavaliers. Puis, quand le grand gaillard eut raconté son histoire, Lorèn commença de comprendre, et il s'émerveilla. Ceinwèn. Flidaïs installé dans la forêt de Pendarane. Et le cor d'Owein à la ceinture de Dave.

Quelle que fût la magie qui l'avait visité lorsqu'il avait décidé de ramener ces cinq personnes, c'était une magie profonde, et qui avait bien choisi.

Ils avaient été cinq, cependant, et non quatre. Et ils n'étaient que quatre dans cette pièce. Le sentiment d'absence y résonnait comme un accord musical tronqué.

Qui trouva soudain à s'exprimer : « Il est temps de penser aux moyens de la secourir », dit Kevin Laine d'un ton posé. Il était intéressant, constata Lorèn, de voir que c'était encore Kevin qui parlait en leur nom à tous, comme par instinct.

La vérité était difficile à dire, mais elle devait être dite : « Nous ferons tout ce qui est en notre pouvoir, fit Lorèn sans détour, mais vous devez savoir que si le cygne noir l'a emportée vers le nord, elle est aux mains de Rakoth lui-même. »

Le cœur du mage était douloureux. En dépit de ses prémonitions, il l'avait trompée en la persuadant de venir, il l'avait comme offerte de ses propres mains aux svarts alfar, il avait ligoté sa beauté sur le corps putrescent d'Avaïa et l'avait livrée à Maugrim. Si un jugement l'attendait dans les Salles du Tisserand, il aurait à répondre de Jennifer.

« Un cygne, avez-vous dit ? » demanda le cavalier aux cheveux blonds. C'était Lévon, le fils d'Ivor, qu'il se rappelait avoir vu adolescent, dix ans plus tôt, à la veille de son jeûne. Un homme à présent, quoique jeune, et ployé sous le fardeau des premiers hommes tués sous son commandement. Ils sont tous si jeunes, réalisa-t-il soudain, même Ailéron. Nous partons en guerre contre un dieu, se dit-il, et il goûta l'amertume d'un terrible instant de doute.

Il dissimula : « Oui, dit-il. Un cygne. Avaïa la Noire, ainsi l'a-t-on nommée il y a longtemps. Pourquoi cette question ?

– Nous l'avons vue, dit Lévon. Le soir qui a précédé le feu de la Montagne. »

Sans raison évidente, cette remarque sembla rendre la chose plus douloureuse encore.

Kimberly esquissa un mouvement ; tous se tournèrent vers elle. Il était troublant de voir ses cheveux blancs au-dessus de ses yeux si jeunes. « J'ai vu ce cygne en rêve, dit-elle. Ysanne aussi. »

Et ces paroles, pour Lorèn, évoquèrent une autre femme disparue, un autre fantôme. « Nous ne nous rencontrerons plus de ce côté-ci de la Nuit », avait-elle dit à Ailell.

Ni de ce côté ni de l'autre, semblait-il. Elle était allée si loin que c'en était inimaginable. Il songea à Lökdal. Le poignard de Colan, le don de Seithr. Oh, la magie des Nains accomplissait des choses sinistres sous les montagnes.

Kevin, avec un entrain un peu forcé, tenta de percer leur sombre silence : « Par tous les dieux et les petits poissons ! s'exclama-t-il. Quelle réunion ! Nous pouvons sûrement faire mieux ! »

Bel effort, se dit Dave Martyniuk, étonné lui-même de si bien comprendre ce que Kevin essayait de faire. Mais sa blague ne leur soutirerait guère plus qu'un sourire. Ce n'était pas...

Dave fut alors saisi d'une inspiration subite.

« Ouais... dit-il avec lenteur en choisissant ses mots. Rien à faire, Kevin. On a un autre pépin. » Il fit une pause, trouvant plaisir à cette sensation nouvelle, tandis que leurs regards soucieux se posaient sur lui.

Il fourragea dans la pochette de son sac de selle, posé sur le sol près de lui, et en sortit quelque chose qui avait parcouru beaucoup de chemin avec lui. « Je crois que tu as mal interprété le jugement qui a été rendu dans l'affaire McKay », dit-il à Kevin, et il lança sur la table les notes sur la Preuve, tachées par leur long voyage.

Diable, se dit-il en les voyant tous, même Lévon, même Torc, s'abandonner à une hilarité soulagée, ce n'est pas si difficile ! Il souriait lui-même d'une oreille à l'autre.

« Ah, petit rigolo », dit Kevin Laine avec une approbation sans réserve – il riait encore. « J'ai besoin d'un verre, s'exclama-t-il. Nous en avons tous besoin. Et toi – il désignait Dave –, tu n'as pas encore rencontré Diarmuid. Je crois que tu l'aimeras encore plus que tu ne m'aimes. »

Voilà une blague plutôt bizarre, se dit Dave en se levant avec les autres, une blague à laquelle il devrait réfléchir. Mais il avait le sentiment que celle-là, au moins, ne serait pas une mauvaise blague.

Les cinq jeunes gens partirent pour le Sanglier Noir. Kim, toutefois, obéissant à une impulsion qu'elle avait senti croître depuis le couronnement, se fit excuser et retourna au palais. Elle y frappa à une porte dans le corridor qui menait à sa propre chambre. Elle fit une suggestion, qui fut acceptée. Un peu plus tard, dans sa propre chambre, il apparut que rien en Fionavar n'avait affecté ses intuitions en ce domaine bien particulier.

Matt Sören referma la porte derrière eux. Lorèn et le Nain échangèrent un regard ; ils étaient seuls pour la première fois ce jour-là.

« Le cor d'Owein, maintenant », dit enfin le mage, comme en conclusion à un long dialogue.

Le Nain secoua la tête : « Cela va loin, dit-il. Essaieras-tu d'éveiller les donneurs ? »

Lorèn se leva pour traverser la pièce jusqu'à la fenêtre. Il pleuvait de nouveau. Il tendit une main pour sentir la pluie comme un don sur sa paume ouverte.

« Je n'essaierai pas, dit-il enfin. Mais eux, peut-être.

– Tu te retiens d'intervenir depuis le début, n'est-ce pas ? » dit le Nain à voix basse.

Lorèn se retourna. Ses yeux profondément enfoncés sous ses épais sourcils gris étaient tranquilles ; mais le pouvoir s'y lisait toujours. « Oui, dit-il. Une force les traverse tous, je pense, les étrangers, et les nôtres. Nous devons leur faire de la place.

– Ils sont très jeunes, dit Matt Sören.

– Je sais.

– Tu es sûr de tout ceci ? Tu vas les laisser faire ?

– Je ne suis sûr de rien, dit le mage. Mais oui, je vais les laisser faire.

– Nous serons là aussi ? »

Mantel d'Argent sourit alors : « Oh, mon ami, dit-il. Nous aurons notre propre bataille, ne crains rien. Nous devons laisser faire les jeunes mais, avant la fin, toi et moi aurons peut-être à livrer la plus grande bataille.

– Toi et moi », gronda le Nain de sa voix profonde. Et le mage entendit bien des choses dans ces simples paroles, dont la moindre n'était pas l'amour.

Le prince avait consommé maintes et maintes pintes de bière, en fin de compte. Il avait eu pour cela une infinité de raisons, toutes bonnes.

Il avait été désigné comme héritier d'Ailéron lors de la cérémonie de l'après-midi. « Ça devient une habitude », avait-il commenté. Repartie évidente, mais tout le monde la citait au Sanglier Noir. Il vida une autre pinte de bière. Oh oui, il avait une infinité de raisons.

Finalement, il se retrouva seul dans sa propre chambre au palais. Les appartements du prince Diarmuid dan Aillel, l'héritier du roi du Brennin. En vérité.

Il était beaucoup trop tard pour se soucier de dormir. En s'agrippant au mur extérieur, avec quelque difficulté à cause de son bras, il se rendit jusqu'au balcon de Sharra.

La chambre était déserte.

Une intuition le fit revenir sur ses pas, deux chambres en arrière, là où dormait Kim Ford. Avec sa blessure, c'était plutôt difficile. Quand il réussit finalement à grimper sur le balcon, en prenant appui tant bien que mal sur l'arbre, il fut accueilli par deux brocs d'eau glacée en plein visage. On ne l'avait pas raté et les éclats de rire l'atteignirent aussi bien, ceux de la fille de Shalhassan et de la prophétesse du Brennin qui avaient parcouru un long chemin sur la voie d'une amitié inattendue.

Quelque peu affligé de son triste sort, l'héritier du trône se glissa de nouveau dans le palais et, tout dégoulinant, s'en alla trouver dame Rhéva.

On trouve le réconfort qu'on peut, en l'occurrence.

Il finit tout de même par s'endormir. En le couvant d'un regard satisfait, Rhéva l'entendit murmurer comme dans un rêve : « Tous les deux. » Elle ne comprit pas vraiment, mais il l'avait complimentée sur ses seins auparavant, et elle ne fut pas mécontente.

Kevin Laine, qui aurait pu lui expliquer de quoi il retournait, était éveillé lui aussi et écoutait Paul lui raconter une très longue histoire très intime. Un Paul à nouveau capable de confidences, apparemment, et désireux de s'épancher. Quand il eut terminé, Kevin parla à son tour, longuement.

À la fin, ils se regardèrent. L'aube se levait. Et finalement, ils furent obligés de se sourire, malgré Rachel, malgré Jennifer, malgré tout.

16

Rakoth vint la trouver au matin.

Jennifer croyait avoir touché le fond de l'abîme la nuit précédente, lorsque le cygne s'était posé devant les portes de fer de Starkadh. Elle avait vu la forteresse de très loin depuis les airs, une masse noire brutalement plaquée sur la blancheur des glaciers en plateaux. Puis, alors que leur vol les en rapprochait, elle s'était sentie presque physiquement assaillie : une énorme masse de pierres empilées, sans fenêtres, sans lumière, l'inexpugnable forteresse d'un dieu.

Dans la nuit et le froid, les serviteurs de Rakoth l'avaient détachée du cygne. Leurs mains brutales et avides l'avaient traînée – car ses jambes étaient ankylosées – dans les entrailles de Starkadh, où régnaient des odeurs de pourriture et de chair en décomposition, même dans le froid, et où les seules lumières brillaient d'un vert maléfique. Ils l'avaient jetée dans une pièce solitaire où, sale, épuisée, elle était tombée sur l'unique couche couverte de taches posée sur le sol glacé. Le matelas sentait le svart alfar.

Elle resta éveillée, cependant, frissonnant un long moment dans le froid mordant. Quand elle finit par dormir, ce fut d'un sommeil agité ; le cygne volait dans ses rêves, poussant des cris de triomphe glacés.

Quand elle s'éveilla, ce fut avec la certitude que les terreurs déjà subies n'étaient que le premier palier d'un long escalier qui l'emmenait vers des profondeurs encore invisibles dans l'obscurité ; l'abîme l'attendait. Elle allait y descendre.

Pourtant, il ne faisait plus noir dans la pièce à présent. Un feu ardent brûlait dans le mur opposé, et au milieu de la pièce elle vit un grand lit ; elle reconnut avec un serrement de cœur le lit de ses parents. Elle eut une prémonition, complète et très claire : elle était là pour être brisée, et il n'y avait en ce lieu aucune merci : ici régnait un dieu.

Et en cet instant il fut là, il était venu, et elle sentit que son esprit s'ouvrait, couche après couche, monstrueusement pelé comme un fruit. Elle essaya brièvement de résister et fut alors totalement investie, accablée par l'aisance avec laquelle elle était exposée. Elle se trouvait dans sa forteresse, elle était à lui, il le lui faisait savoir. Elle serait écrasée sur l'enclume de sa haine.

L'horreur s'arrêta aussi brusquement qu'elle avait commencé. Sa vision revint, lentement, toute brouillée. Son corps entier tremblait avec violence, elle n'arrivait pas à se maîtriser. Elle tourna la tête et vit Rakoth.

Elle s'était juré de ne pas crier, mais en ce lieu tous les serments étaient réduits au néant devant ce qu'il était.

Issu de quelque lieu incertain situé hors du temps, au-delà des Salles du Tisserand, il s'était introduit dans le dessin de la Tapisserie. Il était présent dans tous les univers, mais ici, en Fionavar, premier de tous les univers, celui qui comptait le plus, il s'était incarné.

Il s'était implanté dans les Glaces et avait fait du nord le lieu de sa puissance ; ici, il avait élevé les murs crénelés de Starkadh. Et quand la forteresse avait été achevée, telle la serre d'un oiseau de proie, tel un cancer dans le nord, il était monté au sommet de sa plus haute tour pour hurler son nom dans le vent qui le porterait jusqu'à ces petits dieux apprivoisés qu'il ne craignait pas, car il était plus puissant mille fois que chacun d'entre eux.

Rakoth Maugrim, le Dévastateur.

Ce fut Cernan, le dieu de la forêt aux bois de cerf, qui déclencha un murmure moqueur dans les arbres devant cette prétention, et en signe de dérision ils lui avaient donné un autre nom : Sathain, Celui-qui-va-masqué, et Mörnir du Tonnerre avait envoyé la foudre le chasser de sa tour.

Et pendant ce temps, les lios alfars nouvellement créés chantaient la Lumière au Daniloth, et la Lumière était dans leurs yeux et dans leur nom, et Rakoth éprouvait pour eux une haine inextinguible.

Il avait trop tôt lancé son attaque – mais les années de paix avaient dû sembler longues aux mortels. Et en vérité, il y avait alors des humains en Fionavar, car Iowerth était venu de par-delà l'océan, en réponse à un rêve envoyé par Mörnir avec l'accord de la Mère, afin de fonder Paras Derval au Brennin, près de l'Arbre de l'Été, et son fils avait gouverné après lui, et le fils de son fils, puis Conary était monté sur le trône.

Et en ce temps-là la furie de Rakoth avait fondu sur eux depuis les étendues glacées du nord.

Et après une guerre terrible, il avait été repoussé. Non par les dieux – car pendant la période de paix, le Tisserand avait parlé, pour la première et la dernière fois. Il avait décrété que les univers n'avaient pas été tissés pour devenir le champ de bataille de puissances étrangères au temps, et que si Maugrim devait être vaincu, il le serait par les Enfants : les dieux n'interviendraient que de façon mineure. Et il en avait été ainsi. Ils l'avaient emprisonné sous la Montagne, même s'il ne pouvait mourir, et ils avaient façonné les pierre de garde qui devaient briller d'un éclat écarlate s'il essayait si peu que ce fût de se servir de ses pouvoirs.

Cette fois, il en serait autrement. Cette fois, sa patience porterait fruit, des fruits mûrs prêts à être écrasés, car cette fois il avait été patient. Même lorsque le cercle des gardiens avait été rompu, il était resté coi sous le Rangat, à subir la torture de ses chaînes, à la savourer à présent telle une épice qui relevait le goût de la vengeance à venir. Quand Starkadh s'était de nouveau dressée sur ses ruines, alors seulement il s'était échappé de sous la Montagne, et dans une explosion d'écarlate triomphe il leur avait laissé savoir à tous qu'il était libre.

Oh, cette fois, il irait lentement. Il les briserait tous, un par un. Sa main les écraserait. Son unique main, car l'autre, noire et purulente, se trouvait toujours sous le Rangat, encore encerclée par la chaîne intacte de Ginsérat, et pour cela, autant que pour tout le reste, ils paieraient, ils paieraient le prix fort avant d'avoir enfin la permission de mourir.

Et il allait commencer avec celle-ci, qui ne savait rien, il le voyait bien, et qui était donc dépourvue de valeur, un jouet, la première chair qui apaiserait sa faim, et blonde comme les lios, un présage de l'accomplissement de son plus ancien désir. Il alla chercher en elle, c'était si facile à Starkadh, il la connaissait tout entière, et il commença.

Elle avait eu raison. Le fond de l'abîme était loin, très loin, les véritables profondeurs de la nuit s'ouvraient au-delà de ce qu'elle aurait jamais pu imaginer. Face en cet instant à la haine de Rakoth, à sa puissance aveugle et écrasante, Jennifer vit qu'il était immense, courbé sur elle de toute sa hauteur, avec une main griffue d'un gris morbide, et l'autre absente, un simple moignon d'où suintait sans fin un sang noir. Sa tunique était noire, plus que noire, semblait-il, elle engloutissait la lumière, et sous le capuchon qu'il portait il n'y avait aucun visage – et c'était le plus terrifiant. Des yeux seuls, dont le regard brûlait comme de la glace sèche tant il était froid – et pourtant rouge comme le feu de l'enfer. Oh, quel péché, quel péché dirait-on qu'elle avait commis pour être livrée à un tel sort ?

L'orgueil ? Car elle était fière, elle le savait, elle avait été élevée dans la fierté. Mais s'il en était ainsi, alors, qu'il en soit encore ainsi, ici, au bout du chemin, malgré les Ténèbres qui s'abattaient sur elle. Elle avait été une enfant charmante, forte aussi, et bonne, même si cette bonté se dissimulait sous la prudence car elle ne s'ouvrait pas aisément à autrui ne se fiait qu'aux siens. Cette fierté, Kevin Laine, le premier des hommes qu'elle eût connu, l'avait vue pour ce qu'elle était et la lui avait dévoilée afin qu'elle pût la comprendre, avant de se retirer pour que cette compréhension lui permît de mûrir. Un présent, un présent qu'il n'avait pas fait sans souffrir lui-même. Il était si loin, Kevin, et quelle importance, quelle importance avait tout ceci maintenant ? Quelle importance pouvaient avoir les motivations ? Aucune, de toute évidence, sinon qu'à la fin, où qu'elle advienne, nous n'avons que nous-mêmes. Aussi Jennifer se leva-t-elle de son matelas posé sur le plancher, sale, les cheveux en désordre, l'odeur d'Avaïa dans ses habits déchirés, le visage couvert de boue, le corps de bleus et d'égratignures, et elle maîtrisa le tremblement de sa voix pour dire : « Vous n'aurez rien de moi que vous ne m'aurez arraché. »

Et en ce lieu répugnant, il y eut un éclat de beauté ardente, telle la Lumière libérée, un feu pur de courage et de farouche clarté.

Mais c'était la place forte des Ténèbres, le cœur même de sa puissance, et il répliqua : « Alors, je prendrai tout. » Et il se métamorphosa devant ses yeux pour devenir son père.

Ce qui se passa ensuite fut horrible.

On se sépare de son esprit, se rappela-t-elle avoir lu un jour ; sous la torture, dans le viol, on se sépare de son esprit et on l'envoie ailleurs, là où la souffrance n'existe pas. On l'envoie aussi loin que possible, au pays de l'amour, du souvenir de l'amour : une épave flottante à laquelle s'accrocher.

Mais elle ne le pouvait pas, car partout où elle s'enfuyait, il était là. Nulle fuite possible dans l'amour, pas même dans l'enfance, car son père était nu avec elle dans le lit – le lit de sa mère – et rien n'était propre nulle part. « Tu voulais être la première princesse, murmurait tendrement James Lowell. Oh, tu l'es maintenant, tu l'es. Laisse-moi te faire ceci, et cela, tu n'as pas le choix, tu l'as toujours désiré. »

Tout. Il prenait tout. Et pendant tout ce temps il n'avait qu'une seule main, et de l'autre, du moignon pourrissant, son sang noir dégouttait sur elle, et partout où le sang tombait, il laissait une brûlure.

Puis Rakoth recommença à se métamorphoser, encore et encore, la pourchassant jusque dans les moindres recoins de son âme. Nulle part, nulle part où tenter même de se cacher. Car le père Laughlin était sur elle à présent, déchirant sa chair, déchirant son âme, la pénétrant de toutes parts, lui dont la bonté avait été un refuge dans son existence. Et après lui, elle aurait dû s'y attendre, mais oh, Vierge Marie, quel était son péché, qu'avait-elle fait que le mal dût avoir ainsi toute-puissance sur elle ? C'était Kevin à présent, brutal, violent, la ravageant du sang brûlant qui tombait de sa main absente. Nulle part où aller, quel autre refuge dans tous les univers ? Elle était si loin, et Rakoth était si vaste, il était tout, partout, et la seule chose qu'il ne pouvait faire c'était récupérer sa main, mais quel bien cela pouvait-il lui faire à elle, quel bien ?

Cela dura si longtemps que le temps perdit toute signification dans la souffrance, les voix ; il fouillait ses recoins les plus secrets, comme à la truelle, avec une aisance si dérisoire. Vint un moment où il fut un homme qu'elle ne connaissait pas, très grand, basané, la mâchoire carrée, la face déformée par la haine, les yeux bruns exorbités – mais elle ne le connaissait pas, elle savait qu'elle ne le connaissait pas. Et enfin, choc ultime, il fut lui-même, un géant qui l'écrasait de toute sa masse, le capuchon horriblement rejeté en arrière sur cette absence de visage, sur ces yeux, seulement ces yeux, interminablement, la réduisant en pièces, elle, le premier fruit délicieux de sa vengeance si longtemps différée.

C'était terminé depuis un long moment quand elle reprit conscience. Elle n'ouvrit pas les yeux. Elle respirait, elle était encore vivante. Et *non*, se dit-elle, l'âme accrochée à une épave flottante dans la plus grande noirceur, où la seule lumière était la sienne, et tellement atténuée. Mais *non*, se dit-elle encore et, en ouvrant les yeux, elle le regarda bien en face et parla pour la deuxième fois : « Vous pouvez les prendre, dit Jennifer, et sa voix était un mince filet de douleur. Mais je ne vous les donnerai pas, et ils ont tous leurs deux mains. »

Il rit alors, car trouver là de la résistance était une joie, une intensification inattendue de son plaisir. « Tu me donneras tout de toi pour ces paroles, dit-il. Je me ferai présent de ta volonté. »

Elle ne comprit pas, mais quelque temps après il y eut quelqu'un d'autre dans la pièce, et elle eut comme une brève hallucination et crut qu'il s'agissait de Matt Sören.

« Quand je quitterai cette pièce, dit Rakoth, tu appartiendras à Blöd, car il m'a apporté quelque chose que je désirais. » Le Nain, qui n'était pas Matt après tout, sourit. Il y avait quelque chose d'affamé dans son expression. Et elle, elle était nue, elle le savait. Ouverte.

« Tu lui donneras tout ce qu'il demandera, dit le Dévastateur. Il n'a besoin de rien prendre, tu lui donneras tout, encore et encore jusqu'à ce que tu meures. » Il se tourna vers le Nain : « Elle te plaît ? »

Blöd ne put que hocher la tête. Ses yeux étaient terrifiants.

Rakoth rit de nouveau, et c'était le rire qu'avait emporté le vent. « Elle fera tout ce que tu voudras.

Mais, au matin, tu la tueras. Tu peux choisir la manière mais elle doit mourir. Il y a une raison à cela. » Et, s'approchant d'elle tout en parlant, Sathain, Celui-qui-va-masqué, la toucha encore une fois de son unique main, entre les yeux.

Oh, ce n'était pas fini, après tout. Car l'épave flottante avait disparu, à laquelle elle s'était accrochée pour rester elle-même, pour rester Jennifer.

Il quitta la pièce. Il la laissa avec le Nain. Ce qui restait d'elle.

Blöd se passa la langue sur les lèvres : « Debout », dit-il, et elle se leva. Elle ne pouvait faire autrement. Il n'y avait plus de fétu flottant, plus de lumière.

« Implore-moi », dit-il. Oh, quel péché, quel péché avait été le sien ? Mais alors même que les supplications jaillissaient d'elle sans qu'elle pût les retenir, tandis qu'il lui faisait subir des violences verbales ordurières, puis lui infligeait une véritable douleur physique – le Nain s'en excita beaucoup – , à travers tout cela, elle trouva tout de même quelque chose. Nul fétu de lumière, il n'y avait plus de lumière, la lumière s'était noyée. Mais à présent, à la fin, à la toute fin, ce qui restait, c'était la fierté. Elle ne hurlerait pas, elle ne sombrerait pas dans la folie, à moins qu'il ne lui ordonnât de devenir folle ; et s'il le faisait, ce lui serait encore arraché, elle ne céderait pas.

Mais il finit par se lasser et, obéissant à ses instructions, se mit en devoir de la tuer. Il était inventif mais, au bout d'un certain temps, il devint évident que la douleur physique rend possibles les impossibilités. La fierté ne pouvait dépasser certaines limites, et les filles aux cheveux d'or meurent aussi, et quand le Nain se mit à lui faire vraiment mal, elle commença à hurler, après tout. Plus d'épave flottante, plus de lumière, plus de nom, plus rien que les Ténèbres.

Lorsque la délégation du Cathal entra dans la Grande Salle de Paras Derval, au matin, ce fut avec une stupéfaction assez voyante que ses membres découvrirent leur princesse déjà là pour les accueillir.

Kim Ford luttait contre un honteux accès de fou rire. La description qu'avait faite Sharra de la réaction probable des ambassadeurs correspondait si bien à la réalité que Kim était sûre de se mettre dans une situation gênante si elle jetait un regard à la princesse ; elle garda soigneusement les yeux baissés.

Jusqu'à l'entrée de Diarmuid. L'affaire des brocs d'eau, la nuit précédente, avait suscité chez les deux jeunes femmes le genre d'hilarité qui cimente une amitié en voie de développement. Elles avaient ri longtemps. Après, seulement après, Kim s'était souvenue que Diarmuid avait été blessé, et l'avait peut-être été de plusieurs façons. Il avait sauvé la vie et l'honneur de Sharra, cet après-midi-là, et il avait consenti au couronnement de son frère. Elle aurait dû se rappeler tout cela, sans doute, mais elle ne pouvait pas, elle ne pouvait tout simplement *pas* être constamment sérieuse et attentive à autrui.

Quoi qu'il en soit, le prince ne montrait en cet instant aucun signe d'affliction. Profitant du discours monotone de Gorlaës – Ailéron, à l'étonnement de certains, l'avait de nouveau nommé chancelier –, il s'approcha des deux femmes. Ses yeux étaient clairs, très bleus, et son allure ne trahissait en rien la profonde ébriété des heures précédentes, sinon peut-être son regard un peu trop aigu.

« J'espère, murmura-t-il à l'adresse de Sharra, que vous avez satisfait hier tous vos désirs de me lancer des objets.

– Je n'y compterais pas, si j'étais vous », dit Sharra avec défi.

Il était très fort à ce jeu, constata Kim. Il s'interrompit pour lui adresser un bref regard sardonique, comme à une enfant désobéissante, avant de se tourner de nouveau vers la princesse : « Dommage, dit-il simplement. Les adultes doivent s'occuper de choses plus importantes. » Et il s'éloigna, élégant et plein d'assurance, pour prendre place auprès de son frère comme il convenait à l'héritier du trône.

Kim sentit obscurément qu'elle avait été réprimandée ; le coup de l'eau avait été terriblement infantile. Mais lui, pour sa part, se rappela-t-elle soudain, il avait grimpé pour se rendre dans leur chambre ! Il méritait l'accueil qu'il avait reçu, et bien davantage.

Tout ceci, quoique manifestement vrai, ne semblait pas compter pour grand-chose : elle se sentait tout de même comme une gamine. Bon sang, quel sang-froid chez cet homme, se dit-elle, et elle éprouva un élan de sympathie pour sa nouvelle amie. Un élan de sympathie et, parce qu'elle était honnête avec elle-même, un rien d'envie.

Entre-temps, elle commençait à comprendre pourquoi Gorlaës était encore chancelier. Nul autre n'aurait pu mettre autant de fioritures dans les rituels qui accompagnaient nécessairement ce genre de procédure. Ni se les rappeler, du reste. Il discourait encore, et Ailéron attendait avec une patience étonnante, quand un autre homme, aussi séduisant à sa façon que Diarmuid, s'approcha d'elle.

« Qu'est-ce que cet anneau que vous portez ? » demanda Lévon sans préambule d'aucune sorte, aussi direct que le vent.

Voilà qui était différent. Ce fut la prophétesse du Brennin qui leva sur lui un regard appréciateur. « Le Baëlrath, dit-elle d'un ton paisible. La Pierre de la Guerre, c'est ainsi qu'on l'appelle. Il appartient à la magie sauvage. »

Il réagit : « Pardonnez-moi, mais pourquoi le portez-vous ?

– Parce que la prophétesse précédente me l'a donné. Elle l'a rêvé à mon doigt. »

Il hocha la tête, les yeux écarquillés : « Géreint m'a parlé de telles choses. Savez-vous ce que c'est ?

– Pas complètement. Et vous ? »

Lévon secoua la tête : « Non. Comment le pourrais-je ? C'est si loin de mon monde à moi, dame. Je connais les eltors et la Plaine. Mais j'ai une idée. Pourrions-nous parler, après la cérémonie ? »

Il était vraiment très séduisant, un étalon plein d'impatience à l'intérieur des limites contraignantes de cette salle. « Bien sûr », dit-elle.

Mais en fait, ils n'en eurent jamais l'occasion.

Kevin, adossé avec Paul à un pilier en face de l'endroit où se trouvaient les femmes, ressentait une calme satisfaction à se sentir si lucide. Ils avaient bu beaucoup de bière la nuit précédente. Avec beaucoup d'attention, il écouta Gorlaës puis Galienth, l'émissaire du Cathal, mettre fin à leurs discours rituels.

Ailéron se leva : « Je vous remercie d'être venu, dit-il d'un ton égal, et j'apprécie vos paroles courtoises à l'adresse de mon père. Nous sommes reconnaissants à Shalhassan d'avoir jugé bon de nous envoyer sa fille et héritière pour tenir conseil avec nous. C'est une confiance que nous honorons, et un gage de la confiance dont nous devrons faire preuve les uns envers les autres dans les jours à venir. »

L'émissaire, qui n'avait absolument pas la moindre idée de la façon dont Sharra s'était rendue à Paras Derval, approuva sagement d'un signe de tête. Le roi, toujours debout, reprit la parole.

« Dans ce conseil, tous pourront prendre la parole, car il ne peut en être autrement. Il m'apparaît toutefois que le droit de parler le premier ne me revient pas à moi mais au plus ancien d'entre nous, celui dont le peuple connaît le mieux la furie de Rakoth. Na-Brendel du Daniloth, voulez-vous parler pour les lios alfar ? »

Ceci dit, Ailéron échangea un bref regard énigmatique avec Paul Schafer.

Puis tous les yeux se fixèrent sur le lios. Marchant encore avec difficulté à cause de ses blessures, Brendel s'avança, soutenu par un homme qui n'avait guère quitté son chevet depuis trois jours. Tégid aida

Brendel à marcher puis se retira, avec une discrétion inhabituelle, et le lios alfar resta seul parmi eux. Ses yeux avaient la couleur de la mer sous l'averse.

« Merci, très haut roi, dit-il. Vous m'honorez et vous honorez mon peuple en ces murs. » Il fit une pause. « Les lios n'ont jamais été connus pour la concision de leurs discours, car le temps s'écoule plus lentement pour nous que pour vous, mais vu l'urgence de la situation, je serai bref. J'ai deux choses à dire. » Il regarda autour de lui.

« Il y a mille ans, au pied de la Montagne, cinq peuples ont été désignés comme gardiens. Quatre sont représentés ici aujourd'hui. Le Brennin, le Cathal, les Dalreï et les lios alfar. Aucune de nos pierres de garde n'est devenue écarlate, et pourtant Rakoth est libre. Nous n'avons eu aucun avertissement. Le cercle a été brisé, mes amis, donc... – il hésita à énoncer à haute voix le doute qu'ils partageaient tous – ... donc nous devons nous méfier de l'Éridu. »

L'Éridu, pensa Kim, en se rappelant ce que lui avait montré la vision tourbillonnante d'Eïlathèn. Une contrée magnifique et sauvage où vivent des hommes basanés, farouches et violents.

Où vivent également les Nains. Elle se tourna pour voir Matt Sören qui regardait Brendel d'un air impassible.

« Tel est mon premier conseil, poursuivit le lios. Le second nous touche de plus près. Si Rakoth vient à peine de se libérer, alors, même avec son pouvoir, Starkadh la Noire ne pourra être reconstruite avant un moment. Il s'est annoncé trop tôt. Nous devons l'attaquer avant que cette forteresse n'ancre à nouveau sa puissance dans les Glaces. Je vous le dis à tous : nous devrions partir dès la fin de cette assemblée et porter la guerre dans le territoire du Dévastateur. Nous l'avons déjà emprisonné ; nous le ferons de nouveau ! »

Il était comme une flamme, il les enflamma tous de sa passion. Le visage de Jaëlle elle-même s'empourpra, Kevin put le constater.

« Nul n'aurait pu énoncer plus clairement ce que je pense moi-même, dit Ailéron en se levant de nouveau. Que disent les Dalreï ? »

Dans l'atmosphère à présent chargée de tension, Lévon s'avança, mal à l'aise mais non intimidé, et un élan de fierté traversa Dave quand il entendit son nouveau frère dire : « Jamais dans toute leur longue histoire les Cavaliers n'ont-ils manqué à leur devoir envers le Grand Royaume quand il avait besoin d'eux. Je peux vous dire à tous que les fils de Révor suivront les fils de Conary et de Colan dans les landes de Rük et plus loin encore contre Maugrim. Ailéron, très haut roi, je vous offre ma vie et mon épée. Faites-en ce que bon vous semblera. Les Dalreï ne vous feront pas défaut. »

Torc fit calmement un pas en avant : « Je fais le même serment, dit-il. Ma vie et mon épée. »

Très droit, très grave, Ailéron hocha la tête, acceptant leur hommage. Il avait l'air d'un roi, se dit Kevin. En cet instant précis, il était devenu roi.

« Et le Cathal ? » demanda Ailéron en se tournant vers Galienth.

Mais ce fut une autre voix qui lui répondit.

« Il y a mille ans, dit Sharra, fille de Shalhassan, héritière de Shalhassan, les hommes du Pays des Jardins ont combattu et sont morts pendant le Baël Rangat. Ils ont combattu à Célidon et parmi les grands arbres de Gwynir. Ils étaient à la péninsule de Sennett lorsque commença la dernière bataille, et à Starkadh lorsqu'elle prit fin. Ils combattront encore. » Elle se tenait avec fierté devant eux, éblouissante de beauté. « Ils combattront et ils mourront. Mais avant d'accepter de partir à l'assaut, il est une autre voix que j'aimerais entendre. La sagesse des lios alfar est renommée dans tout le Cathal, mais il en est de même pour le savoir des disciples d'Amairgèn – bien qu'on en parle souvent en ajoutant une malédiction. Que disent les mages du Brennin ? J'aimerais entendre le conseil de Lorèn Mantel d'Argent. »

Et, avec un sursaut de désarroi, Kevin se rendit compte qu'elle disait vrai. Le mage n'avait pas soufflé mot. Il avait à peine fait sentir sa présence. Et seule Sharra l'avait remarqué.

Il vit que les pensées d'Ailéron semblaient avoir suivi la même voie : il avait une expression soudain soucieuse.

Même alors, Lorèn hésitait. Paul serra le bras de Kevin. « Il ne veut pas parler, murmura-t-il. Je crois que je vais... »

Mais quelle que fût l'intervention qu'il avait envisagée, elle n'eut pas lieu, car un lourd martèlement se fit entendre aux grandes portes qui fermaient la salle et, alors qu'ils se retournaient tous, surpris, les portes s'ouvrirent et quelqu'un s'avança entre deux gardes, puis entre les hauts piliers. La démarche, pesante, hésitante, trahissait le plus total épuisement, et alors que le nouveau venu s'approchait, Kevin vit que c'était un Nain.

Au milieu d'un profond silence, ce fut Matt Sören qui fit un pas en avant.

« Brock ? » murmura-t-il.

L'autre Nain ne dit mot. Il continua à marcher et à marcher, comme mû par la seule force de sa volonté, jusqu'à ce qu'il eût traversé toute la salle pour parvenir devant Matt. Alors il tomba enfin à genoux et, d'une voix déchirée par le plus terrible chagrin, il s'écria : « Oh, mon roi ! »

L'œil unique de Matt Sören devint alors réellement le miroir de son âme. Et tous y lurent une faim impossible à apaiser, le désir le plus profond, le plus amer, celui qu'il avait abandonné depuis si longtemps.

« Pourquoi, Matt ? » se rappelait avoir demandé Kim après la transe qui lui avait montré le Calor Diman lors de leur randonnée jusqu'au lac d'Ysanne. « Pourquoi êtes-vous parti ? »

Ils allaient l'apprendre, à présent, semblait-il. On avait apporté un siège à Brock devant le trône, et il s'y était affaissé. Ce fut Matt qui prit la parole tandis que tous se pressaient autour des deux Nains.

« Brock a une histoire à raconter, commença Matt Sören de sa voix profonde. Mais je crains qu'elle n'ait guère de sens pour vous si je ne vous raconte d'abord la mienne. Le temps de la discrétion est passé, semble-t-il. Écoutez donc.

« Lorsque mourut March, le roi des Nains, dans sa cent quarante-septième année, un seul d'entre nous accepta de subir l'épreuve de la nuit de pleine lune au bord du Calor Diman, le lac de cristal, l'épreuve par laquelle nous choisissons notre roi ou par laquelle nous laissons les puissances le choisir pour nous.

« Sachez que celui qui désire régner sous les montagnes jumelles doit d'abord passer une nuit de pleine lune au bord du lac. À l'aube, s'il a survécu et n'est pas devenu fou, il est couronné sous le Banir Lök. Mais c'est une sombre épreuve et nombre de nos plus grands guerriers et de nos meilleurs artisans ont été réduits à néant lorsque le soleil s'est levé sur leur veille. »

Kim commençait à ressentir derrière ses yeux les premiers élancements d'une migraine. Elle les repoussa de son mieux et se concentra sur ce que Matt était en train de dire.

« Quand March, dont j'étais le neveu, mourut, j'ai rassemblé tout mon courage – le courage de la jeunesse, je le confesse – et, conformément au rituel, j'ai façonné un cristal et l'ai jeté dans le lac en guise de déclaration d'intention, la nuit de la nouvelle lune.

« Deux semaines plus tard, sous le Banir Tal, on ouvrit pour moi la porte qui est la seule voie d'accès aux rives herbeuses du Calor Diman, et on la referma derrière moi. »

La voix de Matt était presque devenue un murmure : « J'ai vu la pleine lune se lever sur le lac et j'ai vu quantité d'autres choses. Je... ne suis pas devenu fou. À la fin, je me suis offert et j'ai été uni aux eaux du lac. On m'a couronné roi deux jours plus tard. »

Cela s'annonçait comme la migraine des migraines, constata Kim ; elle s'assit sur les marches du trône et prit sa tête entre ses mains tout en écoutant, en essayant de se concentrer.

« Je n'ai pas échoué au bord du lac, dit Matt, et tous perçurent son amertume. Mais j'ai échoué pour tout le reste, car les Nains n'étaient plus les Nains d'antan.

– Ce n'était pas votre faute, murmura Brock en levant les yeux. Oh, seigneur, ce n'était pas votre faute, en vérité. »

Matt resta silencieux un moment, puis secoua la tête pour rejeter cette déclaration : « J'étais le roi », dit-il d'une voix brève.

Et tout était dit, pensa Kevin en jetant un coup d'œil à Ailéron.

Mais Matt reprenait : « Les Nains ont toujours eu deux passions. La connaissance des secrets de la terre et le désir d'en savoir toujours davantage.

« Un peu avant la mort du roi March, il se forma une faction autour de deux frères, les meilleurs de nos artisans. Leur désir, qui était devenu une passion, puis, dans les premières semaines de mon règne, une croisade, était de trouver et d'élucider les secrets d'une chose des Ténèbres : le Chaudron de Khath Meigol. »

Un murmure s'éleva dans la salle à ces paroles. Kim avait les yeux fermés ; elle se sentait très mal à présent, et la lumière la blessait comme si une multitude d'aiguilles lui perçaient les paupières. Elle concentra toute sa volonté sur Matt ; ce qu'il disait était trop important pour être perdu à cause d'une migraine.

« Je leur ai ordonné de mettre fin à leur quête, dit le Nain. Ils le firent, ou du moins l'ai-je cru. Mais quand j'ai trouvé l'aîné, Kaèn, plongé de nouveau dans les anciens livres, et que j'ai appris que son frère était parti sans ma permission, je me suis mis en colère et, dans la folie de mon orgueil, j'ai convoqué une assemblée de tous les Nains dans la salle des Débats. J'ai exigé qu'ils choisissent entre le désir de Kaèn et le mien, qui était de laisser cette chose des Ténèbres là où elle se trouvait, et d'abandonner les charmes et les pouvoirs anciens pour chercher la Lumière qui m'avait été montrée au bord du lac.

« Kaèn prit la parole après moi. Il dit maintes choses. Je n'ai pas envie de les répéter devant vous...

– Il mentait ! s'exclama Brock, farouche. Il a menti encore et encore ! »

Matt haussa les épaules : « Mais il a bien menti. L'assemblée des Nains a finalement décidé de le laisser continuer sa quête, et le résultat du vote fut de consacrer toutes nos énergies à l'aider. J'ai jeté mon sceptre, alors. J'ai quitté la salle des Débats et les montagnes jumelles en jurant de ne jamais y revenir. Ils pouvaient chercher la clé de cette chose des Ténèbres, mais alors je ne serais pas roi sous le Banir Lök. »

Dieu qu'elle avait mal ! Elle avait les tempes serrées, la bouche sèche. Elle pressa sa main sur ses yeux en tâchant de ne pas bouger la tête.

« En errant par les montagnes et les pentes boisées, cet été-là, poursuivait Matt, j'ai rencontré Lorèn, qui n'était pas encore Mantel d'Argent, pas encore un mage, bien que son apprentissage fût terminé. Ce qui s'est alors passé entre nous ne regarde que nous seuls mais, en fin de compte, j'ai dit à Lorèn le seul mensonge de ma vie, parce qu'était en jeu une souffrance que j'avais résolu de porter seul.

« Je lui ai dit que j'étais libre de devenir sa source, que je ne voulais rien d'autre. Et en vérité, quelque chose se tissait déjà dans notre rencontre. Ma nuit au bord du Calor Diman m'avait appris à voir cela. Mais cette nuit-là m'avait donné autre chose, et là-dessus, j'ai menti. Lorèn ne pouvait le savoir. De fait, jusqu'à ce que je rencontre Kimberly, je pensais que nul sinon un Nain ne pouvait le savoir. »

Kim releva la tête, et le mouvement fut comme un coup de couteau. Ils devaient tous la regarder, aussi ouvrit-elle les yeux un instant, essayant de dissimuler la nausée qui l'envahissait. Quand elle pensa que personne ne la regardait plus, elle referma les yeux. C'était vraiment une migraine épouvantable, et qui empirait.

« Quand le roi est uni au lac de Cristal, expliquait Matt d'une voix retenue, il est lié à jamais. C'est un lien que rien ne peut briser. Le roi peut partir mais il n'est pas libre. Le lac est en lui comme un autre cœur qui bat et ne cesse jamais de l'appeler. Je me couche le soir en luttant contre cet appel et je me lève le matin en luttant contre lui ; il est avec moi toute la journée et toute la nuit et il le sera jusqu'à ma mort. C'est mon fardeau, il n'appartient qu'à moi de le porter. Et je veux que vous sachiez, sans quoi je n'en aurais pas parlé ainsi devant vous, que c'est un fardeau librement accepté, que je n'ai jamais regretté. »

La Grande Salle était silencieuse ; avec défi, Matt Sören les regardait tour à tour de son œil unique. Tous, sauf Kim, qui ne pouvait même plus lever les yeux, à présent. Elle se demandait sérieusement si elle n'allait pas s'évanouir.

« Brock, dit enfin Matt. Tu nous apportes des nouvelles. Es-tu capable de nous les dire, maintenant ? »

L'autre Nain le regarda et, en constatant qu'il avait retrouvé ses moyens, Kevin comprit que Matt avait eu une autre raison de parler le premier et de raconter tout au long son histoire. Il ressentait encore le profond chagrin évoqué par ce récit, et comme en écho à ses propres pensées il entendit Brock murmurer : « Mon roi, ne nous reviendrez-vous pas ? Il y a quarante ans maintenant... »

Mais la réponse de Matt était prête ; une fois seulement mettrait-il son âme à nu : « Je suis, dit-il, la source de Lorèn Mantel d'Argent, premier mage du très haut roi du Brennin. Kaèn est le roi des Nains. Apprends-nous les nouvelles, Brock. »

Brock le regarda longuement. Puis il dit : « Je ne voudrais pas alourdir votre fardeau, mais je dois vous dire que ce n'est pas la vérité. Kaèn règne sous le Banir Lök, mais il n'est pas roi. »

Matt leva une main : « Veux-tu dire qu'il n'a pas passé la nuit au bord du Calor Diman ?

– Oui. Nous avons un chef, mais pas un roi. Si ce n'est vous, seigneur.

– Oh, par la mémoire de Seithr ! s'écria Matt Sören. Jusqu'où sommes-nous tombés ?

– Très bas, murmura durement Brock. Ils ont trouvé le Chaudron, finalement. Ils l'ont trouvé et ils l'ont restauré. »

Il y avait dans sa voix quelque chose de terrible.

« Et alors ? dit Matt.

– Il y avait un prix à payer, murmura Brock. Kaèn a eu besoin d'aide vers la fin.

– Et alors ? répéta Matt.

– Un humain est venu. Son nom était Métran, c'était un mage du Brennin. Ensemble, lui et Kaèn ont libéré le pouvoir du Chaudron. L'âme de Kaèn était déjà totalement pervertie alors, je pense. Il y avait un prix à payer, et il l'a payé.

– Quel prix ? » demanda Matt.

Kim le savait. La douleur faisait voler son esprit en éclats.

« Il a fracassé la pierre de garde de l'Éridu, dit Brock, et livré le Chaudron à Rakoth Maugrim. Nous avons fait cela, mon roi. Les Nains ont libéré le Dévastateur ! »

Et, se couvrant la face de son manteau, Brock se mit à pleurer comme si son cœur allait se briser.

Dans le tumulte qui s'ensuivit, dans l'épouvante et la fureur, Matt Sören se tourna avec une grande lenteur, comme si l'univers était un lieu paisible et tranquille, et il regarda Lorèn Mantel d'Argent, qui lui rendit son regard.

« Nous aurons notre bataille, avait dit Lorèn le soir

précédent. Ne crains rien. » Et désormais, avec une terrible clarté, la nature de cette bataille ne leur était que trop évidente.

Sa tête allait éclater. Des explosions blanches dans tout son cerveau. Elle allait se mettre à hurler.

« Ça ne va pas ? » murmura une voix insistante à ses côtés.

Une femme, mais pas Sharra. C'était Jaëlle qui était agenouillée près d'elle. Elle avait trop mal pour être étonnée. Elle s'appuya contre l'autre en murmurant d'une voix prête à se briser : « Sais pas. Ma tête. Comme... quelque chose qui me défonce, qui entre... je ne...

– Ouvrez les yeux, ordonna Jaëlle. Regardez le Baëlrath ! »

Elle s'exécuta. La souffrance l'aveuglait presque. Mais elle pouvait voir la pierre à son doigt, ses pulsations de feu écarlate qui s'accordaient au rythme des explosions derrière ses yeux. Et en la regardant bien, en tenant sa main tout près de son visage, Kim vit autre chose alors, un visage, un nom écrit en lettres de feu, une pièce, un accroissement de l'obscurité et des Ténèbres, et...

« Jennifer ! hurla-t-elle. Oh, Jen, non ! »

Elle était debout. L'anneau était déchaîné, brûlant. incontrôlable. Elle vacilla, Jaëlle la soutint. Sans bien savoir ce qu'elle faisait, elle hurla de nouveau : « Lorèn, j'ai besoin de vous ! »

Kevin était là : « Kim ? Qu'est-ce qui se passe ? »

Elle secoua la tête, s'arracha à son étreinte. Elle était aveuglée par la douleur, pouvait à peine parler.

« Dave, dit-elle d'une voix rauque. Paul. Venez... le cercle... *Maintenant !* » Il fallait faire vite, ils semblaient bouger si lentement, et Jennifer, oh Jen, Jen ! « *Venez !* » hurla-t-elle encore.

Ils étaient autour d'elle à présent, tous les trois, et Lorèn et Matt avec eux, sans poser de questions. Et elle leva la main qui portait l'anneau, instinctivement, et elle s'ouvrit, elle ouvrit son esprit malgré l'étreinte de la douleur ; elle trouva Lorèn et s'unit à lui puis – don inestimable ! – Jaëlle était là aussi, captant pour elle l'énergie de l'avarlith, et avec ces deux-là pour la lester, pour asseoir une fondation solide comme le roc, elle projeta son esprit, son âme, au plus loin, au plus large. Si loin ! Et il y avait tant de Ténèbres, tant de haine, et une puissance si énorme à Starkadh pour l'arrêter !

Mais il y avait aussi un fétu de lumière. Qui se mourait, qui avait presque disparu mais qui était encore là ; Kim se tendit de toutes ses forces, de tout son être, vers cet îlot de lumière perdu, et elle trouva Jennifer.

« Oh, ma chérie, dit-elle intérieurement et à haute voix. Ma chérie, je suis là, viens ! »

La puissance du Baëlrath se déchaîna, si éclatante qu'ils durent fermer les yeux pour se protéger de cette explosion de la magie la plus sauvage. Et Kimberley les entraîna loin, loin, encore plus loin, en maintenant Jennifer dans le cercle par la seule force de son propre esprit, par le fétu, et la fierté, par cette dernière lueur mourante, et par l'amour.

Puis, alors que le tremblement scintillant de l'air s'accentuait dans la Grande Salle avec le bourdonnement qui précédait la traversée, alors qu'ils commençaient à disparaître et que le froid de l'espace entre les univers les pénétrait tous les cinq, Kim reprit son souffle pour lancer un dernier avertissement désespéré, sans savoir – sans même savoir ! – si elle serait entendue :

« *Ailéron, n'attaquez pas ! Il attend à Starkadh !* »

Et ce fut le froid, le froid et l'obscurité la plus totale. Seule, elle les fit traverser.

Achevé d'imprimer par GGP Media, Pössneck
en septembre 2003
pour le compte de France Loisirs,
Paris

N° d'éditeur: 39269
Dépot légal: octobre 2003

Imprimé en Allemagne